Zu diesem Buch

«Ich dachte, der schwarze Markt sei in Ihrer Zone verboten», sagte ich, neugierig, den Grund für dieses krasse Beispiel offizieller Heuchelei zu erfahren.

«Der schwarze Markt ist illegal», sagte Poroschin ohne eine Spur von Verlegenheit. «Hier handelt es sich um einen offiziell erlaubten schwarzen Markt. Er gibt uns die Möglichkeit, an Devisen heranzukommen. Ziemlich gute Idee, finden Sie nicht? Natürlich bekommen Sie ein paar Stangen Zigaretten, damit die Sache echt aussieht.»

Berlin, Ende 1947.
Bernhard «Berni» Gunther hat den Krieg überlebt. Sogar das russische Kriegsgefangenenlager. Auf dem Marsch zu den Uranbergwerken in der russisch besetzten Zone kann Gunther nach Berlin fliehen. Berlin liegt in Trümmern, ebenso sein Geschäft als Privatdetektiv. Zwar gibt es ungezählte Menschen, die vermißt und gesucht werden, nur hat niemand das Geld, einen Privatdetektiv zu beauftragen und zu bezahlen. Gunthers Frau Kirsten arbeitet in einer amerikanischen Bar; so können sie überleben.

Da taucht ein Mann namens Poroschin bei ihm auf und bietet ihm einen Job an, bei dem alles stimmt, Geld, falsche Papiere, Zigaretten, Reiseerlaubnis. Fahrziel: Wien. Nur ist der Geld- und Devisenbeschaffer Poroschin ein Oberst des KGB. Und von den Kommunisten hat Gunther wirklich die Nase voll.

Aber Poroschin ist ein schlauer Fuchs und hat nicht umsonst ausgerechnet Gunther dafür ausgesucht, nach Wien zu fahren. Denn dort sitzt Emil Becker – Gunthers Exkollege bei der Berliner Kripo, später ein hohes Tier bei der SS – im Militärgefängnis, weil er einen Amerikaner, Captain Linden, erschossen haben soll. Große Mengen Zigaretten wurden bei der Verhaftung Beckers sichergestellt. Poroschin will die Hintergründe wissen.

Bernhard Gunther hat zum Glück keine Ahnung, auf was er sich einläßt, als er mit den Nachforschungen beginnt.

Daß ein betrunkener russischer Soldat seinen Karabiner auf ihn richtet und ihm seinen Wintermantel abknöpfen will, ist in diesen Tagen nichts Außergewöhnliches in den Zügen durch den Osten Berlins.

Wie Berlin ist auch Wien eine Vier-Mächte-Stadt. Aber hier regiert die Macht des Dollars und der Waffen und der Urinstinkt zu überleben.

Philip Kerr wurde 1956 in Edinburgh geboren und hat gleich mit seinem ersten Roman einer Trilogie, «Feuer in Berlin» (Nr. 3164), in England Furore gemacht. «Im Sog der dunklen Mächte» (Nr. 3165) ist der zweite und der vorliegende Band der dritte der Bernhard-Gunther-Trilogie. Außerdem liegen in dieser Reihe von Kerr vor: «Gesetze der Gier» (Nr. 3133) – als TV-Film unter dem Titel «Gruschko» zu sehen – und «Das Wittgenstein-Programm» (Nr. 3229), ein Buch, das mit dem Deutschen Kritikerpreis für den besten ausländischen Thriller des Jahres ausgezeichnet wurde.

Philip Kerr

Alte Freunde – neue Feinde

Ein Fall für Bernhard Gunther

Deutsch von
Hans J. Schütz

rororo

Rowohlt

rororo thriller
Herausgegeben von Bernd Jost

Deutsche Erstausgabe
Veröffentlicht im Rowohlt Taschenbuch Verlag GmbH,
Reinbek bei Hamburg, April 1996

Die Originalausgabe erschien 1991 bei Viking, London,
unter dem Titel «A German Requiem»

Redaktion Jutta Schwarz
Umschlaggestaltung Peter Wippermann / Susanne Müller
Satz Aldus (Linotronic 500)
Gesamtherstellung Clausen & Bosse, Leck
Printed in Germany
1290-ISBN 3 499 43163 7

Für Jane
und dem Andenken meines Vaters

Es ist nicht das, was sie erbauten.
Es ist das, was sie niederrissen.
Es sind nicht die Häuser.
Es sind die Räume zwischen den Häusern.
Es sind nicht die Straßen, die vorhanden sind.
Es sind die Straßen, die es nicht mehr gibt.
Es sind nicht deine Erinnerungen, die dich verfolgen.
Es ist nicht das, was du aufgeschrieben hast.
Es ist das, was du vergessen hast, was du vergessen mußt.
Was du dein Leben lang dauernd vergessen mußt.

Aus: «Ein Deutsches Requiem» von James Fenton

Teil eins

Berlin 1947

Wenn du in diesen Tagen ein Deutscher bist, verbringst du die Zeit, bevor du stirbst, im Fegefeuer und bezahlst mit irdischen Qualen für alle unbestraften und unbereuten Sünden deines Landes, bis zu dem Tag, an dem Deutschland, mit Hilfe der Gebete der Alliierten – das gilt jedenfalls für drei davon –, endlich geläutert ist.

Zur Zeit leben wir in Angst. Hauptsächlich ist es Angst vor dem Iwan, der nur die beinahe umfassende Furcht vor Geschlechtskrankheiten gleichkommt, die so etwas wie eine Epidemie geworden sind, obgleich beide Beschwerden im allgemeinen für ein und dasselbe gehalten werden.

1

Es war einer dieser kalten, schönen Tage, die man am besten zu würdigen weiß, wenn man ein Feuer zum Stochern und einen Hund zum Kraulen hat. Ich hatte keines von beiden, andererseits gab es nichts zum Heizen, und aus Hunden habe ich mir nie viel gemacht. Doch dank der Steppdecke, die ich mir um die Beine gewickelt hatte, war mir warm, und ich hatte gerade angefangen, mich zu beglückwünschen, daß ich in der Lage war, meine Arbeit zu Hause zu erledigen – das Wohnzimmer diente mir als Büro –, als jemand an das klopfte, was man für die Eingangstür halten konnte.

Ich fluchte und erhob mich von meiner Couch.

«Kann 'ne Weile dauern», rief ich durch das Holz, «also gehen Sie nicht weg.» Ich zwängte den Schlüssel ins Schloß und begann, an dem großen Messinggriff zu ziehen. «Es hilft, wenn Sie von außen drükken», rief ich abermals. Ich hörte das Schurren von Schuhen auf dem Treppenabsatz, und dann spürte ich von der anderen Seite der Tür einen Druck. Schließlich öffnete sie sich zitternd.

Ich sah einen großen, etwa sechzigjährigen Mann vor mir. Mit seinen hohen Wangenknochen, der dünnen kurzen Nase, dem altmodischen Backenbart und dem ärgerlichen Gesichtsausdruck erinnerte er mich an einen bösen Pavian.

«Ich glaube, ich habe mir was gezerrt», knurrte er und rieb sich die Schulter.

«Das tut mir leid», sagte ich und trat beiseite, um ihn einzulassen. «Das Gebäude ist ein ziemliches Stück abgesackt. Die Türen müßten neu eingehängt werden, aber man kriegt natürlich das Werkzeug nicht.» Ich führte ihn ins Wohnzimmer. «Trotzdem, wir sind hier nicht allzu schlimm dran. Wir haben ein paar neue Fensterscheiben, und das Dach scheint den Regen abzuhalten. Nehmen Sie Platz.» Ich deutete auf den einzigen Lehnsessel und nahm meine Stellung auf der Couch wieder ein. Der Mann stellte seine Aktentasche hin, nahm seine Melone ab und setzte sich mit einem Seufzer der Ermattung. Er knöpfte seinen grauen Mantel nicht auf, und ich konnte es ihm nicht verdenken. «Ich sah Ihre kleine Anzeige an einer Mauer auf dem Kurfürstendamm», erklärte er.

«Was Sie nicht sagen», erwiderte ich und erinnerte mich undeutlich an die Worte, die ich vergangene Woche auf ein kleines viereckiges Stück Karton geschrieben hatte. Kirstens Idee. Angesichts all der Anzeigen, die an den Mauern der baufälligen Gebäude Berlins Lebensgefährten und Heiratsmärkte anpriesen, hatte ich nicht vermutet, jemand würde sich die Mühe machen, meine Nachricht zu lesen. Aber am Ende hatte sie recht behalten.

«Mein Name ist Nowak», sagte er. «Dr. Nowak. Ich bin Ingenieur. Ich bin Verfahrenstechniker, Mettallurge in einer Fabrik in Wernigerode. Meine Arbeit beschäftigt sich mit der Gewinnung und Herstellung nicht-eisenhaltiger Metalle.»

«Wernigerode», sagte ich. «Das ist im Harz, nicht wahr? In der Ostzone.»

«Ich kam nach Berlin, um an der Universität eine Reihe von Vorlesungen zu halten. Heute morgen erhielt ich ein Telegramm in meinem Hotel, dem Mitropa...»

Ich runzelte die Stirn und versuchte, mich an das Hotel zu erinnern.

«Es ist eines von diesen Bunker-Hotels», sagte Nowak. Einen Augenblick schien er geneigt, mir davon zu erzählen, doch dann besann er sich anders. «Das Telegramm kam von meiner Frau, die mich dringend auffordert, meinen Besuch abzubrechen und nach Hause zurückzukehren.»

«Irgendein besonderer Grund?»

Er reichte mir das Telegramm. «Es steht drin, daß meine Mutter sich nicht wohl fühle.»

Ich entfaltete das Blatt, warf einen Blick auf die getippte Nachricht und stellte fest, daß sie in Wirklichkeit lautete, die Mutter sei gefährlich erkrankt.»

«Tut mir leid, das zu hören.»

Nowak schüttelte den Kopf.

«Sie glauben Ihrer Frau nicht?»

«Ich glaube nicht, daß meine Frau dieses Telegramm geschickt hat», sagte er. «Meine Mutter mag ja alt sein, aber sie ist von bemerkenswert guter Gesundheit. Noch vor zwei Tagen hat sie Holz gehackt. Nein, ich habe den Verdacht, die Russen haben sich das ausgedacht, um mich so rasch wie möglich zurückzuholen.»

«Warum?»

«In der Sowjetunion herrscht großer Mangel an Wissenschaftlern. Ich denke, sie haben die Absicht, mich zu deportieren und in einer ihrer Fabriken arbeiten zu lassen.»

Ich zuckte die Achseln. «Warum hat man Sie dann erst nach Berlin reisen lassen?»

«Das hieße, der sowjetischen Militärbehörde eine Tüchtigkeit zusprechen, die sie einfach nicht besitzt. Ich vermute, daß der Befehl zu meiner Deportation gerade erst aus Moskau eingetroffen ist und die Behörden mich so bald wie möglich zurückhaben möchten.»

«Haben Sie Ihrer Frau telegrafiert, um eine Bestätigung zu bekommen?»

«Ja. Sie antwortete lediglich, ich solle sofort kommen.»

«Sie wollen also wissen, ob der Iwan sie in den Fingern hat.»

«Ich bin hier in Berlin bei der Militärpolizei gewesen», sagte er, «aber...»

Sein tiefer Seufzer verriet mir, mit welchem Erfolg.

«Nein, sie würden Ihnen nicht helfen», sagte ich. «Sie hatten recht, zu mir zu kommen.»

«Können Sie mir helfen, Herr Gunther?»

«Es bedeutet, in die Zone zu gehen», sagte ich, halb zu mir selbst, als müsse man mich überreden, was in der Tat zutraf. «Nach Potsdam. Es gibt dort jemanden im Hauptquartier der sowjetischen Streitkräfte in Deutschland, von dem ich weiß, daß ich ihn bestechen kann. Das wird Sie was kosten, und ich denke dabei nicht an ein paar Riegel Schokolade.»

Er nickte düster.

«Sie haben nicht zufällig ein paar Dollar, Dr. Nowak?»

Er schüttelte den Kopf.

«Dann ist da auch noch die Frage meines Honorars.»

«Woran hatten Sie gedacht?»

Ich deutete auf seine Aktentasche. «Was haben Sie zu bieten?»

«Da sind leider bloß Papiere drin.»

«Sie müssen doch was haben. Vielleicht etwas in Ihrem Hotel?»

Er senkte den Kopf und stieß einen weiteren Seufzer aus, als er versuchte, sich an etwas Wertvolles zu erinnern, das er besaß.

«Hören Sie, Herr Doktor, haben Sie sich gefragt, was Sie tun werden, wenn sich herausstellt, daß die Russen Ihre Frau haben?»

«Ja», sagte er düster, und seine Augen wurden für einen Moment glasig.

Das war deutlich genug. Es stand nicht gut um Frau Nowak.

«Warten Sie mal», sagte er, fuhr mit der Hand in die Brusttasche seines Mantels und zog einen goldenen Füllfederhalter heraus. «Ich habe das hier.»

Er reichte mir den Füller.

«Es ist ein Parker. Achtzehn Karat.»

Ich schätzte rasch seinen Wert. «Ungefähr vierzehnhundert Dollar auf dem schwarzen Markt», sagte ich. «Ja, damit hätten wir den Iwan im Sack. Die Russen lieben Füllfederhalter ebensosehr wie Uhren.» Ich hob vielsagend die Augenbrauen.

«Ich fürchte, ich kann mich von meiner Uhr nicht trennen», sagte Nowak. «Sie war ein Geschenk – von meiner Frau.» Er lächelte dünn, als ihm die Ironie aufging.

Ich nickte verständnisvoll und beschloß, die Sache abzuschließen, ehe sein Schuldgefühl ihn übermannte.

«Nun zu meinem Honorar. Sie sprachen von Metallurgie. Sie haben nicht zufällig Zugang zu einem Labor, oder?»

«Aber gewiß doch.»

«Und zu einer Schmelze?»

Er nickte nachdenklich und dann heftiger, als ihm ein Licht aufging. «Sie wollen Kohlen haben, nicht wahr?»

«Können Sie welche besorgen?»

«Wieviel wollen Sie?»

«Ein Zentner etwa würde mir reichen.»

«In Ordnung.»

«Kommen Sie in vierundzwanzig Stunden wieder her», sagte ich ihm. «Bis dahin sollte ich ein paar Informationen haben.»

Dreißig Minuten später hatte ich, nachdem ich eine Nachricht für meine Frau hinterlassen hatte, meine Wohnung verlassen und war auf dem Weg zum Bahnhof.

Ende 1947 glich Berlin noch immer einer ungeheuren Akropolis aus eingestürztem Mauerwerk und zerstörten Gebäuden, einem riesigen und unübersehbaren Steingrab, das Zeugnis ablegte von der Verwüstung durch den Krieg und von der Gewalt von 75 000 Tonnen hochexplosiven Sprengstoffs. Beispiellos war die Verwüstung, die über die Hauptstadt des Hitlerschen Ehrgeizes hereingebrochen war: eine Verheerung im Wagnerianischen Maßstab, mit welcher der Ring-Zyklus sich schloß – die letzte Illumination dieser Götterdämmerung.

In vielen Teilen der Stadt wäre ein Stadtplan nicht nützlicher gewesen als ein Fensterleder. Hauptstraßen mäanderten wie Flüsse zwischen hohen Ufern aus Schutt. Pfade wanden sich über Berge von tückischem Geröll, dem manchmal, bei wärmerem Wetter, ein Geruch entstieg, der unmißverständlich darauf hinwies, daß dort noch etwas anderes als häusliches Mobiliar begraben war. Da Kompasse Mangelware waren, brauchte man viel Nerven, um sich den Weg durch Faksimile-Straßen, an denen nur die wackligen Fassaden von Geschäften und Hotels wie nicht mehr benötigte Filmkulissen stehengeblieben waren, zu bahnen. Man brauchte ein gutes Erinnerungsvermögen an Gebäude, in denen immer noch Leute in feuchten Kellern oder, ein wenig riskanter, in den unteren Geschossen von Mietshäusern wohnten, von denen eine Hauswand säuberlich entfernt war, so daß, wie in einem riesigen Puppenhaus, alle Räume und das Leben darin zur Schau gestellt waren: Es waren wenige, die sich in die oberen Geschosse wagten, weil es so wenige unzerstörte Dächer und so viele gefährliche Treppenhäuser gab.

Das Leben im Trümmerhaufen Deutschland war häufig ebenso gefährlich wie in den letzten Tagen des Krieges: eine einstürzende Mauer hier, ein Blindgänger dort. Es war immer noch ein bißchen wie in der Lotterie.

Am Bahnhof kaufte ich mir eine Karte, von der ich hoffte, sie würde vielleicht das große Los sein.

2

In jener Nacht, auf der Rückfahrt von Potsdam nach Berlin, saß ich allein im Waggon. Ich hätte vorsichtiger sein sollen, jedoch ich war mit mir zufrieden, daß ich den Fall des Doktors erfolgreich abgeschlossen hatte. Aber ich war auch müde, weil dieses Geschäft fast den ganzen Tag und einen beträchtlichen Teil des Abends in Anspruch genommen hatte.

Dabei war der größte Teil meiner Zeit durch die Reise draufgegangen. Gewöhnlich dauerte das Reisen zweimal bis dreimal so lange wie vor dem Krieg; und was einst eine halbstündige Fahrt nach Potsdam gewesen war, dauerte jetzt fast zwei Stunden. Ich schloß meine Augen, um ein Nickerchen zu machen, als der Zug langsamer wurde und dann rüttelnd zum Stehen kam.

Ein paar Minuten vergingen, bevor die Wagentür sich öffnete und ein großgewachsener und ungemein übelriechender russischer Soldat hereinkletterte. Er murmelte mir einen Gruß zu, den ich mit einem höflichen Nicken erwiderte. Doch fast im selben Augenblick wurde ich hellwach, als er sich auf seinen riesigen Füßen gemächlich herumschwang, seinen Mosin-Nagant-Karabiner von der Schulter nahm und ihn entsicherte. Statt auf mich zu zielen, drehte er sich um, feuerte durch das Abteilfenster, und nach einer kurzen Pause setzte mein Atem wieder ein, als ich begriff, daß er dem Lokomotivführer ein Zeichen gegeben hatte. Der Russe rülpste, ließ sich schwerfällig nieder, als der Zug sich wieder in Bewegung setzte, zog mit seiner schmutzigen Hand die Lammfellmütze vom Kopf, lehnte sich zurück und schloß die Augen.

Ich zog ein Exemplar des von den Briten kontrollierten *Telegraf* aus meiner Manteltasche. Ein Auge auf den Iwan gerichtet, tat ich so, als läse ich. Die meisten Nachrichten handelten von Verbrechen: Vergewaltigung und Raub waren in der Ostzone so verbreitet wie der billige Wodka, der häufig der Auslöser dieser Taten war. Manchmal wollte es so scheinen, als sei Deutschland noch immer im blutigen Griff des Dreißigjährigen Krieges. Ich kannte eine gute Handvoll Frauen, die nicht darüber sprechen konnten, daß sie von einem Russen belästigt oder vergewaltigt worden waren. Und selbst wenn man die Phantasien einiger Neurotiker berücksichtigte, blieb noch immer eine schwindelerregende Zahl von Sexualverbrechen übrig. Meine Frau kannte einige Mädchen, die erst vor kurzem angegriffen worden waren, am Vorabend des dreißigsten Jahrestages der Russischen Revolution. Eines dieser Mädchen, das auf einem Polizeirevier in Rangsdorf von nicht weniger als fünf Rotarmisten vergewaltigt worden und dabei mit Syphilis infiziert worden war, versuchte, Anzeige zu erstatten, doch es sah sich einer gewaltsamen medizinischen Untersuchung unterworfen und mit einer Anklage wegen Prostitution konfrontiert. Doch gab es auch einige, die sagten, daß sich die Russen lediglich gewaltsam das nahmen, was deutsche Frauen Briten und Amerikanern gern freiwillig verkauften.

Ebenso vergeblich war es, sich bei der sowjetischen Kommandantur zu beschweren, man sei beraubt worden. Man wurde höchstens darüber aufgeklärt, «alles, was die Deutschen besäßen, sei ein Geschenk des Volks der Sowjetunion». Das reichte, um die ungezügelte Räuberei in der ganzen Sowjetzone zu rechtfertigen, und man konnte manchmal von Glück sagen, wenn man am Leben blieb, um die Sache zu melden. Die Raubzüge der Roten Armee und ihrer vielen Deserteure machten das Reisen in der Sowjetzone zu einem Unterfangen, das kaum weniger gefährlich war als ein Flug mit der *Hindenburg*. Auf der Strecke Berlin–Magdeburg waren Reisende nackt ausgezogen und aus dem Zug geworfen worden; und die Straße von Berlin nach Leipzig war so gefährlich, daß Fahrzeuge oft im Konvoi fuhren: Der *Telegraf* hatte von einem Raubüberfall berichtet, bei dem vier Boxer, unterwegs zu einem Kampf in Leipzig, angehalten und um alles, bis auf ihr Leben, beraubt worden waren. Am berüchtigtsten waren die fünfundsiebzig Raubüberfälle, begangen von der Bande «Blaue Limousine», die auf der Straße Berlin–Michendorf operierte und zu deren Anführern der Vizepräsident der sowjetisch kontrollierten Potsdamer Polizei gehörte.

Jedem, der daran dachte, die Ostzone zu besuchen, sagte ich: «Tu's nicht»; und wenn er trotzdem darauf beharrte, sagte ich: «Trage keine Armbanduhr – die Iwans stehlen sie gern; trage nichts als deine ältesten Klamotten und Schuhe – die Iwans schätzen Qualität; streite nicht und stelle keine Fragen – die Iwans haben keine Skrupel, dich zu erschießen: Wenn du mit ihnen sprechen mußt, schimpfe laut über die amerikanischen Faschisten; und lese keine andere Zeitung als die russisch kontrollierte *Tägliche Rundschau*.»

Das waren gute Ratschläge, und ich hätte gut daran getan, sie zu befolgen, denn plötzlich war der Iwan in meinem Waggon auf den Füßen und stand schwankend über mir.

«Steigen Sie aus?» fragte ich ihn auf russisch.

Er blinzelte besoffen und starrte feindselig auf mich und meine Zeitung, bevor er sie mir aus den Händen riß.

Er war der Typ Bergbewohner, ein großer, einfältiger Tschetschene mit mandelförmigen schwarzen Augen, einem breiten Kiefer, weiträumig wie die Steppe, und einer Brust wie eine umgekippte Kirchenglocke: die Sorte Iwan, über die wir Witze machen – daß sie keine Badezimmer kannten und ihr Essen in die Klobecken taten, weil sie sie für Kühlschränke hielten (einige dieser Geschichten stimmten sogar).

«*Lzi* (Lügen)» knurrte er und fuchtelte mit der Zeitung herum. Sein aufgerissener, sabbernder Mund zeigte gelbe Zähne, groß wie Bordsteine. Er stemmte den Fuß auf den Sitz neben mir und beugte sich herunter. «*Lzi*», wiederholte er, während sein Atem den Gestank von Wurst und Bier in meine hilflos zuckenden Nasenlöcher trieb. Er schien meinen Abscheu zu spüren und rollte diese Vorstellung in seinem Kopf wie einen Bonbon herum. Er ließ den *Telegraf* zu Boden fallen und streckte seine schwielige Hand aus.

«*Ja hacho padarok*», sagte er, und dann langsam auf deutsch, «. . .ich will Geschenk.»

Ich grinste ihn an wie ein Idiot und stellte nüchtern fest, daß ich ihn würde töten müssen oder selbst getötet werden würde.

«*Padarok*», wiederholte ich.

Ich stand langsam auf und zog, immer noch grinsend und nickend, meinen linken Hemdsärmel hoch, um mein nacktes Handgelenk zu entblößen. Auch der Iwan grinste inzwischen, im Glauben, er sei auf dem richtigen Weg. Ich zuckte die Achseln.

«*O menia njet chasow*», sagte ich, um ihm klarzumachen, daß ich ihm keine Uhr geben könne.

«*Sto o was jest* (Was hast du sonst)?»

«*Nichto*», sagte ich, schüttelte den Kopf und forderte ihn auf, meine Taschen zu durchsuchen. «Nichts.»

«*Sto o was jest?*» sagte er noch einmal, diesmal lauter. Es war, dachte ich, als spräche ich mit dem armen Doktor Nowak, dem ich bestätigen konnte, daß seine Frau tatsächlich vom MVD festgehalten wurde, um herauszufinden, was er verscherbeln konnte.

«*Nichto*», wiederholte ich.

Das Grinsen verschwand vom Gesicht des Russen. Er spuckte auf den Boden.

«*Wron* (Lügner)», knurrte er und zog mich am Arm.

Ich schüttelte den Kopf und sagte ihm, ich sei kein Lügner.

Er streckte die Hand aus, um mich abermals am Arm zu ziehen, jedoch dieses Mal hielt er inne und ergriff mit seinen schmutzigen Fingern den Ärmel meines Mantels. «*Doraga* (teuer)», sagte er und befühlte abschätzend den Stoff.

Ich schüttelte den Kopf, doch der Mantel war aus schwarzem Kaschmir – ich hatte keinen Grund, einen solchen Mantel in der Sowjetzone zu tragen – und es war zwecklos zu diskutieren: Der Iwan löste bereits seinen Gürtel.

«*Ja hascho vaschi koit*», sagte er und zog seinen sauber geflickten Militärmantel aus. Dann ging er auf die andere Seite des Wagens, stieß die Tür auf und sagte mir, entweder gebe ich ihm den Mantel, oder er werde mich aus dem Zug werfen.

Ich hatte keinen Zweifel, daß er mich rauswerfen würde, ob ich ihm nun meinen Mantel gab oder nicht. Jetzt war ich an der Reihe, auf den Boden zu spucken.

«*Nu, njelzja* (nichts zu machen)», sagte ich. «Du willst diesen Mantel? Komm und hol ihn dir, du blödes, verdammtes *swinja*, du häßlicher, dummer Kretin. Komm, nimm ihn mir ab, du besoffene Mißgeburt.»

Der Iwan knurrte wütend und nahm seinen Karabiner vom Sitz, wohin er ihn gelegt hatte. Das war sein erster Fehler. Da ich gesehen hatte, daß er durch einen Schuß aus seiner Waffe durch das Fenster dem Lokomotivführer ein Zeichen gegeben hatte, wußte ich, daß die Waffe nicht feuerbereit war. Es war ein logischer Schluß, den er einen Augenblick später selber zog, doch als er durchlud, hatte ich ihm bereits die Spitze meines Schuhes in die Leiste gebohrt.

Der Karabiner rasselte zu Boden, als der Iwan sich vor Schmerz zusammenkrümmte und mit einer Hand zwischen die Beine griff: Mit der anderen landete er einen höllisch schmerzhaften Schlag auf meiner Hüfte, so daß ich kein Gefühl mehr im Bein hatte.

Als er sich aufrichtete, holte ich mit der Rechten aus und sah meine Faust fest von seiner großen Pfote umschlossen. Er schnappte nach meiner Kehle, und ich traf ihn mit einem Kopfstoß mitten ins Gesicht, so daß er, als er sich instinktiv an seine zwiebelförmige Nase griff, meine Faust losließ. Ich holte abermals aus, und dieses Mal duckte er sich weg und ergriff mich bei den Mantelaufschlägen. Das war sein zweiter Fehler, aber eine kurze, verwirrte Sekunde lang begriff ich es nicht. Unerklärlicherweise schrie er auf und stolperte rückwärts, die

Hände vor sich in die Luft gehoben wie ein Chirurg, der sie sich gerade gewaschen hat. Seine zerschnittenen Fingerspitzen trieften vor Blut. Erst jetzt fielen mir die Rasierklingen ein, die ich vor Monaten für eben diese Möglichkeit unter die Aufschläge genäht hatte.

Mein wirbelnder Angriff schickte ihn krachend zu Boden und mit dem halben Körper durch die offene Tür des schnell fahrenden Zuges. Auf seinen zappelnden Beinen liegend, mühte ich mich ab, den Russen daran zu hindern, sich in den Wagen zurückzuhieven. Hände, die von Blut klebten, umklammerten mein Gesicht und schlossen sich dann verzweifelt um meinen Hals. Sein Griff wurde stärker, und ich hörte die Luft mit dem Geräusch einer Espressomaschine aus meiner Kehle gurgeln.

Ich schlug ihn heftig gegen das Kinn, nicht einmal, sondern mehrere Male, und drückte dann den Rücken meiner Hand dagegen, als ich versuchte, ihn in die kalte Nachtluft zurückzustoßen. Die Haut meiner Stirn spannte sich, als ich nach Luft rang. Ein entsetzliches Brüllen füllte meine Ohren, als sei vor meinem Gesicht eine Granate explodiert, und für eine Sekunde schien sich der Griff seiner Finger zu lockern. Ich schlug nach seinem Kopf und traf nichts als leeren Raum, in den nur noch der abrupt abgerissene blutige Stumpf einer menschlichen Wirbelsäule ragte. Ein Baum oder vielleicht ein Telegrafenmast hatten den Russen sauber enthauptet.

Während es in meiner Brust wühlte wie in einem Sack voller Kaninchen, fiel ich schwer in den Wagen zurück, zu erschöpft, der Welle von Übelkeit nachzugeben, die in mir hochstieg. Aber nach nur wenigen Sekunden konnte ich nicht mehr widerstehen, und mein sich plötzlich zusammenziehender Magen ließ mir keine andere Wahl, als mich ausgiebig über dem Körper des toten Soldaten zu erbrechen.

Es vergingen einige Minuten, ehe ich mich kräftig genug fühlte, die Leiche aus der Tür zu kippen und den Karabiner rasch folgen zu lassen. Ich nahm den übelriechenden Militärmantel des Russen vom Sitz und wollte ihn ebenfalls hinauswerfen, als sein großes Gewicht mich zögern ließ. Beim Durchsuchen der Taschen fand ich eine tschechische 38er Automatik, eine Anzahl von Armbanduhren – vermutlich allesamt gestohlen – und eine halbgeleerte Flasche Moskowskaja. Nachdem ich beschlossen hatte, die Waffe und die Uhren zu behalten, entkorkte ich den Wodka, wischte den Hals ab und hob die Flasche gegen den frostigen Nachthimmel.

«*Alla rasi bo san* (Gott beschütze dich)», sagte ich und nahm einen kräftigen Schluck. Dann warf ich die Flasche und den Mantel aus dem Zug und schloß die Tür.

Auf dem Bahnhof trieben Schneeflocken in der Luft und sammelten sich im Winkel zwischen der Bahnhofsmauer und der Straße zu kleinen Abhängen. Es war kälter, als es die ganze Woche gewesen war, und am bedeckten Himmel drohte noch Schlimmeres. Nebel lag auf den weißen Straßen wie Zigarrenrauch, der über ein frisch gestärktes Tischtuch treibt. In der Nähe brannte eine Straßenlaterne, ohne viel Licht zu spenden, aber es war trotzdem so hell, daß mein Gesicht die Neugier eines britischen Soldaten erregte, der, in jeder Hand ein paar Flaschen Bier, heimtorkelte. Das verständnislose Grinsen des Suffs auf seinem Gesicht veränderte sich und drückte eine gewisse Vorsicht aus, als er mich erblickte, und er fluchte aus unterdrückter Furcht. Ich humpelte rasch an ihm vorbei und hörte das Geräusch einer Flasche, die, nervösen Fingern entglitten, auf dem Pflaster zerbrach. Plötzlich wurde mir bewußt, daß meine Hände und mein Gesicht mit dem Blut des Russen bedeckt waren. Ich muß ausgesehen haben wie Julius Cäsars letzte Toga.

Ich flüchtete in eine nahe Gasse und wusch mich mit etwas Schnee. Er schien nicht nur das Blut, sondern auch die Haut zu entfernen, und vermutlich sah mein Gesicht danach genauso rot aus wie vorher. Nachdem ich meine eisige Toilette beendet hatte, schritt ich so scharf aus, wie ich konnte, und erreichte ohne weitere Abenteuer meine Wohnung.

Inzwischen war es Mitternacht, als ich meine Eingangstür aufstemmte – zumindest war es leichter reinzukommen als raus. Da ich erwartete, meine Frau im Bett zu finden, war ich nicht überrascht, daß die Wohnung dunkel war. Doch als ich ins Schlafzimmer ging, sah ich, daß sie nicht da war. Ich leerte meine Taschen und schickte mich an, schlafen zu gehen. Als ich die Uhren des Russen auf dem Toilettentisch ausgebreitet hatte, erwies sich, daß sie alle gingen und nur eine oder zwei Minuten voneinander abwichen – eine Rolex, eine Pilotenuhr, eine goldene Patek und eine Roxas. Doch der Anblick so vieler exakter Zeitmesser schien Kirstens Verspätung nur zu unterstreichen. Ich hätte mir Sorgen um sie machen müssen, doch da war der Verdacht, den ich hegte, wo sie war und was sie machte, und die Tatsache, daß ich vollkommen fertig war.

Meine Hände zitterten vor Erschöpfung, meine Hirnschale schmerzte, als habe man sie mit einem Fleischklopfer bearbeitet. Als ich ins Bett kroch, fühlte ich mich wie jemand, den man von den Menschen vertrieben hat, um wie ein Ochse Gras zu fressen.

3

Ich erwachte vom Knall einer entfernten Explosion. Sie sprengten dauernd gefährliche Ruinen. Der Wind fegte mit Wolfsgeheul gegen die Scheiben, und ich drückte mich enger an Kirstens warmen Körper, während mein Verstand begann, langsam die Hinweise zu entschlüsseln, die mich wiederum in das dunkle Labyrinth des Zweifels führten: der Geruch ihres Nackens, der Zigarettenrauch in ihrem Haar.

Ich hatte sie nicht ins Bett kommen hören.

Allmählich begann sich ein doppelter Schmerz in meinem rechten Bein und in meinem Kopf bemerkbar zu machen. Ich schloß wieder die Augen, stöhnte, rollte mich mühsam auf den Rücken und erinnerte mich an die schrecklichen Ereignisse der letzten Nacht. Ich hatte einen Mann getötet. Das Schlimmste war, ich hatte einen russischen Soldaten getötet. Daß ich in Notwehr gehandelt hatte, würde vor einem von den Sowjets eingesetzten Gericht so gut wie keine Rolle spielen, das wußte ich. Für jemanden, der einen Rotarmisten tötete, gab es nur eine Strafe. Ich fragte mich, wie viele Leute mich wohl auf dem Bahnhof gesehen hatten, einen Mann mit den Händen und dem Gesicht eines Kopfjägers, und kam zu dem Schluß, daß es wohl besser war, wenn ich mich, zumindest eine Zeitlang, aus der Sowjetzone fernhielt. Als ich noch an die von Bomben beschädigte Decke des Schlafzimmers starrte, fiel mir die Möglichkeit ein, daß die Zone sich vielleicht entschließen könnte, zu mir zu kommen: Noch war Berlin wie ein löchriger Lattenzaun, während in der Ecke meines Schlafzimmers bereits der Sack mit Gips vom schwarzen Markt darauf wartete, die Löcher im Zimmer zuzuschmieren. Es gab nur wenige Leute, ich eingeschlossen, die nicht glaubten, daß Stalin nicht etwas ähnliches mit Berlin vorhatte, nämlich den kleinen Flecken der Freiheit zuzudecken.

Ich stieg auf meiner Seite aus dem Bett, wusch mich in einer Schüssel, zog mich an und ging in die Küche, um etwas zum Frühstück zu suchen.

Auf dem Tisch befanden sich Lebensmittel, die am Abend vorher nicht dort gewesen waren: Kaffee, Butter, eine Büchse Kondensmilch und ein paar Tafeln Schokolade – alle aus einem der PX-Läden, den einzigen Geschäften, die alles hatten und in denen nur amerikanische Militärangehörige kaufen durften. Die Rationierung bedeutete, daß die deutschen Geschäfte, kaum waren sie beliefert worden, schon wieder leer waren.

Jede Nahrung war willkommen: mit Lebensmittelkarten, die sich pro Tag für Kirsten und mich auf weniger als 3500 Kalorien beliefen, waren wir oft hungrig – ich hatte seit dem Ende des Krieges mehr als fünfzehn Kilo Gewicht verloren. Andererseits hatte ich meine Zweifel an Kirstens Methode, diese zusätzlichen Nahrungsmittel zu ergattern. Doch für den Augenblick schob ich meinen Argwohn beiseite und röstete ein paar Kartoffeln mit ein paar Körnern Ersatzkaffee, um ihnen ein bißchen Geschmack zu geben.

Durch den Geruch der Bratkartoffeln aufgeweckt, erschien Kirsten in der Küchentür.

«Reicht's für zwei?» fragte sie.

«Natürlich», sagte ich und stellte ihr einen Teller hin.

Jetzt bemerkte sie die Schwellung in meinem Gesicht. «Mein Gott, Berni, was, zum Teufel, ist mit dir passiert?»

«Ich hatte letzte Nacht einen Zusammenstoß mit einem Iwan.» Ich ließ sie einen kurzen Augenblick mein Gesicht betasten und ihre Sorge demonstrieren, bevor ich mich setzte, um zu essen. «Der Halunke versuchte, mich auszurauben. Wir prügelten uns 'ne Weile herum, und dann haute er ab. Ich glaube, er muß am Abend sehr fleißig gewesen sein. Er ließ ein paar Uhren zurück.» Ich würde ihr nicht sagen, daß er tot war. Es hatte keinen Sinn, wenn wir beide Angst hatten.

«Ich habe sie gesehen. Sehen hübsch aus. Müssen ein paar tausend Dollar wert sein.»

«Ich werde heute morgen zum Reichstag gehen und sehen, ob ich nicht ein paar Russen finde, denen ich sie verkaufen kann.»

«Paß bloß auf, daß er nicht herkommt und nach dir sucht.»

«Keine Sorge. Das geht schon in Ordnung.» Ich spießte ein paar Kartoffeln auf die Gabel, nahm die Büchse mit amerikanischem Kaffee in die Hand und starrte sie teilnahmslos an. «Ein bißchen spät bist du letzte Nacht gekommen, stimmt's?»

«Du hast geschlafen wie ein Säugling, als ich heimkam.» Kirsten prüfte mit der flachen Hand den Sitz ihres Haares und setzte hinzu: «Wir hatten gestern sehr viel zu tun. Einer der Yanks feierte in der Bar seine Geburtstagsparty.»

«Verstehe.»

Meine Frau war Lehrerin, arbeitete jedoch als Kellnerin in einer amerikanischen Bar in Zehlendorf, zu der nur amerikanisches Militär Zutritt hatte. Unter ihrem Mantel, den sie wegen der Kälte in unserer Wohnung anbehalten mußte, trug sie bereits das rote Chintzkleid und die winzige gekräuselte Schürze, ihre Berufskleidung.

Ich wog den Kaffee in meiner Hand. «Hast du das Zeug gestohlen?»

Sie nickte und wich meinem Blick aus.

«Ich weiß nicht, wie du damit rauskommst», sagte ich. «Machen sie sich nicht die Mühe, euch zu filzen? Merken sie denn nicht, daß im Vorratsraum etwas fehlt?»

Sie lachte. «Du kannst dir nicht vorstellen, wie viele Lebensmittel sie dort lagern. Diese Yankees verbrauchen am Tag mehr als 4000 Kalorien. Ein GI ißt deine monatliche Fleischration an einem einzigen Abend und hat immer noch Platz für Ice-Cream.» Sie beendete ihr Frühstück und zog ein Päckchen Lucky Strike aus ihrer Manteltasche. «Willst du eine?»

«Hast du die auch gestohlen?» Aber ich nahm eine und senkte den Kopf über das Streichholz, das sie angerissen hatte.

«Immer der Detektiv», murmelte sie und fügte ein wenig ärgerlicher hinzu: «Tatsächlich sind die Zigaretten ein Geschenk von einem der Yanks. Einige von ihnen sind noch Jungens, weißt du. Sie können sehr nett sein.»

«Ich wette, daß sie das können», hörte ich mich knurren.

«Sie unterhalten sich gern, das ist alles.»

«Ich bin sicher, daß dein Englisch immer besser wird.» Ich lächelte breit, um jeden Anflug von Sarkasmus zu entschärfen, der in meiner Stimme war. Dies war nicht der rechte Augenblick. Jedenfalls noch nicht. Ich fragte mich, ob sie etwas über die Flasche Chanel sagen würde, die ich kürzlich in einer ihrer Schubladen versteckt gefunden hatte. Doch sie erwähnte sie nicht.

Lange nachdem Kirsten in ihre Snackbar gegangen war, hörte ich ein Klopfen an der Tür. Immer noch nervös wegen des toten Russen, steckte ich die Automatik in die Jackentasche, bevor ich auf das Klopfen reagierte.

«Wer ist da?»

«Dr. Nowak.»

Wir hatten unser Geschäft rasch erledigt. Ich erklärte ihm, daß mein Informant im Hauptquartier der Sowjetischen Streitkräfte durch einen Anruf auf der Überlandleitung bei der Polizei in Magdeburg, der Wernigerode nächst gelegenen Stadt in der Zone, die Bestätigung erhalten hatte, daß Frau Nowak in der Tat vom MVD in «Schutzhaft» gehalten wurde. Bei Nowaks Rückkehr würden er und seine Frau umgehend wegen «Arbeiten, die für die Interessen der Völker der Union der Sowjetrepubliken lebenswichtig sind», nach Charkow in der Ukraine deportiert werden.

Nowak lächelte grimmig. «Das war zu erwarten», seufzte er. «Der größte Teil ihrer metallurgischen Forschung ist dort konzentriert.»

«Was werden Sie jetzt machen?» fragte ich.

Er schüttelte den Kopf mit einem solchen Ausdruck von Mutlosigkeit, daß er mir richtig leid tat. Aber Frau Nowak tat mir noch mehr leid. Sie saß in der Klemme.

«Nun, Sie wissen, wo Sie mich finden können, falls Sie meine Dienste weiterhin benötigen.»

Nowak deutete auf den Sack Kohlen, den er mit meiner Hilfe aus seinem Taxi hereingetragen hatte, und sagte: «So wie Ihr Gesicht aussieht, schließe ich, daß Sie sich die Kohlen verdient haben.»

«Sagen wir einfach, selbst wenn ich sie alle auf einmal verfeuern würde, wäre dieses Zimmer kaum wärmer.» Ich hielt inne. «Es geht mich ja nichts an, Dr. Nowak, aber werden Sie zurückkehren?»

«Sie haben ganz recht, es geht Sie nichts an.»

Ich wünschte ihm jedenfalls Glück, und als er fort war, trug ich eine Schaufel voll Kohlen in das Wohnzimmer und machte mit einer Sorgfalt, die nur durch zunehmende Vorfreude auf eine warme Wohnung beeinträchtigt wurde, Feuer im Ofen.

Ich verbrachte einen angenehmen Morgen, auf der Couch liegend, und hatte beinahe Lust, den Rest des Tages zu Hause zu bleiben. Aber am Nachmittag holte ich mir einen Spazierstock aus dem Schrank und humpelte zum Kurfürstendamm, wo ich, nachdem ich wenigstens eine halbe Stunde Schlange gestanden hatte, eine Straßenbahn nach Osten erwischte.

«Schwarzer Markt», rief der Schaffner, als der alte zerstörte Reichstag in Sicht kam, und die Bahn leerte sich.

Kein Deutscher, so anständig er auch sein mochte, war sich zu fein, nicht hin und wieder ein kleines Schwarzmarkt-Geschäft zu machen, und angesichts eines durchschnittlichen Wocheneinkommens von etwa 200 Mark – genug, um eine Schachtel Zigaretten zu kaufen – hatten selbst rechtmäßige Geschäfte reichlich Anlaß, auf Schwarzmarktartikel zurückzugreifen, um Angestellte zu bezahlen. Die Leute benutzten ihre im Grunde wertlose Reichsmark nur, um die Miete zu bezahlen und ihre kärglichen Lebensmittelrationen zu kaufen. Für einen Studenten der klassischen Ökonomie bot Berlin das vollkommene Modell eines Warenkreislaufs, der von Habgier und Not bestimmt wurde. Vor dem geschwärzten Reichstag, auf einer Fläche von der Größe eines Fußballfeldes, standen nahezu tausend Menschen in tuschelnden Grüppchen herum, die etwas verkaufen wollten, das sie vorzeigten wie Pässe an einem belebten Grenzübergang: Süßstoffpäckchen, Zigaretten, Nähmaschinennadeln, Kaffee, Lebensmittelmarken (meist gefälscht), Schokolade und Kondome. Andere wanderten herum, blickten mit betonter Verachtung auf die Artikel, die man ihnen zur Prüfung hinhielt, und suchten weiter nach den Waren, deretwegen sie hergekommen waren. Es gab nichts, was man hier nicht kaufen konnte: von der Eigentumsurkunde über einen ausgebombten Besitz bis zu einer gefälschten Entnazifizierungsurkunde, die dem Besitzer bestätigte, er sei frei von nazistischer «Infizierung» und somit in einer Stellung zu beschäftigen, die der Kontrolle der Alliierten unterlag, sei es nun als Orchesterdirigent oder als Straßenfeger.

Doch es waren nicht nur Deutsche, die hier handelten. Ganz im Gegenteil. Die Franzosen kamen, um für ihre Mädchen zu Hause Schmuck, die Briten, um Kameras für ihren Urlaub am Meer zu kaufen. Die Amerikaner kauften Antiquitäten, die in einer der vielen Werkstätten am Savignyplatz fachmännisch gefälscht worden waren. Und die Russen kamen, um ihren für Monate nachgezahlten Sold für Uhren auszugeben; hoffte ich jedenfalls.

Ich stellte mich neben einen Mann, der an Krücken ging und dessen künstliches Bein oben aus einem Rucksack ragte, den er auf dem Rükken trug. Ich hielt meine Uhren an den Armbändern hoch. Nach einer

Weile blickte ich meinen einbeinigen Nachbarn mitfühlend an, der offensichtlich nichts zum Vorzeigen hatte, und fragte ihn, was er verkaufe.

Er preßte seinen Hinterkopf gegen den Rucksack: «Mein Bein», sagte er, ohne eine Spur von Bedauern.

«Das ist schade.»

Sein Gesicht zeigte stumme Resignation. Dann warf er einen Blick auf meine Uhren. «Hübsch», sagte er. «Vor einer Viertelstunde war ein Russe hier, der nach einer guten Uhr suchte. Für zehn Prozent würde ich nachsehen, ob ich ihn für Sie aufstöbern kann.»

Ich versuchte mir auszumalen, wie lange ich vielleicht hier stehen mußte, bevor ich einen Käufer fand. «Fünf», hörte ich mich sagen. «Wenn er kauft.»

Der Mann nickte und schlingerte auf einem Bein und zwei Krücken in Richtung Krolloper. Zehn Minuten später war er wieder da, schweratmend und nicht von einem, sondern von zwei russischen Soldaten begleitet, die, nach einer großen Feilscherei, die Pilotenuhr und die goldene Patek für 1700 Dollar kauften. Als sie verschwunden waren, zählte ich neun schmierige Scheine von dem Notenbündel ab, das sie mir gegeben hatten, und reichte sie ihm.

«Vielleicht können Sie sich das Bein jetzt selber anschnallen.»

«Vielleicht», sagte er schniefend, doch ich sah, daß er es später für fünf Stangen Winston verkaufte.

An diesem Nachmittag hatte ich kein Glück mehr und beschloß, nachdem ich die zwei übriggebliebenen Uhren am Handgelenk befestigt hatte, nach Hause zu gehen. Als ich jedoch an dem geisterhaften Gerippe des Reichstages mit seinen zugemauerten Fenstern und der gefährlich aussehenden Kuppel vorbeikam, änderte ich meine Meinung, als ich ein bestimmtes Graffito sah, das an die Wand geschmiert war und mir auf den Magen ging: «Was unsere Frauen tun, bringt einen Deutschen zum Weinen und einen GI auf Trab.»

Der Zug nach Zehlendorf und in den amerikanischen Sektor von Berlin brachte mich fast bis zur Kronprinzenallee und zu *Johnny's American Bar,* in der Kirsten arbeitete, weniger als tausend Meter vom US-Hauptquartier entfernt.

Es war mittlerweile dunkel, als ich die Bar fand, hell erleuchtet und lärmend, mit beschlagenen Fenstern und zahlreichen davor geparkten

Jeeps. Ein Schild über dem schäbig aussehenden Eingang verkündete, daß die Bar nur für die ersten drei Dienstgrade geöffnet sei, was immer darunter zu verstehen war. Vor der Tür war ein alter Mann in einer igluförmigen Hütte – einer der vielen tausend Kippensammler der Stadt, der davon lebte, daß er Stummel aufsammelte: Wie Prostituierte hatte jeder Kippensammler sein eigenes Revier, und am begehrtesten war das Pflaster vor amerikanischen Bars und Clubs, wo ein Mann oder eine Frau an einem guten Tag an die hundert Stummel auflesen konnte: genug für etwa zehn oder fünfzehn ganze Zigaretten, die zusammen etwa fünf Dollar wert waren.

«He, Onkelchen», sagte ich, «wollen Sie sich vier Winstons verdienen?» Ich nahm das Päckchen heraus, das ich am Reichstag gekauft hatte, und schüttelte vier Zigaretten in meine Handfläche. Dic wäßrigen Augen des Mannes wanderten begierig von den Zigaretten zu meinem Gesicht.

«Was soll ich machen?»

«Zwei jetzt, und zwei dann, wenn Sie kommen und mir sagen, wann diese Dame hier rauskommt.» Ich gab ihm ein Foto von Kirsten, das ich in meiner Brieftasche hatte.

«Hübsche Puppe», feixte er.

«Kümmern Sie sich nicht darum.» Ich wies mit dem Daumen auf ein schmutzig aussehendes Café weiter oben in der Kronprinzenallee, in Richtung auf das US-Hauptquartier. «Sehen Sie das Café?» Er nickte. «Dort werde ich warten.»

Der Kippensammler grüßte mit dem Finger, ließ die beiden Winstons und das Foto hurtig in seiner Hosentasche verschwinden und begann zu seiner Beschäftigung zurückzukehren und die Pflastersteine abzusuchen. Doch ich packte ihn an dem schmutzigen Taschentuch, das er um seinen stoppeligen Hals geschlungen hatte. «Vergessen Sie's nicht inzwischen, hören Sie?» Ich drehte das Tuch zusammen. «Das sieht hier nach einem guten Revier aus. Also werde ich wissen, wo ich Sie suchen muß, falls Sie sich nicht mehr daran erinnern, mir Bescheid zu sagen. Kapiert?» Der alte Mann schien meine Besorgnis zu spüren. Er grinste häßlich. «Sie mag Sie ja vergessen haben, aber Sie können sicher sein, daß ich's nicht tun werde.» Sein Gesicht, von glänzenden Spritzern und Ölflecken übersät wie ein Garagenboden, rötete sich, als ich den Griff verstärkte.

«Geben Sie sich Mühe», sagte ich und ließ ihn los, nicht ohne ein gewisses Schuldgefühl, daß ich ihn so grob behandelt hatte. Zum Ausgleich gab ich ihm eine weitere Zigarette, ließ seine überschwenglichen Beteuerungen, welch guten Charakter ich hätte, über mich ergehen und ging die Straße hinauf zu dem schmuddeligen Café.

Es kam mir wie eine Ewigkeit vor, doch es waren nicht ganz zwei Stunden, die ich dort saß, an einem großen, billig schmeckenden Cognac nuckelte, zahlreiche Zigaretten rauchte und auf die Stimmen rings um mich lauschte. Als der Kippensammler kam, um mich zu holen, trugen seine skrofulösen Züge ein triumphierendes Grinsen. Ich folgte ihm nach draußen auf die Straße.

«Die Dame», sagte er, hartnäckig auf den Bahnhof deutend, «ist in diese Richtung gegangen.» Er machte eine Pause, während ich ihm die restlichen zwei Zigaretten gab und fügte hinzu: «Mit ihrem Schätzchen. Ein Captain, glaube ich, jedenfalls, ein hübscher junger Bursche, wer er auch sein mag.»

Ich blieb nicht stehen, um noch mehr zu hören, sondern ging so energisch es mir möglich war in die Richtung, die er mir gezeigt hatte.

Ich hatte Kirsten und den amerikanischen Offizier, der sie begleitete, bald erspät. Er hatte den Arm um ihre Schultern gelegt. Ich folgte ihnen in einiger Entfernung, und der Vollmond gestattete mir eine klare Sicht auf das gemächlich schlendernde Pärchen, bis es zu einem ausgebombten Mietshaus kam, dessen eingestürzte Geschosse wie sechs Schichten Blätterteig übereinanderlagen. Sie verschwanden im Inneren. Ich fragte mich, ob ich ihnen folgen sollte. War es nötig, alles zu sehen? Bittere Galle stieg aus meiner Leber hoch und zersetzte den fettigen Zweifel, der schwer in meinen Eingeweiden lag.

Sie waren wie Moskitos: Ich hörte sie, bevor ich sie sah. Sie sprachen so schnell, daß mein Englisch nicht reichte, alles zu verstehen, doch sie schien zu erklären, sie könne nicht zweimal hintereinander spät nach Hause kommen. Eine Wolke trieb über den Mond und verdunkelte die Szene, also schlich ich hinter einen riesigen Geröllhaufen, wo ich glaubte, besser sehen zu können. Als die Wolke vorbeigezogen war und das Mondlicht unvermindert durch die kahlen Dachsparren fiel, konnte ich die beiden, die jetzt schwiegen, deutlich erkennen. Einen Augenblick boten sie ein Bild der Unschuld, als sie vor ihm kniete und er seine Hände auf ihren Kopf legte, als spende er ihr den Segen. Es verwirrte mich, daß Kirstens Kopf auf ihren Schultern sich ruckartig bewegte, doch als er stöhnte, wurde mir klar, was sich dort abspielte, und ebenso rasch überkam mich das Gefühl einer Leere. Ich schlich lautlos davon und betrank mich bis zur Besinnungslosigkeit.

4

Ich verbrachte die Nacht auf der Couch, ein Ereignis, das Kirsten, die längst im Bett schlief, als ich schließlich heimgetorkelt kam, fälschlicherweise meiner Fahne zugeschrieben haben dürfte. Ich gab vor zu schlafen, bis ich hörte, wie sie die Wohnung verließ, wenngleich ich es nicht vermeiden konnte, daß sie mich auf die Stirn küßte, bevor sie fortging. Sie pfiff, als sie die Treppe hinunter und auf die Straße ging. Ich stand auf und sah ihr vom Fenster nach, als sie die Fasanenstraße entlang zum Bahnhof Zoo ging, um mit dem Zug nach Zehlendorf zu fahren. Als ich sie aus den Augen verloren hatte, begann ich die Überreste meiner selbst zusammenzuraffen, mit denen ich den Tag überstehen konnte. Mein Kopf vibrierte wie der eines aufgeregten Dobermanns, aber nachdem ich mich mit einem eiskalten Waschlappen abgerieben, ein paar Tassen vom Kaffee des Captains getrunken und eine Zigarette geraucht hatte, fing ich an, mich ein bißchen besser zu fühlen. Trotzdem, da ich viel zu sehr mit der Erinnerung daran beschäftigt war, daß Kirsten es dem amerikanischen Captain französisch besorgt hatte, und darüber nachsann, was ich ihm antun konnte, ohne auch nur einmal daran zu denken, was ich bereits einem Rotarmisten angetan hatte, war ich nicht so vorsichtig, wie ich es hätte sein sollen, als ich auf ein Klopfen die Tür öffnete.

Der Russe war kleinwüchsig, und doch überragte er den größten Mann in der Roten Armee, denn die drei goldenen Sterne und die hellblauen Tressen an den silbernen Epauletten seines Mantels wiesen ihn als einen Palkovnik aus, einen Oberst des KGB.

«Herr Gunther?» fragte er höflich.

Ich nickte verdrossen, wütend auf mich selber, weil ich nicht vorsichtiger gewesen war. Ich fragte mich, wo ich die Waffe des roten Iwans gelassen hatte und ob ich es wagen konnte zu flüchten. Oder hatte er just für diesen Fall Männer am Fuß der Treppe postiert?

Der Offizier nahm seine Mütze ab und schlug die Hacken zusammen wie ein Preuße. «Palkovnik Poroschin, zu Diensten. Darf ich hereinkommen?» Er wartete die Antwort nicht ab. Er war nicht der Mann, der es gewöhnt war zu warten.

Der Oberst war nicht älter als etwa dreißig und trug sein Haar lang für einen Soldaten. Er strich es sich aus seinen mattblauen Augen und über den schmalen Kopf nach hinten und setzte ein glattes Lächeln auf, als er sich umdrehte und mir im Wohnzimmer gegenübertrat. Er genoß mein Unbehagen.

«Sie sind Bernhard Gunther, ist das richtig? Ich muß sicher sein.»

Daß er meinen ganzen Namen kannte, war ein wenig überraschend. Das galt auch für das hübsche goldene Zigarettenetui, das er mir geöffnet hinhielt. Die Gelbfärbung an den Spitzen seiner blutleeren Finger verriet, daß er sich nicht so viel Mühe machte, Zigaretten zu verkaufen wie zu rauchen. Und der KGB ließ sich normalerweise nicht herab, einem Mann, den er verhaften wollte, eine Zigarette anzubieten. So nahm ich eine und bekannte mich zu meinem Namen.

Er schob sich eine Zigarette zwischen seine hohlen Wangen und zog ein zum Etui passendes Dunhill-Feuerzeug hervor, um uns beiden Feuer zu geben.

«Und Sie sind ein...», er verzog das Gesicht, als der Rauchschwaden ihm in die Augen zog, «*schpek*... wie heißt das deutsche Wort...?»

«Privatdetektiv», sagte ich, unwillkürlich übersetzend, um meinen Eifer im selben Augenblick zu bereuen.

Poroschins Augenbrauen gingen hoch. «So, so», bemerkte er mit Überraschung, die sich zuerst rasch in Interesse und dann in sadistisches Vergnügen verwandelte, «Sie sprechen Russisch.»

Ich zuckte die Achseln. «Ein bißchen.»

«Aber das ist kein geläufiges Wort. Nicht für jemanden, der nur ein bißchen Russisch spricht. *Schpek* ist auch das russische Wort für gesalzenes Schweineschmalz. Kennen Sie das auch?»

«Nein», sagte ich. Aber als russischer Gefangener hatte ich genug davon, auf grobes schwarzes Brot geschmiert, gegessen, um es nur allzu gut zu kennen. Hatte er das geahnt?

«Nje schuti – im Ernst?» grinste er. «Ich wette, Sie kennen es. Genauso wie ich wette, Sie wissen, daß ich vom KGB bin, oder?» Jetzt lachte er laut. «Merken Sie, wie gut ich meine Arbeit verstehe? Ich habe noch nicht fünf Minuten mit Ihnen gesprochen und kann schon sagen, daß Sie scharf darauf sind zu verheimlichen, daß Sie gut Russisch sprechen. Aber wieso?»

«Warum sagen Sie mir nicht, was Sie wollen, Oberst?»

«Kommen Sie», sagte er. «Für mich als einen Mann vom Geheimdienst ist es nur natürlich, daß ich frage, warum. Ausgerechnet Sie müßten diese Art von Neugier verstehen, oder?»

Rauch entströmte seiner Haifischflossennase, als er seine Lippen zu einer angedeuteten Entschuldigung schürzte.

«Für Deutsche ist es nicht angebracht, allzu neugierig zu sein», sagte ich. «Nicht in diesen Zeiten.»

Er zuckte die Achseln und ging zu meinem Tisch hinüber, auf dem die beiden Uhren lagen. «Vielleicht», murmelte er nachdenklich. Ich hoffte, daß er nicht wagen würde, die Schublade zu öffnen, in der, wie ich mich inzwischen erinnerte, die Automatik des toten Iwans lag. Ich versuchte, ihn zum eigentlichen Anlaß seines Besuches, welcher es immer war, zurückzulotsen, und sagte: «Trifft es nicht zu, daß alle Privatdetektive und Auskunftsbüros in Ihrer Zone verboten sind?»

Endlich löste er sich vom Tisch.

«Verno (ganz recht), Herr Gunther. Und zwar deshalb, weil solche Einrichtungen in einer Demokratie überflüssig sind...»

Poroschin winkte ab, als ich ansetzte, ihn zu unterbrechen.

«Nein, bitte, sagen Sie es nicht, Herr Gunther. Sie wollten sagen, daß man die Sowjetunion schwerlich eine Demokratie nennen könne. Jedoch wenn Sie es täten, könnte der Genosse Vorsitzende Sie hören und schreckliche Männer wie mich schicken, um Sie und Ihre Frau zu entführen.

Selbstverständlich wissen wir beide, daß die einzigen Leute, die in dieser Stadt im Augenblick ihren Lebensunterhalt verdienen können, die Prostituierten, die Schwarzmarkthändler und die Spione sind. Prostituierte wird es immer geben, und die Schwarzmarkthändler werden sich so lange halten, wie die deutsche Währung nicht reformiert wird. Das Spionieren bleibt. Das ist der neue Beruf, den man einschlagen muß, Herr Gunther. Sie sollten ihren Beruf als Privatdetektiv vergessen, wenn es für Leute wie Sie so viele neue Möglichkeiten gibt.»

«Das hört sich beinahe so an, als würden Sie mir einen Job anbieten, Oberst.»

Er lächelte sarkastisch. «Gar keine so schlechte Idee. Aber deshalb bin ich nicht gekommen.» Er warf einen Blick hinter sich auf den Sessel. «Darf ich mich setzen?»

«Bitte sehr. Leider kann ich Ihnen außer Kaffee nichts anbieten.»

«Danke, nein. Kaffee ist ein Getränk, das mich ziemlich nervös macht.»

Ich ließ mich auf der Couch nieder und wartete, daß er anfing.

«Wir haben einen gemeinsamen Freund, Emil Becker, der, wie Sie sagen würden, in Teufels Küche geraten ist.»

«Becker?» Ich dachte einen Augenblick nach und erinnerte mich an ein Gesicht aus der Zeit des Rußlandfeldzuges 1941; und davor bei der Kriminalpolizei. «Ich habe ihn lange nicht gesehen. Ich würde ihn nicht gerade einen Freund nennen, aber was hat er ausgefressen? Warum halten Sie ihn fest?»

Poroschin schüttelte den Kopf. «Sie liegen falsch. Er hat keinen Ärger mit uns, sondern mit den Amerikanern. Um genau zu sein, mit ihrer Militärpolizei in Wien.»

«Also, wenn Sie ihn nicht haben, wohl aber die Amerikaner, muß er wirklich ein Verbrechen begangen haben.»

Poroschin ging über meinen Sarkasmus hinweg. «Er wird beschuldigt, einen amerikanischen Offizier ermordet zu haben, einen Captain der Armee.»

«Nun, danach war uns allen irgendwann mal zumute.» Ich schüttelte den Kopf, als Poroschin mich fragend anblickte.

«Nein, es spielt keine Rolle.»

«Was hier eine Rolle spielt, ist die Tatsache, daß Becker diesen Amerikaner nicht ermordet hat», sagte er fest. «Er ist unschuldig. Wie auch immer, die Amerikaner haben Indizien und werden ihn mit Sicherheit hängen, wenn ihm nicht jemand hilft.»

«Ich sehe nicht, was ich dabei tun kann.»

«Er will Sie engagieren, als Privatdetektiv natürlich. Um seine Unschuld zu beweisen. Dafür will er Sie großzügig honorieren. Wie es auch ausgeht, fünftausend Dollar.»

Ich hörte mich pfeifen. «Das ist eine Menge Geld.»

«Die Hälfte jetzt, in Gold. Der Rest zahlbar bei Ihrer Ankunft in Wien.»

«Und welches Interesse haben Sie an der Sache, Oberst?»

Er bog seinen Hals in dem engen Kragen seines makellosen Uniformrocks. «Wie ich sagte, Becker ist ein Freund.»

«Würden Sie mir vielleicht erklären, wieso?»

«Er hat mir das Leben gerettet. Ich muß tun, was ich kann, um ihm zu helfen. Aber es wäre politisch schwierig, ihm offiziell zu helfen, Sie verstehen.»

«Wie kommt es, daß Sie so genau über Beckers Wünsche im Bilde sind? Ich kann mir kaum vorstellen, daß er sie aus einem amerikanischen Knast angerufen hat.»

«Er hat natürlich einen Anwalt. Es war Beckers Anwalt, der mich bat, zu versuchen, Sie aufzustöbern; und Sie zu bitten, Ihrem alten Kameraden zu helfen.»

«Das war er nie. Es stimmt, wir haben mal zusammengearbeitet. Aber ‹alte Kameraden› sind wir nicht.»

Poroschin zuckte die Achseln. «Wie Sie wollen.»

«Fünftausend Dollar. Wie kommt Becker an fünftausend Dollar?»

«Er ist ein einfallsreicher Mann.»

«Das ist das richtige Wort dafür. Was macht er denn mittlerweile?»

«Er betreibt eine Import-Export-Firma, hier und in Wien.»

«Eine überaus hübsche Umschreibung. Schwarzmarktgeschäfte, schätze ich.»

Poroschin nickte entschuldigend und bot mir aus seinem goldenen Etui eine weitere Zigarette an. Ich rauchte gemächlich, dachte nach und fragte mich, welch kleiner Prozentsatz dieser Geschäfte wohl ehrlich war.

«Nun, was sagen Sie?»

«Ich kann es nicht machen», sagte ich schließlich. «Ich nenne Ihnen den höflichen Grund zuerst.»

Ich stand auf und ging zum Fenster. Unten auf der Straße stand ein brandneuer BMW mit einem sowjetischen Stander auf der Motorhaube; ein großer, brutal aussehender Rotarmist lehnte am Wagen.

«Oberst Poroschin, es dürfte Ihrer Aufmerksamkeit nicht entgangen sein, daß es nicht leichter wird, in diese Stadt hineinzukommen, geschweige denn aus ihr raus. Schließlich haben Sie Berlin mit der Hälfte Ihrer Roten Armee eingekesselt. Und ganz abgesehen von den normalen Reisebeschränkungen in bezug auf Deutsche, scheint sich die Lage in den letzten Wochen ziemlich verschlechtert zu haben, selbst für Ihre sogenannten Alliierten. Und angesichts so vieler

Verschleppter, die versuchen, illegal nach Österreich einzureisen, sind die Österreicher ganz glücklich, daß man hier niemanden zum Reisen ermutigt. In Ordnung. Das ist der höfliche Grund.»

«Aber das ist doch kein Problem», sagte Poroschin aalglatt. «Für einen alten Freund wie Emil ziehe ich gern ein paar Fäden: Eine Reiseberechtigung, ein Paß von uns, Fahrkarten – das läßt sich alles leicht beschaffen. Sie können sich darauf verlassen, daß ich alle notwendigen Dinge erledige.»

«Nun, ich schätze, das ist der zweite Grund, warum ich's nicht tun werde. Der weniger höfliche Grund. Ich traue Ihnen nicht, Oberst. Warum sollte ich? Sie sprechen davon, ein paar Fäden zu ziehen, um Emil zu helfen. Aber Sie könnten genausogut ein paar andere ziehen. Auf Ihrer Seite des Zauns sind die Dinge ziemlich unkalkulierbar. Ich kenne einen Mann, der aus dem Krieg heimkehrte und feststellte, daß Funktionäre der Kommunistischen Partei in seinem Haus wohnten – Funktionäre, für die nichts einfacher war, als ein paar Fäden zu ziehen, um ihn in ein Irrenhaus einweisen zu lassen, genauso, wie sie sich sein Haus angeeignet hatten.

Und erst vor einem Monat oder zwei ließ ich ein paar Freunde von mir in einer Bar in Ihrem Sektor der Stadt zurück, bloß um später zu erfahren, daß Minuten nach meinem Aufbruch sowjetische Streitkräfte das Haus umstellt und jedem Gast in der Bar zu ein paar Wochen Zwangsarbeit verholfen hatten. Ich wiederhole noch einmal, Oberst: Ich traue Ihnen nicht und sehe keinen Grund, warum ich's tun sollte. Nach allem, was ich weiß, könnte ich in dem Augenblick verhaftet werden, in dem ich Ihren Sektor betrete.»

Poroschin lachte laut. «Aber warum sollte man Sie verhaften?»

«Mir ist nie aufgefallen, daß Sie dafür einen besonderen Grund gebraucht hätten.» Ich zuckte aufgebracht die Achseln. «Vielleicht weil ich Privatdetektiv bin. Für den KGB ist das ebenso gut, als wäre ich ein amerikanischer Spion. Ich glaube, das ehemalige Konzentrationslager Sachsenhausen, das Ihre Leute von den Nazis übernommen haben, ist inzwischen voll von Deutschen, die man beschuldigt, sie hätten für die Amerikaner spioniert.»

«Gestatten Sie mir eine kleine hochmütige Bemerkung, Herr Gunther: Glauben Sie im Ernst, ich, ein KGB-Oberst, hielte Ihre Täuschung und Verhaftung für wichtiger als die Anwesenheit im Alliierten Kontrollrat?»

«Sie sind ein Mitglied der Kommandantura?» Ich war überrascht.

«Ich habe die Ehre, Nachrichtenoffizier des Stellvertretenden Sowjetischen Militärgouverneurs zu sein. Sie können sich im Hauptquartier des Rates in der Elßholzstraße erkundigen, wenn Sie mir nicht glauben.» Er machte eine Pause und wartete auf eine Reaktion von mir. «Kommen Sie. Was sagen Sie?»

Als ich noch immer nichts sagte, seufzte er und schüttelte den Kopf. «Ich werde euch Deutsche nie verstehen.»

«Sie sprechen die Sprache gut genug. Vergessen Sie nicht, Marx war ein Deutscher.»

«Ja, aber er war auch Jude. Ihre Landsleute haben zwölf Jahre versucht, zu beweisen, daß diese beiden Umstände einander ausschließen. Da ist eine der Sachen, die ich nicht verstehe. Ändern Sie Ihre Meinung?»

Ich schüttelte den Kopf.

«In Ordnung.»

Nichts deutete darauf hin, daß der Oberst über meine Weigerung verärgert war. Er blickte auf seine Uhr und stand auf.

«Ich muß gehen», sagte er. Er nahm ein Notizbuch heraus und begann auf einem Blatt Papier zu schreiben. «Sollten Sie Ihre Meinung ändern, können Sie mich unter dieser Nummer in Karlshorst erreichen. 55-16-44. Fragen Sie nach General Kawerntschews Sicherheitsabteilung. Und hier haben Sie auch meine private Nummer: 05-00-19.»

Poroschin lächelte und deutete auf den Zettel, als er ihn mir reichte. «Sollten Sie von den Amerikanern verhaftet werden, würde ich sie diesen Zettel nicht sehen lassen. Sie werden wahrscheinlich glauben, daß Sie ein Spion sind.»

Als er die Treppe hinunterging, lachte er immer noch.

5

Für jene, die an das Vaterland geglaubt hatten, war es nicht die Niederlage, welche diese patriarchalische Sicht der Gesellschaft Lügen strafte. Und am Beispiel von Berlin, das durch die Vermessenheit der Männer zerstört worden war, konnte man die Lektion lernen, daß eine Stadt, wenn der Krieg ausgekämpft ist, die Soldaten tot und die Mauern eingestürzt sind, aus ihren Frauen besteht.

Ich schritt auf eine graue Granitschlucht zu, hinter der sich ein übermäßig ausgebeutetes Bergwerk hätte verbergen können, aus dem gerade unter der Aufsicht einer Gruppe von Trümmerfrauen ein Zug steinbeladener Loren auftauchte. Eine davon trug seitlich die Kreideaufschrift «Keine Zeit für Liebe». Wenn man ihre staubigen Gesichter und ihre Ringerfiguren sah, brauchte man daran nicht erinnert zu werden. Aber sie hatten Herzen, so groß wie ihre Armmuskeln.

Ich schritt lächelnd durch ihre Buhrufe und höhnischen Pfiffe – wo waren meine Hände jetzt, da die Stadt wiederaufgebaut werden mußte? –, schwenkte meinen Krückstock wie einen Krankenschein und setzte meinen Weg zur Pestalozzistraße fort. Friedrich Korsch (ein alter Freund aus meiner Zeit bei der Kripo und jetzt Kommissar bei der von Kommunisten beherrschten Berliner Polizei) hatte mir gesagt, dort könne ich Emil Beckers Frau finden. Nummer 21 war ein beschädigtes fünfstöckiges Gebäude, in dessen Hausflur, wo es durchdringend nach verbranntem Toast roch, ein Schild angebracht war, das warnte: «Unsichere Treppe! Benutzung auf eigene Gefahr». Zum Glück verrieten mir die Namen und Wohnungsnummern, die mit Kreide auf die Wand im Hausflur geschrieben waren, daß Frau Becker im Erdgeschoß wohnte. Ich ging durch einen dunklen, naßkalten Flur zu ihrer Tür. Zwischen der Tür und dem Waschbecken auf dem Treppenabsatz löste eine alte Frau große Brocken von Schwämmen von der feuchten Wand und sammelte sie in einem Pappkarton.

«Sind Sie vom Roten Kreuz?» fragte sie.

«Nein», sagte ich, klopfte an die Tür und wartete.

Sie lächelte. «Es ist alles in Ordnung, wissen Sie. Wir sind hier recht gut versorgt.» Friedlicher Irrsinn lag in ihrer Stimme.

Ich klopfte abermals, dieses Mal lauter, und hörte ein gedämpftes Geräusch und dann Riegel, die an der Innenseite der Tür zurückgeschoben wurden.

«Wir leiden keinen Hunger», sagte die alte Frau. «Der Herr sorgt für uns.» Sie deutete auf die Schwämme in ihrem Karton. «Sehen Sie. Hier wachsen sogar frische Pilze.» Und als sie das sagte, löste sie ein Stück Schwamm von der Wand und aß es.

Als sich die Tür schließlich öffnete, war ich vor Abscheu einen Augenblick nicht in der Lage zu sprechen. Frau Becker, die alte Frau erblickend, stieß mich beiseite, trat energisch in den Flur und verscheuchte die Alte unter lauten Beschimpfungen.

«Schmieriges altes Luder», murmelte sie. «Kommt immer in dieses Haus und ißt diesen alten Modder. Die Frau ist verrückt. Sie spinnt total.»

«Kein Zweifel, sie hat was gegessen», sagte ich, von Ekel geschüttelt.

Frau Becker fixierte mich mit einem messerscharfen Blick aus ihren bebrillten Augen.

«Und wer sind Sie und was wollen Sie?» fragte sie barsch.

«Mein Name ist Bernhard Gunther...», setzte ich an.

«Hab von Ihnen gehört», knurrte sie. «Sie waren bei der Kripo.»

«Stimmt.»

«Sie kommen besser rein.» Sie folgte mir in das eiskalte Wohnzimmer, schloß krachend die Tür und schob die Riegel vor, als habe sie vor etwas Todesangst. Als sie bemerkte, daß mich das verblüffte, fügte sie erklärend hinzu: «Man kann heutzutage nicht vorsichtig genug sein.»

«Nein, wirklich nicht.»

Ich warf einen Blick auf die ekelhaften Wände, den abgetretenen Teppich und die alten Möbel. Es war nicht viel, aber es war peinlich sauber. Gegen die Feuchtigkeit konnte sie wenig ausrichten.

«Charlottenburg ist gar nicht so schlecht dran», sagte ich, um sie zu besänftigen, «verglichen mit anderen Bezirken.»

«Kann schon sein», erwiderte sie, «aber ich kann Ihnen sagen, wären Sie nach Einbruch der Dunkelheit gekommen und hätten wie ein Verrückter geklopft, ich hätte nicht aufgemacht. Nachts haben wir hier alle Arten von Ratten.» Mit diesen Worten nahm sie eine große Sperrholzplatte vom Sofa, und ich dachte einen Augenblick, sie arbeite an einem Puzzle. Dann sah ich zahlreiche Päckchen Olleschau-Zigarettenpapier, die Beutel mit Zigarettenstummeln, die Haufen von wiederverwertetem Tabak und die aufgereihten Neugedrehten.

Ich setzte mich auf die Couch, nahm meine Winstons heraus und bot ihr eine an.

«Danke», sagte sie mürrisch und schob sich die Zigarette hinter das Ohr. «Ich werde sie später rauchen.» Aber ich zweifelte nicht, daß sie sie mit den übrigen verkaufen würde.

«Was kriegt man zur Zeit für einen selbstgedrehten Sargnagel?»

«Etwa fünf Mark», erwiderte sie. «Ich zahle meinen Sammlern fünf US für hundertfünfzig Kippen. Daraus kann man ungefähr zwanzig neue drehen. Verkaufe sie für etwa zehn US. Was ist, schreiben Sie einen Artikel darüber für den *Tagesspiegel*? Verschonen Sie mich mit dieser Victor-Gollancz-Tour ‹Rettet Berlin›, Herr Gunther. Sie sind wegen meines lausigen Mannes hier, nicht wahr? Also, ich habe ihn lange nicht mehr gesehen. Und ich hoffe, daß ich ihn nie wieder zu Gesicht bekomme. Ich schätze, Sie wissen, daß er in einem Wiener Gefängnis sitzt, oder?»

«Ja.»

«Vielleicht wissen Sie auch, daß ich froh war, als die Amerikaner kamen und mir sagten, er wär verhaftet. Ich könnte ihm verzeihen, daß er mich im Stich gelassen hat, aber nicht unseren Sohn.»

Es ließ sich nicht sagen, ob Frau Becker sich in eine Hexe verwandelt hatte, bevor oder nachdem ihr Ehemann sie hatte sitzenlassen. Aber nach dem ersten Eindruck war sie nicht der Typ, mich davon zu überzeugen, daß ihr durchgebrannter Ehemann eine falsche Wahl getroffen hatte. Sie hatte einen bitteren Zug um den Mund, einen vorstehenden Unterkiefer und kleine scharfe Zähne. Ich hatte kaum angefangen, den Zweck meines Besuches zu erläutern, als sie anfing, mir die Ohren vollzublasen. Es kostete mich den Rest meiner Zigaretten, um sie genügend zu besänftigen, daß sie meine Fragen beantwortete.

«Was ist genau passiert? Können Sie mir das sagen?»

«Die von der MP sagten, er hätte in Wien einen Captain von der amerikanischen Armee erschossen. Offenbar haben sie ihn auf frischer Tat erwischt. Das ist alles, was man mir sagte.»

«Was ist mit diesem Oberst Poroschin? Wissen Sie etwas über ihn?»

«Sie wollen wissen, ob Sie ihm trauen können oder nicht. Das ist es, was Sie wissen wollen. Nun, er ist ein Iwan», feixte sie. «Das ist alles, was Sie zu wissen brauchen.» Sie schüttelte den Kopf und fügte ungeduldig hinzu: «Oh, sie kannten sich hier in Berlin durch eine von Emils Schiebereien. Es ging, glaub ich, um Penicillin. Ich glaube, Emil sagte, Poroschin hätte sich bei einem Mädchen, auf das er scharf war, die Syphilis geholt. Wird wohl eher andersrum gewesen sein, dachte ich. Jedenfalls war's die schlimmste Form der Syphilis: die Art, bei der man anschwillt. Salvarsan schien nicht zu helfen. Emil besorgte ihm Penicillin. Nun, Sie wissen, wie selten das ist, das echte Zeug, meine ich. Das könnte ein Grund sein, warum Poroschin versucht, Emil zu helfen. Sie sind alle gleich, diese Russkis. Sie haben nicht nur ihren Verstand in den Eiern, auch ihre Seele. Poroschins Dankbarkeit kommt direkt aus seinem Schwanz.»

«Und ein anderer Grund?»

Ihre Stirn umwölkte sich.

«Sie sagten, das könne ein Grund sein. Könnte es noch andere geben?»

«Aber natürlich. Es kann nicht einfach daran liegen, daß er Poroschins Schwanz aus dem Feuer geholt hat. Ich wäre überhaupt nicht überrascht, wenn Emil für ihn spioniert hätte.»

«Haben Sie einen Anhaltspunkt dafür? Hat er Poroschin oft getroffen, als er noch in Berlin war?»

«Kann ich nicht sagen.»

«Aber er ist nur wegen Mordes angeklagt. Nicht wegen Spionage.»

«Was ist das für ein Unterschied? So wie es aussieht, haben sie genug Material gegen ihn, um ihn aufzuhängen.»

«So läuft das nicht. Hätte er spioniert, hätten sie alles wissen wollen. Diese Leute von der MP hätten Ihnen eine Menge Fragen über die Verbindungen Ihres Mannes gestellt. Haben sie das?»

Sie zuckte die Achseln. «Nicht daß ich wüßte.»

«Hätte es irgendeinen Verdacht auf Spionage gegeben, wären sie dem nachgegangen, wenn auch nur, um rauszufinden, welche Informationen er vielleicht besaß. Haben sie diese Wohnung durchsucht?»

Frau Becker schüttelte den Kopf. «Egal, ich hoffe, sie hängen ihn», sagte sie bitter. «Das können Sie ihm sagen, wenn Sie ihn sehen. Ich will ihn mit Sicherheit nicht mehr sehen.»

«Wann haben Sie ihn zum letztenmal gesehen?»

«Vor einem Jahr. Er kam im Juli aus einem sowjetischen Kriegsgefangenenlager zurück, und drei Monate später haute er ab.»

«Und wann wurde er gefangengenommen?»

«Im Februar 1943, bei Briansk.» Sie preßte die Lippen zusammen. «Wenn ich mir vorstelle, daß ich drei Jahre auf diesen Mann gewartet habe. Alle diese anderen Männer, die ich abwies. Ich sparte mich für ihn auf, und was ist dabei rausgekommen?» Ihr schien ein Gedanke zu kommen. «Da haben Sie Ihren Beweis, daß er spionierte, wenn Sie einen brauchen. Wie hat er es fertiggebracht, entlassen zu werden, he? Beantworten Sie mir die Frage. Wieso kam er nach Hause, wo so viele andere immer noch dort sind?»

Ich stand auf, um zu gehen. Vielleicht war es die Situation mit meiner eigenen Frau, daß ich mehr dazu neigte, Beckers Partei zu ergreifen. Doch ich hatte genug gehört, um zu begreifen, daß er alle Hilfe brauchen würde, die er kriegen konnte – möglicherweise noch mehr, wenn diese Frau etwas mit der Sache zu tun hatte.

Ich sagte: «Ich war selber in einem sowjetischen Kriegsgefangenenlager, Frau Becker. Zugegeben, nicht so lange wie Ihr Mann, Frau Becker. Es hat mich nicht zum Spion gemacht. Ich bin vielleicht ein Glückspilz, aber kein Spion.» Ich ging zur Tür, öffnete sie und zögerte. «Soll ich Ihnen sagen, was für mich dabei rauskam? Ich war nirgendwo mehr willkommen: nicht bei den Leuten, bei der Polizei, bei Leuten wie Ihnen, Frau Becker, bei Leuten wie meiner eigenen Frau, die mich, seit ich zurück bin, kaum noch an sich rangelassen hat. Das hat mir das Lager eingebracht: daß ich nirgendwo mehr willkommen war.»

6

Man sagt, daß ein hungriger Hund sogar eine dreckige Blutwurst frißt. Aber der Hunger wirkt sich nicht bloß auf die hygienischen Maßstäbe aus. Er schwächt auch den Verstand, macht das Gedächtnis stumpf – vom sexuellen Verlangen ganz zu schweigen – und erzeugt im allgemeinen ein Gefühl von Teilnahmslosigkeit. Darum war ich nicht überrascht, daß es im Laufe des Jahres 1947 ein paar Situationen gegeben hatte, wo ich, als meine Aufmerksamkeit durch den Mangel an Nahrung reduziert war, fast Opfer eines Verkehrsunfalles geworden wäre. Das war genau der Grund, warum ich beschloß, über meine augenblickliche, ziemlich irrationale Neigung nachzudenken, nur um einen vollen Magen zu haben, und Beckers Fall schließlich doch übernahm.

Das Hotel *Adlon*, früher Berlins feinste und berühmteste Adresse, war jetzt kaum mehr als eine Ruine. Irgendwie blieb es für Gäste geöffnet und verfügte über vierzehn Zimmer, die, weil das Hotel im sowjetischen Sektor lag, in der Regel von russischen Offizieren bewohnt wurden. Im Kellergeschoß wurde ein kleines Restaurant nicht nur weitergeführt, sondern es machte auch flotte Geschäfte, weil es Deutschen mit Lebensmittelkarten vorbehalten blieb, die dort speisen konnten, ohne befürchten zu müssen, daß man sie wegen wohlhabenderer Briten oder Amerikaner von den Tischen vertrieb, wie es in den meisten anderen Berliner Restaurants geschah.

Der behelfsmäßige Eingang des *Adlon* lag unter einem Haufen Geröll an der Wilhelmstraße, nur ein kurzes Stück vom Führerbunker entfernt, wo Hitler den Tod gefunden hatte. Wollte man ihn besichtigen, brauchte man den Polizisten, die die Leute angeblich vom Bunker fernhalten sollten, bloß ein paar Zigaretten in die Hand zu schieben. Alle Berliner Polypen hatten seit Kriegsende einen Nebenberuf.

Ich nahm ein spätes Mittagessen ein, bestehend aus Linsensuppe, Rübenfrikadelle und Dosenfrüchten; und nachdem ich Beckers Problem mit frisch gestärktem Hirn überdacht hatte, gab ich meine Lebensmittelabschnitte ab und ging zur Rezeption, um zu telefonieren.

Mein Anruf bei der sowjetischen Militärbehörde in Karlshorst funktionierte ziemlich rasch, doch es schien eine Ewigkeit zu dauern, bis ich mit Oberst Poroschin verbunden wurde. Auch die Tatsache, daß ich Russisch sprach, schien den Vorgang nicht zu beschleunigen, sondern trug mir nur einen argwöhnischen Blick des Hotelportiers ein. Als ich Poroschin endlich an der Strippe hatte, schien er echt erfreut, daß ich meine Meinung geändert hatte, und sagte mir, ich solle am Stalinbild Unter den Linden warten, wo sein Dienstwagen mich in fünfzehn Minuten abholen werde.

Der Nachmittag hatte begonnen, schwierig zu werden, und ich stand zehn Minuten lang in der Tür des *Adlon*, ehe ich über die kleine Treppe des Lieferanteneingangs auf die Wilhelmstraße zurückkehrte. Dann ging ich, im Rücken das Brandenburger Tor, auf das haushohe Bild des Genossen Vorsitzenden zu, das, flankiert von zwei kleineren Säulenplatten, die Hammer und Sichel trugen, die Mitte der Allee beherrschte. Während ich auf den Wagen wartete, schien Stalin mich zu beobachten, ein Gefühl, das beabsichtigt war, wie mir schien: Die Augen waren so unergründlich, schwarz und unangenehm wie das Innere eines Knobelbechers, und das Lächeln unter dem Schnauzbart war knochenharter Dauerfrost. Es verblüffte mich immer, daß es Leute gab, die dieses mörderische Ungeheuer «Onkel Josef» nannten:

Mir kam er so onkelhaft vor wie König Herodes. Poroschins Wagen näherte sich, und das Motorengeräusch wurde vom Lärm einer Staffel von Jak-3-Kampfflugzeugen übertönt, die über unsere Köpfe flogen. Ich stieg ein und sackte hilflos in den Rücksitz, als der breitschultrige Fahrer mit einem Tatarengesicht den BMW beschleunigte und dem Alexanderplatz zuraste, weiter über die Frankfurter Allee nach Karlshorst.

«Ich dachte immer, es wäre deutschen Zivilisten verboten, in Dienstwagen zu fahren», sagte ich auf russisch zum Fahrer.

«Stimmt», sagte er, «aber der Oberst meinte, wenn wir angehalten würden, brauchte ich bloß zu sagen, Sie seien verhaftet.»

Der Tatar lachte dröhnend, als er mein unverkennbar entsetztes Gesicht sah, und ich konnte mich bloß mit der Tatsache trösten, daß es bei der Geschwindigkeit, mit der wir fuhren, unwahrscheinlich war, daß uns etwas anderes würde aufhalten können als eine Panzerabwehrkanone.

Minuten später erreichten wir Karlshorst.

Karlshorst, eine Villenkolonie mit einer Bahn für Hindernisrennen, trug jetzt den Spitznamen «der kleine Kreml» und war eine völlig isolierte russische Enklave, die Deutsche nur mit einer Sondererlaubnis betreten konnten. Oder mit einem Stander auf der Motorhaube, wie ihn Poroschins Wagen aufwies. Wir wurden durch zahlreiche Kontrollpunkte durchgewinkt und fuhren schließlich vor dem alten St.-Antonius-Krankenhaus in der Zeppelinstraße vor, das jetzt die Sowjetische Militärverwaltung für Berlin beherbergte. Der Wagen kam knirschend im Schatten einer fünf Meter hohen Säulenwand zum Stehen, auf der ein großer roter Sowjetstern prangte. Poroschins Fahrer sprang aus dem Auto, öffnete schneidig meine Tür und geleitete mich, ohne die Wachtposten zu beachten, die Treppe hinauf zur Eingangstür. Im Eingang blieb ich einen Augenblick stehen und musterte die brandneuen BMWs und Motorräder auf dem Parkplatz.

«Ist jemand einkaufen gewesen?» fragte ich.

«Aus der BMW-Fabrik in Eisenach», sagte mein Fahrer stolz. «Jetzt russisch.»

Er ließ mich mit dieser deprimierenden Vorstellung in einem Wartezimmer zurück, das durchdringend nach Karbol roch. Die einzige Konzession des Raumes an Schmuck bestand in einem weiteren Stalinbild, unter dem die Parole zu lesen war: *Stalin, der weise Lehrer und Beschützer der Arbeiterklasse.* Selbst Lenin, dessen Porträt in einem kleineren Rahmen neben dem des weisen Führers hing, schien, nach seinem Gesichtsausdruck zu schließen, mit dieser Aussage Schwierigkeiten zu haben. Ich begegnete diesen beiden Gesichtern an den Wänden von Poroschins Büro im Obergeschoß des Gebäudes wieder. Die perfekt gebügelte olivbraune Uniformjacke hing an der Innenseite der Glastür. Er trug ein Tscherkessenhemd, das von einem schwarzen Gürtel zusammengehalten wurde. Wäre nicht der Glanz auf seinen Stiefeln aus weichem Kalbsleder gewesen, er hätte auch als Student der Moskauer Universität durchgehen können. Er setzte seinen Becher ab und erhob sich hinter seinem Schreibtisch, als der Tatar mich in sein Büro führte.

«Nehmen Sie bitte Platz, Herr Gunther», sagte Poroschin und deutete auf einen Stuhl aus der Gründerzeit. Der Tatar wartete darauf, entlassen zu werden. Poroschin hob seinen Becher, damit ich seinen Inhalt sehen konnte. «Möchten Sie etwas Ovomaltine, Herr Gunther?»

«Ovomaltine? Nein, danke, ich hasse das Zeug.»

«Wirklich?» Er schien überrascht. «Ich liebe es.»

«Ist noch ein bißchen früh, um ans Insbettgehen zu denken, oder?»

Poroschin lächelte geduldig. «Vielleicht hätten Sie lieber Wodka.» Er öffnete seine Schreibtischschublade, nahm eine Flasche und ein Glas heraus und stellte sie vor mich auf den Tisch.

Ich schenkte mir ein großes Glas ein. Aus dem Augenwinkel sah ich, daß der Tatar sich vor Durst die Lippen leckte. Auch Poroschin sah es. Er füllte ein zweites Glas und stellte es auf den Aktenschrank unmittelbar neben den Kopf des Mannes.

«Sie müssen diese Kosakenflegel wie Hunde dressieren», erklärte er. «Für sie ist Trunkenheit eine beinahe religiöses Sache. Ist das so, Jeroschka?»

«Ja, Genosse Major», sagte er ausdruckslos.

«Er hat Kleinholz aus einer Bar gemacht, eine Kellnerin angegriffen, einen Feldwebel geschlagen, und wäre ich nicht gewesen, hätte man ihn vielleicht erschossen. Man könnte ihn immer noch erschießen, wie, Jeroschka? Und zwar in dem Augenblick, wo du ohne meine Erlaubnis dieses Glas anrührst. Verstanden?»

«Ja, Genosse Major.»

Poroschin nahm einen großen, schweren Revolver und legte ihn auf den Tisch, um seinen Worten Nachdruck zu verleihen. Dann nahm er wieder Platz.

«Ich kann mir vorstellen, daß sie aus Ihrer Militärzeit eine Menge über Disziplin wissen, Herr Gunther. Wo, sagten Sie, haben Sie während des Krieges gedient?»

«Ich habe nichts gesagt.»

Er lehnte sich in seinem Stuhl zurück und schwang seine Stiefel auf den Tisch. Der Wodka schwappte über den Rand des Glases, als sie auf der Schreibunterlage landeten.

«Nein, wirklich nicht? Aber ich kann mir vorstellen, daß Sie aufgrund Ihrer Qualifikation irgendwie für den Geheimdienst gearbeitet haben.»

«Welche Qualifikation meinen Sie?»

«Kommen Sie, nur nicht zu bescheiden. Sie sprechen Russisch, haben Kripoerfahrung. Ach ja, Emils Anwalt erzählte mir davon. Ich erfuhr, daß Emil und Sie früher bei der Berliner Mordkommission waren. Und auch, daß Sie Kommissar waren. Ein ziemlich hoher Rang, nicht wahr?»

Ich schlürfte meinen Wodka und versuchte, ruhig zu bleiben. Ich sagte mir, daß ich mit etwas Ähnlichem hätte rechnen müssen.

«Ich war bloß ein einfacher Soldat, der Befehlen gehorchte», sagte ich. «Ich war nicht mal Parteimitglied.»

«Wie's heute scheint, waren das nur wenige. Ich finde das wirklich ziemlich erstaunlich.» Er lächelte und hob warnend den Zeigefinger. «Seien Sie so zugeknöpft, wie Sie wollen, Herr Gunther, aber ich werde die Wahrheit rausfinden. Merken Sie sich meine Worte. Und sei's nur, um meine Neugier zu befriedigen.»

«Manchmal ist es mit der Neugier wie mit Jeroschkas Durst», sagte ich, «man läßt sie am besten unbefriedigt. Es sei denn, es ist die unvoreingenommene, intellektuelle Art von Neugier, die eigentlich Sache der Philosophen ist. Antworten pflegen enttäuschend zu sein.» Ich leerte mein Glas und stellte es auf die Schreibunterlage neben seine Stiefel. «Aber ich bin heute nachmittag nicht mit einem Monogramm in den Socken hergekommen, um mit Ihnen Frage und Antwort zu spielen, Major. Also, warum spendieren Sie mir nicht eine der Lucky Strikes, die sie damals rauchten, und befriedigen *meine* Neugier wenigstens so weit, daß Sie mir die eine oder andere Tatsache über diesen Fall mitteilen.»

Poroschin beugte sich vor und klappte eine silberne Zigarettendose auf. «Bedienen Sie sich», sagte er.

Ich nahm eine und zündete sie mit einem silbernen Spielzeugfeuerzeug an, das die Form eines Feldgeschützes hatte; dann betrachtete ich es kritisch, als taxiere ich seinen Wert in einem Trödlerladen. Er hatte mich gereizt, und ich wollte es ihm irgendwie heimzahlen. «Da haben Sie aber eine hübsche Kriegsbeute», sagte ich. «Das ist ein deutsches Feldgeschütz. Haben Sie es gekauft, oder war niemand zu Hause, als Sie zu Besuch kamen?»

Poroschin schloß die Augen, prustete ein wenig vor Lachen und ging zum Fenster hinüber. Er öffnete den Flügel und knöpfte seinen Hosenschlitz auf. «Das ist der Ärger, wenn man so viel Ovomaltine trinkt», sagte er, offenbar von meinem Versuch, ihn zu beleidigen, unbeeindruckt. «Sie läuft glatt durch einen durch.» Als er anfing zu pinkeln, warf er einen Blick über die Schulter auf den Tataren, der noch immer neben dem Aktenschrank mit dem Glas Wodka darauf stand. «Trink's aus und mach, daß du rauskommst, Ferkel.»

Der Tatar zögerte nicht. Er leerte das Glas mit einer ruckartigen Bewegung seines Kopfes, schritt rasch aus dem Zimmer und schloß die Tür hinter sich.

«Wenn Sie sehen würden, wie Bauern wie Jeroschka hier die Toiletten hinterlassen, würden Sie verstehen, warum ich es vorziehe, aus dem Fenster zu pinkeln», sagte Poroschin und knöpfte seinen Hosenschlitz zu. Er schloß das Fenster und nahm erneut Platz. Die Stiefel krachten wieder auf die Schreibunterlage.

«Meine russischen Landsleute können das Leben in diesem Sektor zuweilen ziemlich unangenehm machen. Gott sei Dank gab es Leute wie Emil. Er ist ein höchst amüsanter Mann, den man manchmal gern um sich hat. Und er ist sehr einfallsreich. Es gibt einfach nichts, was er nicht besorgen kann. Wie nennt man das doch gerade?»

«Organisieren.»

«Ja, organisieren. Wenn jemand Unterhaltung wünschte, organisierte Emil das mit Leichtigkeit.» Er lachte herzlich bei dem Gedanken an Emil, worin ich ihm nicht folgen konnte. «Ich bin nie einem Mann begegnet, der so viele Mädchen kannte. Natürlich waren sie alle Prostituierte und süße Püppchen, aber das ist heutzutage kein so großes Verbrechen, wie?»

«Das hängt davon ab, wie süß sie sind», sagte ich.

«Emil ist auch sehr erfinderisch, wenn es darum geht, Dinge über die Grenze zu schaffen – die grüne Grenze, nennt ihr das, oder?»

Ich nickte. «Durch die Wälder.»

«Ein geschickter Schmuggler. Er verdiente eine Menge Geld. Bis zu diesem Zwischenfall lebte er in Wien sehr angenehm. Ein großes Haus, ein schönes Auto und eine hübsche Freundin.»

«Haben Sie seine Dienste in Anspruch genommen? Und ich meine nicht die Püppchen.»

Poroschin beschränkte sich darauf, zu wiederholen, Emil habe alles beschaffen können.

«Eingeschlossen Informationen?»

Er zuckte die Achseln. «Hin und wieder. Aber alles, was Emil macht, tut er für Geld. Schwer zu glauben, daß er nicht auch für die Amerikaner Dinge erledigt hat.

Jedoch in diesem Fall hatte er einen Auftrag von einem Österreicher. Einem Mann namens König, der in der Anzeigen- und Werbebranche tätig war. Die Gesellschaft nannte sich «Reklame- und Werbezentrale», und sie hatte Büros in Berlin und Wien. König wollte, daß Emil regelmäßig Entwürfe aus dem Wiener Büro abholte und nach Berlin brachte. Er sagte, die Arbeiten wären zu wichtig, um sie der Post anzuvertrauen, und er, König, könne nicht selber fahren, da ihn in Berlin die Entnazifizierung erwarte. Natürlich hatte Emil den Verdacht, daß die Pakete neben Anzeigen andere Dinge enthielten, aber das Geld reichte ihm, keine Fragen zu stellen, und da er ohnehin ziemlich regelmäßig zwischen Wien und Berlin pendelte, würde ihm die Sache keine Probleme bereiten. Dachte er wenigstens. Eine Zeitlang funktionierten Emils Kurierdienste ohne Schwierigkeiten. Wenn er Zigaretten oder sonstige Schmuggelwaren nach Berlin brachte, nahm er auch Königs Pakete mit. Er übergab sie einem Mann namens Eddy Holl und bekam sein Geld. Es war eine einfache Sache.

Nun, eines Abends war Emil in Berlin und besuchte einen Nachtclub namens *Zum anderen Ufer*. Dort traf er zufällig diesen Eddy Holl. Er war betrunken und machte ihn mit einem amerikanischen Army Captain namens Linden bekannt. Eddy stellte ihn Linden als «ihren Wiener Kurier» vor. Am nächsten Tag rief Eddy bei Emil an, entschuldigte sich, er sei betrunken gewesen, und legte ihm nahe, es wäre im Interesse aller besser, wenn Emil diesen Hauptmann Linden vergessen würde.

Einige Wochen darauf, als Emil wieder in Wien war, erhielt er einen Anruf von diesem Captain Linden, der sagte, er würde ihn gern wiedersehen. Sie trafen sich in irgendeiner Bar, und der Amerikaner fing an, über diese Reklame- und Werbefirma Fragen zu stellen. Emil konnte ihm nicht viel sagen, aber es beunruhigte ihn, daß Linden in Wien war. Er dachte, seine Dienste seien vielleicht nicht mehr vonnöten, wenn Linden in Wien war. Es wäre ein Jammer, dachte er, wenn es mit dem leicht verdienten Geld zu Ende wäre. Also folgte er Linden eine Weile durch Wien. Nach zwei Tagen traf Linden einen weiteren Mann, und verfolgt von Emil, begaben sie sich in ein altes Filmatelier. Minuten später hörte Emil einen Schuß, und der Mann kam heraus, allein. Emil wartete, bis der Mann verschwunden war. Dann ging er rein, fand Captain Lindens Leiche und eine Ladung von gestohlenem Tabak. Natürlich informierte er nicht die Polizei. Emil versucht, der Polizei so wenig wie möglich ins Gehege zu kommen.

Am folgenden Tag suchten ihn König und ein dritter Mann auf. Fragen Sie mich nicht nach dem Namen, ich kenne ihn nicht. Sie sagten, ein amerikanischer Freund sei verschwunden, und sie machten sich Sorgen, ihm könne etwas zugestoßen sein. Angesichts der Tatsache, daß Emil mal Kripobeamter gewesen sei, solle er gegen eine stattliche Belohnung für sie nach dem Amerikaner suchen. Emil stimmte zu, denn er sah eine Möglichkeit, leicht an Geld und vielleicht an den Tabak zu kommen.

Nachdem Emil und seine Jungens das Atelier eine Weile beobachtet hatten, kamen sie zu dem Schluß, es sei ungefährlich, mit einem Lastwagen dorthin zurückzukehren. Dort wartete die Internationale Patrouille auf sie. Emils Jungens waren ein bißchen schießwütig und wurden erschossen. Emil wurde verhaftet.»

«Weiß er, wer sie verpfiffen hat?»

«Ich habe meine Leute in Wien gebeten, das rauszufinden. Wie es scheint, war es ein anonymer Anruf.» Poroschin lächelte verständnisvoll.

«Jetzt kommt der gute Teil. Emils Waffe ist eine Walther P 38. Er nahm sie mit ins Atelier. Als er jedoch verhaftet wurde und sie ablieferte, fiel ihm auf, daß es überhaupt nicht seine P 38 war. Diese Waffe hatte am Handgriff den Deutschen Reichsadler. Die Ballistiker identifizierten sie in Windeseile als die Waffe, mit der Captain Linden getötet worden war.»

«Jemand hat die beiden Waffen ausgetauscht, wie?» sagte ich.

«Ja, ja, das bemerkt man nicht auf den ersten Blick, nicht wahr? Sauber, sauber. Ein Mann, der praktischerweise die Mordwaffe bei sich trägt, kehrt an den Tatort zurück. Offensichtlich um seinen gestohlenen Tabak zu holen. Ziemlich eindeutiger Fall, würde ich sagen.»

Ich nahm einen letzten Zug aus meiner Zigarette, bevor ich sie in Poroschins silbernem Tisch-Aschenbecher ausdrückte und mir eine neue anzündete.

«Ich bin nicht sicher, was ich da tun könnte», sagte ich. «Normalerweise hab ich's bei meiner Arbeit nicht damit zu tun, Wasser in Wein zu verwandeln.»

«Emil ist scharf darauf, wie sein Anwalt, Doktor Liebl, mir sagt, diesen König aufzustöbern. Er scheint verschwunden zu sein.»

«Ich wette, daß er verschwunden ist. Glauben Sie, daß es König war, der die Waffen vertauscht hat, als er in Beckers Haus war?»

«Es sieht stark danach aus. König oder vielleicht der dritte Mann.»

«Wissen Sie etwas über König oder über seine Werbefirma?»

«*Njet.*»

Es klopfte an der Tür, und ein Offizier betrat Poroschins Büro.

«Der Kupfergraben ist an der Strippe, Genosse Major», teilte er Poroschin auf russisch mit. «Sie sagen, es sei dringend.»

Ich spitzte die Ohren. Am Kupfergraben befand sich Berlins größtes KGB-Gefängnis. Ich hatte es bei meiner Arbeit mit so vielen verschleppten und verschwundenen Personen zu tun, daß es sich lohnte, wenn man die Augen und Ohren offenhielt.

Poroschin warf mir einen Blick zu, als wisse er, was ich dachte, und sagte dann zu dem Offizier: «Das wird warten müssen, Jegoroff. Noch andere Anrufe?»

«Zaisser vom K-5.»

«Wenn dieses Nazi-Schwein mit mir sprechen will, dann soll er draußen vor meiner Tür warten. Sagen Sie ihm das. Jetzt lassen Sie uns bitte allein.» Er wartete, bis sich die Tür hinter seinem Untergebenen geschlossen hatte.

«K-5, sagt Ihnen das etwas, Gunther?»

«Sollte es?»

«Noch nicht, nein. Aber irgendwann mal, wer weiß?» Er ging nicht näher darauf ein, sondern blickte auf seine Armbanduhr. «Wir müssen wirklich weitermachen. Ich habe heute abend eine Verabredung. Jegoroff wird Ihnen alle Papiere besorgen, die Sie brauchen – Paß, Reiseerlaubnis, Lebensmittelkarte, einen österreichischen Personalausweis – haben Sie ein Foto? Macht nichts. Jegoroff wird eins machen lassen. O ja, ich denke, es wäre eine gute Idee, wenn Sie einen von unseren neuen Erlaubnisscheinen für Tabak hätten. Damit dürfen Sie in der ganzen Ostzone Zigaretten verkaufen, und alle sowjetischen Stellen sind verpflichtet, ihnen, wo immer es möglich ist, Hilfe zu leisten. Das wird Ihnen wahrscheinlich jeglichen Ärger ersparen.»

«Ich dachte, der schwarze Markt sei in Ihrer Zone verboten», sagte ich, neugierig, den Grund für dieses krasse Beispiel offizieller Heuchelei zu erfahren.

«Der schwarze Markt ist illegal», sagte Poroschin ohne eine Spur von Verlegenheit. «Hier handelt es sich um einen offiziell erlaubten schwarzen Markt. Er gibt uns die Möglichkeit, an Devisen heranzukommen. Ziemlich gute Idee, finden Sie nicht? Natürlich bekommen Sie ein paar Stangen Zigaretten, damit die Sache echt aussieht.»

«Sie scheinen an alles gedacht zu haben. Was ist mit meinem Geld?»

«Es wird Ihnen, zusammen mit den Papieren, in Ihre Wohnung geschickt. Übermorgen.»

«Und woher kommt das Geld? Von diesem Doktor Liebl, oder stammt es aus Ihren Zigarettenkonzessionen?»

«Liebl wird mir Geld schicken. Bis dahin regelt die Sowjetische Militärbehörde die Sache.»

Das gefiel mir nicht besonders, doch ich hatte kaum eine andere Wahl. Ich mußte das Geld von den Russen nehmen oder nach Wien fahren und darauf vertrauen, daß das Geld in meiner Abwesenheit gezahlt werden würde.

«In Ordnung», sagte ich. «Da ist nur noch ein Punkt. Was wissen Sie über diesen Captain Linden? Sie sagten, daß Becker ihn in Berlin getroffen hätte. War er hier stationiert?»

«Ja. Ich hatte ihn vergessen, oder?» Poroschin stand auf und ging zum Aktenschrank, auf dem der Tatar sein geleertes Glas hatte stehenlassen. Er zog eine der Schubladen heraus und fuhr mit den Fingern über die oberen Ränder der Akten, bis er die gefunden hatte, die er suchte.

«Captain Edward Linden», las er, zu seinem Stuhl zurückkehrend.

«Geboren in Brooklyn, New York, 22. Februar 1907. Studium an der Cornell-Universität mit einem Abschluß in Deutsch 1930; diente im Spionageabwehrkorps 970; vorher bei der 26. Infanteriedivision, stationiert im Camp-King-Vernehmungscenter, Oberursel, als Entnazifizierungsoffizier; vor kurzem versetzt zum US-Document Center in Berlin als Verbindungsoffizier von Crowcass. Crowcass ist das Zentralregister der US-Armee für Kriegsverbrechen und politisch Verdächtige. Es ist leider nicht sehr viel.»

Er legte die Akte aufgeschlagen vor mich hin. Die sonderbaren griechisch aussehenden Buchstaben bedeckten nicht mehr als eine halbe Seite.

«Mit dem Kyrillischen komme ich nicht so gut zurecht», sagte ich.

Poroschin schien das nicht zu überzeugen.

«Was ist unter dem US-Document Center zu verstehen?»

«Es ist in einem Gebäude im amerikanischen Sektor, am Rand des Grunewalds untergebracht. Das Document Center ist das Archiv für amtliche und Parteidokumente der Nazis, die bei Kriegsende von den Amerikanern und Briten beschlagnahmt wurden. Sie haben dort die vollständigen Listen der Parteimitglieder, und so kann man leicht herausfinden, wenn Leute in ihrem Entnazifizierungsverfahren lügen. Ich wette, man würde dort sogar Ihren Namen irgendwo finden.»

«Wie ich schon sagte, ich war nie Parteimitglied.»

«Nein», grinste er, «natürlich nicht.» Poroschin nahm die Akte und schob sie zurück in den Aktenschrank. «Sie haben nur Befehle ausgeführt.»

Es war offenkundig, daß er mir weder das glaubte, noch davon überzeugt war, daß ich nicht in der Lage war, St. Kyrills byzantinisches Alphabet zu entziffern; zumindest was den zweiten Punkt betraf, war sein Argwohn berechtigt.

«Und jetzt, wenn Sie keine weiteren Fragen mehr haben, muß ich Sie wirklich verlassen. Ich muß in einer halben Stunde in der Staatsoper im Admiralspalast sein.» Er schnallte seinen Gürtel ab, schrie nach Jeroschka und Jegoroff und schlüpfte in seinen Uniformrock.

«Sind Sie schon mal in Wien gewesen?» fragte er und befestigte sein Kreuzbandelier unter der Epaulette.

«Nein, nie.»

«Die Leute sind genau wie die Architektur», sagte er und betrachtete sein Aussehen prüfend in der Fensterscheibe. «Sie sind nur Fassade. Alles, was an ihnen interessant ist, scheint an der Oberfläche zu liegen. Im Inneren sind sie ganz anders. Sie sind ein Völkchen, mit dem ich prächtig arbeiten könnte. Alle Wiener sind geborene Spione.»

7

«Du bist gestern nacht wieder spät gekommen», sagte ich.

«Ich hab dich nicht geweckt, oder?» Sie glitt nackt aus dem Bett und ging zum Bodenspiegel in der Ecke unseres Schlafzimmers. «Im übrigen bist du selber neulich nacht spät gekommen.» Sie begann ihren Körper zu inspizieren. «Es ist so angenehm, wieder eine warme Wohnung zu haben. Wo in aller Welt hast du die Kohlen aufgetrieben?»

«Ein Klient.»

Ich sah ihr zu, wie sie dastand, über ihr Schamhaar strich, mit der Handfläche ihren Bauch glättete, ihre Brüste anhob, prüfend über den zusammengepreßten, feingezeichneten Mund fuhr, über eingesunkene Wangen und schrumpfendes Zahnfleisch und sich schließlich herumdrehte, um ihr ein wenig schlaff werdendes Hinterteil abzuschätzen, während ihre knochige Hand, an deren Fingern die Ringe jetzt ein wenig lockerer saßen, am Fleisch einer Pobacke zupfte, und niemand brauchte mir zu sagen, was ihr durch den Kopf ging. Sie war eine reizvolle, reife Frau, entschlossen, von dem, was die Zeit ihr gelassen hatte, vollen Gebrauch zu machen.

Ich fühlte mich verletzt und verärgert und sprang aus dem Bett, um festzustellen, daß mein Bein unter mir einknickte.

«Du siehst prima aus», sagte ich müde und humpelte in die Küche.

«Hört sich nach ein bißchen wenig an für ein Liebessonett», rief sie.

Auf dem Küchentisch fand ich neue Sachen aus dem PX-Laden: ein paar Dosensuppen, ein Stück echte Seife, ein paar Tütchen Süßstoff und ein Päckchen Kondome.

Immer noch nackt, folgte Kirsten mir in die Küche und sah zu, wie ich ihre Beute betrachtete. War es bloß der eine Amerikaner? Oder gab's da noch andere?

«Ich sehe, du bist wieder fleißig gewesen», sagte ich und nahm das Päckchen Pariser in die Hand. «Wie viele Kalorien haben die?»

Sie lachte hinter vorgehaltener Hand. «Der Geschäftsführer bewahrt hinter dem Tresen eine ganze Ladung davon auf.» Sie setzte sich auf einen Stuhl. «Ich dachte, es sei eine gute Idee. Du weißt, es ist 'ne ganze Weile her, seit wir das gemacht haben.»

Sie spreizte ihre Schenkel, als wolle sie mich noch mehr sehen lassen. «Jetzt ist Zeit, wenn du willst.»

Es war rasch erledigt und wurde von ihrer Seite mit beinahe professioneller Gleichgültigkeit ausgeführt, so als werde ihr ein Klistier verabreicht. Kaum war ich fertig, als sie auch schon in das Badezimmer eilte, die Wangen kaum gerötet, den benutzten Pariser in der Hand, als sei er eine tote Maus, die sie unter dem Bett gefunden hatte.

Eine halbe Stunde später, angekleidet und bereit, zur Arbeit zu gehen, blieb sie im Wohnzimmer stehen, wo ich die Asche geschürt und Kohlen nachgelegt hatte. Einen Augenblick sah sie zu, wie ich das Feuer neu entfachte.

«Das machst du gut», sagte sie. Ich konnte nicht sagen, ob die Bemerkung sarkastisch gemeint war. Dann gab sie mir einen flüchtigen Kuß und ging hinaus.

Der Morgen war schneidend kalt, und ich war froh, den Tag in einer öffentlichen Bücherei in der Hardenbergstraße beginnen zu können. Der Bibliothekar war ein Mann, dessen Mund so schlimm verunstaltet war, daß man unmöglich sagen konnte, wo seine Lippen waren, bevor er zu sprechen anfing.

«Nein», sagte er mit einer Stimme, die eigentlich einem Seelöwen zustand, «über das Document Center gibt es keine Bücher. Aber in den letzten paar Monaten sind ein paar Zeitungsartikel veröffentlicht worden. Einer, glaube ich, im *Telegraf* und der andere im *Informationsbulletin der Militärregierung.*»

Er griff nach seinen Krücken und humpelte einbeinig zu einem großen Katalogschrank, in dem er, wie er vermutet hatte, Verweise auf diese beiden Artikel fand: Der eine, im Mai im *Telegraf* veröffentlicht, war ein Interview mit dem befehlshabenden Offizier des Centers, einem Lieutenant-Colonel Hans W. Helm; der andere war ein Bericht über die jüngste Geschichte des Centers, im August von einem Mitarbeiter des Stabs verfaßt. Ich dankte dem Bibliothekar, der mir sagte, wo ich die Bibliotheksexemplare beider Veröffentlichungen finden konnte. «Ein Glück für Sie, daß Sie heute gekommen sind», sagte er. «Ich fahre morgen nach Gießen, um mein künstliches Bein anpassen zu lassen.»

Als ich die Artikel las, wurde mir klar, daß ich nie gedacht hatte, die Amerikaner wären zu einer solchen Leistung fähig. Zugegeben, beim Zusammentragen der Dokumentensammlung des Centers war eine gehörige Portion Glück im Spiel gewesen. So waren, zum Beispiel, die Truppen des 7. Armeekorps in einer Papierfabrik nahe München über die vollständigen Listen der Parteimitglieder gestolpert, die gerade eingestampft werden sollten. Der Stab des Centers hatte sich an die Gründung und Verwaltung des umfassendsten Archivs gemacht, so daß man mit hundertprozentiger Genauigkeit ermitteln konnte, wer ein Nazi gewesen war. Neben der NSDAP-Zentralkartei befanden sich unter den Sammlungen des Centers auch das Verzeichnis der Bewerbungen um die Parteimitgliedschaft, die Parteikorrespondenz, die Stammrollen der SS, die Akten des Reichssicherheitshauptamtes, der SS-Rasseabteilung, die Verhandlungsprotokolle des höchsten Parteigerichtes und des Volksgerichtshofes – alles war da, vom Mitgliederverzeichnis des NS-Lehrerbundes bis zu einer Akte über aus der HJ ausgestoßene Mitglieder.

Als ich die Bibliothek verließ und mich auf den Weg zum Bahnhof machte, kam mir ein anderer Gedanke. Ich hätte nie geglaubt, daß die Nazis so töricht sein würden, über ihre Aktivitäten so umfassend, detailliert und belastend Buch zu führen.

Ich verließ die U-Bahn – eine Haltestelle zu früh, wie sich herausstellte – an einer Station im amerikanischen Sektor, die, aus keinem Grund, der mit ihrer Besetzung der Stadt zu tun hatte, «Onkel Toms Hütte» genannt wurde, und ging die Argentinische Allee entlang.

Umstanden von den großen Kiefern des Grunewaldes, in unmittelbarer Nähe eines kleinen Sees, erhob sich das Berliner Document Center auf einem streng bewachten Grundstück am Ende des Wasserkäfersteigs, einer mit Kopfsteinen gepflasterten Sackgasse. Hinter einem Stacheldrahtzaun umfaßte das Center eine Anzahl von Gebäuden, doch der wichtigste Teil schien ein zweigeschossiges Bauwerk am Ende eines ansteigenden Pfades zu sein, weiß gestrichen und mit grünen Fensterläden. Es war ein anheimelndes Fleckchen, obgleich mir ziemlich rasch wieder einfiel, daß es sich um das Hauptquartier des alten Forschungsamtes handelte – die Abhörzentrale der Nazis. Der Soldat am Pförtnerhaus, ein großer, zahnlückiger Neger, beäugte mich argwöhnisch, als ich an seinem Kontrollpunkt stehenblieb. Vermutlich war er mehr daran gewöhnt, sich mit Leuten in Autos oder Militärfahrzeugen zu befassen als mit einem einsamen Fußgänger.

«Was willst du, Fritz?» fragte er, schlug die Wollhandschuhe zusammen und stampfte mit den Füßen, um sich warm zu halten.

«Ich war ein Freund von Captain Linden», sagte ich in meinem holprigen Englisch. «Ich habe gerade die schreckliche Nachricht gehört und bin gekommen, um zu sagen, wie traurig ich und meine Frau waren. Er war sehr nett zu uns. Schenkte uns Sachen aus dem PX, wissen Sie.» Ich holte aus meiner Tasche den kurzen Brief, den ich im Zug geschrieben hatte. «Vielleicht wären Sie so freundlich, ihn Colonel Helm zu geben.»

Der Soldat schlug auf der Stelle einen anderen Ton an.

«Ja, Sir. Ich werde ihm den Brief geben.» Er nahm den Brief und betrachtete ihn verlegen. «Sehr freundlich von Ihnen, an ihn zu denken.»

«Es sind bloß ein paar Mark für Blumen», sagte ich meinen Kopf schüttelnd. «Und eine Karte. Meine Frau und ich wollten etwas auf Captain Lindens Grab legen. Wir wären zur Beerdigung gegangen, wenn sie in Berlin gewesen wäre, aber wir dachten, seine Familie würde ihn nach Hause bringen lassen.»

«Aber nein, Sir», erwiderte er. «Die Beerdigung ist in Wien am Freitag morgen. Die Familie wollte es so. Weniger Aufwand, als die Leiche nach Hause transportieren zu lassen, schätze ich.»

Ich zuckte die Achseln. «Wien. Für einen Berliner ist das genauso weit wie Amerika. Heutzutage ist das Reisen nicht einfach.» Ich seufzte und warf einen Blick auf meine Uhr. «Ich mache mich jetzt besser auf die Strümpfe. Ich habe noch einen ziemlich weiten Weg vor mir.»

Als ich mich umdrehte, um wegzugehen, stöhnte ich, umklammerte mein Knie, verzog das Gesicht zu einer Grimasse und plumpste just vor den Schlagbaum auf die Straße, während mein Stock neben mir auf das Pflaster klapperte. Eine gelungene Vorstellung. Der Soldat kam hinter dem Schlagbaum hervor.

«Sind Sie in Ordnung?» fragte er, hob meinen Stock auf und half mir auf die Füße.

«Ein Stück von einem russischen Schrapnell. Es macht mir hin und wieder zu schaffen. In einer Minute oder zwei bin ich wieder okay.»

«He, kommen Sie ins Pförtnerhaus, und setzen Sie sich ein paar Minuten.» Er führte mich um den Schlagbaum herum und durch die kleine Tür seines Unterstandes.

«Danke. Das ist sehr freundlich von Ihnen.»

«Keine Ursache. Jeder Freund von Captain Linden ...»

Ich setzte mich schwerfällig hin und rieb mein fast schmerzfreies Knie. «Haben Sie ihn gut gekannt?»

«Ich? Ich bin nur ein GI. Kann nicht sagen, daß ich ihn kannte, aber hin und wieder habe ich ihn gefahren.»

Ich lächelte und schüttelte den Kopf. «Könnten Sie ein wenig langsamer sprechen, bitte? Mein Englisch ist nicht so gut.»

«Ich habe ihn hin und wieder gefahren», sagte der Soldat lauter, und er machte das Drehen eines Lenkrades nach. «Sie sagen, er gab Ihnen PX-Sachen?»

«Ja, er war sehr freundlich.»

«Ja, das hört sich ganz nach Linden an. Hatte immer jede Menge PX zu verschenken.» Er hielt inne, als ihm etwas einfiel. «Da war ein bestimmtes Ehepaar – na ja, er war für sie wie ein Sohn. Brachte ihnen immer Carepakete. Vielleicht kennen Sie die Leute. Die Drexlers?»

Ich runzelte die Stirn und rieb mir grübelnd das Kinn. «Doch nicht das Ehepaar, das in ...» Ich schnippte mit den Fingern, als liege mir der Straßenname auf der Zunge – «wo war das bloß?»

«Steglitz», sagte er, um mir auf die Sprünge zu helfen. «Handjerystraße.»

Ich schüttelte den Kopf. «Nein, ich muß an jemand anderen gedacht haben. Tut mir leid.»

«He, nicht der Rede wert.»

«Ich schätze, die Polizei muß Ihnen wegen des Mordes an Captain Linden eine Menge Fragen gestellt haben.»

«Nein. Sie haben uns nichts gefragt, weil sie den Burschen schon haben, der's getan hat.»

«Sie haben ihn? Das ist eine gute Nachricht. Wer ist es?»

«Irgendein Österreicher.»

«Aber warum hat er's getan? Hat er's gesagt?»

«Nein, ein Verrückter, schätze ich. Übrigens, wie haben Sie Captain Linden kennengelernt?»

«In einem Nachtclub. Heißt *Zum anderen Ufer*.»

«Ja, kenne ich. Bin selber nie dort gewesen. Ich geh lieber in die

Schuppen am Ku'damm: *Ronny's Bar* und *Club Royale*. Aber Linden ging ziemlich oft in die *Fröhliche Insel*. Hatte 'ne Menge deutsche Freunde, schätz ich, und dorthin gingen sie immer.»

«Ja, und er sprach so gut Deutsch.»

«Stimmt, Sir. Als wär er hier geboren.»

«Meine Frau und ich wunderten uns immer, warum er keine feste Freundin hatte. Wir haben ihm sogar angeboten, ihn mit ein paar netten Mädchen aus guten Familien bekannt zu machen.»

Der Soldat zuckte die Achseln. «Zu beschäftigt, nehme ich an.»

Er grinste. «Hatte bestimmt 'ne Menge andere. Der Mann hielt viel vom Fraternisieren, das kann ich Ihnen sagen.» Nach einem Augenblick wurde mir klar, daß «fraternisieren» in der Sprache der Soldaten das war, was ein anderer amerikanischer Offizier mit meiner Frau trieb.

Ich drückte prüfend mein Knie und stand auf.

«Sind Sie sicher, daß Sie jetzt wieder okay sind?» fragte der Soldat.

«Ja, ich danke Ihnen. Sie sind überaus freundlich gewesen.»

«Vergessen Sie's. Jeder Freund von Captain Linden...»

8

Ich erkundigte mich nach den Drexlers im Postamt Steglitz am Sintenisplatz, einem stillen, friedlichen Platz, früher mit Rasen bewachsen, auf dem man jetzt Gemüse anbaute.

Die Postbeamtin, eine Frau mit zwei riesigen ionischen Locken auf jeder Schläfe, setzte mich kurz angebunden davon in Kenntnis, daß ihrem Amt die Drexlers bekannt seien und diese, wie die meisten Leute in der Gegend, ihre Post vom Postamt abholten. Darum, erklärte sie, sei ihr die genaue Adresse in der Handjerystraße nicht bekannt. Doch sie setzte hinzu, die gewöhnlich beträchtliche Post der Drexlers sei inzwischen noch angewachsen, da es bereits einige Tage her sei, daß sie sich dazu bequemt hätten, sie abzuholen. Sie benutzte das Wort «bequemen» mit deutlicher Abneigung, und ich fragte mich, ob es einen bestimmten Grund gab, warum sie die Drexlers nicht mochte. Mein Angebot, den Drexlers ihre Post zu bringen, wurde schroff zurückgewiesen. Das wäre gegen die Vorschriften gewesen. Doch sie sagte mir, ich könne sie gewiß daran erinnern, zu kommen und sie zu holen, da eine solche Menge zu einer Last werde. Ich beschloß, es als nächstes auf dem Polizeipräsidium Schöneberg in der nahen Grunewaldstraße zu versuchen. Auf dem Weg dahin, unter dem unbehaglichen Schatten grünschimmliger Mauern, die sich nach vorn neigten, als stünden sie dauernd auf Zehenspitzen, vorbei an sonst unversehrten Gebäuden, denen bloß eine Balkonecke fehlte wie die Verzierung einer unerlaubt gekosteten Hochzeitstorte, passierte ich den Nachtclub *Zum anderen Ufer,* in dem Becker Captain Linden getroffen haben sollte. Es war ein öder, trostlos aussehender Laden mit einer billigen Neonreklame, und ich war beinahe froh, daß er geschlossen hatte. Der diensthabende Polizist auf dem Polizeipräsidium hatte ein Gesicht, das so lang war wie der Daumennagel eines Mandarins, aber er war von der gefälligen Sorte, und während er das Melderegister zu Rate zog, erzählte er mir, die Drexlers seien der Polizei von Schöneberg nicht unbekannt.

«Ein jüdisches Ehepaar», erklärte er. «Anwälte. In der Gegend ziemlich bekannt. Man könnte vielleicht sogar sagen berüchtigt.»

«So? Warum das?»

«Es ist nicht so, daß sie gegen die Gesetze verstoßen würden, verstehen Sie.» Die Wurstfinger des Wachtmeisters fanden den Namen und fuhren quer über die Seite zur Straße und Hausnummer. «Da haben wir's. Handjerystraße Nummer siebzehn.»

«Danke, Wachtmeister. Also was ist mit ihnen?»

«Sind Sie ein Freund der Drexlers?» fragte er vorsichtig.

«Nein, bin ich nicht.»

«Nun, es ist bloß so, daß die Leute solche Sachen nicht mögen. Sie wollen vergessen, was passiert ist. Ich glaube nicht, daß es was nützt, auf diese Art in der Vergangenheit herumzustochern.»

«Verzeihung, Wachtmeister, aber was machen sie genau?»

«Sie jagen sogenannte Nazi-Kriegsverbrecher.»

Ich nickte. «Ja, jetzt verstehe ich, warum sie bei ihren Nachbarn nicht sehr beliebt sind.»

«Es war falsch, was passiert ist. Aber wir müssen wieder aufbauen, von neuem anfangen. Und das können wir kaum schaffen, wenn der Krieg uns wie ein übler Gestank folgt.»

Ich wollte noch mehr von ihm erfahren, also stimmte ich zu. Darauf fragte ich nach dem *Anderen Ufer.*

«Ist nicht gerade der Ort, wo ich mich von meiner Alten gern erwischen lassen würde. Wird von einer Schwuchtel namens Kathi Fiege geführt. Es wimmelt dort von solchen Typen. Aber es gibt nie irgendwelchen Ärger, abgesehen von einem besoffenen Ami hin und wieder. Und das kann man kaum Ärger nennen. Und wenn es stimmt, was man munkelt, werden wir alle bald Amis sein – zumindest wir alle im amerikanischen Sektor, oder?»

Ich dankte ihm und ging zur Tür. «Eine Sache noch, Wachtmeister», sagte ich und drehte mich auf dem Absatz um. «Die Drexlers. Finden die denn mal einen Kriegsverbrecher?»

Das lange Gesicht des Wachtmeisters nahm einen amüsierten, verschlagenen Ausdruck an.

«Nicht, wenn wir's verhindern können.»

Die Drexlers wohnten nicht weit vom Polizeipräsidium entfernt in einem gerade wiederhergestellten Gebäude nahe der S-Bahn-Linie und gegenüber einer kleinen Schule. Aber niemand öffnete, als ich an die Tür der Wohnung in der obersten Etage klopfte.

Ich steckte mir eine Zigarette an, um den durchdringenden Geruch eines Desinfektionsmittels aus meiner Nase zu vertreiben, der über dem Treppenabsatz hing, und klopfte abermals. Als ich zu Boden blickte, sah ich dicht vor der Tür zwei Zigarettenkippen liegen, die unerklärlicherweise nicht entfernt worden waren. Es sah nicht so aus, als wäre in letzter Zeit jemand durch diese Tür gegangen. Als ich mich niederbeugte, um die Kippen aufzuheben, wurde der Geruch noch stärker. Ich ließ mich in den Liegestütz fallen, preßte meine Nase an den Schlitz zwischen Tür und Fußboden und würgte, als die Luft aus dem Inneren der Wohnung in meine Kehle und Lunge drang. Ich rollte mich rasch zur Seite und hustete die Hälfte meiner Eingeweide auf die nach unten führende Treppe.

Als ich wieder Luft holen konnte, stand ich auf und schüttelte den Kopf. Es schien kaum denkbar, daß jemand in einer solchen Atmosphäre leben konnte. Ich warf einen Blick nach unten ins Treppenhaus. Niemand war zu sehen. Ich wich von der Tür zurück und trat mit meinem gesunden Bein kräftig gegen das Schloß, doch es gab kaum nach. Wieder warf ich einen Blick ins Treppenhaus, um festzustellen, ob der Lärm jemanden aus der Wohnung gelockt hatte. Nachdem ich mich davon überzeugt hatte, daß niemand auf mich aufmerksam geworden war, trat ich noch einmal zu.

Die Tür sprang auf, und ein entsetzlicher, pestilenzartiger Gestank strömte heraus, der so stark war, daß ich einen Augenblick zurücktaumelte und um ein Haar die Treppe hinunterfiel. Ich zog den Aufschlag meines Mantels über Nase und Mund, sprang in die abgedunkelte Wohnung, und als ich den schwachen Umriß eines Vorhangvolants erspähte, zog ich den schweren Samtstoff zur Seite und riß das Fenster auf.

Kalte Luft fegte die Tränen aus meinen Augen, als ich mich in die frische Luft hinausbeugte. Schulkinder auf dem Nachhauseweg winkten mir zu, und ich winkte schwach zurück.

Als ich sicher war, daß der Durchzug zwischen Tür und Fenster den Raum gelüftet hatten, schlich ich geduckt im Zimmer umher, ohne zu wissen, was ich suchte. Der Geruch war penetrant. Ich glaubte nicht, daß man beabsichtigt hatte, damit eine Seuche zu bekämpfen, die die Kraft eines bösartigen Arbeitselefanten hätte haben können. Ich ging zur Vordertür und bewegte sie in den Angeln hin und her, um frische Luft durchzufächeln, während ich den Tisch, die Stühle, die Bücherschränke, die Aktenschränke, die Stapel von Büchern und Papieren musterte, die den kleinen Raum füllten. Dahinter war eine offene Tür und das Fußende eines Messingbettgestells zu sehen.

Mein Fuß stieß gegen etwas, das auf dem Boden lag, als ich dem Schlafzimmer zustrebte. Ein billiges Blechtablett, wie man es in Bars oder Cafés findet.

Wäre nicht der Blutstau in den beiden Gesichtern gewesen, die Seite an Seite auf ihren Kissen lagen, hätte man denken können, sie schliefen noch. Wenn dein Name auf jemandes Todesliste steht, gibt es schlimmere Arten zu sterben als durch Ersticken im Schlaf.

Ich zog die Bettdecke zurück, öffnete Herrn Drexlers Schlafanzugjacke und enthüllte einen stark geschwollenen Bauch, marmoriert von Adern und Bläschen wie ein Stück Gorgonzola. Ich drückte ihn mit dem Mittelfinger ein: Er fühlte sich gespannt an. Wie ich vermutet hatte, entfuhr der Leiche bei einem stärkeren Druck ein Furz, der auf ein Platzen der inneren Organe durch Gas hinwies. Wie es schien, waren die beiden seit mindestens einer Woche tot.

Ich zog die Bettdecke wieder über die Leichen und kehrte in das Vorderzimmer zurück. Eine Weile starrte ich hilflos auf die Bücher und Papiere auf dem Tisch und machte sogar einen planlosen Versuch, die eine oder andere Spur zu finden. Weil ich jedoch bis jetzt nur die verschwommenste Vorstellung von dem Puzzle hatte, gab ich die Suche bald als Zeitverschwendung auf. Draußen, unter einem grauen Himmel, als ich die Straße zur S-Bahn einschlug, fiel mir etwas ins Auge. In Berlin lagen immer noch so viele weggeworfene militärische Ausrüstungsstücke herum, daß ich dem Gegenstand wohl kaum Beachtung geschenkt hätte, wären die Umstände des Todes der Drexlers nicht so sonderbar gewesen. Auf einem Haufen Abfall, der sich im Rinnstein gesammelt hatte, lag eine Gasmaske. Eine leere Blechdose rollte mir vor die Füße, als ich am Riemen der Gasmaske zog. Im nächsten Augenblick stand mir der Ablauf des Mordes farbig vor Augen, und ich ließ die Gasmaske los und hockte mich hin, um das Etikett auf der verrosteten Metallwölbung der Dose zu lesen.

«Zyklon-B. Giftgas! Gefährlich! Kühl und trocken aufbewahren. Von Sonnenlicht und offenem Feuer fernhalten. Mit höchster Vorsicht öffnen und anwenden. Kaliwerke A. G. Kolin.»

Vor meinem geistigen Auge malte ich mir einen Mann aus, der vor der Wohnungstür der Drexlers stand. Es war spät in der Nacht. Nervös rauchte er zwei Zigaretten zur Hälfte, bevor er die Gasmaske anlegte und die Riemen überprüfte, damit sie dicht abschloß. Dann öffnete er die Büchse mit der kristallinen Blausäure, schüttete die Kügelchen – die beim Kontakt mit der Luft bereits schmolzen – auf das Tablett, das er mitgebracht hatte, und schob es rasch unter der Tür hindurch in die Wohnung der Drexlers. Das schlafende Ehepaar atmete tief; die Drexlers versanken in Bewußtlosigkeit, als das Zyklon-B-Gas, das man zum erstenmal in den KZs gegen Menschen einsetzte, anfing, die Sauerstoffzufuhr in ihrem Blut zu stoppen. Kaum anzunehmen, daß die Drexlers bei diesem Wetter ein Fenster hatten offenstehen lassen. Aber vielleicht hatte der Mörder etwas – eine Jacke oder eine Decke – quer vor die Tür gelegt, um auszuschließen, daß Frischluft in die Wohnung drang, oder um zu verhindern, daß jemand anderes im Gebäude getötet wurde. Selbst in der allerschwächsten Konzentration wirkt das Gas tödlich. Schließlich, nach fünfzehn oder zwanzig Minuten, als die Kügelchen sich ganz aufgelöst hatten und der Mörder überzeugt war, daß das Gas sein lautloses, tödliches Werk getan hatte – zwei weitere Juden hatten sich, aus welchem Grund auch immer, den sechs Millionen anderen zugesellt –, hatte er wahrscheinlich seine Jacke, die Gasmaske und die leere Büchse mitgenommen (vielleicht hatte er nicht vorgehabt, das Tablett zurückzulassen: nicht, daß das eine Rolle spielte, denn er hatte beim Hantieren mit dem Zyklon-B gewiß Handschuhe getragen) und war in der Nacht verschwunden.

Man konnte diese einfache Methode fast bewundern.

9

Irgendwo, weiter die Straße hinauf, brummte ein Jeep in die schneeverhangene Schwärze. Ich wischte mit meinem Ärmel die beschlagene Fensterscheibe sauber und sah die Spiegelung eines Gesichtes, das ich kannte.

«Herr Gunther», sagte er, als ich mich auf meinem Platz umdrehte. «Ich hätte nicht gedacht, daß Sie es sind.» Eine dünne Schicht Schnee lag auf dem Kopf des Mannes. Mit seinem quadratischen Schädel und den abstehenden, vollkommen runden Ohren erinnerte er mich an einen Eiskübel.

«Neumann», sagte ich. «Ich dachte, Sie wären tot.»

Er wischte sich den Kopf ab und zog seinen Mantel aus. «Darf ich mich zu Ihnen setzen? Mein Mädchen ist noch nicht aufgetaucht.»

«Wann haben Sie jemals ein Mädchen gehabt, Neumann. Zumindest eins, für das Sie nicht bezahlt hätten.»

Er zwinkerte nervös. «Hören Sie, wenn Sie anfangen ...»

«Nur die Ruhe», sagte ich. «Setzen Sie sich.» Ich winkte dem Kellner. «Was wollen Sie trinken?»

«Nur ein Bier, danke.» Er setzte sich, kniff die Augen zusammen und musterte mich kritisch. «Sie haben sich nicht sehr verändert, Herr Gunther. Sie sehen älter aus, ein bißchen grauer, und Sie sind viel magerer als früher, aber immer noch der alte.»

«Ich mag mir gar nicht vorstellen, wie ich sein würde, wenn ich Ihnen anders vorgekommen wäre», sagte ich anzüglich. «Aber was Sie sagen, ist eine ziemlich genaue Beschreibung von acht Jahren.»

«So lange ist das her? Seit wir uns das letzte Mal gesehen haben?»

«Dazwischen liegt ein Weltkrieg. Horchen Sie noch immer an Schlüssellöchern?»

«Herr Gunther, Sie haben keine Ahnung», schnaubte er. «Ich bin Gefängniswärter in Tegel.»

«Ich glaube es nicht. Sie? Sie sind doch ein ganz krummer Hund.»

«Ehrlich, Herr Gunther, es stimmt. Die Amis haben mich geholt, um Nazi-Kriegsverbrecher zu bewachen.»

«Und Sie sind die Zwangsarbeit, stimmt's?»

Neumann zwinkerte wieder.

«Da kommt Ihr Bier.»

Der Kellner stellte das Glas vor ihn hin. Ich setzte zum Sprechen an, aber die Amerikaner am Nebentisch brachen in lautes Gelächter aus. Der eine von ihnen, ein Sergeant, sagte noch etwas, und dieses Mal lachte sogar Neumann.

«Er sagte, daß er nichts vom Fraternisieren hält», erklärte Neumann. «Er sagte, daß er ein Fräulein nicht so behandelt, wie er's mit seinem Bruder macht.»

Ich lächelte und blickte zu den Amerikanern hinüber. «Haben Sie in Tegel Englisch gelernt?»

«Klar. Ich lerne viele Dinge.»

«Sie waren immer ein guter Informant.»

«Zum Beispiel», er senkte die Stimme, «hörte ich, daß die Sowjets einen britischen Militärzug an der Grenze gestoppt und zwei Waggons abgehängt haben, in denen deutsche Fahrgäste saßen. Man munkelt, daß es eine Vergeltungsmaßnahme für die Einrichtung der Bi-Zone war.» Er meinte die Verschmelzung der britischen und der amerikanischen Zone Deutschlands. Neumann nahm einen Schluck Bier und zuckte die Achseln. «Vielleicht gibt es einen neuen Krieg.»

«Ich wüßte nicht, wie», sagte ich. «Niemand ist scharf auf eine neue Kostprobe.»

«Weiß nich. Vielleicht.»

Er stellte sein Glas ab und zog eine Büchse Schnupftabak heraus, die er mir anbot. Ich schüttelte den Kopf und verzog das Gesicht, als ich sah, wie er sich eine Prise unter Nase schob.

«Sind Sie im Krieg im Einsatz gewesen?»

«Kommen Sie, Neumann, Sie sollten es besser wissen. Niemand stellt in diesen Zeiten so eine Frage. Habe ich Sie etwa gefragt, wie Sie zu Ihrer Entnazifizierungsurkunde gekommen sind?»

«Sie müssen wissen, daß ich Sie ganz rechtmäßig bekommen habe.» Er fischte seine Brieftasche heraus und entfaltete ein Blatt Papier. «Ich war nie in irgendwas verwickelt. Frei von Nazi-Infizierung, steht hier, und das bin ich auch, und ich bin stolz darauf. Ich war nicht mal bei der Wehrmacht.»

«Bloß weil man Sie nicht haben wollte.»

«Frei von Nazi-Infizierung», wiederholte er wütend.

«Muß ungefähr das einzige sein, womit Sie sich nie infiziert haben.»

«Was machen Sie überhaupt hier?» fragte er zurück.

«Ich komme gern ins *Andere Ufer.*»

«Ich habe Sie noch nie hier gesehen, und ich verkehre hier schon eine Weile.»

«Ja, so sieht der Laden auch aus, daß Sie sich hier wohl fühlen. Aber wieso können Sie sich das leisten mit dem Lohn eines Gefängniswärters?»

Neumann zuckte ausweichend die Achseln.

«Sie müssen eine Menge Gefälligkeiten tun», tastete ich mich vor.

«Nun, das muß man, nicht wahr.» Er lächelte dünn. «Ich wette, Sie sind wegen eines Falles hier, oder?»

«Schon möglich.»

«Ich kann Ihnen vielleicht helfen. Wie ich sagte, ich komme oft her.»

«Also gut.» Ich nahm meine Brieftasche heraus und hielt einen Fünfdollarschein hoch. «Haben Sie je von einem Mann namens Eddy Holl gehört? Er kommt gelegentlich her. Er ist in der Anzeigen- und Werbebranche. Eine Firma namens Reklame- und Werbezentrale.»

Neumann schluckte und starrte trübe auf den Geldschein. «Nein», sagte er zögernd. «Ich kenne ihn nicht. Aber ich könnte mich mal umhören. Der Barmann ist ein Freund. Vielleicht ...»

«Hab ich schon versucht. Ist nicht sehr redselig. Aber nach dem, was er sagte, glaube ich nicht, daß er Holl kannte.»

«Diese Anzeigenfritzen. Wie hießen die doch noch?»

«Reklame- und Werbezentrale. Sie sind in der Wilmersdorfer Straße. Ich war heute nachmittag dort. Wie man mir sagte, hält sich Herr Eddy Holl im Büro der Muttergesellschaft in Pullach auf.»

«Nun ja, vielleicht ist er ja dort. In Pullach.»

«Ich habe nie von dem Kaff gehört. Ich kann mir nicht vorstellen, daß die Zentrale von irgendwas in Pullach ist.»

«Nun, da könnten Sie sich irren.»

«In Ordnung», sagte ich. «Ich lasse mich gern überraschen.»

Neumann lächelte und deutete auf den Geldschein, den ich in meine Brieftasche zurücksteckte. «Für Fünf Dollar könnte ich Ihnen alles erzählen, was ich darüber weiß.»

«Keine heiße Luft.»

Er nickte, und ich warf ihm den Schein hin. «Ich hoffe, es ist was dran.»

«Pullach ist ein kleiner Vorort von München. Dort ist auch die Zentrale der Behörde für Postzensur der US-Armee. Die Post für alle GIs in Tegel muß da durch.»

«Ist das alles?»

«Was wollen Sie, die durchschnittliche Niederschlagsmenge?»

«In Ordnung, ich bin nicht sicher, was ich damit anfangen kann, aber trotzdem vielen Dank.»

«Ich könnte mich mal nach diesem Eddy Holl umhören.»

«Warum nicht? Morgen fahre ich nach Wien. Wenn ich dort bin, werde ich Ihnen die Adresse telegrafieren, unter der ich erreichbar bin, für den Fall, daß Sie was rausfinden. Bezahlung bei Lieferung.»

«Herrje, ich wünschte, ich könnte nach Wien fahren. Ich liebe die Stadt.»

«Ich habe gar nicht gewußt, was für ein Kosmopolit Sie sind, Neumann.»

«Ich nehme nicht an, daß Sie Lust haben, ein paar Briefe mitzunehmen, wenn Sie nach Wien fahren, oder? Ich habe ein paar Österreicher auf meinem Stockwerk.»

«Was? Für Kriegsverbrecher den Postboten spielen? Nein danke.»

Ich trank aus und sah auf meine Uhr. «Glauben Sie, daß sie noch kommt, Ihr Mädchen?» Ich stand auf, um zu gehen.

«Wie spät ist es?» sagte er stirnrunzelnd.

Ich zeigte ihm das Zifferblatt meiner Rolex. Mehr oder weniger war ich entschlossen, sie nicht zu verkaufen. Neumann seufzte, als er die Uhrzeit sah.

«Ich nehme an, sie wurde aufgehalten», sagte ich.

Er schüttelte traurig den Kopf. «Jetzt wird sie nicht mehr kommen. Frauen.»

Ich gab ihm eine Zigarette. «Die einzige Frau, der man heutzutage trauen kann, ist die Frau eines anderen Mannes.»

«Es ist eine verdorbene Welt, Herr Gunther.»

«Ja, schon, aber erzählen Sie's nicht weiter.»

10

Im Zug nach Wien traf ich einen Mann, der sich über das ausließ, was wir den Juden angetan hatten.

«Sehen Sie», sagte er, «an dem, was geschah, kann man uns nicht die Schuld geben. Es war vorherbestimmt. Wir haben bloß die Prophezeihung ihres Alten Testaments erfüllt: die von Joseph und seinen Brüdern. Nehmen Sie Joseph, den jüngsten und verwöhntesten Sohn eines autoritären Vaters und damit das Symbol für die ganze jüdische Rasse. Und dann sind da die anderen Brüder, die allesamt Symbole für Nichtjuden sind. Aber wir wollen annehmen, daß sie Deutsche sind und natürlich neidisch auf den kleinen Hätscheljungen. Er sieht besser aus als sie. Er hat einen vielfarbigen Mantel. Mein Gott, kein Wunder, daß sie ihn hassen. Kein Wunder, daß sie ihn in die Sklaverei verkaufen. Aber der wichtigste Punkt, auf den man hinweisen muß, ist die Tatsache, daß die Taten der Brüder sowohl eine Reaktion auf einen strengen und autoritären Vater – ein Vaterland, wenn Sie wollen – als auch auf einen offensichtlich überprivilegierten Bruder sind.» Der Mann zuckte die Achseln und begann nachdenklich das Läppchen eines seiner fragezeichenförmigen Ohren zu kneten. «Wirklich, wenn die Juden richtig darüber nachdenken, sollten sie uns dankbar sein.»

«Wie haben Sie sich das ausgedacht?» fragte ich und glaubte meinen Ohren nicht zu trauen.

«Hätte es die Tat von Josephs Brüdern nicht gegeben, wären die Kinder Israels nie in die ägyptische Sklaverei geraten, niemals von Moses in das Gelobte Land geführt worden. Hätte es – entsprechend – die Taten der Deutschen nicht gegeben, wären die Juden nie nach Palästina zurückgegangen. Gerade jetzt sind sie kurz davor, einen neuen Staat zu gründen.» Die kleinen Augen des Mannes verengten sich, als sei er einer der wenigen, denen ein rascher Blick in Gottes Notizbuch vergönnt gewesen war. «O ja», sagte er, «es war eine erfüllte Prophezeihung, o ja.»

«Ich weiß von keiner Prophezeihung», knurrte ich und deutete mit dem Daumen auf das Bild, das am Wagenfenster vorüberglitt: ein scheinbar endloser Konvoi der Roten Armee, der sich auf der Autobahn, parallel zur Eisenbahnlinie, nach Süden bewegte, «aber es sieht mit Sicherheit so aus, als endeten wir im Roten Meer.»

Das war eine treffende Bezeichnung für diese unendliche Kolonne primitiver, alles fressender roter Ameisen, die das Land verwüsteten und alles, was sie tragen konnten, an sich rafften – mehr als ihr eigenes Körpergewicht –, um es zu ihren provisorischen, von Arbeitern in Gang gehaltenen Kolonien zu schaffen. Und wie bei einem brasilianischen Pflanzer, dessen Kaffee-Ernte von diesen Kreaturen vernichtet worden war, wurde mein Haß auf die Russen durch ein ebenso großes Maß an Respekt gemildert. Sieben lange Jahre hatte ich gegen sie gekämpft, sie getötet, war von ihnen gefangengenommen worden, hatte ihre Sprache gelernt und war schließlich aus einem ihrer Arbeitslager geflohen. Sieben magere Getreideähren, hergeweht vom Ostwind, verzehrten die sieben guten Ähren.

Bei Ausbruch des Krieges war ich Kriminalkommissar bei der Abteilung 5 des Reichssicherheitshauptamtes gewesen und hatte damit automatisch den Rang eines Obersturmführers der SS. Abgesehen vom Treueeid auf Hitler, hatte mein SS-Rang kein großes Problem bedeutet; bis zum Juni 1942, als Arthur Nebe, vorher Direktor der Reichskriminalpolizei und jetzt zum SS-Gruppenführer befördert, im Zuge des Einmarsches nach Rußland den Befehl über eine Kampfeinheit erhielt.

Ich war lediglich einer der vielen Polizeibeamten, die zu Nebes Einheit abkommandiert wurden und deren Auftrag, wie ich glaubte, darin bestand, der Wehrmacht in das besetzte Weißrußland zu folgen und Gesetzesbrüche und Terrorismus jeder Art zu bekämpfen. Meine Aufgabe im Minsker Hauptquartier der Einheit hatte darin bestanden, die Akten des russischen NKWD zu beschlagnahmen und die NKDW-Todesschwadron gefangenzunehmen, die Hunderte politische Gefangene abgeschlachtet hatte, um zu vermeiden, daß diese von der deutschen Armee befreit wurden. Aber bei jeder Art von Eroberungsfeldzug breitet sich Massenmord aus, und bald wurde mir klar, daß auch unsere Seite willkürlich russische Gefangene umbrachte. Dann folgte die Entdeckung, daß die Hauptaufgabe der Sondereinheiten nicht in der Ausschaltung von Terroristen bestand, sondern in der systematischen Ermordung der jüdischen Zivilbevölkerung.

Während meiner vier Dienstjahre sah ich niemals etwas, das mich seelisch so aufwühlte wie die Vorgänge, deren Zeuge ich im Sommer 1941 wurde. Obgleich ich nicht persönlich mit der Aufgabe betraut wurde, eine dieser Einheiten zu befehligen, welche die Massenhinrichtungen durchführten, kam ich zu dem Schluß, daß es nur eine Frage der Zeit sein würde, ehe ich einen solchen Befehl erhielt und, als unvermeidliche Folge, bei Befehlsverweigerung, erschossen werden würde. Also ersuchte ich um sofortige Versetzung zur Wehrmacht und an die Front.

Als Kommandierender General der Sondereinheit hätte Nebe mich in ein Strafbataillon schicken können. Er hätte mich sogar hinrichten lassen können. Statt dessen stimmte er meinem Gesuch um Versetzung zu, und nach vielen weiteren Wochen in Weißrußland, die ich beim Nachrichtendienst General Gehlens Fremde Heere Ost mit der Sichtung der erbeuteten NKWD-Akten verbrachte, wurde ich versetzt, jedoch nicht an die Front, sondern in das Büro für Kriegsverbrechen des Militärischen Oberkommandos in Berlin. Zu diesem Zeitpunkt hatte Arthur Nebe persönlich die Ermordung von mehr als dreißigtausend Männern, Frauen und Kindern beaufsichtigt.

Nach meiner Rückkehr nach Berlin sah ich ihn nicht wieder. Jahre darauf traf ich einen alten Freund von der Kripo, der mir erzählte, daß Nebe, immer ein Nazi mit Zweifeln, Anfang 1945 als einer der Mitverschwörer des Kreises um den Grafen Stauffenberg hingerichtet worden sei.

Es vermittelte mir immer ein seltsames Gefühl, zu wissen, daß ich mein Leben sehr wahrscheinlich einem Massenmörder verdankte. Zu meiner großen Erleichterung stieg der Mann mit der sonderbaren Interpretationstheorie in Dresden aus, und ich schlief bis Prag. Aber die meiste Zeit dachte ich an Kirsten und an die kurz angebundene Nachricht, die ich ihr hinterlassen hatte. Ich schrieb, ich werde einige Wochen weg sein, und erklärte ihr, in der Wohnung befänden sich Goldmünzen, welche die Hälfte meines Honorars für die Übernahme des Falles Becker darstellten. Poroschin hatte sich die Mühe gemacht, sie am Tag zuvor persönlich abzuliefern.

Es tat mir jetzt leid, daß ich nicht mehr geschrieben hatte, daß ich es versäumt hatte, zu schreiben, es gebe nichts, was ich für sie nicht tun würde, keine Herkulesarbeit, die ich ihr zuliebe nicht mit Freuden ausführen würde. Natürlich wußte sie das alles, denn es stand in dem Päckchen vorzüglich stilisierter Briefe, die sie in ihrer Schublade aufbewahrte. Neben dem Fläschchen Chanel, das sie nicht erwähnte.

11

Die Fahrt von Berlin nach Wien dauert lange, so daß ich viel Zeit hatte, über die Untreue meiner Frau nachzudenken. Also war es mir nur recht, daß ich dank Poroschins Hilfe eine Fahrkarte für die direkte Verbindung hatte – neunzehn und eine halbe Stunde über Dresden, Prag und Brünn – im Gegensatz zur Route, die über Leipzig und Nürnberg führte und siebenundzwanzig und eine halbe Stunde dauerte. Mit kreischenden Rädern fuhr der Zug langsam in den Franz-Josefs-Bahnhof ein und hüllte die wenigen Leute auf dem Bahnsteig in Rauchschwaden. An der Sperre zeigte ich einem amerikanischen MP meine Papiere, und nachdem ich ihm meinen Aufenthalt in Wien zufriedenstellend erklärt hatte, ging ich in die Bahnhofshalle, wo ich meine Reisetasche fallen ließ. Ich blickte mich um, ob ich von irgendeiner Person aus den wartenden Grüppchen erwartet und damit meine Ankunft gutgeheißen wurde. Als sich ein mittelgroßer, grauhaariger Mann näherte, zeigte sich, daß die erste meiner Überlegungen stimmte, daß die zweite auf Eitelkeit beruhte. Er teilte mir mit, er sei Dr. Liebl und habe die Ehre, als Emil Beckers Rechtsvertreter zu fungieren.

«Ich habe draußen ein Taxi», sagte er und warf einen unsicheren Blick auf mein Gepäck. «Trotzdem, zu meiner Kanzlei ist es nicht sehr weit, und hätten Sie eine kleinere Tasche, hätten wir zu Fuß hingehen können.»

«Ich weiß, es klingt pessimistisch», sagte ich, «aber ich hatte eigentlich gedacht, ich würde über Nacht bleiben.»

Ich folgte ihm durch die Bahnhofshalle.

«Ich hoffe, Sie hatten eine gute Reise, Herr Gunter.»

«Ich bin hier, oder?» sagte ich und rang mir eine Art liebenswürdigen Grinsens ab. «Wie sonst sollte man in diesen Zeiten eine gute Reise definieren?»

«Ich könnte es nicht sagen», erwiderte er kurz. «Was mich betrifft, ich verlasse Wien nie.» Er scheuchte mit der Hand ein paar zerlumpte DPs weg, die vor dem Bahnhof kampiert zu haben schienen. «Heutzutage, wo die ganze Welt auf einer Art Reise ist, scheint es vermessen, von Gott zu erwarten, daß er auf einen Reisenden aufpaßt, der sich lediglich wünscht, dahin zurückzukehren, von wo er gekommen ist.»

Er schob mich zu einem Taxi; ich reichte meine Tasche dem Fahrer und zwängte mich auf den Rücksitz, nur um festzustellen, daß die Tasche mir wieder folgte.

«Gepäck im Kofferraum zu befördern kostet eine zusätzliche Gebühr», erklärt Liebl und schob mir die Tasche auf den Schoß. «Wie ich sagte, es ist nicht sehr weit und Taxis sind teuer. Solange Sie hier sind, empfehle ich Ihnen, die Straßenbahn zu benutzen – es ist eine sehr nützliche Einrichtung.» Der Wagen fuhr mit einer solchen Geschwindigkeit, daß die nächste Ecke uns gegeneinanderquetschte wie ein Liebespaar im Kino. Liebl gluckste. «Außerdem ist es viel sicherer, denn die Wiener Taxifahrer sind nun mal, wie sie sind.»

Ich deutete nach links. «Ist das die Donau?»

«Guter Gott, nein. Das ist der Kanal. Die Donau liegt im russischen Sektor, weiter östlich.» Er zeigte nach rechts auf ein düster aussehendes Gebäude. «Das ist das Polizeigefängnis, in dem unser Klient zur Zeit logiert. Als erstes haben wir dort morgen eine Verabredung, und danach haben Sie vielleicht den Wunsch, an Captain Lindens Beerdigung auf dem Zentralfriedhof teilzunehmen.» Er nickte nach hinten zum Gefängnis. «Übrigens ist Herr Becker noch nicht lange da drin. Ursprünglich hatten die Amerikaner vor, den Fall als eine Sache der militärischen Sicherheit zu behandeln, und sperrten ihn folglich in ihrem Kriegsgefangenenlager in der Stiftskaserne ein – das ist das Hauptquartier ihrer Militärpolizei in Wien. Es war teuflisch schwierig, dort rein- und rauszukommen, kann ich Ihnen sagen. Wie auch immer, der Offizier für Öffentliche Sicherheit der Militärregierung hat jetzt entschieden, daß der Fall vor ein österreichisches Gericht gehört, und darum sitzt er jetzt dort bis zur Verhandlung, wann immer die stattfinden wird.»

Liebl beugte sich vor, tippte dem Fahrer auf die Schulter und sagte ihm, er solle rechts abbiegen und geradeaus zum Allgemeinen Krankenhaus fahren.

«Wenn wir schon für das Taxi bezahlen, können wir ebensogut Ihr Gepäck abliefern», sagte er. «Es ist bloß ein kurzer Umweg. Sie haben zumindest gesehen, wo Ihr Freund ist, und können also einschätzen, wie ernst seine Lage ist.

Ich möchte nicht unhöflich sein, Herr Gunther, aber ich sollte Ihnen sagen, daß ich strikt dagegen war, Sie nach Wien kommen zu lassen. Es ist ja nicht so, als ob es hier keine Privatdetektive gäbe. Ich nehme oft selber ihre Dienste in Anspruch, und sie kennen Wien besser als Sie. Ich hoffe, Sie nehmen mir nicht übel, daß ich das gesagt habe. Ich meine, Sie kennen diese Stadt überhaupt nicht, habe ich recht?»

«Ich weiß Ihre Offenheit zu schätzen, Dr. Liebl», entgegnete ich, obgleich ich sie überhaupt nicht schätzte. «Und Sie haben recht. Ich bin tatsächlich noch nie in Wien gewesen. Also lassen Sie mich genauso offen sprechen. Ich habe fünfundzwanzig Jahre Polizeiarbeit auf dem Buckel, und ich bin nicht sonderlich geneigt, auch nur einen Pfifferling dafür zu geben, was Sie denken. Warum Becker mich angeheuert hat und nicht einen hiesigen Schnüffler, ist seine Sache. Die Tatsache, daß er mich großzügig honorieren will, ist meine Sache. Dazwischen ist nichts, weder für Sie noch für einen anderen. Nicht im Augenblick. Wenn Sie vor Gericht gehen, werde ich auf Ihrem Schoß sitzen und Ihr Haar kämmen, wenn Sie es wollen. Aber bis dahin lesen Sie Ihre Gesetzbücher, und ich werde mich darum kümmern, was wir tun werden, damit wir den belämmerten Hundesohn freikriegen.»

«Das reicht», knurrte Liebl, und sein Mund schien sich zu einem Lächeln verziehen zu wollen. «Die Liebe zur Wahrheit steht Ihnen ziemlich gut. Wie die meisten Anwälte habe ich eine verborgene Bewunderung für Leute, die zu glauben scheinen, was sie sagen. Ja, ich empfinde große Hochachtung vor der Rechtschaffenheit anderer, wenn auch nur, weil wir Anwälte so durch und durch verschlagen sind.»

«Ich dachte, Sie hätten sich deutlich genug ausgedrückt.»

«Eine bloße Finte, versichere ich Ihnen», sagte er überlegen. Wir ließen mein Gepäck in einer behaglich aussehenden Pension im 8. Bezirk im amerikanischen Sektor und fuhren weiter zu Liebls Kanzlei in der Innenstadt. Wie Berlin war Wien unter den vier Mächten aufgeteilt, von denen jede einen eigenen Sektor kontrollierte. Der einzige Unterschied war, daß Wiens Innenstadt, umgeben von einem weit geschwungenen Boulevard von Grandhotels und Palästen, dem Ring, der Internationalen Patrouille allen vier Mächten zugleich unterstand. Ein weiterer Unterschied, der rascher ins Auge fiel, war der Zustand der österreichischen Hauptstadt. Gewiß, die Stadt wies einige Bombenschäden auf, aber im Vergleich zu Berlin sah Wien ordentlicher aus als das Schaufenster eines Bestattungsinstitutes.

Als wir endlich in Liebls Kanzlei saßen, suchte er Beckers Akte heraus und ging mit mir die Fakten des Falles durch.

«Was am meisten gegen Becker spricht, ist natürlich die Tatsache, daß er im Besitz der Mordwaffe war», sagte Liebl und reichte mir ein paar Fotos der Waffe, mit der Captain Linden getötet worden war.

«Walther P 38», sagte ich. «Spezialhandgriff. Im letzten Kriegsjahr habe ich selber so eine benutzt. Sie klappern ein bißchen, aber wenn man den ungewohnt schwergängigen Abzug mal beherrscht, kann man damit ziemlich genau schießen. Obwohl mir der außen liegende Hahn nie gelegen hat. Nein, ich selber ziehe die PPK vor.» Ich gab die Fotos zurück. «Haben Sie Fotos von der Leiche des Captain?»

Liebl gab mir mit offensichtlichem Abscheu einen Umschlag. «Schon seltsam, wie sie aussehen, wenn sie wieder zurechtgemacht sind», sagte ich und betrachtete die Fotos. «Man schießt einem Mann mit einer 38er ins Gesicht, und er sieht nicht schlimmer aus, als hätte er einen Maulwurf ausgebuddelt. Gut aussehender Hurensohn, das muß man ihm lassen. Hat man die Kugel gefunden?»

«Nächstes Foto.»

Ich nickte, als ich es fand. Es gehört nicht viel dazu, einen Mann umzubringen, dachte ich.

«Die Polizei hat außerdem mehrere Stangen Zigaretten in Herrn Beckers Wohnung gefunden», sagte Liebl. «Zigaretten derselben Marke, wie man sie auch in dem alten Atelier fand, in dem Linden erschossen wurde.»

Ich zuckte die Achseln. «Er rauchte gern. Ich sehe nicht, was ein paar Schachteln Zigaretten ihm anhaben könnten.»

«Nein? Dann will ich's Ihnen erklären. Es waren Zigaretten, die aus der Tabakfabrik in der Thaliastraße gestohlen waren, die ganz in der Nähe des Ateliers liegt. Wer immer die Zigaretten gestohlen hat, er benutzte das Atelier, um sie zu lagern. Als Becker Captain Lindens Leiche fand, riß er sich ein paar Stangen unter den Nagel, bevor er nach Hause ging.»

«Typisch Becker, stimmt», seufzte ich. «Er hat schon immer lange Finger gemacht.»

«Gut, aber jetzt geht es um seinen Hals. Ich brauche Sie wohl nicht daran zu erinnern, daß dies ein Kapitalverbrechen ist.»

«Sie können mich daran erinnern, sooft Sie es für angebracht halten, Dr. Liebl. Sagen Sie mir, wer ist der Eigentümer des Ateliers?»

«Drittemann Film-Studio-GmbH. Wenigstens war das der Name der Firma im Mietvertrag. Doch niemand scheint sich daran zu erinnern, daß dort je ein Film gedreht wurde. Als die Polizei das Atelier durchsuchte, fand sie gerade mal einen alten Scheinwerfer.»

«Könnte ich mich dort mal umsehen?»

«Ich werde sehen, ob ich das einrichten kann. Also, falls Sie noch weitere Fragen haben, Herr Gunther, schlage ich vor, daß Sie bis morgen früh damit warten, wenn wir Herrn Becker treffen. Außerdem wäre da noch die eine oder andere Vereinbarung, die wir zum Abschluß bringen müssen, wie der Restbetrag Ihres Honorars und Ihre Unkosten. Bitte entschuldigen Sie mich einen Moment, während ich das Geld aus dem Safe hole.»

Liebls Kanzlei in der Judengasse lag im ersten Stock über einem Schusterladen. Als er ins Zimmer zurückkam, zwei Bündel Banknoten in der Hand, stand ich am Fenster.

«Zweitausendfünfhundert amerikanische Dollar in bar, wie vereinbart», sagte er kühl, «und eintausend österreichische Schilling, um Ihre Unkosten zu decken. Jede weitere Zahlung muß von Fräulein Braunsteiner genehmigt werden – sie ist Herrn Beckers Freundin. Die Kosten für Ihre Unterbringung werden von dieser Kanzlei getragen.» Er reichte mir einen Füller. «Wollen Sie bitte diese Quittung unterschreiben?»

Ich überflog das Schreiben und seufzte. «Ich würde sie gern kennenlernen», sagte ich. «Ich möchte alle Freunde Beckers kennenlernen.»

«Meine Anweisungen lauten, daß sie Sie morgen in Ihrer Pension aufsuchen wird.»

Ich steckte das Geld ein und kehrte zum Fenster zurück.

«Ich verlasse mich darauf, daß ich mich, sollte die Polizei Sie mit all diesen Dollars schnappen, auf Ihre Diskretion verlassen kann. Es gibt Devisenbeschränkungen, die...»

«Ich werde Ihren Namen rauslassen, keine Sorge. Dabei fällt mir ein, was sollte mich davon abhalten, das Geld zu kassieren und zurückzufahren?»

«Sie wiederholen lediglich, was ich Herrn Becker zu bedenken gab. Erstens, sagte er, seien Sie ein ehrbarer Mann, und wenn man Sie für einen Job bezahlt habe, würden Sie ihn tun. Sie seien nicht der Typ, ihn hängenzulassen. In diesem Punkt war er ziemlich starrköpfig.»

«Ich bin gerührt», antwortete ich. «Und zweitens?»

«Kann ich offen sprechen?»

«Warum jetzt damit aufhören?»

«Also gut. Herr Becker ist einer der schlimmsten Schieber in Wien. Ungeachtet seiner gegenwärtigen Zwangslage, ist er nicht ohne Einfluß in gewissen, sagen wir, anrüchigen Kreisen dieser Stadt.» Sein Gesicht sah gequält aus. «Es widerstrebt mir, mehr zu sagen, denn ich fürchte, Sie könnten mich für einen ganz gewöhnlichen Gangster halten.»

«Das war freimütig genug, Dr. Liebl. Danke.»

Er kam zum Fenster herüber. «Was gibt es dort zu sehen?»

«Ich glaube, man ist mir gefolgt. Sehen Sie diesen Mann dort?»

«Der Mann, der Zeitung liest?»

«Ich bin sicher, daß ich ihn auf dem Bahnhof gesehen habe.»

Liebl nahm seine Brille aus der Brusttasche und bog ihre Bügel um seine pelzigen alten Ohren. «Sieht nicht aus wie ein Österreicher», verkündete er schließlich. «Was für eine Zeitung liest er?»

Ich spähte kurz hinunter. «Den *Wiener Kurier.*»

«Hm. Jedenfalls kein Kommunist. Er ist vermutlich Amerikaner, ein Außenagent der Ermittlungsabteilung der Militärpolizei.»

«In Zivil?»

«Ich glaube, sie brauchen keine Uniform mehr zu tragen. Wenigstens in Wien.» Er nahm seine Brille ab und wandte sich ab. «Ich würde sagen, bloße Routine. Sie werden alles über jeden Freund von Herrn Becker wissen wollen. Sie sollten damit rechnen, irgendwann einmal verhaftet und befragt zu werden.»

«Danke für die Warnung.» Ich wollte mich vom Fenster lösen, aber meine Hand blieb noch auf dem großen Fensterladen mit seiner solide aussehenden Querstange liegen. «Die wußten schon, wie man diese alten Häuser baut, nicht wahr? Das Ding sieht aus, als sollte es eine Armee abhalten.»

«Keine Armee, Herr Gunther, den Pöbel. Hier war einmal das Herz des Ghettos. Im fünfzehnten Jahrhundert, als dieses Haus gebaut wurde, mußten sie auf gelegentliche Pogrome vorbereitet sein. Es verändert sich nicht so viel, nicht wahr?»

Ich nahm ihm gegenüber Platz und rauchte eine Memphis aus dem Päckchen, das ich Poroschins Vorrat entnommen hatte. Ich schob Liebl das Päckchen hin, der eine Zigarette nahm und sie sorgfältig in ein Zigarettenetui tat. Er und ich hatten unsere Zusammenarbeit nicht gerade glücklich begonnen. Es war an der Zeit, ein paar Brücken zu bauen.

«Behalten Sie das Päckchen», sagte ich.

«Sie sind sehr freundlich», erwiderte er und schob mir einen Aschenbecher hin.

Jetzt, als ich ihn bei Licht sah, fragte ich mich, welche Genealogie von Ausschweifung sein einmal ebenmäßiges Gesicht zerstört hatte. Seine grauen Wangen waren schwer von beinahe eiszeitlichen Schrunden zerfurcht, und seine Nase war ein wenig gekräuselt, als habe jemand einen schlechten Scherz gemacht. Seine Lippen waren sehr rot und sehr dünn, und er lächelte wie eine verschlagene alte Schlange, was nur dazu beitrug, den Ausdruck von Ausschweifung zu verstärken, den die Jahre, und höchstwahrscheinlich der Krieg, in seine Züge gegraben hatten. Er sorgte von sich aus für eine Erklärung.

«Ich war eine Zeitlang in einem Konzentrationslager. Vor dem Krieg war ich Mitglied der Christlichsozialen Partei. Sie wissen, daß die Leute es vorziehen, zu vergessen, aber es gab in Österreich eine sehr große Sympathie für Hitler.» Er hustete ein wenig beim ersten Zug aus der Zigarette. «Es ist sehr angenehm für uns, daß die Alliierten entschieden, Österreich sei nicht Kollaborateur der Nazis, sondern ein Opfer ihrer Aggression gewesen. Aber es ist auch absurd. Wir sind perfekte Bürokraten, Herr Gunther. Die Anzahl der Österreicher ist bemerkenswert, die bei der Durchführung von Hitlers Verbrechen eine entscheidende Rolle übernahmen. Und viele ebendieser Männer – und auch ein paar Deutsche – leben hier in Wien. Im Augenblick untersucht das Sicherheitsbüro von Oberösterreich gerade den Diebstahl einer Anzahl von Personalausweisen aus der Wiener Staatsdrukkerei. Sie sehen also, daß es für jene, die hier bleiben wollen, immer Möglichkeiten gibt, das zu tun. Die Wahrheit ist, daß diese Männer, diese Nazis, es genießen, in meinem Land zu leben. Wo es seit fünfhundert Jahren Judenhaß gibt, fühlen sie sich zu Hause.

Ich erwähne diese Dinge, weil ein *Piefke*» – er lächelte entschuldigend –, «weil ein Preuße wie Sie in Wien einem gewissen Maß an Feindseligkeit begegnen könnte. Ein Akzent wie der Ihre könnte einige Wiener vielleicht daran erinnern, daß sie sieben Jahre lang Nationalsozialisten waren. Eine unangenehme Tatsache, von der die meisten Leute inzwischen lieber glauben möchten, sie sei nicht mehr als ein böser Traum gewesen.»

«Ich werde es mir merken.»

Nach dem Treffen mit Liebl ging ich in die Pension in der Skodagasse, wo ich eine Nachricht von Beckers Freundin vorfand, sie werde gegen sechs vorbeikommen, um zu sehen, wie ich untergebracht sei. Die Pension *Caspian* war ein erstklassiges kleines Haus. Ich hatte ein Schlafzimmer, einen daran anschließenden Wohnraum und ein Bad. Es gab sogar eine winzige überdachte Veranda, auf der ich im Sommer hätte sitzen können. Es war warm dort, und es schien einen nie endenden Vorrat an heißem Wasser zu geben – ein ungewohnter Luxus. Ich war noch nicht lange mit dem Baden fertig – sogar Marat wäre davor zurückgeschreckt, so lange in der Wanne zu sitzen –, als es an die Tür des Wohnraumes klopfte und ich nach einem Blick auf meine Armbanduhr feststellte, daß es fast sechs war. Ich schlüpfte in meinen Mantel und öffnete die Tür.

Sie war klein, hatte strahlende Augen, die rosigen Wangen eines Kindes und dunkles Haar, das aussah, als bekäme es selten einen Kamm zu sehen. Ihr Lächeln, bei dem sie schöne Zähne entblößte, wurde ein wenig ernst, als sie meine nackten Füße erblickte.

«Herr Gunther?» sagte sie zögernd.

«Fräulein Traudl Braunsteiner?»

Sie nickte.

«Treten Sie ein. Leider habe ich länger im Bad zugebracht, als ich sollte, aber das letzte Mal, daß ich wirklich heißes Wasser hatte, kam ich aus dem sowjetischen Arbeitslager zurück. Nehmen Sie Platz, während ich mir etwas überziehe.»

Als ich zurückkam, sah ich, daß sie eine Flasche Wodka mitgebracht hatte und uns auf einem Tisch an der Verandatür zwei Gläser einschenkte. Sie reichte mir das Glas, und wir setzten uns.

«Willkommen in Wien», sagte sie. «Emil sagte, ich solle Ihnen eine Flasche bringen.» Sie stieß gegen die Tasche zu ihren Füßen. «Ich habe gleich zwei mitgebracht. Sie haben den ganzen Tag vor dem

Fenster des Krankenhauses gehangen, darum ist der Wodka hübsch kalt. Anders mag ich ihn nicht.»

Wir prosteten uns zu und tranken, und sie hatte ihr Glas rascher auf die Tischplatte zurückgestellt als ich.

«Ich hoffe, Ihnen fehlt nichts? Sie sagten etwas von einem Krankenhaus?»

«Ich bin Schwester im Allgemeinen Krankenhaus. Sie können es sehen, wenn Sie die Straße raufgehen. Das ist zum Teil der Grund, warum ich Sie hier untergebracht habe – weil es so nahe ist. Aber auch, weil ich die Besitzerin kenne, Frau Blum-Weiss. Sie war eine Freundin meiner Mutter. Außerdem dachte ich, daß Sie gern in der Nähe des Rings und des Ortes wohnen würden, wo der amerikanische Captain erschossen wurde. Das ist in der Dettergasse, auf der anderen Seite von Wiens äußerem Ring, dem Gürtel.»

«Diese Unterkunft gefällt mir ungemein. Um ehrlich zu sein, sie ist weitaus kompfortabler als das, woran ich zu Hause in Berlin gewöhnt bin. Dort ist das Leben ziemlich hart.» Ich füllte die Gläser nach. «Wieviel wissen Sie genau über das, was passiert ist?»

«Ich weiß alles, was Doktor Liebl Ihnen erzählt hat; und alles, was Emil Ihnen morgen erzählen wird.»

Traudl Braunsteiner lächelte zaghaft und gab ein kleines Kichern von sich.

«Über Emils Geschäfte gibt es ebenfalls nicht viel, was ich nicht weiß.» Sie bemerkte, daß ein Knopf an einem Faden von ihrem zerknitterten Regenmantel herunterhing, riß ihn ab und steckte ihn in die Tasche. Sie war wie ein feines Spitzentaschentuch, das gewaschen werden mußte.

«Ich schätze, weil ich Krankenschwester bin, sehe ich solche Dinge ziemlich locker: den schwarzen Markt. Ich habe selber ein paar Drogen geklaut, das gebe ich ohne weiteres zu. Im Grunde tun das alle Mädchen, früher oder später. Für manche ist es eine einfache Entscheidung: Verkauf dich oder deinen Körper. Ich denke, wir können von Glück sagen, daß wir was anderes zu verkaufen haben.» Sie zuckte die Achseln und schluckte ihren zweiten Wodka. «Menschen leiden und sterben zu sehen, bringt keinen sehr nachhaltigen Respekt vor Recht und Ordnung hervor.» Sie lachte entschuldigend. «Geld hat keinen Wert, wenn man nicht in der Lage ist, es auszugeben. Gott, wie schwer reich ist die Familie Krupp? Vermutlich Billionen. Aber sie hat eines ihrer Mitglieder hier in Wien in eine Irrenanstalt gesteckt.»

«Schon gut», sagte ich. «Ich habe Sie nicht gefragt, damit Sie das alles rechtfertigen sollen.»

Aber sie versuchte offensichtlich, sich selber zu rechtfertigen. Traudl zog ihre Beine unter ihr Hinterteil. Sie saß unbekümmert im Lehnsessel und schien sich wenig daraus zu machen, daß ich ihre Strumpfbänder, den Strumpfgürtel und den Rand ihrer glatten weißen Schenkel sehen konnte.

«Was soll man machen?» sagte sie und biß an ihren Fingernägeln. «Hin und wieder muß jeder in Wien etwas kaufen, was aus dem Resselpark stammt.» Sie erklärte mir, das sei das Zentrum des Schwarzhandels der Stadt.

«In Berlin ist es das Brandenburger Tor», sagte ich. «Und vor dem Reichstag.»

«Wie komisch», gluckste sie schelmisch. «In Wien gäb's einen Skandal, wenn so etwas vor unserem Parlament stattfinden würde.»

«Weil Sie ein Parlament haben. Hier überwachen die Alliierten bloß. Aber in Deutschland regieren sie wirklich.» Mein Einblick in ihre Unterwäsche schwand jetzt, als sie den Saum ihres Rockes herunterzog.

«Das wußte ich nicht. Nicht, daß es eine Rolle spielen würde. In Wien würde es trotzdem einen Skandal geben, ob Parlament oder nicht. Österreicher sind echte Heuchler. Man möchte meinen, daß sie mit solchen Dingen leichter umgehen könnten. Einen schwarzen Markt hat es hier seit den Habsburgern gegeben. Damals waren es natürlich keine Zigaretten, sondern Privilegien, Patronagen. Persönliche Kontakte zählen noch immer viel.»

«Da wir gerade davon sprechen, wie haben Sie Becker kennengelernt?»

«Er beschaffte ein paar Papiere für eine Freundin, eine Krankenschwester. Und wir stahlen für ihn Penicillin. Das war, als es noch was von dem Zeug gab. Kurz nach dem Tod meiner Mutter.» Ihre hellen Augen weiteten sich, als bemühe sie sich, etwas zu begreifen. «Sie warf sich vor eine Straßenbahn.» Sie zwang sich zu einem Lächeln, lachte gekünstelt und schaffte es, ihre Gefühle zu unterdrücken. «Meine Mutter war eine sehr wienerische Variante einer Österreicherin. Wissen Sie, wir begehen immer Selbstmord. Das gehört zu unserer Lebensart. Emil war jedenfalls sehr freundlich und ein großer Spaßmacher. Er vertrieb meinen Kummer, wirklich. Ich habe sonst keine Familie, wissen Sie. Mein Vater wurde bei einem Luftangriff getötet. Und mein Bruder starb im Kampf gegen Partisanen in Jugoslawien. Ich weiß wirklich nicht, was ohne Emil aus mir geworden wäre. Wenn ihm jetzt etwas zustoßen würde...» Traudls Mund verhärtete sich, als sie sich das Schicksal ausmalte, das ihrem Liebsten nach aller Wahrscheinlichkeit bevorzustehen schien. «Sie werden für ihn tun, was Sie können, nicht wahr? Emil sagte, Sie seien die einzige Person, der er zutraue, etwas herauszufinden, was ihm vielleicht eine kleine Chance geben könnte.»

«Ich werde für ihn tun, was ich kann, Traudl, Sie haben mein Wort darauf.» Ich zündete zwei Zigaretten an und reichte ihr eine. «Es interessiert Sie vielleicht, zu erfahren, daß ich normalerweise meine eigene Mutter für schuldig erklären würde, wenn sie mit einer Waffe in der Hand neben einer Leiche stünde. Aber wie die Dinge nun mal liegen, glaube ich an Beckers Geschichte, und sei's nur deshalb, weil sie so überzeugend schlecht ist. Zumindest bis ich sie von ihm gehört habe. Das mag Sie nicht allzusehr überraschen, aber sie beeindruckt mich todsicher.

Schauen Sie sich bloß meine Fingerspitzen an. Es mangelt ihnen ein wenig an heiliger Ausstrahlung. Und der Hut dort auf der Anrichte? Ich trage ihn nicht, um herumzustolzieren. Wenn ich ihn also aus dieser verdammten Zelle rausführen soll, wird Ihr Freund mir ein Garnknäuel herzaubern müssen. Morgen früh sollte er besser etwas zu seinen Gunsten zu sagen haben, sonst wird es diese ganze Vorstellung nicht wert sein, daß man sich dafür schminkt.»

12

Am schrecklichsten wird man vom Gesetz durch das bestraft, was sich in der eigenen Vorstellung abspielt: die Aussicht auf die eigene, gerichtlich verfügte Tötung ist Nahrung für Gedanken der einfallsreichsten masochistischen Art. Bringt man einen Mann vor Gericht, wo ihm die Todesstrafe droht, füllt man seinen Kopf mit Gedanken, die grausamer sind als jede erdenkliche Bestrafung. Und natürlicherweise fordert die Vorstellung, wie es sein muß, metertief durch eine Klapptür zu fallen, um kurz über dem Boden von einem Seil aufgefangen zu werden, das am Hals befestigt ist, ihren Tribut von einem Mann. Er stellt fest, daß ihm das Schlafen schwerfällt, er verliert den Appetit, und es ist nicht ungewöhnlich, daß sein Herz unter dem Gewicht dessen, was seine Einbildung ihm aufgebürdet hat, zu leiden beginnt. Selbst der gleichgültigste, phantasieloseste Geist braucht bloß den Kopf auf den Schultern zu drehen und auf das knirschende Geräusch seiner Rückenwirbel zu lauschen, um in der Magengrube das furchtbare Entsetzen des Hängens zu verspüren.

So war ich denn nicht überrascht, in Becker ein schwaches, verkümmertes Abbild des Mannes vorzufinden, der er einmal gewesen war. Wir trafen uns in einem kleinen, karg möblierten Vernehmungsraum des Gefängnisses auf der Rossauer Lände. Als er den Raum betrat, schüttelte er mir stumm die Hand, bevor er sich umdrehte und an den Wärter wandte, der sich an der Tür aufgebaut hatte.

«He, Pepi», sagte er heiter, «was dagegen?» Er griff in seine Hemdtasche und zog ein Päckchen Zigaretten heraus, das er durch den Raum warf. Der Wärter namens Pepi schnappte es mit den Fingerspitzen und prüfte die Marke.

«Rauch mal eine vor der Tür, in Ordnung?»

«Klar», sagte Pepi und verschwand.

Becker nickte zufrieden, als wir drei an dem Tisch Platz nahmen, der an die gelb geflieste Wand angeschraubt war.

«Keine Sorge», sagte er zu Doktor Liebl. «Hier kann man alle Wärter kaufen. Es ist hier viel besser als in der Stiftskaserne. Das kann ich euch sagen. Keiner dieser verdammten Amis ließ sich schmieren. Es gibt nichts, was sie sich nicht selber besorgen können.»

«Sie müssen es ja wissen», sagte ich und holte meine Zigaretten heraus. Liebl schüttelte den Kopf, als ich ihm eine anbot. «Diese hier kommen von Ihrem Freund Poroschin», sagte ich, als Becker sich eine aus der Packung nahm.

«Prächtiger Kerl, nicht wahr?»

«Ihre Frau glaubt, er sei Ihr Chef.»

Becker gab uns Feuer und blies eine Rauchwolke über meine Schulter. «Sie haben mit Ella gesprochen?» fragte er, aber er klang nicht überrascht.

«Abgesehen von den fünftausend, ist sie der einzige Grund, warum ich hier bin», sagte ich. «Ich kam zu dem Schluß, daß Sie vermutlich jede Hilfe brauchen würden, die Sie kriegen könnten, wenn sie in Ihrem Fall das Sagen hätte. Soweit es Ella betrifft, baumeln Sie bereits.»

«So sehr haßt sie mich?»

«Wie die Pest.»

«Nun, sie hat das Recht dazu, schätze ich.» Er seufzte und schüttelte den Kopf. Dann nahm er einen langen nervösen Zug, der kaum das Zigarettenpapier übrig ließ. Einen Augenblick starrte er mich an, und seine blutunterlaufenen Augen blinzelten angestrengt durch den Qualm. Nach einigen Sekunden hustete er und lächelte dabei. «Fangen Sie an und fragen Sie mich.»

«Gut. Haben Sie Captain Linden getötet?»

«Gott ist mein Zeuge, nein.» Er lachte. «Kann ich jetzt gehen, Kommissar?» Er machte erneut einen tiefen Zug. «Sie glauben mir doch, Berni, oder?»

«Ich glaube, Sie hätten eine bessere Geschichte auf Lager, wenn Sie lügen würden. Soviel Grips traue ich Ihnen zu. Aber wie ich schon Ihrer Freundin sagte...»

«Sie haben Traudl getroffen? Gut. Sie ist großartig, nicht wahr?»

«Ja. Der Himmel allein weiß, was sie an Ihnen findet.»

«Ihr gefällt meine Konversation, ist doch klar. Darum sieht sie's nicht gern, daß ich hier eingesperrt bin. Sie vermißt unsere kleinen Kaminplaudereien über Wittgenstein.» Das Lächeln verschwand, als er seine Hand über den Tisch streckte und meinen Unterarm umklammerte. «Hören Sie, Sie müssen mich hier rausholen, Berni. Die fünftausend sollten Sie bloß ins Geschäft bringen. Beweisen Sie, daß ich unschuldig bin, und ich werde Ihr Honorar verdreifachen.»

«Wir wissen beide, daß das nicht einfach sein wird.»

Becker mißverstand mich.

«Geld ist kein Problem: Ich habe jede Menge Geld. In einer Garage in Hernals habe ich einen Wagen stehen mit 30000 Dollar im Kofferraum. Sie gehören Ihnen, wenn Sie mich freikriegen.»

Liebl verzog das Gesicht, als sein Klient fortfuhr, seinen offensichtlichen Mangel an Geschäftstüchtigkeit zu demonstrieren. «Wirklich, Herr Becker, als Ihr Anwalt muß ich protestieren. Das ist nicht die Art...»

«Maul halten», sagte Becker grimmig. «Wenn ich Ihren Rat brauche, werd ich Sie danach fragen.»

Liebl zuckte diplomatisch die Achseln und lehnte sich auf seinem Stuhl zurück.

«Hören Sie», sagte ich, «über einen Bonus können wir reden, wenn Sie draußen sind. Das Geld stimmt. Sie haben mich bereits gut bezahlt. Ich habe nicht von Geld gesprochen. Nein, ich hätte gern ein paar Anhaltspunkte. Also, warum fangen Sie nicht an und erzählen mir was über Herrn König: wo Sie ihn trafen, wie er aussieht und ob Sie glauben, daß er seinen Kaffee mit Sahne trinkt? In Ordnung?»

Becker nickte und trat seine Zigarette auf dem Boden aus. Er preßte die Hände zusammen, löste sie wieder und begann unbehaglich seine Knöchel zu reiben. Vermutlich hatte er die Geschichte zu oft hergebetet, um sich darüber zu freuen, sie zu wiederholen.

«In Ordnung. Also dann, wollen wir mal. Ich begegnete Helmut König in der *Koralle*. Das ist ein Nachtclub im 9. Bezirk. Porzellangasse. Er kam einfach auf mich zu und stellte sich mir vor. Sagte, er habe von mir gehört und wolle mir einen Drink spendieren. Also ließ ich ihn gewähren. Wir sprachen über das Übliche. Über den Krieg, daß ich in Rußland war, daß ich vor meiner SS-Zeit bei der Kripo war, genauso wie Sie, übrigens. Nur daß Sie sich absetzten, nicht wahr, Berni?»

«Bleiben Sie bei der Sache.»

«Er sagte, er habe durch Freunde von mir erfahren. Er sagte nicht, von wem. Er habe ein Geschäft, das ich für ihn erledigen sollte: eine regelmäßige Lieferung über die grüne Grenze. Bares Geld, keine Fragen. Es sei eine leichte Sache. Ich müsse nichts anderes tun, als ein kleines Päckchen aus einem Büro hier in Wien abholen und in einem anderen Büro in Berlin abgeben. Aber bloß, wenn ich sowieso auf Tour ginge, mit einer Wagenladung Zigaretten oder etwas Ähnlichem. Wenn sie mich erwischten, würden sie Königs Päckchen wahrscheinlich überhaupt nicht bemerken. Zuerst dachte ich, es ginge um Drogen. Aber dann öffnete ich eines der Päckchen. Es waren bloß ein paar Akten: Akten der Partei, der Armee, der SS. Altes Zeug. Ich konnte nicht begreifen, was daran für sie so wertvoll war.»

«Waren es immer bloß Akten?»

Er nickte.

«Captain Linden arbeitete für das amerikanische Document Center in Berlin», erklärte ich. «Er war ein Nazi-Jäger. Diese Akten – erinnern Sie sich an irgendwelche Namen?»

«Berni, es waren Kaulquappen, kleine Fische. SS-Unterscharführer und Rechnungsführer der Armee. Jeder Nazi-Jäger hätte sie einfach zurückgewiesen. Diese Burschen sind hinter größeren Fischen her wie Bormann und Eichmann. Nicht hinter elenden kleinen Rechnungsführern.»

«Trotzdem, für Linden waren diese Akten wichtig. Wer immer ihn umgelegt hat, er hat auch dafür gesorgt, daß zwei Amateurdetektive, die er kannte, umgebracht wurden. Zwei Juden, die das Lager überlebt hatten und dabei waren, ein paar alte Rechnungen zu begleichen. Ich habe sie vor ein paar Tagen tot aufgefunden. Da waren sie schon eine Weile tot. Vielleicht waren die Akten für sie bestimmt. Darum würde es helfen, wenn Sie versuchten, sich an ein paar Namen zu erinnern.»

«Gewiß, wenn Sie es sagen, Berni. Ich werd versuchen, fleißig meine Hausaufgaben zu machen.»

«Tun Sie das. Jetzt erzählen Sie mir von König. Wie sah er aus?»

«Warten Sie mal: Er war um die Vierzig, würde ich sagen. Gut gebaut, dunkler, dichter Schnurrbart, wog ungefähr neunzig Kilo, eins neunzig groß; trug einen guten Tweedanzug, rauchte Zigarren und hatte immer einen kleinen Hund bei sich – einen kleinen Terrier. Er war mit Sicherheit Österreicher. Manchmal hatte er ein Mädchen bei sich. Ihr Name war Lotte. Ihren Familiennamen weiß ich nicht, aber sie arbeitete im *Casanova Club*. Gut aussehende Schlampe, eine Blondine. An mehr kann ich mich nicht erinnern.»

«Sie sagten, daß ihr über den Krieg gesprochen habt. Hat er Ihnen erzählt, wie viele Orden er bekommen hat?»

«Ja.»

«Denken Sie nicht, Sie sollten es mir erzählen?»

«Hab nicht gedacht, daß es wichtig sein könnte.»

«Ich entscheide, was wichtig ist. Kommen Sie, packen Sie aus, Bekker.»

Er starrte gegen die Wand, dann zuckte er die Achseln. «Soweit ich mich erinnere, sagte er, er sei der österreichischen Nazipartei beigetreten, als sie noch illegal war, 1931. Später wurde er festgenommen, weil er Plakate geklebt hatte. Also floh er nach Deutschland, um der Haft zu entgehen, und trat in die Bayerische Polizei in München ein. 1933 ging er zur SS und blieb dort bis Kriegsende.»

«Welchen Rang hatte er?»

«Hat er nicht gesagt.»

«Hat er Ihnen irgendeinen Hinweis darauf gegeben, wo er diente und in welcher Position?»

Becker schüttelte den Kopf.

«Ihr zwei habt ja nicht gerade eine ergiebige Unterhaltung geführt. In welchen Erinnerungen habt ihr geschwelgt, an den Brotpreis? In Ordnung. Was ist mit dem zweiten Mann – der mit König in Ihre Wohnung kam und Sie bat, nach Linden zu suchen?»

Becker preßte die Hände an die Schläfen. «Ich habe versucht, mich an seinen Namen zu erinnern, aber er wollte mir einfach nicht einfallen», sagte er. «Er war ein bißchen mehr der Typ höherer Offizier. Sie wissen schon: sehr steif und geschniegelt. Möglicherweise ein Adliger. Auch er war um die Vierzig, groß, dünn, glatt rasiert, schüttere Haare. Trug ein Jackett ohne Aufschlag und eine Club-Krawatte.» Er schüttelte den Kopf. «Bei Club-Krawatten kenne ich mich nicht gut aus. Könnte ein Herrenclub gewesen sein, ich weiß es nicht.»

«Und der Mann, den Sie aus dem Atelier kommen sahen, in dem Linden getötet wurde: Wie sah er aus?»

«Er war zu weit weg, um viel zu erkennen, außer daß er ziemlich klein und sehr stämmig war. Er trug einen dunklen Hut und Mantel und hatte es eilig.»

«Darauf möchte ich wetten», sagte ich. «Die Firma Reklame- und Werbezentrale. Sie ist in der Mariahilfer Straße, richtig?»

«War», sagte Becker düster. «Sie hat zugemacht, kurz nachdem ich eingebuchtet wurde.»

«Erzählen Sie mir trotzdem davon. War es immer König, den Sie dort sahen?»

«Nein. Es war gewöhnlich ein Bursche namens Abs, Max Abs. So ein Akademikertyp, Spitzbart, kleine Brillengläser, Sie wissen schon.» Becker nahm sich eine von meinen Zigaretten. «Da war eine Sache, die ich Ihnen erzählen wollte. Einmal, als ich dort war, hörte ich, daß Abs einen Anruf bekam, von einem Steinmetz namens Pichler. Vielleicht hatte er eine Beerdigung. Ich dachte, Sie könnten Pichler vielleicht finden und etwas über Abs rauskriegen, wenn Sie heute morgen zu Lindens Beerdigung gehen.»

«Um zwölf», sagte Liebl.

«Ich dachte, es wäre einen Versuch wert, Berni», fuhr Becker fort.

«Sie sind der Klient», sagte ich.

«Achten Sie darauf, ob Lindens Freunde auftauchen. Und dann besuchen Sie Pichler. Die meisten Wiener Steinmetze haben ihre Läden an der Mauer des Zentralfriedhofes, also dürfte es überhaupt nicht schwer sein, ihn zu finden. Vielleicht kriegen Sie raus, ob Max Abs eine Adresse hinterlassen hat, als er seinen Stein bestellte.»

Ich war nicht besonders scharf darauf, mir von Becker auf diese Weise meine Arbeit vorschreiben zu lassen, aber es schien einfacher, ihn gewähren zu lassen. Ein Mann, den möglicherweise die Todesstrafe erwartet, kann von seinem Privatdetektiv ein gewisses Entgegenkommen erwarten. Besonders wenn er im voraus bezahlt hat. Also sagte ich: «Warum nicht? Ich liebe eine schöne Beerdigung.» Dann stand ich auf und ging ein bißchen in der Zelle auf und ab, als wäre ich derjenige, den das Eingesperrtsein nervös machte. Vielleicht war er mehr daran gewöhnt als ich.

«Da ist noch eine Sache, die mir zu denken gibt», sagte ich, nachdem ich eine Minute grübelnd auf und ab gegangen war.

«Welche?»

«Doktor Liebl erzählte mir, Sie wären in dieser Stadt nicht ohne Einfluß und ohne Freunde.»

«Stimmt genau.»

«Nun, wie kommt es dann, daß keiner Ihrer sogenannten Freunde versuchte, König zu finden? Oder, zum Beispiel, seine Freundin Lotte?»

«Wer sagte Ihnen, daß sie das nicht taten?»

«Wollen Sie das für sich behalten, oder muß ich Ihnen erst ein paar Riegel Schokolade geben?»

Beckers Ton wurde versöhnlich. «Also, es ist nicht sicher, was passierte, Berni, also wollte ich nicht, daß Sie von dem Job eine falsche Vorstellung bekamen. Es gibt keinen Grund, anzunehmen, daß...»

«Hören Sie mit dem Käse auf, und erzählen Sie mir einfach, was passierte.»

«Gut. Zwei von meinen Mitarbeitern, die wußten, was sie taten, erkundigten sich nach König und dem Mädchen. Sie nahmen ein paar von den Nachtclubs unter die Lupe. Und...» Er wand sich verlegen auf seinem Stuhl. «...sie sind seitdem nicht mehr gesehen worden. Vielleicht haben sie ein falsches Spiel mit mir getrieben. Vielleicht haben sie einfach die Stadt verlassen.»

«Oder ihnen erging es wie Linden», ergänzte ich.

«Wer weiß? Aber deshalb sind Sie hier, Berni. Ich kann Ihnen vertrauen. Ich kenne die Sorte, zu der Sie gehören. Ich respektiere das, was Sie damals in Minsk getan haben, wirklich. Sie gehören nicht zu denen, die zulassen, daß ein Unschuldiger gehängt wird.» Er lächelte vielsagend. «Ich kann nicht glauben, daß ich der einzige bin, der keinen Nutzen von einem Mann mit Ihren Fähigkeiten gehabt haben soll.»

«Ich tue, was ich tun muß», sagte ich rasch, denn ich konnte Schmeicheleien nicht leiden, schon gar nicht von einem Klienten wie Emil Becker. «Sie wissen, daß Sie es wahrscheinlich verdienen zu hängen», fügte ich hinzu. «Selbst wenn Sie Linden nicht umgebracht haben, es muß eine Menge anderer gegeben haben.»

«Aber ich habe es einfach nicht kommen sehen. Nicht, bevor es zu spät war. Nicht wie Sie. Sie waren schlau und machten sich aus dem Staub, solange Sie noch eine Wahl hatten. Ich hatte diese Wahl nie. Es hieß, Befehlen zu gehorchen, oder du kommst vor ein Kriegsgericht und ein Exekutionskommando. Ich hatte nicht genug Mut, etwas anderes zu tun als das, was ich tat.»

Ich schüttelte den Kopf. Es interessierte mich wirklich nicht mehr. «Vielleicht haben Sie recht.»

«Sie wissen, daß ich recht habe. Wir waren im Krieg, Berni.» Er drückte seine Zigarette aus, stand auf und baute sich in der Ecke, in der ich lehnte, vor mir auf. Er senkte die Stimme, als solle Liebl nicht mithören.

«Hören Sie zu», sagte er. «Ich weiß, dies ist ein gefährlicher Auftrag. Aber nur Sie können ihn durchführen. Man muß ihn unauffällig und heimlich erledigen, auf die Art, auf die Sie sich verstehen. Brauchen Sie eine Wumme?»

Ich hatte die Waffe, die ich dem toten Russen abgenommen hatte, in Berlin gelassen, weil ich nicht den Wunsch hatte, wegen Überquerens der Grenze mit einer Waffe eine Verhaftung zu riskieren. Ich zweifelte, ob Poroschins Tabak-Zertifikat das Problem gelöst hätte. Also zuckte ich die Achseln und sagte: «Sagen Sie's mir. Es ist Ihre Stadt.»

«Ich würde sagen, Sie brauchen eine.»

«Na gut», erwiderte ich, «aber auf jeden Fall eine, die sauber ist.»

Als wir außerhalb des Gefängnisses waren, lächelte Liebl sarkastisch und sagte: «Ist eine Wumme das, was ich denke?»

«Ja. Aber es ist bloß eine Vorsichtsmaßnahme.»

«Die beste Vorsichtsmaßnahme, die Sie beachten sollten, solange Sie in Wien sind, besteht darin, sich aus dem russischen Sektor fernzuhalten. Besonders spät in der Nacht.»

Ich folgte Liebls Blick über die Straße zur anderen Seite des Kanals, wo in der frühen Morgenbrise eine rote Fahne flatterte. «Es gibt ein paar Kidnapper-Banden, die in Wien für die Iwans arbeiten», erklärte er. «Sie schnappen sich jeden, von dem sie glauben, er könnte vielleicht für die Amerikaner spionieren, und als Gegenleistung bekommen sie Schwarzmarkt-Konzessionen, die ihnen erlauben, außerhalb des russischen Sektors Geschäfte zu machen, wo man sie gesetzlich nicht belangen kann. Sie holten eine Frau aus ihrem Haus, in einen Teppich gerollt, genau wie Kleopatra.»

«Na, ich werde aufpassen, daß ich nicht auf dem Fußboden einschlafe», sagte ich. «Sagen Sie, wie komme ich zum Zentralfriedhof?»

«Er liegt im britischen Sektor. Sie müssen eine 71 nehmen, am Schwarzenbergplatz, der auf Ihrem Stadtplan jetzt Stalinplatz heißt. Sie können ihn nicht verfehlen: Dort steht die riesige Statue eines russischen Soldaten, dargestellt als der Befreier, die wir Wiener den Unbekannten Plünderer nennen.»

Ich lächelte. «Wie ich immer sagte, Dr. Liebl: Eine Niederlage können wir überleben, aber bewahre uns der Himmel vor einer weiteren Befreiung.»

13

«Die Stadt der anderen Wiener», so hatte ihn Traudl Braunsteiner mir beschrieben. Das war keine Übertreibung. Der Zentralfriedhof war größer als viele Städte, die ich kannte, und überdies roch er ein bißchen mehr nach Wohlstand. Der Durchschnittsösterreicher kann ebensowenig ohne Grabstein wie ohne sein Stammcafé auskommen. Es schien so, als sei niemand zu arm für ein anständiges Stück Marmor, und ich begann zum erstenmal die Reize des Bestattungsgewerbes zu würdigen: eine Klaviertastatur, eine inspirierte Muse, die Anfangstakte eines berühmten Walzers – nichts war zu überladen für Wiens Grabkünstler, kein schwülstiges Märchen, keine übertriebene Allegorie, die ihre Kunst nicht gemeistert hätte. Die riesige Nekropolis spiegelte sogar die religiösen und politischen Unterteilungen ihres lebendigen Gegenstücks, betrachtete man ihre jüdischen, protestantischen und katholischen Sektionen, ganz zu schweigen von der der Vier Mächte.

Es begann gerade ein neuer Gottesdienst in der Kapelle, groß wie das erste Weltwunder, in der die Trauerfeier für Linden stattfand, und ich stellte fest, daß ich die Trauergäste des Captains dort bloß um ein paar Minuten verpaßt hatte. Der kleine Trauerzug war leicht auszumachen, als er langsam durch den verschneiten Park zum französischen Sektor zog, wo Linden, ein Katholik, beigesetzt werden sollte. Aber für einen Fußgänger wie mich war es ein bißchen schwieriger, ihn einzuholen: Als ich es geschafft hatte, wurde der aufwendige Sarg bereits langsam in die dunkelbraune Grube hinuntergelassen wie ein Beiboot in ein schmutziges Hafenbecken. Die Mitglieder der Familie Linden, die sich untergehakt hatten wie ein Trupp Bereitschaftspolizisten, ertrugen ihren Kummer so unbeugsam, als hätten sie dafür einen Orden bekommen.

Die Soldaten der Ehrenwache hoben die Gewehre und zielten auf den wirbelnden Schnee. Mich beschlich ein sonderbares Gefühl, als sie feuerten, und für einen kurzen Augenblick war ich wieder in Minsk, unterwegs zum Hauptquartier des Stabes, als meine Aufmerksamkeit durch das Geräusch von Schüssen geweckt worden war: Ich kletterte einen Erdwall hinauf und sah sechs Männer und Frauen am Rand eines Massengrabes knien, das bereits mit ungezählten Leibern gefüllt war, von denen einige noch lebten, und hinter ihnen ein SS-Erschießungskommando, befehligt von einem jungen Polizeioffizier. Sein Name war Emil Becker.

«Sind Sie ein Freund des Toten?» sagte ein Mann, ein Amerikaner, der hinter mir auftauchte.

«Nein», gab ich zur Antwort. «Ich bin rübergekommen, weil ich an einem Ort wie diesem kein Gewehrfeuer erwartet habe.» Ich konnte nicht sagen, ob der Amerikaner bereits an der Totenfeier teilgenommen hatte oder ob er mir von der Kapelle gefolgt war. Er sah nicht wie der Mann aus, der vor Liebls Kanzlei gestanden hatte. Ich deutete auf das Grab. «Sagen Sie mir, wer...»

«Ein Bursche namens Linden.»

Bei jemandem, der Deutsch nicht als Muttersprache spricht, ist es schwer herauszuhören, darum konnte ich mich vielleicht irren, aber in der Stimme des Amerikaners meinte ich keine Spur von Mitgefühl zu entdecken.

Als ich genug gesehen und mich vergewissert hatte, daß niemand, der König entfernt ähnelte, unter den Trauergästen war – nicht, daß ich wirklich damit gerechnet hatte, ihn hier zu sehen –, ging ich leise davon. Zu meiner Überraschung schloß sich mir der Amerikaner an.

«Eine Einäscherung ist für die Seelen der Hinterbliebenen viel angenehmer», sagte er. «Sie verzehrt alle möglichen abscheulichen Vorstellungen. Für mich ist die Verwesung eines geliebten Wesens ganz unvorstellbar. Sie bleibt mit der Hartnäckigkeit eines Bandwurms in den Gedanken zurück. Der Tod ist schon schlimm genug, ohne daß sich die Maden dabei satt fressen. Ich sollte es wissen. Ich habe beide Eltern und eine Schwester begraben. Aber diese Leute sind Katholiken. Sie wollen um keinen Preis ihre Chancen auf die leibliche Auferstehung gefährden. Als ob Gott sich –» er machte eine Bewegung, als wolle sein Arm den ganzen Friedhof umfassen «– mit alldem abgeben würde. Sind Sie katholisch, Herr . . .»

«Manchmal», sagte ich. «Wenn ich hinter einem Zug her renne oder versuche, nüchtern zu werden.»

«Linden pflegte zum heiligen Antonius zu beten», sagte der Amerikaner. «Ich glaube, er ist der Schutzpatron verlorener Gegenstände.»

Ich fragte mich, ob er versuchte, irgendwelche Andeutungen zu machen. «Ich nehme ihn nie in Anspruch», sagte ich.

Er folgte mir hinaus auf die Straße, die zur Kapelle zurückführte. Es war eine lange Allee von stark gestutzten Bäumen, auf denen die Schneebrocken, die auf den Astenden wie auf Kerzenhaltern saßen, den Stümpfen geschmolzener Kerzen aus einem überdimensionalen Requiem glichen.

Auf eines der parkenden Autos deutend, einen Mercedes, sagte er: «Soll ich Sie in die Stadt mitnehmen? Ich habe einen Wagen hier.»

Es stimmte, daß ich nicht viel von einem Katholiken hatte. Menschen zu töten, selbst Russen, war nicht die Art von Sünde, die man seinem Schöpfer leicht erklären konnte. Trotzdem, ich brauchte nicht den heiligen Michael, den Schutzpatron der Polizisten, zu befragen, um zu riechen, daß der Bursche von der MP war.

«Sie können mich am Haupteingang absetzen, wenn Sie wollen», hörte ich mich antworten.

«Gewiß, steigen Sie ein.»

Er schenkte der Beerdigung und den Trauergästen keine Beachtung mehr. Schließlich hatte er mich, ein neues Gesicht, das jetzt sein Interesse geweckt hatte. Womöglich war ich jemand, der etwas Licht in eine dunkle Ecke der ganzen Affäre bringen konnte. Ich fragte mich, was er wohl gesagt hätte, wenn ihm bekannt gewesen wäre, daß ich dieselbe Absicht hatte wie er; und daß es die vage Hoffnung auf eine solche Begegnung gewesen war, die mich in erster Linie dazu gebracht hatte, zu Lindens Beerdigung zu gehen.

Der Amerikaner fuhr langsam, als sei er ein Teil des Trauerzuges, zweifellos in der Hoffnung, die Fahrt in die Länge zu ziehen, um herauszukriegen, wer ich war und warum ich hier war.

«Mein Name ist Shields», sagte er unaufgefordert. «Roy Shields.»

«Bernhard Gunther», erwiderte ich, denn ich sah keinen Grund, ihn hinters Licht zu führen.

«Sind Sie aus Wien?»

«Eigentlich nicht.»

«Woher dann?»

«Deutschland.»

«Nein, ich hätte gedacht, Sie wären Österreicher.»

«Ihr Freund – Herr Linden», sagte ich, um das Thema zu wechseln, «kannten Sie ihn gut?»

Der Amerikaner lachte und fischte eine Packung Zigaretten aus der Brusttasche seiner Sportjacke. «Linden? Ich kannte ihn überhaupt nicht.» Er zog mit den Lippen eine heraus und gab mir das Päckchen. «Er wurde vor einigen Wochen ermordet, und mein Chef hielt es für eine gute Idee, wenn ich unsere Abteilung bei der Beerdigung vertreten würde.»

«Und welche Abteilung ist das?» fragte ich, obgleich ich fast sicher war, die Antwort bereits zu kennen.

«Die Internationale Patrouille.»

Er zündete seine Zigarette an und ahmte die Sprechweise amerikanischer Rundfunksprecher nach: «Brauchen Sie Schutz, rufen Sie A 29500.» Dann reichte er mir ein Streichholzheftchen mit der Aufschrift *Zebra Club*. «Verschwendung von wertloser Zeit, wenn Sie mich fragen, den langen Weg hier raus zu machen.»

«So weit ist es gar nicht», sagte ich. «Vielleicht hoffte ihr Chef, daß der Mörder auftauchen würde.»

«Um Himmels willen», lachte er. «Wir haben den Burschen hinter

Schloß und Riegel. Nein, der Chef, Captain Clark, gehört zu den Leuten, die streng aufs Protokoll achten.» Shields bog nach Süden ab in Richtung auf die Kapelle. «*Christ*», knurrte er, «dieser Friedhof ist wie ein gottverdammtes Footballfeld. Wissen Sie, Gunther, die Straße, die wir gerade verlassen haben, ist fast einen Kilometer lang und schnurgerade. Ich sah Sie, als sie noch zweihundert Meter von Lindens Beerdigung entfernt waren, und für mich sah es so aus, als würden Sie sich beeilen, uns einzuholen.» Er grinste selbstzufrieden, wie mir schien. «Hab ich recht?»

«Mein Vater liegt in der Nähe von Lindens Grab begraben. Als ich hinkam und die Ehrenwache sah, beschloß ich, ein bißchen später wiederzukommen, wenn es ruhiger sein würde.»

«Sie sind den ganzen Weg gelaufen und haben keine Blumen mitgebracht?»

«Sie etwa?»

«Natürlich. Haben mich fünfzig Schilling gekostet.»

«Sie oder Ihre Abteilung?»

«Ich schätze, wir haben einen Hut rumgehen lassen.»

«Und Sie fragen ausgerechnet mich, warum ich keine Blumen mitgebracht habe.»

«Kommen Sie, Gunther», lachte Shields. «Es gibt unter euch nicht einen, der nicht bei irgendeiner Schieberbande die Finger drin hätte. Jeder von euch wechselt Schilling in Besatzungsgeld oder verkauft Zigaretten auf dem schwarzen Markt. Wissen Sie, manchmal glaube ich, daß die Österreicher mehr Geld durch Gesetzesbrüche verdienen als wir.»

«Das kommt daher, daß Sie Polizist sind.»

Wir fuhren durch das Haupttor auf die Simmeringer Hauptstraße und hielten an der Straßenbahnhaltestelle, wo bereits zahlreiche Menschen außen an einer überfüllten Straßenbahn hingen wie hungrige Ferkel am Bauch der Sau.

«Sind Sie sicher, daß ich Sie nicht in die Stadt mitnehmen soll?» fragte Shields.

«Nein, danke. Ich habe hier bei einem der Steinmetze noch etwas zu erledigen.»

«Nun, es ist Ihre Beerdigung», sagte er grinsend und fuhr los. Ich ging an der hohen Mauer des Friedhofs entlang, wo, wie es schien, die meisten Wiener Handelsgärtner und Steinmetzen ihre Läden hatten, und begegnete einer mitleiderregenden alten Frau, die mir entgegenkam. Sie hielt eine jämmerliche Kerze in die Höhe und fragte mich, ob ich Feuer hätte.

«Hier», sagte ich und gab ihr das Heftchen, das ich von Shields bekommen hatte.

Als sie Anstalten machte, nur ein Hölzchen zu nehmen, sagte ich ihr, sie solle das Heftchen behalten. «Ich kann's mir nicht leisten, dafür zu bezahlen», sagte sie mit ehrlichem Bedauern. Genau so, wie man sicher weiß, daß ein Mann, der auf die Straßenbahn wartet, auf seine Uhr blicken wird, so sicher war ich, daß ich Shields wiedersehen würde. Aber ich wünschte ihn mir in diesem Augenblick zurück, damit ich ihm einen Österreicher zeigen konnte, der sich nicht einmal ein Streichholz leisten konnte, von einem Fünfzig-Schilling-Strauß ganz zu schweigen.

Josef Pichler war typischer Österreicher: kleiner und dünner als der normale Deutsche, mit blasser, weich aussehender Haut und einem spärlichen, schwach entwickelten Schnurrbart. Die Armesündermiene auf seiner langgezogenen Visage verlieh ihm das Aussehen eines Mannes, der zuviel von dem lächerlich jungen Wein gekostet hat, den die Österreicher offenbar für trinkbar halten. Ich traf ihn auf seinem Hof, wo er den Entwurf für eine Inschrift mit der fertigen Ausführung auf dem Stein verglich.

«Grüß Gott», sagte er grämlich.

Ich erwiderte den Gruß. «Sind Sie Herr Pichler, der berühmte Bildhauer?» fragte ich. Traudel hatte mir gesagt, daß die Wiener eine Schwäche für hochtrabende Titel und Schmeicheleien hätten.

«Der bin ich», sagte er mit einem leichten Anflug von Stolz.

«Erwägt der gnädige Herr, ein Denkmal zu bestellen?» Er sprach, als sei er der Kurator einer Kunstgalerie in der Dorotheengasse gewesen. «Ein schöner Grabstein vielleicht.» Er zeigte auf einen großen Brocken polierten schwarzen Marmors, in den Namen und ein Datum eingehauen und mit Gold ausgemalt waren. «Etwas in Marmor? Eine gemeißelte Figur? Eine Statue vielleicht?»

«Um die Wahrheit zu sagen, ich bin nicht ganz sicher, Herr Pichler. Ich glaube, Sie haben kürzlich für einen Freund von mir ein schönes Denkmal geschaffen, für Dr. Max Abs. Er war so entzückt, daß ich mich fragte, ob ich mir nicht etwas Ähnliches anfertigen lassen sollte.»

«Ja, ich denke, ich erinnere mich an den Herrn Doktor.» Pichler nahm seinen Hut ab, der wie ein kleiner Schokoladenkuchen aussah, und kratzte sich den grauen Kopf. «Aber der spezielle Entwurf ist mir im Augenblick nicht gegenwärtig. Erinnern Sie sich daran, welcher Art das Stück war, das er in Auftrag gab?»

«Ich erinnere mich nur daran, daß er davon entzückt war.»

«Kein Problem. Vielleicht macht es dem gnädigen Herrn nichts aus, sich morgen noch einmal herzubemühen. Bis dahin werde ich die näheren Einzelheiten herausgesucht haben. Erlauben Sie mir, das zu erklären.» Er zeigte mir die Skizze in seiner Hand, ein Entwurf für einen Entschlafenen, dessen Inschrift ihn als «Ingenieur der Städtischen Röhren- und Kanalanlagen» auswies.

«Nehmen Sie diesen Kunden», sagte er, bei diesem Thema in Fahrt kommend. «Ich habe einen Entwurf mit seinem Namen und der Auftragsnummer. Wenn das Stück fertig ist, wird der Entwurf entsprechend der Art des Stücks abgeheftet. Von da an muß ich meine Verkaufsbücher zu Rate ziehen, um den Namen des Kunden zu finden. Jedoch bin ich im Augenblick ein wenig in Eile, ich muß diese Arbeit fertigstellen und bin wirklich –» er tätschelte seinen Magen «– heute völlig marode.» Er hob entschuldigend die Schultern. «Letzte Nacht, Sie verstehen. Außerdem habe ich zuwenig Personal.»

Ich dankte ihm und überließ ihn seinem «Ingenieur der Städtischen Röhren- und Kanalanlagen». Das war vermutlich die Berufsbezeichnung, die man sich geben würde, wenn man in dieser Stadt Klempner wäre. Welche Art von Titel, fragte ich mich, gaben sich wohl die Privatdetektive? An der Außenseite der Straßenbahn hängend, auf dem Rückweg zur Stadt, lenkte ich mich von meiner gefährlichen Lage ab, indem ich mir eine Anzahl wohlklingender Titel für meinen ziemlich gewöhnlichen Beruf ausdachte: Praktiker einer Einsamen Maskulinen Lebensform; Nicht-Metaphysischer Nachforschungsagent; Interrogativer Mittelsmann der Verwirrten und Furchtsamen; Geheimer Anwalt der Vertriebenen und Verstoßenen; Gralsfinder auf Bestellung, Sucher nach der Wahrheit. Die letzte Bezeichnung gefiel mit am besten von allen. Aber zumindest was meinen Klienten in diesem bestimmten Fall betraf, gab es nichts, was das Gefühl angemessen wiederzugeben schien, für eine aussichtslose Sache zu arbeiten, die selbst einen Mann abgeschreckt hätte, der eisern an dem Dogma festhielt, die Erde sei eine Scheibe.

14

In jedem Reiseführer konnte man lesen, daß die Wiener das Tanzen fast genauso leidenschaftlich liebten wie die Musik. Aber andererseits waren die Bücher allesamt vor dem Krieg geschrieben worden, und ich konnte mir nicht vorstellen, daß ihre Verfasser jemals einen ganzen Abend im *Casanova Club* verbracht hatten.

Die Band wurde so lahm dirigiert, daß man sich in die allerletzte Kaschemme versetzt fühlte, und das Beinewerfen, das nur entfernt an etwas Tänzerisches erinnerte, schien eher dargeboten zu werden, um einen Polarbären nachzuahmen, den man in einem sehr kleinen Käfig hielt. Den Bedarf an Leidenschaft mußte der Anblick des Eises decken, das sich geräuschvoll dem Schnaps im Glas hingab.

Nach einer Stunde im *Casanova Club* war ich so griesgrämig wie ein Eunuch in einem Bad voller Jungfrauen. Ich riet mir selber zur Geduld, lehnte mich in meiner roten Samt-und-Satin-Nische zurück und starrte unfroh an die zeltähnliche Drapierung der Decke: Wollte ich nicht enden wie Beckers zwei Freunde (was er auch sagen mochte, ich hatte kaum Zweifel, daß sie tot waren), war das letzte, was ich tun konnte, durch die Bar zu hüpfen und die Stammgäste zu fragen, ob sie Helmut König oder vielleicht seine Freundin Lotte kannten.

Betrachtete man die lächerliche Plüsch-Oberfläche der Bar, sah sie nicht wie ein Ort aus, den ein furchtsamer Engel lieber mied. Es gab weder extragroße Smokings an der Tür, noch sah jemand so aus, als trage er eine gefährlichere Waffe als einen silbernen Zahnstocher, und die Kellner waren allesamt von lobenswerter Unterwürfigkeit. Falls König das *Casanova* nicht mehr besuchte, dann nicht, weil er sich vor Taschendieben fürchtete.

«Hat sie schon angefangen, sich zu drehen?»

Sie war ein großgewachsenes, auffallendes Mädchen mit jenen überbetonten Körperformen, die ein italienisches Fresko aus dem sechzehnten Jahrhundert geziert hätten: nichts als Brüste, Bauch und Hinterteil.

«Die Decke», erklärte sie und deutete mit ihrer Zigarettenspitze nach oben.

«Bis jetzt jedenfalls noch nicht.»

«Dann können Sie mir einen Drink spendieren», sagte sie und setzte sich neben mich.

«Ich fing schon an, mir Sorgen zu machen, Sie würden nicht auftauchen.»

«Ich weiß, ich bin das Mädchen, von dem Sie geträumt haben. Also, da bin ich.»

Ich winkte dem Kellner und ließ sie ihren Drink selber bestellen: Whisky und Soda.

«Ich gehöre nicht zu denen, die viel träumen», begann ich. «Ist schade, wie?»

Sie zuckte die Achseln.

«Wovon träumen Sie?»

«Hören Sie», sagte sie und schüttelte ihren Kopf mit dem langen schimmernden, braunen Haar, «dies ist Wien. Es empfiehlt sich nicht, hier irgend jemandem seine Träume zu erzählen. Man weiß nie, man könnte Ihnen vielleicht genau das erzählen, was Sie denken, und was täten Sie dann?»

«Das hört sich fast so an, als hätten Sie was zu verbergen.»

«Wie ich sehe, tragen auch Sie nicht gerade ein Plakat vor sich her. Die meisten Leute haben etwas zu verbergen. Besonders in diesen Zeiten. Vor allem das, was sie in den Köpfen haben.»

«Na ja, den Namen sollte man nennen können. Meiner ist Berni.»

«Abkürzung für Bernhard? Wie der Hund, der Bergsteiger rettet?»

«Mehr oder weniger. Ob ich jemanden rette oder nicht, hängt davon ab, wieviel Cognac ich mit mir herumtrage. Ich bin nicht sonderlich zuverlässig, wenn ich geladen habe.»

«Ich bin nie einem Mann begegnet, der das war.» Sie deutete mit einer Kopfbewegung auf meine Zigarette. «Haben Sie eine von denen für mich übrig?»

Ich reichte ihr ein Päckchen und sah zu, wie sie eine Zigarette in ihre Spitze schob. «Sie haben mir Ihren Namen nicht gesagt», sagte ich und riß mit dem Daumennagel ein Streichholz für sie an.

«Veronika, Veronika Zartl. Freut mich, Ihre Bekanntschaft zu machen, wirklich. Ich glaube nicht, daß ich Ihr Gesicht schon einmal hier gesehen habe. Woher kommen Sie? Sie hören sich an wie ein *Piefke*.»

«Berlin.»

«Dachte ich mir.»

«Irgendwas falsch daran?»

«Nicht, wenn man *Piefkes* mag. Die meisten Österreicher mögen sie nun mal nicht.»

Sie sprach mit dem bedächtigen, fast bäurischen, schleppenden Tonfall, der typisch für die modernen Wiener zu sein schien. «Aber ich habe nichts gegen sie. Ich werde selber manchmal für einen Piefke gehalten. Das kommt daher, daß ich nicht so sprechen will wie alle anderen.» Sie lächelte. «Es ist komisch, wenn Sie einen Anwalt oder Zahnarzt sprechen hören wie einen Straßenbahnfahrer oder Bergarbeiter, nur damit man sie nicht für einen Deutschen hält. Meistens machen sie es nur in Geschäften so, um sicherzugehen, daß sie bevorzugt bedient werden, worauf jeder Österreicher Anspruch zu haben glaubt. Sie sollten es mal ausprobieren, Berni, und Sie werden feststellen, daß Sie ganz anders behandelt werden. Wienerisch ist ganz leicht, wissen Sie. Sprechen Sie einfach so, als kauten Sie auf was herum, und hängen Sie allem, was Sie sagen, ein ‹isch› an. Pfiffisch, wie?»

Der Kellner kam mit ihrem Drink, den sie mit gewissem Mißfallen beäugte. «Kein Eis», murmelte sie, während ich einen Geldschein auf das Silbertablett warf und das Wechselgeld unter Veronikas fragendem Blick liegenließ.

«Bei einem solchen Trinkgeld müssen Sie vorhaben, noch mal herzukommen.»

«Ihnen entgeht nicht viel, oder?»

«Und Ihnen? Ich meine, Ihre Absicht wiederzukommen.»

«Könnte sein, daß ich wiederkomme. Aber ist es hier immer so? In dem Laden hier ist so viel los wie vor einem leeren Kamin.»

«Warten Sie nur, bis er sich gefüllt hat, und dann werden Sie wünschen, es wäre wieder wie jetzt.» Sie schlürfte ihren Drink, lehnte sich in dem vergoldeten roten Samtsessel zurück und strich mit der Innenseite ihrer ausgestreckten Hand über den mit Knöpfen versehenen Satinbezug, der die Wand unserer Nische bedeckte.

«Sie sollten für die Ruhe dankbar sein», sagte sie. «Sie gibt uns die Möglichkeit, einander kennenzulernen. Genau wie die zwei dort.» Sie zeigte mit der Zigarettenspitze vielsagend auf zwei Mädchen, die miteinander tanzten. Mit ihrer auffälligen Kleidung, den straff im Nacken geknoteten Haaren und blitzenden unechten Halsbändern sahen sie wie ein Paar Zirkuspferde aus. Als sie Veronikas Blick bemerkten, lächelten sie und tuschelten fröhlich wiehernd miteinander.

Ich sah ihnen zu, wie sie sich in eleganten kleinen Kreisen drehten. «Freundinnen von Ihnen.»

«Nicht direkt.»

«Sind sie ... zusammen?»

Sie zuckte die Achseln. «Nur, wenn Sie dafür sorgen, daß sie nicht zu kurz kommen.» Sie lachte ein bißchen Rauch aus ihrer kecken kleinen Nase. «Sie verschaffen bloß ihren hohen Absätzen ein bißchen Bewegung, das ist alles.»

«Wie heißt die Größere?»

«Ibolya. Das ist ungarisch für Veilchen.»

«Und die Blondine?»

«Das ist Mitzi.» Veronika wurde ein wenig kratzbürstig, als sie den Namen des anderen Mädchens nannte. «Vielleicht möchten Sie sich lieber mit ihnen unterhalten.» Sie nahm ihre Puderdose heraus und prüfte ihr Lippenrot in dem winzigen Spiegel. «Ich werde sowieso bald zurückerwartet. Meine Mutter wird sich sonst Sorgen machen.»

«Es ist nicht nötig, mir das Rotkäppchen vorzuspielen», sagte ich. «Wir wissen beide, daß Ihre Mutter nichts dagegen hat, wenn Sie den Pfad verlassen und durch den Wald gehen. Und was die beiden Flittchen da drüben betrifft, ein Mann kann doch mal ins Schaufenster gucken, oder nicht?»

«Sicher, aber es ist nicht nötig, daß er sich die Nase an der Scheibe plattdrückt. Jedenfalls nicht, wenn er mit mir zusammen ist.»

«Es kommt mir so vor, Veronika», sagte ich, «als ob Sie sich keine große Mühe geben müßten, zu klingen wie eine verheiratete Frau. Offen gesagt, das ist es, was einen Mann in erster Linie an einen Ort wie diesen treibt.» Ich lächelte, bloß um sie wissen zu lassen, daß ich noch immer freundlich war. «Und dann kommen Sie daher mit dem Nudelholz in Ihrer Stimme. Nun, das könnte einen Mann geradewegs dahin zurückbefördern, wo er war, als er durch die Tür ging.»

Sie lächelte zurück. «Ich schätze, damit haben Sie recht», sagte sie. «Wissen Sie, es erstaunt mich, daß Sie neu in diesem Geschäft sind.»

«Du lieber Himmel», erwiderte sie und ihr Lächeln wurde bitter, «ist das nicht jeder?»

Wäre ich nicht müde gewesen, hätte ich mich vielleicht länger in der Bar aufgehalten, wäre vielleicht sogar mit Veronika nach Hause gegangen. Statt dessen gab ich ihr zum Dank für ihre Gesellschaft ein Päckchen Zigaretten und versprach ihr, am folgenden Abend wiederzukommen.

Wollte man in Wien das Nachtleben genießen, schnitt die Stadt verglichen mit jeder anderen Metropole, vielleicht mit Ausnahme der versunkenen Stadt Atlantis, schlecht ab. Ich habe einen mottenzerfressenen Regenschirm gesehen, der länger geöffnet war als die Lokale in Wien. Bei einigen weiteren Drinks hatte mir Veronika erklärt, die Österreicher zögen es vor, ihre Abende zu Hause zu verbringen, hätten sie jedoch einmal beschlossen, die Nacht durchzufeiern, fingen sie traditionell früh damit an – gegen sechs oder sieben Uhr. So trottete ich denn bereits gegen halb elf durch eine menschenleere Straße zur Pension *Caspian* zurück, nur von meinem Schatten und dem Geräusch meiner halbbetrunkenen Schritte begleitet.

Verglichen mit der verpesteten Atmosphäre Berlins, war die Wiener Luft so rein wie Vogelgesang. Doch es war eine kalte Nacht, so daß ich in meinem Mantel fröstelte und den Schritt beschleunigte, denn die Stille mißfiel mir, und ich erinnerte mich an Doktor Liebls Warnung vor der russischen Vorliebe für nächtliche Entführungen.

Andererseits war es aber gar nicht zu vermeiden, daß ich, als ich den Heldenplatz überquerte und in Richtung Volksgarten und weiter über Ring und Josefstadt nach Hause strebte, an die Iwans dachte. Zwar war ich weit vom sowjetischen Sektor entfernt, doch es gab trotzdem reichlich Hinweise auf ihre Allgegenwart. Der Kaiserpalast der Habsburger war eines der vielen öffentlichen Gebäude in der international kontrollierten Stadt, die die Rote Armee mit Beschlag belegt hatte. Über dem Haupteingang prangte ein riesiger roter Stern und in dessen Mitte ein Bild Stalins im Profil, dem ein deutlich blasseres Leninbild gegenübergestellt war.

Als ich am beschädigten Kunsthistorischen Museum vorbeikam, spürte ich, daß jemand hinter mir war, der sich zwischen den Schatten und den Geröllhaufen herumdrückte. Ich blieb abrupt stehen, blickte mich um und sah nichts. Dann, etwa dreißig Meter entfernt, neben einer Statue, von der nur der Torso übrig war, der mich an etwas erinnerte, das ich einmal in einem Leichenschauhaus gesehen hatte, hörte ich ein Geräusch und sah einen Augenblick später ein paar kleine Steine von einer hohen Geröllhalde herunterrollen.

«Fühlst du dich ein bißchen einsam?» rief ich, denn ich hatte gerade genug getrunken, um mir nicht albern vorzukommen, als ich eine so lächerliche Frage stellte. Meine Stimme widerhallte von der Seitenwand des zerstörten Museums. «Falls es das Museum ist, an dem du interessiert bist, wir haben geschlossen. Bomben, weißt du: schreckliche Dinger.» Niemand antwortete, und ich mußte selber lachen. «Wenn du ein Spion bist, hast du Glück. Das ist der Beruf der Zukunft. Besonders wenn man in Wien ist. Mir brauchst du's ja nicht zu glauben. Einer von den Iwans hat's mir erzählt.»

Immer noch vor mich hin lachend, drehte ich mich um und ging weiter. Ich kümmerte mich nicht darum, ob ich verfolgt wurde, als ich jedoch zur Mariahilfer Straße hinüberging und stehenblieb, um mir eine Zigarette anzuzünden, hörte ich Schritte.

Wie jeder, der Wien kennt, Ihnen bestätigen könnte, war dies nicht der direkte Weg zurück zur Skodagasse. Ich sagte es mir sogar selbst. Aber ein Teil von mir, vermutlich jener, auf den Alkohol am stärksten wirkte, wollte genau wissen, wer mir folgte und warum.

Der amerikanische Wachtposten, der vor der Stiftskaserne stand, hatte eine kalte Nacht. Er beobachte mich aufmerksam, als ich auf der anderen Seite der menschenleeren Straße vorbeiging, und ich überlegte mir, daß er vielleicht sogar in dem Mann, der mir folgte, einen Amerikaner und Mitarbeiter der Untersuchungsabteilung seiner eigenen Militärpolizei erkannte. Möglicherweise waren sie im selben Baseballteam oder welches Spiel es auch war, das die amerikanischen Soldaten spielten, wenn sie nicht gerade aßen oder hinter Frauen her waren. Weiter oben auf der ansteigenden, breiten Straße warf ich einen Blick nach links und erspähte durch eine Türöffnung einen schmalen, überdachten Gang, der über einige Treppenfluchten zu einer angrenzenden Straße hinabzuführen schien. Instinktiv huschte ich hinein. Wien mag ja nicht mit einem fabelhaften Nachtleben gesegnet sein, aber es war das ideale Gelände für einen Fußgänger. Ein Mann, der sich in den Straßen und Ruinen auskannte, dem diese praktischen Durchgänge im Gedächtnis waren, würde selbst dem entschlossensten Polizeikordon mehr Rätsel aufgeben als Jean Valjean.

Vor mir stieg eine andere Person, ohne daß ich sie sehen konnte, die Treppen hinunter, und in der Hoffnung, mein Verfolger werde die Schritte dieser Person für die meinen halten, drückte ich mich gegen eine Mauer und wartete in der Dunkelheit auf ihn. Nach weniger als einer Minute hörte ich das näher kommende Geräusch eines Mannes, der es eilig hatte. Dann verstummten die Schritte am oberen Ende des Ganges, als er stehenblieb und abzuschätzen versuchte, ob es ungefährlich war, mir zu folgen oder nicht. Als er die Schritte des anderen Mannes hörte, setzte er sich in Bewegung.

Ich trat aus dem Schatten hervor und schlug ihn hart in den Magen – so hart, daß ich meinte, mich niederbeugen und meine Knöchel wieder einsammeln zu müssen – und während er keuchend auf den Stufen lag, zerrte ich den Mantel von seinen Schultern und zog ihn über seine Arme herunter, so daß er sie nicht bewegen konnte. Er trug keine Waffe, also fischte ich seine Brieftasche aus seiner Brusttasche und nahm den Personalausweis heraus.

«*Captain John Belinsky*», las ich laut. «*430 United States CIC*. Was ist das? Bist du einer von Mr. Shields Freunden?»

Der Mann richtete sich langsam auf. «Geh zur Hölle, Kraut», sagte er gereizt.

«Hast du den Befehl, mir zu folgen?» Ich warf ihm die Karte in den Schoß und durchsuchte die anderen Fächer seiner Brieftasche. «Dann solltest du besser um einen anderen Auftrag bitten, Johnny. Du bist nicht besonders gut in diesem Job – ich habe schon Striptease-Tänzerinnen gesehen, die fielen weniger auf als du.» Es war nichts Interessantes in seiner Brieftasche: ein paar Dollars, ein paar Schilling, eine Eintrittskarte für das Ami-Kino, einige Briefmarken, eine Karte mit einer Zimmernummer des *Hotel Sacher* und das Foto eines hübschen Mädchens.

«Bist du jetzt fertig damit?» sagte er auf deutsch.

Ich warf ihm die Brieftasche hin.

«Das ist ein hübsches Mädchen, das du da hast, Johnny», sagt ich. «Verfolgst du sie auch? Vielleicht sollte ich dir einen Schnappschuß von mir geben, mit meiner Adresse hinten drauf. Macht es leichter für dich.»

«Fick dich selbst, Kraut.»

«Johnny», sagte ich und begann die Stufen zur Mariahilfer Straße hinaufzusteigen, «ich wette, das sagst du allen Mädchen.»

15

Pichler lag unter einem massiven Stück Stein wie ein urzeitlicher Automechaniker, der eine neolithische Radachse reparierte, die Werkzeuge seines Gewerbes – Hammer und Meißel – fest in seiner staubigen, blutbefleckten Hand. Es schien so, als hätte er beim Gravieren des schwarzen Steins einen Augenblick innegehalten, um Atem zu holen und die Worte der Inschrift zu entziffern, die senkrecht aus seiner Brust hervorzukommen schienen. Aber kein Steinmetz arbeitete jemals in solch einer Stellung, im rechten Winkel zur Inschrift. Und Atem holen würde er nie wieder, denn obgleich die menschliche Brust ein ausreichend stabiler Käfig für jene weichen, beweglichen Tierchen ist, wie sie Herz und Lunge sind, wird sie doch leicht von einem Gegenstand zerquetscht, der so schwer ist wie eine halbe Tonne polierten Marmors.

Es sah wie ein Unfall aus, aber es gab nur eine Möglichkeit, sich Gewißheit zu verschaffen. Ich ließ Pichler im Hof liegen, wo ich ihn gefunden hatte, und ging in das Büro.

Ich konnte mich kaum noch an die Beschreibung erinnern, die mir der tote Mann von der Buchhaltung seines Geschäftes gegeben hatte. Für mich sind die Feinheiten der doppelten Buchführung etwa ebenso nützlich wie ein paar Wanderstiefel. Doch als ein Mann, der selber ein Geschäft hatte, wenn auch nur ein kleines, besaß ich eine rudimentäre Kenntnis davon, daß Positionen eines Geschäftsbuches mit denen in einem anderen übereinstimmen sollten. Und ich brauchte nicht William Randolph Hearst zu befragen, um zu erkennen, das Pichlers Bücher verändert worden waren, nicht durch einen subtilen Buchhaltungstrick, sondern mit einem einfachen Hilfsmittel: Man hatte zwei Seiten herausgerissen. Das ließ unter dem Strich nur eine Deutung zu, und die lautete, daß Pichlers Tod alles andere als ein Zufall gewesen war.

Da ich mich fragte, ob sein Mörder daran gedacht hatte, neben den relevanten Seiten aus den Geschäftsbüchern auch die Musterskizze für Doktor Max Abs' Grabstein zu stehlen, ging ich auf den Hof zurück, um zu sehen, ob ich sie vielleicht finden konnte. Ich sah mich gründlich um und entdeckte nach einigen Minuten eine Anzahl staubiger Mappen mit Entwürfen, die an einer Wand der Werkstatt im hinteren Hof aufgestapelt waren. Ich schnürte die erste auf und begann die Entwürfe des Zeichners durchzusehen, wobei ich mich beeilte, denn ich wollte nicht dabei ertappt werden, daß ich das Anwesen eines Mannes durchsuchte, der weniger als zehn Meter entfernt zerquetscht unter einem Stein lag. Und als ich die Zeichnung schließlich fand, nach der ich suchte, warf ich nicht mehr als einen flüchtigen Blick darauf, bevor ich sie zusammenfaltete und in meine Manteltasche gleiten ließ.

Ich erwischte eine 71 zurück zur Stadt und ging ins Café Schwarzenberg, in der Nähe der Endstation der Straßenbahn am Kärntner Ring. Ich bestellte eine Melange, und dann breitete ich die Zeichnung vor mir auf dem Tisch aus. Sie hatte ungefähr die Größe der Doppelseite einer Zeitung, und der Name des Kunden – Max Abs – war deutlich auf einem Bestellschein vermerkt, der an die rechte obere Ecke des Papiers angeheftet war.

Als Text für die Inschrift war folgendes vermerkt:

DEM GEDENKEN VON MARTIN ALBERS; GEBOREN 1899, ZU TODE GEMARTERT 9. APRIL 1945. GELIEBT VON SEINER FRAU LENI UND SEINEN SÖHNEN MANFRED UND ROLF. SIEHE, ICH SAGE EUCH EIN GEHEIMNIS: WIR WERDEN NICHT ALLE ENTSCHLAFEN, WIR WERDEN ABER ALLE VERWANDELT WERDEN; UND DASSELBE PLÖTZLICH, IN EINEM AUGENBLICK, ZUR ZEIT DER LETZTEN POSAUNE. DENN ES WIRD DIE POSAUNE SCHALLEN; UND DIE TOTEN WERDEN AUFERSTEHEN UNVERWESLICH, UND WIR WERDEN VERWANDELT WERDEN.

1. KORINTHER 15,51–52.

Auf Max Abs' Bestellung war eine Adresse vermerkt, doch abgesehen von der Tatsache, daß der Doktor für einen Grabstein im Namen eines Mannes gezahlt hatte, der tot war – ein Schwager vielleicht? – und der jetzt den Mord an dem Mann verursacht hatte, der die Inschrift eingraviert hatte, hatte ich nicht den Eindruck, daß ich viel erfahren hatte.

Der Kellner, der sein graues, gekräuseltes Haar wie einen Heiligenschein auf dem kahlen Hinterkopf trug, kehrte mit dem kleinen Metalltablett zurück, auf dem meine Melange und das in Wiener Cafés gewöhnlich mit dem Kaffee servierte Glas Wasser standen. Er warf einen Blick auf die Zeichnung, ehe ich sie zusammenfaltete, um Platz für das Tablett zu machen und sagte mit einem mitfühlenden Lächeln: «Selig sind, die da Leid tragen, denn sie sollen getröstet werden.»

Ich dankte ihm für seine freundlichen Worte, gab ihm ein üppiges Trinkgeld und fragte ihn dann, wo ich ein Telegramm abschicken könne und wo die Berggasse sei.

«Das Zentrale Telegrafenamt ist am Börsenplatz», antwortete er, «auf dem Schottenring. Die Berggasse ist nur ein paar Häuserblocks davon entfernt.»

Etwa eine Stunde später, nachdem ich meine Telegramme an Kirsten und an Neumann abgeschickt hatte, ging ich die Berggasse hinauf, die zwischen dem Polizeigefängnis, in dem Becker saß, und dem Krankenhaus verlief, in dem seine Freundin arbeitete. Dieser Zufall war ungewöhnlicher als die Straße selbst, in der größtenteils Ärzte und Zahnärzte zu wohnen schienen. Ich empfand es auch nicht als ungewöhnlich, von der alten Frau, der das Haus gehörte, in welchem Abs das Mezzanin bewohnt hatte, zu erfahren, daß er ihr vor nur wenigen Stunden mitgeteilt hatte, er müsse Wien endgültig verlassen.

«Er sagte, seine Arbeit mache es dringend notwendig, nach München überzusiedeln», erklärte sie in einem Ton, dem ich anmerkte, daß sie über seine plötzliche Abreise noch immer ein wenig verblüfft war. «Oder zumindest irgendwo in die Nähe von München. Er erwähnte den Namen, aber ich habe ihn leider vergessen.»

«Es war nicht Pullach, oder?»

Sie versuchte sich an einer nachdenklichen, es gelang ihr aber nur eine übellaunige Miene. «Ich weiß nicht, ob es Pullach war oder nicht», sagte sie schließlich. Die düstere Miene verschwand, als sie zu ihrem normalen schwerfälligen Ausdruck zurückkehrte. «Er sagte jedenfalls, er würde mich wissen lassen, wenn er sich dort eingerichtet hätte.»

«Hat er alle seine Sachen mitgenommen?»

«Da war nicht viel mitzunehmen», sagte sie. «Bloß zwei Koffer. Die Wohnung ist möbliert, wissen Sie.» Ihr Gesicht wurde wieder düster. «Sind Sie Polizist oder so was?»

«Nein, ich interessiere mich für seine Wohnung.»

«Aber warum haben Sie das nicht gleich gesagt, Herr ...?»

«Eigentlich Professor», sagte ich mit übertriebener Förmlichkeit, die ich für typisch wienerisch hielt. «Professor Kurtz.»

Es bestand auch die Möglichkeit, daß ich, indem ich den Titel als Vorwand benutzte, die snobistische Ader dieser Frau ansprach. «Doktor Abs und ich sind mit einem Herrn König befreundet, der mir sagte, der Herr Doktor werde vielleicht in Kürze unter dieser Adresse eine vorzügliche Wohnung räumen.» Ich folgte der alten Frau durch die Tür in den geräumigen Korridor, der zu einer großen Glastür führte. Hinter der offenen Tür erstreckte sich ein großer Innenhof, in dem eine einzelne Platane stand. Wir stiegen die schmiedeeiserne Treppe hinauf. «Ich hoffe, Sie haben Verständnis für meine Vorsicht», sagte ich. «Ich war bloß nicht sicher, wieviel Glauben ich der Information meines Freundes schenken konnte. Er betonte ausdrücklich, es handle sich um eine ausgezeichnete Wohnung, und ich brauche Ihnen sicher nicht zu sagen, gnädige Frau, wie schwierig es für einen Herrn sein kann, in der heutigen Zeit eine erstklassige Wohnung zu finden. Vielleicht kennen Sie Herrn König?»

«Nein», sagte sie bestimmt. «Ich glaube nicht, daß ich jemals einem von Doktor Abs' Freunden begegnet bin. Er war ein sehr zurückhaltender Mann. Aber Ihr Freund ist gut informiert. Sie könnten für vierhundert Schilling im Monat keine bessere Wohnung finden. Sie wohnen hier in einer sehr guten Gegend.» Vor der Wohnungstür senkte sie die Stimme. «Und vollkommen judenfrei.» Sie nahm einen Schlüssel aus der Jackentasche und steckte ihn in das Schlüsselloch der Mahagonitür. «Natürlich gab's hier ein paar, vor dem Anschluß. Sogar in diesem Haus. Aber bis zum Ausbruch des Krieges waren die meisten weggegangen.» Sie schloß die Tür auf und führte mich in die Wohnung.

«Da wären wir», sagte sie stolz. «Insgesamt sind es sechs Zimmer. Die Wohnung ist nicht so groß wie einige andere in dieser Straße, aber andererseits auch nicht so teuer. Voll möbliert, das sagte ich wohl schon.»

«Wunderschön», sagte ich.

«Leider hatte ich noch keine Zeit zum Saubermachen», sagte sie entschuldigend. «Doktor Abs hat eine Menge Abfall hinterlassen, der beseitigt werden muß. Nicht, daß mir das etwas ausmachen würde. Weil er nicht rechtzeitig gekündigt hatte, gab er mir statt dessen Geld für vier Wochen.» Sie deutete auf eine verschlossene Tür. «Da drin ist immer noch ein bißchen Bombenschaden zu sehen. Wir hatten im Hof eine Brandstiftung, als die Iwans kamen, aber der Schaden wird in Kürze behoben sein.»

«Ich bin sicher, alles ist ausgezeichnet», sagte ich.

«Also dann. Ich werde Sie jetzt allein lassen, damit Sie sich selbst ein bißchen umsehen können, Professor Kurtz, damit Sie einen Eindruck von der Wohnung bekommen. Schließen Sie einfach hinter sich ab, und klopfen Sie an meine Tür, wenn Sie alles gesehen haben.»

Nachdem die alte Frau verschwunden war, streifte ich durch die Zimmer, nur um festzustellen, daß Abs für einen alleinstehenden Mann eine außerordentlich große Anzahl von Care-Paketen erhalten hatte. Ich zählte die leeren Kartons, welche die unverwechselbaren Initialen und die New Yorker Adresse trugen, und stellte fest, daß es mehr als fünfzig waren.

Das sah weniger nach Care als nach schwunghaften Geschäften aus. Als ich mit meinem Rundgang fertig war, sagte ich der alten Frau, ich bräuchte eine größere Wohnung, und dankte ihr, daß sie mich die Wohnung hätte besichtigen lassen. Dann schlenderte ich zu meiner Pension in der Skodagasse zurück.

Ich war noch nicht lange dort, als es an die Tür klopfte.

«Herr Gunther?» sagte ein Mann, der die Streifen eines Sergeants trug.

Ich nickte.

«Ich fürchte, Sie werden mit uns kommen müssen, bitte.»

«Bin ich festgenommen?»

«Wie bitte, Sir?»

Ich wiederholte meine Frage in meinem unsicheren Englisch. Der amerikanische MP schob ungeduldig seinen Kaugummi hin und her. «Man wird Ihnen im Hauptquartier alles erklären, Sir.»

Ich griff nach meiner Jacke und zog sie an.

«Vergessen Sie nicht, Ihre Papiere mitzunehmen, ja, Sir?» lächelte er höflich. «Das erspart es uns, noch mal herzufahren.»

«Natürlich», sagte ich und nahm Hut und Mantel. «Haben Sie einen Wagen? Oder gehen wir zu Fuß?»

«Der Jeep steht direkt vor dem Eingang.»

Als wir durch ihre Eingangshalle gingen, bemerkte ich die Inhaberin der Pension. Zu meiner Überraschung sah sie nicht im geringsten beunruhigt aus. Vielleicht war sie daran gewöhnt, daß ihre Gäste von der Internationalen Patrouille abgeholt wurden. Oder vielleicht sagte sie sich einfach, daß für mein Zimmer ja weiterbezahlt wurde, ob ich nun dort oder in einer Zelle des Polizeigefängnisses schlief.

Wir kletterten in den Jeep, fuhren ein paar Meter, bevor wir rechts abbogen und in die Lederergasse fuhren, fort von der Stadtmitte und dem Hauptquartier der Internationalen Militärpolizei.

«Fahren wir nicht in die Kärntner Straße?» fragte ich.

«Dies ist keine Angelegenheit der Internationalen Patrouille, Sir», erklärte der Feldwebel. «Dies fällt in amerikanische Zuständigkeit. Wir fahren zur Stiftskaserne in der Mariahilfer Straße.»

«Zu Shields oder zu Belinsky?»

«Man wird Ihnen alles erklären, wenn...»

«... wenn wir im Hauptquartier sind, ich weiß.»

Der Pseudo-Barock-Eingang der Stiftskaserne, dem Hauptquartier der 796. Militärpolizei mit seinen dorischen Säulen, Greifen und griechischen Kriegern im Halbrelief, war ein wenig unpassend zwischen den beiden Eingängen des Warenhauses Tiller eingeklemmt und Teil eines fünfgeschossigen Gebäudes, das der Mariahilfer Straße gegenüberlag. Wir durchfuhren den mächtigen Torbogen dieses Eingangs und gelangten auf der Rückseite des Gebäudes über einen Exerzierplatz zu einem weiteren Gebäude, das eine Militärkaserne beherbergte.

Der Jeep passierte ein paar Tore und hielt vor der Kaserne. Ich wurde hineineskortiert und über zwei Treppenfluchten in ein großes, helles Büro geführt, das einen eindrucksvollen Blick auf den Flugzeugabwehrturm erlaubte, der auf der anderen Seite des Exerzierplatzes stand.

Shields erhob sich hinter seinem Schreibtisch und grinste, als wolle er seinen Zahnarzt beeindrucken.

«Kommen Sie, setzen Sie sich», sagte er, als wären wir alte Freunde. Er blickte den Sergeant an. «Ist er friedlich mitgekommen, Gene? Oder mußten Sie ihm die Scheiße aus dem Arsch prügeln?»

Der Sergeant grinste ein wenig und murmelte etwas, das ich nicht verstand. Es ist kein Wunder, daß man ihr Englisch nicht verstehen kann, dachte ich: Amerikaner kauten ständig auf etwas herum.

«Sie bleiben besser noch 'ne Weile hier, Gene», fügte Shields hinzu. «Bloß für den Fall, daß wir diesen Burschen ein bißchen härter anfassen müssen.» Er stieß ein kurzes Lachen aus, zog sich die Hosen hoch, setzte sich vierschrötig vor mich hin, die dicken Beine wie ein Samuraikrieger gespreizt, nur daß er vermutlich zweimal so groß war wie jeder Japaner.

«Zuallererst, Gunther, muß ich Ihnen sagen, daß es im Internationalen Hauptquartier einen Lieutenant Canfield gibt, ein echtes Arschloch von einem Briten, der es gern hätte, wenn ihm jemand bei einem kleinen Problem hilft, das er hat. Wie es scheint, hat irgend so ein Steinmetz im britischen Sektor ins Gras gebissen, als ihm ein Stein auf seine Titten fiel. Beinahe jeder, der Chef des Lieutenants eingeschlossen, glaubt, daß es wahrscheinlich ein Unfall war. Nur daß der Lieutenant einer von der gewitzten Sorte ist. Er hat Sherlock Holmes gelesen und will auf eine Detektivschule gehen, wenn er die Armee verläßt. Er hat da eine Theorie, daß sich jemand an Pichlers Geschäftsbüchern zu schaffen gemacht hat. Ich weiß zwar nicht, ob das ein ausreichendes Motiv ist, einen Mann zu töten, oder nicht, aber ich erinnere mich, daß ich Sie gestern morgen nach Hauptmann Lindens Beerdigung in Pichlers Laden habe gehen sehen.» Er grinste. «Zum Teufel, ich geb's zu, Gunther. Ich habe Sie beschattet. Also, was sagen Sie dazu?»

«Pichler ist tot?»

«Wie wär's denn, wenn Sie's mal mit ein bißchen Überraschung versuchten? ‹Sagen Sie mir nicht, daß Pichler tot ist!› oder: ‹Mein Gott, ich glaube nicht, was Sie mir erzählen!› Sie wissen nicht zufällig, was ihm zugestoßen sein könnte, nicht wahr?»

«Vielleicht ist ihm sein Geschäft über den Kopf gewachsen.»

Shields gefiel der Witz. Er lachte, als habe er einmal Unterricht im Lachen gehabt, und zeigte alle seine, meist schlechten, Zähne in einer Kinnlade, blau wie ein Boxhandschuh und breiter als das Oberteil seines Kopfes mit dem dunklen, schütter werdenden Haar. Er kam mir noch viel lauter vor als die meisten anderen Amerikaner. Er war ein großer, muskulöser Mann mit Schultern wie ein Rhinozeros und trug einen Anzug aus hellbraunem Flanell mit Aufschlägen, breit und scharf wie zwei Schweizer Hellebarden. Seine Krawatte verdiente es, über einer Caféterrasse zu hängen, und seine Schuhe waren schwere braune Oxfords. Amerikaner schienen eine Vorliebe für wuchtige Schuhe zu haben, so wie die Iwans Armbanduhren liebten: Der einzige Unterschied bestand darin, daß sie die Schuhe im allgemeinen in Geschäften kauften.

«Offen gesagt, das Problem dieses Lieutenants interessiert mich einen Dreck», sagte er. «Der Mist liegt vor der Tür der Briten, nicht vor meiner. Also sollen sie auch davor kehren. Nein, ich setze Ihnen bloß auseinander, daß Sie mit uns zusammenarbeiten müssen. Schon möglich, daß Sie überhaupt nichts mit Pichlers Tod zu tun haben, aber ich bin sicher, daß Sie nicht gern einen Tag damit vergeuden wollen, Lieutenant Canfield das zu erklären. Also helfen Sie mir, und ich helfe Ihnen: Ich werde vergessen, daß ich Sie jemals in Pichlers Laden habe gehen sehen. Begreifen Sie, was ich Ihnen sage?»

«Mit Ihrem Deutsch ist alles in Ordnung», sagte ich.

Andererseits staunte ich über die Verbissenheit, mit der er die Betonung attackierte und die Konsonanten mit einer nahezu theatralischen Präzision behandelte, beinahe so, als betrachte er diese Sprache als eine, die man gefühllos sprechen müsse.

«Ich nehme an, daß es keine Rolle spielen würde, wenn ich sagte, daß ich nicht das geringste darüber weiß, was Pichler zugestoßen ist?»

Shields zuckte entschuldigend die Achseln. «Wie ich schon sagte, das ist ein Problem der Briten, nicht das meine. Vielleicht sind Sie unschuldig. Aber Sie kriegen sicher Bauchschmerzen, wenn Sie das den Briten erklären müssen. Ich schwöre, daß sie jeden von euch Krauts für einen verdammten Nazi halten.»

Ich hob meine Hände und gab mich geschlagen. «Also, wie kann ich Ihnen helfen?»

«Nun, als ich hörte, daß Sie, bevor Sie zu Hauptmann Lindens Beerdigung kamen, seinen Mörder im Gefängnis besuchten, konnte ich natürlich meine kriminalistische Neugier nicht bremsen.» Sein Ton wurde schärfer. «Kommen Sie, Gunther. Ich will wissen, was zum Teufel zwischen Ihnen und Becker los ist.»

«Ich nehme an, Sie kennen Beckers Version der Geschichte.»

«Als wäre sie in mein Zigarettenetui graviert.»

«Nun, Becker glaubt dran. Er bezahlt mich, daß ich sie nachprüfe. Und er hofft, daß ich sie beweise.»

«Sie überprüfen die Geschichte, sagen Sie. Und in welcher Eigenschaft?»

«Als Privatdetektiv.»

«Sie sind ein Schnüffler? Nein, so was.» Er beugte sich auf seinem Stuhl vor, ergriff den Saum meiner Jacke und befühlte mit Finger und Daumen den Stoff. Ich war froh, daß ich in diesen Anzug keine Rasierklingen eingenäht hatte. «Nein, das kaufe ich Ihnen nicht ab. Dazu sind Sie nicht schmierig genug.»

«Schmierig oder nicht, es ist die Wahrheit.» Ich nahm meine Brieftasche heraus und zeigte ihm meinen Personalausweis. Und dann meine alte Dienstmarke. «Vor dem Krieg war ich bei der Berliner Kriminalpolizei. Ich bin sicher, ich brauche Ihnen nicht zu sagen, daß Becker auch dabei war. Daher kenne ich ihn.» Ich nahm meine Zigaretten heraus. «Was dagegen, wenn ich rauche?»

«Rauchen Sie, aber vergessen Sie nicht, dabei die Lippen zu bewegen.»

«Ja, nach dem Krieg wollte ich nicht wieder zur Polizei zurück. Dort wimmelte es von Kommunisten.» Mit diesem Satz warf ich ihm einen Köder hin. Ich war noch keinem Amerikaner begegnet, der die Kommunisten zu mögen schien. «Also machte ich meinen eigenen Laden auf. Genaugenommen war ich schon Mitte der dreißiger Jahre mal bei der Polizei ausgeschieden und hatte damals privat gearbeitet. Ich bin also kein grüner Junge in diesem Gewerbe. Seit dem Krieg gibt es so viele verschleppte Personen, daß die meisten Leute einen ehrlichen Bullen gebrauchen können. Glauben Sie mir, dank der Iwans sind die in Berlin sehr selten.»

«Ja, hier ist es genauso. Weil die Iwans zuerst hier waren, haben sie ihre eigenen Leute auf die höchsten Posten der Polizei geschoben. Die Lage ist so miserabel, daß die österreichische Regierung auf den Chef der Wiener Feuerwehr zurückgreifen mußte, als sie versuchte, einen integren Mann zu finden, der Stellvertretender Polizeichef werden sollte.» Er schüttelte den Kopf. «Sie sind also ein alter Kollege von Becker. Wie war das denn so? Was für 'ne Art von Bulle war er, zum Teufel?»

«Einer von der nicht ganz sauberen Sorte.»

«Kein Wunder, daß dieses Land in solch einem Schlamassel steckt. Ich schätze, Sie waren damals auch in der SS?»

«Kurz. Als ich spitzkriegte, was vor sich ging, beantragte ich meine Versetzung an die Front. Es gab Leute, die das gemacht haben, wissen Sie.»

«Es waren nicht genug. Ihr Freund, zum Beispiel, tat's nicht.»

«Er ist nicht eigentlich mein Freund.»

«Warum haben Sie dann den Fall übernommen?»

«Ich brauchte das Geld. Und ich mußte dringend für eine Zeitlang von meiner Frau weg.»

«Macht's Ihnen was aus, mir zu erzählen, warum?»

Ich hielt inne, als mir klar wurde, daß es das erste Mal war, daß ich darüber gesprochen hatte. «Sie hat einen anderen. Einen Ihrer Offizierskameraden. Ich dachte, wenn ich mal eine Weile nicht da wäre, würde sie sich vielleicht entscheiden, was ihr wichtiger ist: ihre Ehe oder ihr *Schätzchen.*»

Shields nickte und knurrte dann mitfühlend. «Natürlich sind alle Ihre Papiere in Ordnung?»

«Natürlich.» Ich reichte sie ihm und sah zu, wie er meinen Personalausweis und den Reisepaß inspizierte.

«Wie ich sehe, sind Sie durch die russische Zone gekommen. Für einen Mann, der Iwans nicht mag, müssen Sie in Berlin ein paar ziemlich gute Kontakte haben.»

«Bloß ein paar unehrliche.»

«Unehrliche Russkis?»

«Sind denn auch ehrliche da? Klar, ich mußte ein paar Leute schmieren, aber die Papiere sind echt.»

Shields gab sie mir zurück. «Haben Sie Ihren *Fragebogen* bei sich?»

Ich fischte meine Entnazifizierungsbescheinigung aus der Brieftasche und gab sie ihm. Er warf bloß einen flüchtigen Blick darauf und hatte wohl kein Verlangen danach, die 133 Fragen und Antworten, die er enthielt, durchzulesen.

«Sie sind also eine entlastete Person, wie? Wie kam es, daß Sie nicht als Straftäter eingestuft wurden? Alle SS-Leute wurden automatisch verhaftet.»

«Ich machte den Krieg bis zum Ende in der Armee mit. An der russischen Front. Und wie ich sagte, mir gelang es, von der SS versetzt zu werden.»

Shields knurrte und gab den Fragebogen zurück. «Ich mag die SS nicht», grunzte er.

«Dann sind wir schon zu zweit.»

Shields betrachtete den großen Ring einer Studentenverbindung, der protzig einen seiner dichtbehaarten Finger schmückte.

Er sagte: «Wir haben Beckers Geschichte überprüft, wissen Sie. Es war nichts dran.»

«Da bin ich anderer Meinung.»

«Und was läßt Sie das glauben?»

«Glauben Sie, er würde mir freiwillig fünftausend Dollar zahlen, damit ich herumschnüffle, wenn seine Geschichte nichts als heiße Luft wäre?»

«Fünftausend?» Shields stieß einen Pfiff aus.

«Das ist es schon wert, wenn man eine Schlinge um den Hals hat.»

«Gewiß. Gut, vielleicht können Sie beweisen, daß der Bursche woanders war als dort, wo wir ihn tatsächlich erwischten. Vielleicht können Sie etwas finden, das den Richter überzeugt, daß seine Freunde nicht auf uns schossen. Oder daß er die Waffe nicht bei sich hatte, mit der Linden erschossen wurde. Sie haben doch bestimmt schon ein paar prima Ideen, Schnüffler? Zum Beispiel die, diesen Pichler aufzusuchen.»

«Es war ein Name, der wie Becker sich erinnerte, von jemandem bei der Reklame- und Werbezentrale erwähnt wurde.»

«Von wem?»

«Von Doktor Max Abs?»

Shields nickte. Er kannte den Namen also.

«Ich würde sagen, er war's, der Pichler umbrachte. Vermutlich tauchte er kurz nach mir bei Pichler auf und bekam heraus, daß jemand sich als sein Freund ausgegeben und Fragen gestellt hatte. Womöglich hat Pichler ihm erzählt, er habe mich gebeten, am nächsten Tag wiederzukommen. Also brachte Abs ihn um, bevor ich wiederkam, und ließ die Papiere mitgehen, auf denen sein Name und seine Adresse standen. Glaubte er wenigstens. Er übersah etwas, das mich auf seine Spur führte. Nur daß er sich schon aus dem Staub gemacht hatte, als ich in seiner Wohnung aufkreuzte. Nach Aussage seiner Vermieterin ist er inzwischen unterwegs nach München. Wissen Sie, Shields, es wäre gar keine schlechte Idee, wenn Sie dafür sorgten, daß ihn jemand vom Zug abholt.»

Shields rieb sich sein schlecht rasiertes Kinn. «Die Idee ist vielleicht wirklich nicht schlecht.»

Er stand auf, ging hinter seinen Schreibtisch, nahm den Hörer ab und führte einige Gespräche, aber der Wortschatz und die Aussprache machten es mir unmöglich, etwas zu verstehen. Als er endlich den Hörer wieder auf die Gabel legte, blickte er auf seine Armbanduhr und sagte: «Der Zug nach München braucht elfeinhalb Stunden, also haben wir genügend Zeit, dafür zu sorgen, daß er herzlich empfangen wird, wenn er aussteigt.»

Das Telefon läutete. Shields nahm den Hörer ab und starrte mich mit offenem Mund unverwandt an, als hätte er mir von meiner Geschichte nicht allzuviel geglaubt. Aber als er zum zweitenmal auflegte, grinste er.

«Ich habe beim Document Center angerufen», sagte er. «Ich bin sicher, Sie wissen, was das ist. Und daß Linden dort gearbeitet hat?»

Ich nickte.

«Ich hab sie gefragt, ob sie etwas über diesen Max Abs haben. Sie haben gerade zurückgerufen. Wie es scheint, war er auch in der SS. Er wird zwar nicht wegen irgendwelcher Kriegsverbrechen gesucht, aber ein merkwürdiger Zufall ist das schon, meinen Sie nicht auch? Sie, Becker, Abs, alles ehemalige Schüler von Himmlers Eliteschule.»

«Ein Zufall, sonst nichts», sagte ich müde.

Shields lehnte sich in seinem Stuhl zurück. «Wissen Sie, ich bin absolut bereit, zu glauben, daß Becker im Fall Linden bloß auf den Abzug gedrückt hat. Daß eure Organisation ihn aus dem Weg haben wollte, bevor er etwas über euch rausgefunden hatte.»

«Wirklich?» sagte ich, nicht sehr begeistert von Shields' Theorie. «Und welche Organisation soll das sein?»

«Der Werwolf.»

Ich lachte laut. «Diese alte Geschichte von der Fünften Kolonne der Nazis? Die zurückgebliebenen Fanatiker im Untergrund, die einen Guerillakrieg gegen unsere Eroberer fortsetzen wollen? Idiotisch.»

«Irgendwas falsch daran, denken Sie?»

«Ist ein bißchen spät für sie, damit anzufangen. Der Krieg ist seit fast drei Jahren vorbei. Ihr Amerikaner habt doch mittlerweile genügend deutsche Frauen gevögelt, um zu wissen, daß wir nie vorhatten, euch im Bett die Kehlen durchzuschneiden. Die Werwölfe...» Ich schüttelte mitleidig den Kopf. «Ich dachte, die hat euer Geheimdienst sich ausgedacht. Aber ich muß sagen, daß ich bestimmt nie geglaubt habe, es gäbe jemanden, der an diesen Mist wirklich glaubt. Hören Sie, vielleicht fand Linden etwas über einige Kriegsverbrecher raus, und vielleicht wollten sie ihn aus dem Weg schaffen. Aber nicht der Werwolf. Versuchen wir lieber, ob wir etwas finden, was ein bißchen origineller ist, okay?» Ich zündete mir eine neue Zigarette an und sah, wie Shields nickte und sich meine Worte durch den Kopf gehen ließ. «Was sagt das Document Center über Lindens Arbeit?» fragte ich.

«Offiziell war er lediglich der Crowcass-Verbindungsoffizier. Sie behaupten, daß Linden lediglich ein Verwaltungsmann und kein Außenagent gewesen sei. Aber andererseits würden uns die Burschen sowieso nichts sagen, wenn er für den Geheimdienst gearbeitet hätte. Die haben mehr Geheimnisse als die Marsoberfläche.»

Er stand auf und ging zum Fenster.

«Ich sage Ihnen was: Neulich bekam ich einen Bericht zu Gesicht, in dem stand, daß zwei von tausend Österreichern für die Sowjets spionieren. In dieser Stadt leben im Augenblick über 1,8 Millionen Menschen. Das bedeutet: Wenn Onkel Sam genauso viele Spione hat wie Onkel Joe, dann gibt es direkt vor meiner Nase über siebentausend Spione. Ganz zu schweigen von dem, was die Briten und Franzosen tun. Oder was die Wiener Staatspolizei treibt – das heißt die von den Roten beherrschte Politische Polizei, nicht die gewöhnliche Wiener Polizei, obwohl es auch dort von Kommunisten wimmelt. Und erst vor ein paar Monaten wurde ein ganzer Haufen urschen von der ungarischen Staatspolizei nach Wien eingeschleust, um ein paar von ihren eigenen Dissidenten zu kidnappen oder zu ermorden.»

Er wandte sich vom Fenster ab und ging zu dem Stuhl, der vor mir stand. Er packte die Lehne, als habe er vor, ihn hochzuheben und ihn auf meinen Kopf krachen zu lassen, seufzte und sagte: «Was ich zu sagen versuche, Gunther, ist, daß dies eine verfaulte Stadt ist. Ich glaube, Hitler nannte sie eine Perle. Na, er muß eine Perle gemeint haben, die so gelb und abgewetzt ist wie der letzte Zahn eines toten Hundes. Ehrlich, ich schaue aus dem Fenster und sehe etwa so viel Schönes, wie ich Blau sehe, wenn ich in die Donau pisse.»

Shields richtete sich auf. Dann beugte er sich vor, packte mich an den Aufschlägen und zog mich hoch.

«Wien enttäuscht mich. Gunther, und das kotzt mich an. Enttäuschen Sie mich nicht auch, alter Junge. Wenn Sie was rauskriegen, denke ich, sollte ich davon erfahren, und wenn Sie nicht kommen und es mir erzählen, werde ich richtig sauer. Ich kann mir hundert gute Gründe einfallen lassen, Sie mit einem Arschtritt aus dieser Stadt zu befördern, selbst wenn ich gute Laune habe, so wie jetzt. Drücke ich mich klar genug aus?»

«Kristallklar.» Ich löste seine Hände von meiner Jacke und zog sie zurecht. Auf halbem Weg zur Tür blieb ich stehen und sagte: «Geht diese neue Zusammenarbeit mit der amerikanischen Militärpolizei so weit, daß Sie den Burschen zurückpfeifen, den Sie auf mich angesetzt haben?»

«Jemand beschattet Sie?»

«Ja, bis ich ihm letzte Nacht einen kleinen Puff versetzte.»

«Dies ist eine verrückte Stadt, Gunther. Vielleicht ist er scharf auf Sie.»

«Deshalb nahm ich an, daß er für Sie arbeitet. Der Mann ist ein Amerikaner und heißt John Belinsky.» Shields schüttelte den Kopf und riß die Augen auf, ganz Unschuld.

«Habe nie von ihm gehört. Wirklich, ich habe niemandem befohlen, Sie zu beschatten. Wenn Ihnen jemand folgt, hat das mit diesem Büro nichts zu tun. Wissen Sie, was Sie tun sollten?»

«Überraschen Sie mich.»

«Gehen Sie zurück nach Berlin. Hier ist für Sie nichts zu holen.»

«Das würde ich vielleicht tun, ich bin mir bloß nicht sicher, ob es dort für mich was zu holen gibt. Das ist einer der Gründe, warum ich hergekommen bin, wissen Sie das nicht mehr?»

16

Es war inzwischen spät geworden, als ich im *Casanova Club* ankam. Die Bar war voll von Franzosen, und diese waren voll von dem, was immer Franzosen trinken, wenn sie sich richtig besaufen wollen. Jedenfalls hatte Veronika recht gehabt: Mir war die Bar lieber, wenn es ruhig war. Als ich sie in der Menge nicht entdecken konnte, fragte ich den Kellner, dem ich in der Nacht zuvor das großzügige Trinkgeld gegeben hatte, ob sie dagewesen sei.

«Sie war erst vor zehn, fünfzehn Minuten hier», sagte er. «Ich glaube, sie ist in die *Koralle* gegangen, mein Herr.» Er senkte die Stimme und beugte sich zu mir. «Sie macht sich nicht viel aus Franzosen. Und, um die Wahrheit zu sagen, ich auch nicht. Die Briten, die Amerikaner, sogar die Russen, das sind Armeen, die dabei mitgemacht haben, uns zu besiegen, und die kann man wenigtens respektieren. Aber die Franzosen? Sie sind Schweinehunde. Glauben Sie mir, mein Heer, ich weiß Bescheid. Ich wohne im 15. Bezirk, im französischen Sektor.» Er glättete das Tischtuch. «Und was möchte der Herr trinken?»

«Ich denke, ich werde mir die *Koralle* mal ansehen. Wissen Sie, wo diese Bar ist?»

«Im 9. Bezirk, mein Herr. Porzellangasse, nicht weit von der Berggasse, dicht am Polizeigefängnis. Wissen Sie, wo das ist?»

Ich lachte. «Allmählich, ja.»

«Veronika ist ein nettes Mädchen», fügte der Kellner hinzu. «Für eine, die anschaffen geht.»

Regen trieb aus dem Osten, dem russischen Sektor, in die Innenstadt. In der kalten Nachtluft verwandelte er sich in Hagel und schlug den vier Männern von der Internationalen Patrouille in die Gesichter, als sie vor dem *Casanova Club* vorfuhren. Sie nickten dem Türsteher kurz zu, schoben sich wortlos an mir vorbei und gingen hinein, um nach soldatischen Lastern Ausschau zu halten, diesen kompromittierenden Äußerungen der Wollust, verschärft durch eine Verbindung von einem fremden Land, hungrigen Frauen und einem unendlichen Vorrat an Zigaretten und Schokolade. Vom inzwischen vertrauten Schottenring bog ich ab in die Währinger Straße und ging über den mondhellen Rooseveltplatz in den Schatten der Zwillingstürme der Votivkirche, die trotz ihrer gewaltigen Höhe die Bombenangriffe irgendwie überstanden hatten. Zum zweitenmal an diesem Tag bog ich in die Berggasse ein, als ich aus einem zerstörten Gebäude auf der anderen Straßenseite einen Hilfeschrei hörte. Ich sagte mir, das sei nicht meine Sache, blieb nur einen kurzen Augenblick stehen und wollte meinen Weg fortsetzen. Aber dann hörte ich sie wieder: eine Altstimme, die ich zu kennen glaubte.

Meine Haut kribbelte vor Furcht, als ich rasch in die Richtung des Schreis ging. Eine hohe Trümmerhalde war an der gewölbten Mauer des Gebäudes angehäuft, und nachdem ich hinaufgeklettert war, starrte ich durch ein leeres Bogenfenster in einen halbkreisförmigen Raum, der die Ausmaße eines kleines Theaters hatte.

Es waren drei Personen, die in einem kleinen Flecken Mondlicht vor einer geraden Mauer gegenüber den Fenstern miteinander kämpften. Zwei waren russische Soldaten, schmutzig und zerlumpt, die vor Lachen wieherten, während sie versuchten, der dritten Person gewaltsam die Kleider vom Leib zu reißen, einer Frau. Ich wußte, daß die Frau Veronika war, noch bevor sie ihr Gesicht ins Licht hob. Sie schrie und wurde von dem Russen heftig geschlagen, der ihre Arme und die Seitenteile ihres Kleides festhielt, das sein Kumpan, der auf ihren Zehen kniete, aufgerissen hatte.

«Laß sehen, Schätzchen», grölte er und zerrte Veronikas Unterwäsche über ihre zusammengepreßten Knie. Er ließ sich auf die Hinterbacken nieder, um ihre Nacktheit zu bewundern.

«Schön», sagte er, als habe er ein Gemälde betrachtet, und drückte sein Gesicht in ihr Schamhaar. «Und schmeckt gut», knurrte er.

Der Russe, der zwischen ihren Beinen hockte, drehte sich um, als er das Knirschen meiner Schritte auf dem Schutt hörte, der den Boden bedeckte, und als er das Stück Bleirohr in meiner Hand sah, stand er auf und trat neben seinen Freund, der Veronika jetzt zur Seite stieß.

«Raus hier, Veronika», rief ich.

Sie brauchte keine weitere Aufforderung, schnappte sich ihren Mantel und rannte auf eines der Fenster zu. Aber der Russe, der sie befummelt hatte, war anderer Meinung und bekam sie an den Haaren zu fassen. Im selben Augenblick schwang ich das Rohr, das ihn mit einem hörbaren Krachen seitlich am Kopf traf, während die Vibration des Schlages meine Hand gefühllos machte. Mir ging gerade der Gedanke durch den Kopf, ich könne ihn zu hart getroffen haben, als mich ein scharfer Tritt in die Rippen traf und ein Knie sich in meine Leiste grub. Das Rohr fiel auf den ziegelbedeckten Boden, und ich schmeckte Blut im Mund, als ich dem Rohr langsam folgte. Ich zog die Beine an die Brust, spannte mich und wartete darauf, daß der große Stiefel des Mannes abermals meinen Körper traf und mich fertigmachte. Statt dessen hörte ich ein kurzes, mechanisches Geräusch, wie ein Schlag oder das Geräusch eines Niethammers, und als der Stiefel wieder ausholte, war es genau über meinem Kopf. Ein Bein noch in der Luft, strauchelte der Mann sekundenlang wie ein betrunkener Ballettänzer und fiel dann tot neben mir zu Boden, in der Stirn den sauberen Einschuß einer gutgezielten Kugel. Ich stöhnte und schloß einen Augenblick die Augen. Als ich sie wieder öffnete und mich auf die Unterarme hob, erblickte ich einen dritten Mann, der vor mir kauerte und mir eine fröstelige Sekunde lang den Lauf einer Luger mit Schalldämpfer mitten ins Gesicht hielt.

«Hol dich der Teufel, Kraut», sagte er, ehe er mir grinsend auf die Beine half. «Ich wollte Ihnen selber eine Abreibung verpassen, aber es sieht so aus, als hätten mir diese beiden Iwans die Arbeit abgenommen.»

«Belinsky», keuchte ich und hielt mir die Rippen. «Was sind Sie, mein Schutzengel?»

«Ja. Ist ein wunderbares Leben. Alles okay, Kraut?»

«Meiner Brust ginge es vielleicht besser, wenn ich aufhören würde zu rauchen. Ja, ich bin okay. Wo sind Sie hergekommen, zum Teufel?»

«Sie haben mich nicht gesehen? Großartig. Nach dem, was Sie übers Beschatten sagten, habe ich ein Buch darüber gelesen. Hab mich als Nazi verkleidet, damit Sie mich nicht erkennen.»

Ich blickte mich um. «Haben Sie gesehen, wohin Veronika gegangen ist?»

«Sie wollen sagen, daß Sie die Dame kennen?» Er schlenderte zu dem Soldaten hinüber, den ich mit dem Rohr gefällt hatte und der bewußtlos am Boden lag. «Ich dachte, Sie wären bloß so 'ne Art Don Quijote.»

«Habe sie erst gestern nacht kennengelernt.»

«Bevor Sie mich kennenlernten, schätze ich.» Belinsky starrte einen Augenblick auf den Soldaten, dann richtete er die Luger auf den Hinterkopf des Mannes und drückte ab. «Sie ist draußen», sagte er so gleichmütig, als habe er auf eine Bierflasche geschossen.

«Scheiße», stieß ich hervor, von dieser Gefühllosigkeit abgestoßen. «Sie könnte man mit Sicherheit in einem Sonderkommando gebrauchen.»

«Was?»

«Ich sagte, ich hoffe, daß Sie meinetwegen gestern nacht nicht Ihre letzte Straßenbahn verpaßt haben. Mußten Sie ihn töten?»

Er zuckte die Achseln und begann, den Schalldämpfer von seiner Luger abzuschrauben. «Zwei tote Männer sind besser als ein lebender, der vor Gericht aussagen kann. Glauben Sie mir, ich weiß, wovon ich rede.» Er stieß mit der Schuhspitze gegen den Kopf des Mannes. «Außerdem wird niemand diese Iwans vermissen. Sie waren Deserteure.»

«Woher wissen Sie das?»

Belinsky deutete auf ein Bündel Kleider und Ausrüstung, die in der Nähe des Eingangs lagen, daneben die Überreste eines Feuers und einer Mahlzeit.

«Sieht so aus, als hätten sie sich seit ein paar Tagen hier versteckt. Ich nehme an, sie kriegten Langeweile und waren scharf auf eine ...» Er suchte nach dem passenden deutschen Wort, schüttelte den Kopf und beendete den Satz auf englisch «... Möse.» Er schob die Luger in das Halfter und steckte den Schalldämpfer in seine Manteltasche. «Wenn man sie findet, bevor die Ratten sie aufgefressen haben, werden unsere Jungens hier glauben, der KGB hätte es getan. Aber ich setze eher auf die Ratten. In Wien gibt's die größten Ratten, die ich je gesehen habe. Sie kommen geradewegs aus den Abwasserkanälen. Wenn ich's recht überlege, würde ich sagen, diese zwei sind selber da unten gewesen, so wie sie stinken. Der Hauptkanal kommt im Stadtpark raus, ganz in der Nähe der sowjetischen Kommandantur und dem russischen Sektor.» Er ging zum Fenster. «Kommen Sie, Kraut, woll'n mal sehen, wo Ihr Mädchen ist.»

Veronika war ein Stück in Richtung Währinger Straße gelaufen und dann stehengeblieben, bereit, weiterzurennen, wären es die beiden Russen gewesen, die aus dem Gebäude kamen. «Als ich Ihren Freund reingehen sah», erklärte sie, «hab ich gewartet, um zu sehen, was passiert.»

Sie hatte ihren Mantel bis zum Hals zugeknöpft, und abgesehen von einer leichten Schürfwunde auf der Wange und den Tränen in ihren Augen, sah sie nicht so aus wie ein Mädchen, das nur knapp einer Vergewaltigung entgangen war.

«Es ist alles in Ordnung», sagte Belinsky. «Die beiden werden uns nicht mehr belästigen.»

Als Veronika mir für ihre Rettung und Belinsky für meine Rettung gedankt hatte, begleiteten er und ich sie zu dem halbzerstörten Haus in der Rotenturmstraße, wo sie ein Zimmer hatte. Dort bedankte sie sich noch einmal und lud uns ein, mit raufzukommen, ein Angebot, das wir ablehnten, und erst als ich versprochen hatte, sie am Morgen zu besuchen, ließ sie sich überreden, ihre Tür abzuschließen und ins Bett zu gehen.

«So wie Sie aussehen, würde ich sagen, daß Sie einen Schnaps gebrauchen könnten», sagte Belinsky. «Ich lade Sie ein. Die Bar *Renaissance* ist gleich um die Ecke. Da ist es ruhig, und wir können uns unterhalten.»

Die Bar lag in der Singerstraße, dicht beim Stephansdom, der gerade restauriert wurde, und war eine nachgemachte ungarische Schenke mit Zigeunermusik. Es war eine Kneipe, wie man sie auf Puzzles abgebildet sieht und die zweifellos bei Touristen sehr beliebt war, doch für meinen schlichten, zurückhaltenden Geschmack war sie einfach ein paar Ziehharmonikatöne zu aufdringlich. Doch es gebe eine Entschädigung, die nicht zu verachten sei, erklärte Belinsky. Man serviere hier einen klaren ungarischen Schnaps, der aus Kirschen gemacht werde. Und einem Mann, dem man kurz vorher mit Fußtritten zugesetzt hatte, schmeckte der Schnaps besser, als Belinsky prophezeit hatte.

«Das ist ein nettes Mädchen», sagte er, «aber sie sollte in Wien ein bißchen vorsichtiger sein. Und Sie übrigens auch. Wenn Sie rumlaufen und Errol Flynn spielen, sollten Sie ein bißchen mehr haben als nur ein paar Haare in den Achselhöhlen.»

«Ich schätze, Sie haben recht.» Ich schlürfte mein zweites Glas.

«Aber es ist komisch, daß Sie mir das sagen, wo Sie ein Bulle sind. Allen Leuten, die keine Angehörigen der Alliierten sind, ist es streng untersagt, eine Waffe zu tragen.»

«Wer hat gesagt, ich wäre ein Bulle?» Er schüttelte den Kopf. «Ich bin vom CIC, Gegenspionagekorps. Die Millitärpolizei weiß einen Dreck von dem, was wir veranstalten.»

«Sie sind ein Spion?»

«Nein, wir sind mehr Onkel Sam's Hoteldetektive. Wir setzen keine Spione ein, wir fangen sie. Spione und Kriegsverbrecher.»

Er goß nach.

«Und warum beschatten Sie mich dann?»

«Ist schwer zu sagen, wirklich.»

«Ich bin sicher, ich kann ein deutsches Wörterbuch für Sie auftreiben.»

Belinsky nahm eine bereits gestopfte Pfeife aus der Tasche, und während er erklärte, was er meinte, setzte er sie saugend in Brand, bis sie stetig qualmte.

«Ich untersuche den Mord an Captain Linden», sagte er.

«Was für ein Zufall. Ich auch.»

«Als erstes versuchen wir rauszufinden, was ihn nach Wien geführt hat. Er behielt seine Sachen gern für sich. Hat viel auf eigene Faust gearbeitet.»

«War er auch beim CIC?»

«Ja, beim 970. Korps, stationiert in Deutschland. Ich bin beim 430. Korps, stationiert in Österreich. Er hätte uns wirklich Bescheid geben sollen, daß er in unseren Abschnitt kommen wollte.»

«Und er hat Ihnen noch nicht mal 'ne Postkarte geschickt, wie?»

«Nicht ein Wort. Vermutlich weil es keinen handfesten Grund für seine Reise gab. Wenn er an etwas gearbeitet hätte, was dieses Land betrifft, hätte er uns informiert.» Belinsky stieß eine Rauchwolke aus und wedelte sie von seinem Gesicht fort. «Er war das, was man einen Schreibtischhengst nennen könnte. Ein Intellektueller. Einer von der Sorte, die man auf eine Wand voller Akten loslassen kann, mit der Anweisung, rauszufinden, welche Brille der Augenarzt Himmler verschrieben hatte. Das einzige Problem ist, daß er, weil er so ein heller Junge war, nichts schriftlich festhielt.» Belinsky tippte mit dem Pfeifenstiel an seine Stirn. «Er bewahrte alles hier oben auf. Und darum ist es eine lästige Aufgabe, rauszukriegen, woran er gearbeitet hat und wobei er sich eine Kugel einfing.»

«Eure MPs glauben, der Werwolf könnte damit etwas zu tun haben.»

«Hab ich gehört.» Er beäugte den glimmenden Inhalt seines Pfeifenkopfes aus Kirschholz und setzte hinzu: «Offen gesagt, in diesem Fall stochern wir alle ein bißchen im dunkeln herum. An diesem Punkt jedenfalls kreuzten Sie meinen Weg. Wir dachten, Sie würden vielleicht was entdecken, an das wir selber nicht rankamen, weil Sie sozusagen ein Einheimischer waren. Und sollten Sie was finden, würde ich im Interesse der freien Demokratie zur Stelle sein.»

«Untersuchung eines Verbrechens durch einen Stellvertreter, wie? Es wäre nicht das erste Mal, daß das passierte. Ich enttäusche Sie ungern, aber ich tappe selber im dunklen.»

«Vielleicht nicht. Immerhin haben Sie bereits den ermordeten Steinmetz auf Ihrer Liste. Für mich zählt das als Erfolg. Es bedeutet, daß sie jemanden aus der Fassung gebracht haben, Kraut.»

Ich lächelte. «Sie können mich Berni nennen.»

«So wie ich die Sache sehe, hat Becker Sie nicht ins Spiel gebracht, ohne Ihnen ein paar Tips zu geben. Einer davon war wahrscheinlich Pichlers Name.»

«Schon möglich», gab ich zu. «Aber trotzdem ist es kein Tip, der mich dazu bringen könnte, zu glauben, ich hätte den entscheidenden Trumpf in der Hand.»

«Wollen Sie mich nicht mal in Ihre Karten gucken lassen?»

«Warum sollte ich?»

«Ich habe Ihnen das Leben gerettet, Kraut», knurrte Belinsky.

«Zu sentimental. Ein bißchen praktischer.»

«Na schön. Vielleicht kann ich helfen.»

«Besser. Viel besser.»

«Was brauchen Sie?»

«Es ist mehr als wahrscheinlich, daß Pichler von einem Mann namens Abs, Max Abs, ermordet wurde. Nach Erkenntnissen der MP war er in der SS, aber ein kleiner Fisch. Jedenfalls hat er heute nachmittag einen Zug nach München genommen, und die MP wird ihn von einem ihrer Leute in Empfang nehmen lassen. Ich gehe davon aus, daß sie mir erzählen werden, was passiert. Aber ich muß mehr über Abs in Erfahrung bringen. Zum Beispiel, wer dieser Bursche war.» Ich zog Pichlers Entwurf für Martin Albers' Grabstein heraus und breitete ihn vor Belinsky auf dem Tisch aus. «Wenn ich rauskriegen kann, wer Albers war und warum Max Abs bereit war, seinen Grabstein zu bezahlen, käme ich womöglich dahinter, warum Abs es für nötig hielt, Pichler umzubringen, bevor er mit mir sprechen konnte.»

«Wer ist dieser Abs? Was tut er?»

«Er arbeitete einmal für eine Anzeigenfirma hier in Wien. Den Laden, den König leitete. König ist der Mann, der Becker damit beauftragte, Akten über die grüne Grenze zu schaffen. Akten, die an Linden gingen.»

Belinsky nickte.

«So weit, so gut», sagte ich. «Jetzt meine nächste Karte: König hatte eine Freundin namens Lotte, die im *Casanova Club* verkehrte. Könnte sein, daß sie dort Kunden aufriß, ich weiß es noch nicht. Ein paar von Beckers Freunden polterten da rein, und noch in ein paar andere Läden, und kamen zum Tee nicht nach Hause. Meine Idee ist, das Mädchen darauf anzusetzen. Ich dachte, ich müßte sie erst ein wenig besser kennenlernen. Aber jetzt, wo sie mich auf meinem weißen Pferd und in meiner Sonntagsrüstung gesehen hat, muß ich ein bißchen Dampf machen.»

«Angenommen, Veronika kennt diese Lotte nicht? Was dann?»

«Denken Sie sich was Besseres aus.»

Belinsky zuckte die Achseln. «Andererseits hat Ihr Plan einiges für sich.»

«Da ist noch etwas. Sowohl Abs wie auch Eddy Holl, der Beckers Kontaktmann in Berlin war, arbeiten für eine Gesellschaft, die ihren Sitz in Pullach bei München hat. Die *Süddeutsche Industrieverwertungsgesellschaft*. Sie könnten versuchen, etwas über sie in Erfahrung zu bringen. Ganz zu schweigen davon, was Abs und Holl veranlaßte, dorthin zu gehen.»

«Sie wären nicht die ersten Krauts, die in die amerikanische Zone übersiedeln», sagte Belinsky. «Ist Ihnen das nicht aufgefallen? Die Beziehungen zu unseren kommunistischen Verbündeten fangen an, ein wenig schwierig zu werden. Aus Berlin kommt die Meldung, daß sie angefangen haben, eine Menge Straßen aufzureißen, die den östlichen und den westlichen Sektor der Stadt verbinden.» Es war seinem Gesicht deutlich anzusehen, wie wenig ihm das gefiel, und dann fügte er hinzu: «Aber ich werde sehen, was ich erfahren kann. Sonst noch was?»

«Bevor ich Berlin verließ, stieß ich auf ein Pärchen von Amateur-Nazijägern namens Drexler. Hauptmann Linden hat ihnen hin und wieder Care-Pakete zukommen lassen. Es würde mich nicht überraschen, wenn sie für ihn arbeiteten: Jeder weiß doch, wie das CIC sich bei den Leuten einkauft. Es würde helfen, wenn wir wüßten, wonach die beiden gesucht haben.»

«Können wir sie nicht fragen?»

«Das hätte nicht viel Sinn. Sie sind tot. Jemand hat ihnen ein Tablett mit Zyklon-B-Kügelchen unter der Tür durchgeschoben.»

«Geben Sie mir trotzdem ihre Adresse.» Er zog einen Notizblock und einen Bleistift heraus. Als ich ihm die Adresse gegeben hatte, schürzte er seine Lippen und rieb sich das Kinn. Er hatte ein unglaublich breites Gesicht mit dicken sichelförmigen Brauen, die sich halb um seine Augenhöhlen zogen, eine Nase wie ein kleiner Tierschädel und tief eingegrabene Lachfalten, die, zusammen mit seinem breiten Kinn und scharfwinkligen Nasenflügeln, einen vollkommen siebeneckigen Umriß bildeten: Der Gesamteindruck war der eines Rammbocks, der auf einem V-förmigen Sockel ruhte.

«Sie hatten recht», räumte er ein. «Nicht gerade viel, was wir in der Hand haben, oder? Aber immer noch besser als das, worauf ich gesetzt hatte.»

Die Pfeife fest zwischen die Zähne geklemmt, kreuzte er die Arme und starrte in sein Glas. Vielleicht war es das Getränk, das er bevorzugte, oder vielleicht sein Haar, das er länger trug als die Mehrheit seiner kurzgeschorenen Landsleute, aber er kam mir merkwürdig unamerikanisch vor.

«Woher kommen Sie?» fragte ich schließlich.

«Williamsburg, New York.»

«Belinsky», sagte ich, jede Silbe betonend. «Was für ein Name ist das für einen Amerikaner?»

Er zuckte ungerührt die Achseln. «Wir sind Amerikaner in der ersten Generation. Mein Vater stammte aus Sibirien. Seine Familie emigrierte, um einem der zaristischen Judenpogrome zu entkommen. Sie sehen, die Iwans haben eine antisemitische Tradition, die sich fast mit der Ihren messen kann. Belinsky war Irving Berlins Name, bevor er ihn änderte. Und was Namen für Amerikaner angeht, ich denke nicht, daß ein jiddischer Name wie Belinsky sich schlechter anhört als ein Kraut-Name wie Eisenhower, meinen Sie nicht auch?»

«Ich schätze nicht.»

«Da wir gerade von Namen reden, wenn Sie wieder mit der MP reden, erwähnen Sie mich oder das CIC besser nicht. Und zwar wegen der Tatsache, daß die MP kürzlich eine Operation vermasselt hat, die wir am Laufen hatten. Es gelang dem KGB, aus dem Bataillonshauptquartier in der Stiftskaserne ein paar US-Militäruniformen zu klauen. Die Russen zogen sie an und überredeten die MPs im 19. Bezirk, ihnen dabei zu helfen, einen unserer besten Informanten in Wien zu verhaften. Zwei Tage später berichtete uns ein anderer Informant, der Mann sei im KGB-Hauptquartier in der Mozartgasse verhört worden. Kurz darauf erfuhren wir, daß sie ihn erschossen hatten. Aber erst nachdem er geredet und zahlreiche andere Namen preisgegeben hatte.

Ja, das gab einen fürchterlichen Wirbel, und der Amerikanische Hochkommissar trat verschiedenen Leuten in den Arsch wegen der erbärmlichen Sicherheitsmaßnahmen des 796. Korps. Sie stellten einen Lieutenant vors Kriegsgericht und degradierten einen Sergeant. Das Ergebnis ist, daß es in den Augen der Leute in der Stiftskaserne auf dasselbe hinausläuft, ob man Lepra hat oder beim CIC ist. Ich denke mir, das ist für Sie vielleicht schwer zu verstehen, weil Sie Deutscher sind.»

«Im Gegenteil», erwiderte ich, «wir Krauts verstehen nur zu gut, was es heißt, wie Leprakranke behandelt zu werden.»

17

Das Wasser, das aus den Steirer Alpen in meinem Wasserhahn ankam, schmeckte sauberer als ein Zahnarztfinger. Ich nahm ein volles Glas mit aus dem Badezimmer, um ans Telefon zu gehen, das im Wohnzimmer läutete, und trank einen Schluck, während ich darauf wartete, daß Frau Blum-Weiss den Anruf durchstellte.

«Hallo, guten Morgen», sagte Shields mit gespielter Fröhlichkeit. «Ich hoffe, ich habe Sie aus dem Bett geholt.»

«Ich war gerade beim Zähneputzen.»

«Und wie fühlen Sie sich heute?» fragte er und kam immer noch nicht zur Sache.

«Ein leichter Kopfschmerz, das ist alles.» Ich hatte ein bißchen zuviel von Belinskys Lieblingsschnaps getrunken.

«Na, daran ist der Föhn schuld», meinte Shields. «Jeder in dieser Stadt, der sich irgendwie seltsam benimmt, gibt dem Föhn die Schuld. Aber alles, was mir auffällt, ist, daß Pferdescheiße dann noch schlimmer stinkt als gewöhnlich.»

«Es ist hübsch, wieder mit Ihnen zu plaudern, Shields. Was wollen Sie?»

«Ihr Freund Abs ist nicht in München angekommen. Wir sind ziemlich sicher, daß er in den Zug gestiegen ist, nur daß wir am anderen Ende der Reise keine Spur von ihm entdecken konnten.»

«Vielleicht ist er woanders ausgestiegen.»

«Die einzige Station, wo der Zug hielt, war Salzburg, und auch dort hatten wir vorgesorgt.»

«Vielleicht warf ihn jemand raus. Während der Zug noch fuhr.» Ich wußte zu gut, wie das ging.

«Nicht in der amerikanischen Zone.»

«Na schön, die fängt aber erst in Linz an. Zwischen Wien und Ihrer Zone liegen mehr als hundert Kilometer russisches Niederösterreich. Sie haben selber gesagt, Sie sind sicher, daß er in den Zug gestiegen ist. Also welchen Schluß muß man daraus ziehen?» Dann erinnerte ich mich daran, was Belinsky über die erbärmlichen Sicherheitsvorkehrungen der MP gesagt hatte. «Es ist natürlich möglich, daß er Ihre Männer einfach abgehängt hat, daß er zu gerissen für sie war.»

Shields seufzte. «Gelegentlich, Gunther, wenn Sie nicht zu emsig mit Ihren alten Nazi-Kameraden beschäftigt sind, werde ich mal mit

Ihnen zum DP-Lager in Auhof rausfahren und Ihnen die illegalen jüdischen Emigranten zeigen, die dachten, sie könnten uns austricksen.» Er lachte. «Das heißt, wenn Sie nicht befürchten, von Insassen eines Konzentrationslagers wiedererkannt zu werden. Es wäre vielleicht sogar lustig, Sie gleich dazulassen. Diese Zionisten haben nicht meinen Sinn für Humor, wenn's um die SS geht.»

«Ihren Humor würde ich bestimmt vermissen, ja.»

Ich hörte an der Tür ein leises, fast zaghaftes Klopfen.

«Hören Sie, ich muß auflegen.»

«Passen Sie auf, wo Sie hintreten. Wenn ich auch nur die leiseste Witterung habe, daß ich Scheiße an Ihren Schuhen rieche, werde ich Sie einbuchten.«

«Ja, wenn Sie was wittern, ist es wahrscheinlich der Föhn.»

Shields stieß sein Geisterbahnlachen aus und legte auf.

Ich ging zur Tür und ließ einen kleinen, verschlagen aussehenden Mann herein, der mich an den Druck eines Porträts von Klimt denken ließ, das im Frühstückszimmer hing. Er trug einen braunen Regenmantel mit Gürtel, Hosen, die für seine weißen Socken ein wenig zu kurz waren, und einen kleinen, schwarzen, mit Abzeichen und Federn übersäten Tirolerhut, der seinen Kopf mit dem langen, hellen Haar kaum bedeckte. Seine Hände steckten, ein wenig unpassend, in einem großen wollenen Muff.

«Was verkaufen Sie, Meister?» fragte ich ihn.

Der verschlagene Blick wurde argwöhnisch. «Sind Sie nicht Gunther?» nölte er mit einer unglaublichen Stimme, die so leise war wie ein gestohlenes Fagott.

«Nur die Ruhe», sagte ich, «ich bin Gunther. Sie müssen Beckers persönlicher Waffenschmied sein.«

«Richtig. Heiße Rudi.» Er blickte sich im Zimmer um und wurde lockerer. «Allein in dieser Bude?»

«Wie ein Haar auf 'ner Witwentitte. Haben Sie mir ein Geschenk gebracht?»

Rudi nickte und zog mit einem verschmitzten Grinsen eine Hand aus dem Muff. Sie hielt einen Revolver, und dieser war auf mein morgendliches Croissant gerichtet. Nach einem kurzen unbehaglichen Augenblick wurde sein Grinsen breiter, er ließ den Handgriff los, und die Waffe baumelte am Abzugsbügel an seinem Zeigefinger.

«Sollte ich in dieser Stadt bleiben, werde ich mir einen neuen Sinn für Humor zulegen müssen», sagte ich und nahm den Revolver in die Hand. Es war ein 38er Smith mit einem Sechs-Zoll-Lauf und den Worten *Militär und Polizei* säuberlich in die schwarze Politur eingraviert. «Ich schätze, der Bulle, dem sie gehörte, hat sie Ihnen für ein paar Päckchen Zigaretten überlassen.» Rudi wollte zu einer Antwort ansetzen, aber ich war schneller: «Hören Sie zu, ich habe Becker gesagt, ich will eine saubere Waffe und nicht ein Beweisstück A in einem Mordprozeß.»

«Das ist eine neue Waffe», sagte Rudi empört. «Quetschen Sie doch mal das Auge an den Lauf. Er ist noch eingefettet: ist noch nicht abgefeuert worden. Ich schwöre, die da oben wissen nicht mal, daß sie fehlt.»

«Woher haben Sie das Ding?»

«Aus dem Lager einer Waffenfabrik. Ehrlich, Herr Gunther, diese Knarre ist so sauber wie alle anderen, die heutzutage auf den Markt kommen.»

Ich nickte zögernd. «Haben Sie Munition mitgebracht?»

«Sind sechs Schuß drin», sagte er, nahm seine andere Hand aus dem Muff und legte eine jämmerliche Handvoll Patronen auf die Anrichte neben die beiden Flaschen von Traudl. «Und die hier.»

«Was, haben Sie die markenfrei gekauft?»

Rudi zuckte die Achseln. «Das ist alles, was ich im Augenblick kriegen konnte, leider.» Er erspähte den Wodka und leckte sich die Lippen.

«Ich habe gerade gefrühstückt», sagte ich zu ihm, «aber bedienen Sie sich.»

«Bloß um die Kälte zu vertreiben, was?» sagte er und goß sich mit nervöser Hand ein Glas ein, das er rasch kippte.

«Trinken Sie ruhig noch eins. Ich stelle mich nie zwischen einen Mann und einen ordentlichen Durst.» Ich zündete mir eine Zigarette an und ging zum Fenster. Vom Rand des Verandadaches hing eine Panflöte aus Eiszapfen herab. «Besonders an einem Tag, der so eisig ist wie dieser.»

«Danke», sagte Rudi, «vielen Dank.» Er lächelte dünn und füllte, jetzt ruhiger, ein zweites Glas, an dem er langsam nippte. «Wie geht's denn so vorwärts? Mit den Ermittlungen, meine ich.»

«Wenn Sie ein paar Vorschläge haben, würde ich sie gern hören. Im Augenblick springen die Fische nicht gerade von allein ans Ufer.»

Rudi dehnte seine Schultern. «Nun, wie ich die Sache sehe, ist dieser Ami-Captain, der die 71 genommen hat...»

Er hielt inne, während ich mir meinen Reim machte: Die Nummer 71 war die Straßenbahn, die zum Zentralfriedhof fuhr. Ich nickte ihm zu, er solle fortfahren. «Also, er muß mit irgendeiner Bande zu tun gehabt haben», forderte er mich auf und schien richtig Feuer zu fangen. «Denken Sie doch mal nach: Er geht verkleidet in ein Lagerhaus, und die Bude ist bis unters Dach voll mit Zigaretten. Ich meine, warum gingen sie wohl da hin? Bestimmt nicht, weil der Mörder vorhatte, ihn dort zu erschießen. In der Nähe seines geheimen Lagers hätte er's wohl nicht getan, oder? Sie müssen hingegangen sein, um nach den Waren zu sehen, und hatten einen Streit.«

Ich mußte zugeben, was er sagte, hatte etwas für sich. Ich dachte nach. «Wer verkauft in Österreich Zigaretten, Rudi?»

«Eigentlich jeder.»

«Ich meine die großen Schwarzhändler.»

«Außer Emil sind's die Iwans, ein verrückter amerikanischer Staff-Sergeant, der auf einem Schloß bei Salzburg lebt, ein rumänischer Jude hier in Wien und ein Österreicher namens Kurtz. Aber Emil war der größte. Die meisten Leute haben den Namen Emil Becker gehört, wenn's um Zigaretten geht.»

«Halten Sie es für möglich, daß einer von diesen Leuten Emil das angehängt hat, um einen Konkurrenten loszuwerden?»

«Sicher. Aber nicht um den Preis, alle diese Zigaretten einzubüßen. Vierzig Kisten Zigaretten, Herr Gunther. Das ist ein schwerer Verlust, den jemand verkraften muß.»

«Wann genau wurde diese Tabakfabrik in der Thaliastraße beraubt?»

«Vor ein paar Monaten.»

«Hatte die MP einen Verdacht, wer es gewesen sein könnte?»

«Keine Chance. Die Thaliastraße ist im 16. Bezirk, Teil des französischen Sektors. Die französische MP könnte sich in dieser Stadt nicht mal einen Tripper fangen.»

«Was ist mit den hiesigen Bullen – die Wiener Polizei?»

Rudi schüttelte entschieden den Kopf. «Die sind viel zu sehr damit beschäftigt, gegen die Staatspolizei zu kämpfen. Das Innenministerium hat versucht, die Staatsschnüffler in die reguläre Polizei einzugliedern, aber den Russen gefällt das nicht, und sie versuchen, die

Sache zu versauern. Selbst wenn das bedeuten würde, daß die ganze Polizei kaputtgeht.» Er grinste. «Ich kann nicht sagen, daß ich darüber traurig wäre. Nein, die hiesigen Bullen sind beinahe ebenso schlecht wie die Franzosen. Um ehrlich zu sein, die einzigen Bullen, die in dieser Stadt was taugen, sind die Amis. Selbst die Tommys sind ziemlich beschränkt, wenn Sie mich fragen.»

Rudi blickte auf eine der zahlreichen Uhren, die er am Arm trug. «Hören Sie, ich muß gehen, sonst bekomme ich meinen Stammplatz bei *Ressel* nicht. Dort finden Sie mich jeden Morgen, wenn Sie mich brauchen, Herr Gunther. Dort oder im Café *Hauswirth* in der Favoritenstraße am Nachmittag.» Er leerte sein Glas. «Danke für den Schnaps.»

«Favoritenstraße», wiederholte ich nachdenklich. «Die ist im russischen Sektor, oder?»

«Richtig», sagte Rudi. «Aber das macht mich nicht zum Kommunisten.» Er lüftete seinen kleinen Hut und lächelte. «Es macht mich bloß vorsichtig.»

18

Ihr trauriger Gesichtsausdruck, die niedergeschlagenen Augen und ihr schiefer, angeschwollener Kiefer, ganz zu schweigen von ihrer billigen, abgetragenen Kleidung, ließen mich denken, daß ihr Leben als Prostituierte Veronika nicht viel eingebracht haben konnte. Und ganz gewiß gab es nichts in diesem kalten, ungemütlichen Zimmer, das sie mitten im Rotlicht-Bezirk der Stadt gemietet hatte, das auf etwas anderes hindeutete als auf ein mühsames Leben von der Hand in den Mund.

Sie dankte mir noch einmal für meine Hilfe und machte sich, nachdem sie sich besorgt nach meinen Wunden erkundigt hatte, daran, eine Kanne Tee zu kochen, wobei sie erklärte, sie habe vor, eines Tages eine Künstlerin zu werden. Ich betrachtete ihre Zeichnungen und Aquarelle ohne großes Vergnügen.

Von der düsteren Umgebung zutiefst bedrückt, fragte ich sie, wie es gekommen sei, daß sie auf dem Strich gelandet sei. Das war dumm von mir, weil es nichts bringt, eine Hure anzugreifen, am allerwenigsten ihr Moral zu predigen, und meine einzige Entschuldigung war, daß sie mir wirklich leid tat. Hatte sie einen Ehemann gehabt, der gesehen hatte, wie sie einem Ami in einer Hausruine für ein paar Riegel Schokolade einen blies?

«Wer hat gesagt, ich ginge auf den Strich?» fragte sie scharf zurück.

Ich zuckte die Achseln. «Es ist nicht der Kaffee, der Sie die halbe Nacht auf den Beinen hält.»

«Vielleicht ist es so. Trotzdem, Sie werden mich nicht in einer dieser Absteigen auf dem Gürtel finden, wo man für die Nummer einfach die Treppe raufgeht. Und ich arbeite auch nicht auf der Straße vor dem Amerikanischen Informationsbüro oder dem *Hotet Atlantis*. Vielleicht bin ich ein Flittchen, aber ich bin keine Nutte. Ich muß den Herrn mögen.»

«Das wird Sie nicht davor bewahren, verletzt zu werden. Letzte Nacht, zum Beispiel. Von Geschlechtskrankheiten ganz zu schweigen.»

«Sie müßten sich selber hören», sagte sie mit belustigter Verachtung. «Sie reden genauso wie einer dieser Mistfinken von der Sitte. Die nehmen dich hopp, lassen dich von einem Arzt untersuchen, und dann halten sie dir einen Vortrag über die Gefahren der Geschlechtskrankheiten. Sie fangen an, sich wie ein Bulle anzuhören.»

«Und wenn die Polizei recht hat? Mal daran gedacht?»

«Na, bei mir haben sie nie was gefunden. Und sie werden auch nichts finden.» Sie setzte ein kleines, schlaues Lächeln auf. «Wie ich sagte, ich bin vorsichtig. Ich muß den Herrn mögen. Was bedeutet, daß mit Iwans und Niggern nichts läuft.»

«Ich nehme an, von einem Ami oder Tommy mit Syphilis hat noch nie jemand gehört.»

«Gleich kommen Sie mir noch mit der Wahrscheinlichkeitsrechnung», sagte sie finster. «Was wissen Sie denn überhaupt davon? Daß Sie meinen Arsch gerettet haben, gibt Ihnen nicht das Recht, mir die Zehn Gebote vor die Nase zu halten, Berni.»

«Man muß kein Schwimmer sein, um jemandem einen Rettungsring zuzuwerfen. Ich bin in meinem Leben genügend Mädchen begegnet, um zu wissen, daß die meisten von ihnen genauso wählerisch angefangen haben wie du. Dann taucht jemand auf und schlägt sie zusammen, und beim nächsten Mal, wenn ihnen der Hauswirt wegen der Miete auf den Fersen ist, können sie sich's nicht erlauben, ganz so wählerisch zu sein. Du hast von Wahrscheinlichkeit gesprochen. Nun, die ist ziemlich groß, daß du's Französisch für zehn Schillinge machen mußt, wenn du vierzig bist. Du bist ein nettes Mädchen, Veronika. Wäre ein Pfarrer in der Nähe, würde er vielleicht denken, du wärst eine kurze Moralpredigt wert, weil aber keiner da ist, mußt du mit mir vorliebnehmen.»

Sie lächelte traurig und strich über mein Haar. «Du bist nicht so übel. Ich weiß zwar nicht, warum du's für notwendig hältst. Es geht mir wirklich gut. Ich habe Geld gespart. Bald werde ich genug beisammen haben, um irgendwo eine Kunstakademie zu besuchen.»

Ich hielt das für ebenso wahrscheinlich, als wenn sie den Auftrag bekommen würde, die Sixtinische Kapelle neu auszumalen, aber ich spürte, wie sich mein Mund zu einem höflich optimistischen Lächeln öffnete. «Na klar», sagte ich. «Hör mal, vielleicht kann ich dir helfen. Vielleicht können wir uns gegenseitig helfen.» Es war ein miserabler, plattfüßiger Versuch, die Unterhaltung auf den eigentlichen Zweck meines Besuches zurückzulenken.

«Schon möglich», sagte sie und goß Tee ein. «Eins noch, und dann kannst du mir deinen Segen geben. Bei der Sitte gibt es Akten über mehr als fünftausend Mädchen in Wien. Aber das ist noch nicht mal die Hälfte. In den heutigen Zeiten muß jeder Dinge tun, die früher unvorstellbar waren. Vermutlich auch du. Man hat keine große Wahl, wenn man hungrig rumläuft. Und gar keine, wenn man in die Tschechoslowakei zurückkehren muß.»

«Du bist Tschechin?»

Sie trank einen Schluck Tee, nahm dann eine Zigarette aus dem Päckchen, das ich ihr gestern nacht geschenkt hatte, und griff nach einem Streichholz.

«Wenn's nach meinen Papieren geht, wurde ich in Österreich geboren. Aber in Wirklichkeit bin ich Tschechin: eine sudetendeutsche Jüdin. Im Krieg verbrachte ich die meiste Zeit in Toiletten und auf Dachböden. Dann war ich eine Weile bei den Partisanen und dann sechs Monate lang in einem DP-Lager, ehe ich über die grüne Grenze floh.

Hast du mal von einem Ort namens Wiener Neustadt gehört? Nein? Also, das ist eine Stadt, fünfzig Kilometer von Wien entfernt, in der russischen Zone. Die Sowjets haben da ein Lager für Leute, die repatriiert werden sollen. Sechzigtausend Menschen sind dort zur Zeit. Die Iwans unterteilen sie in drei Gruppen: Feinde der Sowjetunion werden in Arbeitslager geschickt; die, denen sie nicht nachweisen können, daß sie Feinde sind, läßt man außerhalb des Lagers arbeiten – du landest also auf jeden Fall bei der Zwangsarbeit; das heißt, es sei denn, du wärst in der dritten Gruppe und krank oder alt oder sehr jung, dann würdest du auf der Stelle erschossen.«

Sie schluckte heftig und nahm einen tiefen Zug. «Soll ich dir was sagen? Ich glaube, ich würde mit der ganzen britischen Armee schlafen, wenn das bedeutete, daß die Russen mich nicht in die Finger kriegen. Und das schließt die Syphilitiker ein.» Sie versuchte ein Lächeln. «Aber ich habe zufällig einen Freund, einen Mediziner, der mir ein paar Fläschchen Penicillin besorgt hat. Ich gebe mir selber ab und zu eine Dosis, um ganz sicherzugehen.«

«Das hört sich teuer an.»

«Wie ich sagte, er ist ein Freund. Es kostet mich nichts von meinem Ersparten.» Sie griff zur Teekanne. «Noch etwas Tee?»

Ich schüttelte den Kopf. Ich war bestrebt, aus diesem Zimmer rauszukommen. «Laß uns irgendwohin gehen», schlug ich vor.

«In Ordnung. Es macht einen fertig, hier drin zu sein. Bist du schwindelfrei? Weil's nämlich nur einen Ort gibt, wohin man sonntags in Wien gehen kann.»

Der Prater mit seinem Riesenrad, den Karussells und der Achterbahn, wirkte ein wenig deplaziert in dem Teil Wiens, der, da er als letzter den Russen in die Hände gefallen war, immer noch die schlimmsten Auswirkungen des Krieges aufwies und der deutlichste Beweis dafür war, daß wir uns in einem ansonsten weniger amüsanten Sektor aufhielten. Zerstörte Panzer und Geschütze standen noch immer auf den nahen Wiesen herum, während auf jeder der baufälligen Häusermauern entlang der Ausstellungsstraße in verwischten Kreidebuchstaben das kyrillische Wort «*Atakivat*» (durchsucht) zu lesen war, was in Wirklichkeit «geplündert» bedeutete.

Vom höchsten Punkt des Riesenrades zeigte mir Veronika die Stützpfeiler der Brücke der Roten Armee, den Stern auf dem Sowjet-Obelisken dicht daneben und dahinter die Donau. Als die Kabine, in der wir saßen, ihren langsamen Abstieg begann, griff sie in meinen Mantel und umfaßte meine Hoden, zog ihre Hand jedoch zurück, als ich unbehaglich seufzte.

«Vielleicht hätte dir der Prater vor der Nazizeit besser gefallen», sagte sie gereizt, «als die ganzen hübschen Jungen herkamen, um einen Freier aufzureißen.»

«Überhaupt nicht», lachte ich.

«Vielleicht hast du das gemeint, als du sagtest, ich könnte dir helfen.»

«Nein, ich bin bloß ein ängstlicher Typ. Versuch's irgendwann noch mal, wenn wir nicht sechzig Meter hoch in der Luft sind.»

«Hochgradig nervös, was? Ich dachte, du hättest gesagt, du wärst schwindelfrei.»

«Das war gelogen. Aber du hast recht. Ich brauche deine Hilfe.»

«Wenn Höhenangst dein Problem ist, kann ich dir nach meiner Erfahrung nur eine Behandlung empfehlen: Du mußt in die Horizontale.»

«Ich suche jemanden, Veronika: ein Mädchen, das immer im *Casanova-Club* rumhing.»

«Warum sonst gehen Männer in den *Casanova-Club*, außer um nach einem Mädchen zu suchen.»

«Sie ist ein besonderes Mädchen.»

«Vielleicht ist es dir nicht aufgefallen. Keines der Mädchen im *Casanova-Club* ist etwas Besonderes.» Sie verengte die Augen und warf mir einen Blick zu, als mißtraue sie mir plötzlich. «Du hörtest dich an wie einer, der über allem steht. Dieser ganze Mist über Geschlechtskrankheiten und so. Arbeitest du mit diesem Amerikaner zusammen?»

«Nein, ich bin Privatdetektiv.»

«Wie der dünne Mann?»

Sie lachte, als ich nickte.

«Ich dachte, so'n Zeug gäb's nur im Film. Und du willst, daß ich dir bei etwas helfe, das du untersuchst, ist es das?»

Ich nickte wieder.

«Als Myrna Loy habe ich mich nie so ganz gesehen», sagte sie, «aber ich werde dir helfen, wenn ich kann. Wer ist das Mädchen, nach dem du suchst?»

«Ihr Name ist Lotte. Ihren Nachnamen kenne ich nicht. Du hast sie vielleicht zusammen mit einem Mann namens König gesehen. Er trägt einen Schnurrbart und hat einen kleinen Terrier bei sich.»

Veronika nickte langsam. «Ja, ich kenne die beiden. Eigentlich kenne ich Lotte recht gut. Ihr Name ist Lotte Hartmann, aber sie ist seit einigen Wochen nicht dagewesen.»

«Nein? Weißt du, wo sie ist?»

«Nicht genau. Sie sind zum Skilaufen gefahren – Lotte und Helmut König, ihr Schätzchen. Irgendwo in Tirol, glaube ich.»

«Wann war das?»

«Ich weiß es nicht. Vor zwei oder drei Wochen. König scheint eine Menge Geld zu haben.»

«Weißt du, wann sie zurückkommen?»

«Keine Ahnung. Ich weiß, daß sie sagte, sie würde mindestens einen Monat fort sein, wenn sich die Dinge zwischen ihnen gut entwickelten. Da ich Lotte kenne, weiß ich, das hängt davon ab, wieviel er für sie springen läßt.»

«Bist du sicher, daß sie zurückkommt?»

«Da müßte schon eine Lawine kommen, um sie davon abzuhalten, hierher zurückzukommen. Lotte ist Wienerin durch und durch; sie weiß nicht, wie sie woanders leben könnte. Ich schätze, du willst, daß ich durchs Schlüsselloch nach ihnen Ausschau halte.»

«In etwa», sagte ich. «Natürlich bezahle ich dich dafür.»

Sie zuckte die Achseln. «Das ist nicht nötig», sagte sie und preßte ihre Nase an die Fensterscheibe. «Leute, die mir das Leben retten, haben sich großzügige Preisnachlässe verdient.»

«Ich muß dich warnen. Es könnte gefährlich werden.»

«Das mußt du mir nicht sagen», erwiderte sie ungerührt. «Ich bin König begegnet. Im Club ist er aalglatt und charmant, aber mich hält er nicht zum Narren. Helmut gehört zu den Männern, die mit ihrem Schlagring zur Beichte gehen.»

Als wir wieder auf festen Boden waren, nahm ich ein paar meiner Lebensmittelmarken und kaufte uns an einem der Stände neben dem Riesenrad eine Tüte Lingos, mit Knoblauch gewürzte ungarische Teigtaschen. Nach diesem bescheidenen Imbiß fuhren wir mit der Miniatureisenbahn zum Olympiastadion und spazierten im Schnee durch den Wald zurück zur Hauptallee.

Viel später, als wir wieder in ihrem Zimmer waren, fragte sie: «Bist du immer noch nervös?»

Ich griff nach ihren kürbisförmigen Brüsten unter der von Schweiß feuchten Bluse. Sie half mir beim Aufknöpfen, und während ich das Gewicht ihres Busens in meiner Hand genoß, band sie ihren Rock los.

Ich trat zurück, damit sie ihn abstreifen konnte. Und als sie ihn über die Lehne eines Stuhls gelegt hatte, nahm ich sie bei der Hand und zog sie zu mir. Einen kurzen Augenblick preßte ich sie an mich, genoß ihren kurzen, rauhen Atem an meinem Hals, bevor meine Hand die Wölbung ihres umgürteten Hinterteils suchte, ihre hautengen Strumpfränder und dann das kühle Fleisch ihrer Schenkel zwischen dem Strumpfhalter. Und nachdem sie das wenige, das sie noch verhüllte, abgestreift hatte, küßte ich sie und erlaubte einem vorwitzigen Finger, sich an einer kurzen Erkundung ihrer geheimen Stellen zu erfreuen.

Im Bett blieb das Lächeln auf ihrem Gesicht, als ich mich bemühte, langsam in sie einzudringen. Als ich ihre offenen Augen sah, die alles andere als verträumt waren, als sei sie nicht fähig, meine Befriedigung auf der Suche nach ihrer eigenen zu vergessen, merkte ich, daß ich zu erregt war, mich länger zurückzuhalten. Als sie schließlich die Bewegung, die ich machte, immer heftiger spürte, hob sie ihre Schenkel bis zu ihrer Brust, griff hinunter, spreizte sich mit ihren Handflächen auseinander, als halte sie ein Stück Stoff straff für die Nadel der Nähmaschine, damit ich sehen konnte, wie ich gleichmäßig in sie hineingezogen wurde. Einen Augenblick später bäumte ich mich auf unter dem hemmungslosen und vibrierenden Ausbruch des Lebens.

Es schneite heftig in dieser Nacht, und dann sank die Temperatur und ließ ganz Wien erstarren, wie, um die Stadt aufzubewahren für eine bessere Zeit. Ich träumte, nicht von einer bleibenden Stadt, sondern von der Stadt, die kommen sollte.

Teil zwei

19

«Man hat jetzt einen Termin für Beckers Verhandlung festgesetzt», teilte mir Liebl mit, «und das macht es dringend notwendig, daß wir uns mit der Vorbereitung unserer Verteidigung beeilen. Ich bin sicher, Sie verzeihen mir, Herr Gunther, wenn ich Sie nachdrücklich daran erinnere, daß wir dringend Beweise brauchen, um die Position unseres Klienten zu stärken. Obwohl ich Vertrauen in Ihre Fähigkeiten als Detektiv setze, möchte ich doch sehr gern genau wissen, welche Fortschritte Sie gemacht haben, damit ich Herrn Becker raten kann, wie wir vor Gericht seinen Fall anpacken müssen.»

Diese Unterhaltung fand mehrere Wochen nach meiner Ankunft in Wien statt – aber es war nicht das erste Mal, daß Liebl mich bedrängt hatte, ihm von Fortschritten zu berichten.

Wir saßen im *Café Schwarzenberg*, und zum erstenmal seit der Zeit vor dem Krieg hatte ich wieder so etwas wie ein Büro.

Das Wiener Kaffeehaus gleicht einem Herrenclub, freilich mit dem Unterschied, daß dort eine eintägige Mitgliedschaft kaum mehr kostet als eine Tasse Kaffee. Dafür kann man so lange bleiben, wie man will, die Zeitungen und Zeitschriften lesen, die dort aufliegen, bei den Kellnern Nachrichten hinterlassen, Post empfangen, einen Tisch für Verabredungen reservieren lassen und im allgemeinen vor aller Augen in totaler Vertraulichkeit seinen Geschäften nachgehen. Die Wiener respektieren die Privatsphäre auf dieselbe Weise, wie die Amerikaner das Altertum verehren, und ein anderer Stammgast des *Schwarzenberg* würde ebensowenig seine Nase über meine Schulter stecken, wie er eine Tasse Mokka mit dem Zeigefinger umrühren würde.

Bei früheren Gelegenheiten hatte ich Liebl erklärt, den exakten Begriff «Fortschritt» gebe es in der Arbeit des Privatdetektivs nicht: Es handle sich nicht um einen Berufszweig, in dem man davon berichten könne, daß sich in einem bestimmten Zeitraum definitiv ein besonderer Handlungsablauf vollziehen werde. Das ist der Ärger mit Anwälten: Sie erwarten, daß der Rest der Welt funktioniert wie der Code Napoléon. Doch bei dieser bestimmten Gelegenheit konnte ich Liebl ein bißchen mehr erzählen.

«Königs Freundin, Lotte, ist wieder in Wien», sagte ich.

«Sie ist also endlich aus ihrem Skiurlaub zurück?»

«Es sieht so aus.»

«Aber Sie haben sie noch nicht gefunden.»

«Jemand, den ich aus dem *Casanova Club* kenne, hat eine Freundin, die erst vor ein paar Tagen mit ihr gesprochen hat. Sie kann durchaus schon seit einer Woche oder so zurück sein.»

«Eine Woche?» wiederholte Liebl. «Warum hat es so lange gedauert, das herauszufinden?»

«Diese Dinge brauchen Zeit», sagte ich mit herausforderndem Achselzucken. Ich hatte Liebls ständiges Ausfragen satt und neuerdings eine kindliche Freude daran, ihn damit aufzuziehen, daß ich eine unübersehbare Unbekümmertheit zur Schau trug.

«Ja», knurrte er, «das sagten Sie bereits.» Es klang nicht überzeugt.

«Es ist nicht so, als ob wir die Adressen dieser Leute hätten», sagte ich. «Und Lotte Hartmann hat sich seit ihrer Rückkehr nicht im *Casanova Club* blicken lassen. Das Mädchen, das mit ihr gesprochen hat, sagte, daß Lotte versucht habe, in den Sieveringer Filmstudios eine kleine Rolle in einem Film zu bekommen.»

«Sievering? Ja, das ist im 19. Bezirk. Das Studio gehört einem Wiener namens Karl Hartl. Er war früher ein Klient von mir. Hartl hat mit allen großen Stars gearbeitet: Pola Negri, Lya de Putti, Maria Corda, Wilma Blanky, Lilian Harvey. Haben sie *Der Zigeunerbaron* gesehen? Nun, das war Hartl.»

«Könnten Sie sich vorstellen, daß er etwas über das Filmstudio weiß, wo Becker Lindens Leiche fand?»

«Drittemann Film?» Liebl rührte geistesabwesend in seinem Kaffee. «Wenn es eine renommierte Filmgesellschaft wäre, würde Hartl sie kennen. In der Wiener Filmindustrie passiert nicht viel, von dem Hartl nichts weiß. Aber diese Gesellschaft war nicht mehr als ein Name auf einem Mietvertrag. Tatsächlich wurden dort überhaupt keine Filme gedreht. Das haben Sie doch überprüft, oder?»

«Ja», sagte ich und erinnerte mich an den ergebnislosen Nachmittag, den ich dort vor zwei Wochen verbracht hatte. Es stellte sich heraus, daß sogar der Mietvertrag erloschen und das Gebäude wieder an den Staat zurückgefallen war. «Sie haben recht. Lindens Tod war das erste und das letzte, was sich dort ereignet hat.» Ich zuckte die Achseln. «War bloß ein Gedanke.»

«Was werden Sie also jetzt tun?»

«Ich werde versuchen, Lotte Hartmann in Sievering aufzuspüren. Das dürfte nicht so schwierig sein. Man bewirbt sich nicht um eine Filmrolle, ohne eine Adresse zu hinterlassen, unter der man erreichbar ist.»

Liebl schlürfte geräuschvoll seinen Kaffee und tupfte sich dann säuberlich mit einem Taschentuch, groß wie ein Vorsegel, den Mund ab.

«Bitte verschwenden Sie keine Zeit damit, diese Person aufzustöbern», sagte er. «Es tut mir leid, daß ich Sie so bedrängen muß, aber bis wir Herrn Königs Adresse ausfindig machen, haben wir nichts in der Hand. Haben Sie ihn erst einmal aufgespürt, können wir wenigstens versuchen, darauf zu drängen, daß er als ein unentbehrlicher Zeuge aufgerufen wird.»

Ich nickte ergeben. Es gab noch mehr, was ich ihm hätte erzählen können, doch sein Ton ärgerte mich, und jede weitere Erläuterung hätte Fragen hervorgerufen, die zu beantworten ich einfach noch nicht willens und in der Lage war. Ich hätte ihm, zum Beispiel, von den Dingen berichten können, die ich von Belinsky erfahren hatte im *Café Schwarzenberg*, etwa eine Woche nachdem er meine Haut gerettet hatte – Informationen, über die ich immer noch nachdachte und die ich in einen Zusammenhang zu bringen versuchte. Nichts war so einfach, wie es sich Liebl vielleicht vorstellte.

«Zuallererst die Drexlers», hatte Belinsky erklärt. «Sie waren tatsächlich Nazi-Jäger. Sie überlebte das KZ Mauthausen, während er dem Ghetto in Lodz und dem KZ Auschwitz entkam. Sie begegneten sich nach dem Krieg in einem Krankenhaus vom Roten Kreuz und lebten eine Weile in Frankfurt, bevor sie nach Berlin zogen. Offenbar arbeiteten sie ziemlich eng mit den Leuten von Crowcass und dem Büro des Staatsanwaltes zusammen. Sie verfügten über eine große Zahl von Unterlagen über gesuchte Nazis und verfolgten viele Fälle gleichzeitig. Folglich waren unsere Leute in Berlin nicht imstande, festzustellen, ob sie mit einer Untersuchung beschäftigt waren, die man mit ihrem Tod oder dem von Captain Linden in Verbindung bringen konnte. Die Berliner Polizei steht vor einem Rätsel, heißt es dort. Das ist denen wahrscheinlich am liebsten. Offen gesagt, es schert sie einen Dreck, wer die Drexlers umgebracht hat, und es sieht nicht so aus, als würden die Nachforschungen der amerikanischen MP zu einem Ergebnis führen.

Aber es ist nicht sehr wahrscheinlich, daß die Drexlers sich für Martin Albers interessiert haben könnten. Er war in der SS und bis 1944 Chef des SD für geheime Operationen in Budapest, ehe er wegen Teilnahme an der Stauffenberg-Verschwörung verhaftet und im April 1945 im KZ Flossenburg gehängt wurde. Aber ich meine, er bekam, was er verdiente. Aus allen Berichten geht hervor, daß Albers ein Schweinehund war, selbst wenn er versucht hat, den Führer loszuwerden. Eine Menge von euch Burschen sind verdammt nicht anders gewesen. Unser Geheimdienst glaubt sogar, daß Himmler die ganze Zeit von den Attentatsplänen wußte und nichts unternahm, in der Hoffnung, er selber könne Hitlers Platz einnehmen.

Jedenfalls hat sich herausgestellt, daß dieser Max Abs Albers' Diener und Chauffeur war, der für ihn die Drecksarbeit machte, so daß es so aussieht, als habe er seinem alten Chef eine letzte Ehre erweisen wollen. Da Albers' Familie bei einem Bombenangriff umkam, schätze ich, war niemand sonst mehr da, der zum Andenken an ihn einen Grabstein aufstellen lassen konnte.»

«Eine ziemlich kostspielige Geste, meinen Sie nicht?»

«Glauben Sie? Nun, ich möchte nicht gern umgelegt werden, während ich auf Ihren Arsch aufpasse, Kraut.»

Dann erzählte mir Belinsky von der Firma in Pullach.

«Es ist eine von Amerikanern geförderte Einrichtung, betrieben von den Deutschen, mit dem Ziel gegründet, den deutschen Handel in den Bi-Zonen wieder in Gang zu bringen. Man will erreichen, daß Deutschland wirtschaftlich so rasch wie möglich wieder auf eigenen Beinen steht, damit Onkel Sam euch nicht länger über Wasser halten muß. Die Gesellschaft hat ihren Sitz in einem amerikanischen Zentrum namens Camp Nicholas, in der bis vor wenigen Monaten die Postzensurbehörde der US-Armee untergebracht war. Camp Nicholas ist ein großer Komplex, der ursprünglich für Rudolf Hess und seine Familie gebaut wurde. Doch nachdem sich dieser unerlaubt von der Truppe entfernt hatte, logierte Bormann eine Weile dort. Und dann Kesselring und sein Stab. Nun sind wir drin. Die Sicherheitsmaßnahmen sind streng genug, um die Anwohner davon zu überzeugen, daß es sich bei dem Camp um eine Einrichtung handelt, in der irgendeine Art technischer Forschung betrieben wird. Aber das ist keine Überraschung, wenn man die Geschichte des Camps kennt. Jedenfalls machen die guten Leute von Pullach einen großen Bogen um das Gelände und ziehen es vor, nicht zu viel über das zu wissen, was dort geschieht, selbst wenn es etwas so Harmloses ist wie eine wirtschaftliche und kommerzielle Denkfabrik. Ich schätze, sie tun gut daran, denn immerhin ist Dachau nur ein paar Meilen entfernt.»

Damit wäre Pullach wohl erledigt, dachte ich. Aber was war mit Abs? Zum Charakter eines Mannes, der die Erinnerung an einen Helden des deutschen Widerstandes (so wie es ihn gegeben hatte) wachhalten will, schien es nicht zu passen, daß er einen unschuldigen Mann umbrachte, bloß um anonym zu bleiben. Und wie konnte Abs mit dem Nazi-Jäger Linden in Verbindung gebracht werden, außer Abs wäre eine Art von Informant gewesen? War es denkbar, daß auch Abs umgebracht worden war, genauso wie Linden und die Drexlers?

Ich trank meinen Kaffee aus, zündete mir eine Zigarette an und gab mich für einen Augenblick damit zufrieden, daß ich diese und andere Fragen nicht öffentlich, sondern nur in meinem Kopf stellen konnte.

Die Nummer 39 fuhr über die Sieveringer Straße nach Döbling und hielt unmittelbar am Rand des Wiener Waldes, einem Ausläufer der Alpen, der bis zur Donau reicht.

Ein Filmstudio ist kaum ein Ort, wo man deutliche Anzeichen einer emsigen Tätigkeit bemerken könnte. Geräte liegen ewig lange auf den Lastwagen herum, die sie transportieren sollen. Kulissen werden nie mehr als halb aufgebaut, auch wenn sie fix und fertig sind. Dagegen sieht man meistens jede Menge Leute, die alle ein Gehalt beziehen, jedoch kaum mehr zu tun scheinen, als herumzustehen, Zigaretten zu rauchen und ihre Kaffeetassen festzuhalten; und diese Leute stehen nur deshalb, weil man sie nicht für wichtig genug hält, ihnen einen Stuhl zur Verfügung zu stellen. Jedem, der töricht genug gewesen war, ein derartig verschwenderisches Unternehmen zu finanzieren, mußte der Film als das teuerste Material seit der chinesischen Seide vorkommen und hätte, dachte ich, einen Mann wie Doktor Liebl vor Ungeduld halb wahnsinnig werden lassen.

Ich erkundigte mich bei einem Mann mit einem Klemmbrett nach dem Studioleiter, und er verwies mich auf ein kleines Büro im ersten Stock. Dort empfing mich ein großer, dickbäuchiger Mann mit gefärbten Haaren, der eine lilafarbene Strickjacke und das Benehmen einer exzentrischen alten Jungfer zur Schau trug. Während er sich mein Anliegen anhörte, umklammerte er die eine Hand mit der anderen, als hätte ich ihn um die Hand seiner Nichte gebeten, deren Vormund er war.

«Was sind Sie, eine Art von Polizist?» sagte er und kämmte mit dem Fingernagel seine widerspenstige Augenbraue. Von irgendwo im Gebäude erscholl der Ton einer sehr lauten Posaune, was ihn veranlaßte, merklich zusammenzuzucken.

«Ein Detektiv», sagte ich hinterhältig.

«Nun, wir arbeiten immer gern mit denen da oben zusammen, das versichere ich Ihnen. Um was für eine Rolle, sagten Sie, hat sie sich beworben?»

«Ich sagte gar nichts. Leider weiß ich es nicht. Aber es war in den letzten zwei oder drei Wochen.»

Er nahm den Telefonhörer und drückte eine Taste.

«Willy? Ich bin's, Otto. Sei ein Schatz und komm doch mal für einen Augenblick in mein Büro, ja?» Er legte auf und prüfte den Sitz seiner Frisur. «Willy Reichmann ist hier Produktionsleiter. Er kann Ihnen vielleicht helfen.»

«Danke», sagte ich und bot ihm eine Zigarette an.

Er schob sie sich hinter das Ohr. «Sehr freundlich. Ich rauche sie später.»

«Was drehen Sie gerade?» fragte ich, während wir warteten. Wer immer die Posaune spielte, blies ein paar hohe Töne, die nicht sauber zu sein schienen.

Otto gab ein Stöhnen von sich und starrte schelmisch an die Decke. «Nun, der Film heißt *Der Engel mit der Posaune* sagte er mit verdächtig wenig Begeisterung. «Er ist inzwischen mehr oder weniger fertig, aber der Regisseur ist ein schrecklicher Perfektionist.»

«Ist es vielleicht Karl Hartl?»

«Ja. Kennen Sie ihn?»

«Nur *Der Zigeunerbaron.*»

«Ach ja», sagte er säuerlich. «Den.»

Es klopfte, und ein kleiner Mann mit hellroten Haaren trat ein. Er erinnerte mich an einen Kobold.

«Willy, das ist Herr Gunther. Er ist Detektiv. Falls du ihm verzeihen kannst, daß ihm *Der Zigeunerbaron* gefallen hat, könntest du vielleicht so nett sein, ihm zu helfen. Er sucht nach einem Mädchen, einer Schauspielerin, die vor nicht allzu langer Zeit zu Probeaufnahmen hier war.»

Willy lächelte unsicher, entblößte kleine, ungleichmäßige Zähne, die aussahen wie ein Mundvoll Steinsalz, und sagte mit einer Fistelstimme: «Sie kommen am besten mit in mein Büro, Herr Gunther.»

«Halten Sie Willy nicht zu lange auf, Herr Gunther», gab mir Otto mit auf den Weg, als ich Willys winziger Gestalt auf den Flur folgte. «Er hat in fünfzehn Minuten einen Termin.»

Willy drehte sich auf dem Absatz und schaute den Studioleiter verständnislos an. Otto seufzte ärgerlich: «Schreibst du jemals etwas in deinen Terminkalender, Willy? Es kommt doch dieser Engländer von London Films. Mr. Lydon-Haynes? Vergessen?»

Willy knurrte irgend etwas und schloß dann die Tür hinter uns. Er ging voran über den Flur zu einem anderen Büo und schob mich hinein.

«Also, wie ist der Name des Mädchens?» fragte er, auf einen Stuhl deutend.

«Lotte Hartmann.»

«Den Namen der Produktionsgesellschaft kennen Sie nicht?»

«Nein, aber ich weiß, daß sie im Lauf der letzten Wochen hier war.»

Er setzte sich und öffnete eine der Schreibtischschubladen.

«Also, im vergangenen Monat hat es nur Probeaufnahmen für drei Filme gegeben, deshalb dürfte es nicht schwierig sein.» Seine kurzen Finger nahmen drei Aktenordner heraus, die er auf die Unterlage legte und anfing durchzusehen. «Steckt sie in Schwierigkeiten?»

«Nein. Es geht bloß darum, daß sie vielleicht jemanden kennt, der der Polizei bei einer Untersuchung helfen könnte, die wir durchführen.» Wenigstens das war die Wahrheit.

«Nun, wenn sie sich im letzten Monat um eine Rolle beworben hat, muß sie in einem dieser Ordner auftauchen. Wir mögen ja in Wien einen Mangel an attraktiven Ruinen haben, aber Schauspielerinnen haben wir jede Menge. Wissen Sie, die Hälfte davon sind Flittchen. Selbst in den besten Zeiten ist eine Schauspielerin bloß ein Flittchen mit einem anderen Namen.» Er klappte einen Ordner zu und machte sich an den zweiten.

«Ich kann nicht sagen, daß mich Ihr Mangel an Ruinen stört», bemerkte ich. «Ich komme aus Berlin. Wir haben Ruinen in epischem Ausmaß.»

«Weiß ich doch. Aber dieser Engländer, den ich empfangen muß, will jede Menge Ruinen hier in Wien. Genau wie Berlin. Genau wie Rossellini.» Er seufzte verzweifelt. «Ich frage Sie: Was haben wir, abgesehen vom Ring und dem Opernviertel?»

Ich schüttelte mitfühlend den Kopf.

«Was erwartet er? Der Krieg ist seit mehr als drei Jahren vorbei. Stellt er sich vor, wir hätten mit dem Wiederaufbau gewartet, bloß für den Fall, daß ein englisches Filmteam hier aufkreuzt? Vielleicht dauern solche Dinge in England länger als in Österreich. Es würde mich nicht überraschen, wenn ich die Menge an Papierkram bedenke, den sie in England produzieren. Ein solches Bürokratenpack habe ich noch nie kennengelernt. Der Himmel weiß, was ich diesem Burschen erzählen werde. Bis die angefangen haben zu drehen, werden sie mit viel Glück noch ein kaputtes Fenster finden.»

Er schob ein Blatt Papier über den Tisch. An der linken oberen Ecke war ein Bild von der Größe eines Paßfotos angeheftet.

«Lotte Hartmann», verkündete er.

Ich warf einen Blick auf den Namen und das Foto. «Sieht so aus.»

«Jetzt erinnere ich mich an sie», sagte er. «Sie war nicht ganz das, was wir für diesen Film suchten, aber ich sagte ihr, ich könnte in dieser englischen Produktion eventuell etwas für sie finden. Sieht gut aus, das muß man ihr lassen. Aber, um Ihnen die Wahrheit zu sagen, Herr Gunther, sie ist keine große Schauspielerin. Ein paar Statistenrollen am Burgtheater während des Krieges, und das war's. Trotzdem, die Engländer machen einen Film über den schwarzen Markt, also brauchen sie 'ne Menge Flittchen. Angesichts von Lotte Hartmanns spezieller Erfahrung, dachte ich, könnte sie eine von ihnen sein.»

«Ja? Welche Erfahrung hat sie denn?»

«Sie war mal Animierdame im *Casanova Club*. Und jetzt ist sie Croupier im *Casino Oriental*. Hat sie mir wenigstens erzählt. Nach allem, was ich weiß, könnte sie eine der exotischen Tänzerinnen sein, die da auftreten. Wie auch immer, wenn Sie nach ihr suchen, hier ist die Adresse, die sie hinterlassen hat.»

«Was dagegen, wenn ich mir das Blatt ausleihe?»

«Bitte sehr.»

«Da ist noch etwas: Sollte Fräulein Hartmann, aus welchem Grund auch immer, mit Ihnen in Verbindung treten, wäre ich Ihnen dankbar, wenn Sie die Sache für sich behielten.»

Ich stand auf, um zu gehen. «Danke», sagte ich, «Sie waren eine große Hilfe. Oh, und viel Glück mit Ihren Ruinen.»

Er grinste sarkastisch. «Ja, gut, sollten Sie irgendwelche wackligen Mauern sehen, geben Sie ihnen einen Schubs, seien Sie so gut.»

An diesem Abend kam ich gerade rechtzeitig in das *Oriental*, um die erste Show um Viertel nach acht zu sehen. Das Mädchen, das nackt auf der pagodenähnlichen Tanzfläche zur Begleitung eines sechsköpfigen Orchesters tanzte, hatte Augen, die so kalt und hart waren wie das schwärzeste Stück von Pichlers Porphyr. Verachtung war in ihr Gesicht geschrieben, genauso unauslöschlich wie die Vögel, mit denen ihre kleinen, mädchenhaften Brüste tätowiert waren. Ein paarmal mußte sie ein Gähnen unterdrücken, und einmal schnitt sie dem Gorilla eine Grimasse, der abgeordnet war aufzupassen, sollte jemand dem Mädchen seine Dankbarkeit zeigen wollen. Als sie nach fünfundvierzig Minuten zum Ende ihrer Darbietung kam, war ihr Knicks eine Verspottung derer, die zugeschaut hatten.

Ich winkte einem Kellner und wandte meine Aufmerksamkeit dem Club selbst zu. «Das Wundervolle Ägyptische Nacht-Cabaret», wie das *Oriental* sich selber auf dem Streichholzheftchen beschrieb, das ich aus dem Messingaschenbecher genommen hatte, war sicherlich schmierig genug, um für etwas Mittelöstliches durchzugehen, zumindest in den Augen eines Ausstatters in den Sieveringer Studios.

Eine lange, geschwungene Treppe führte hinunter in das auf maurisch getrimmte Innere mit seinen vergoldeten Säulen, der kuppelartig gewölbten Decke und den zahlreichen persischen Wandteppichen an den mit falschen Mosaiken bedeckten Wänden. Der feuchtkalte Kellergeruch, der Rauch von billigem türkischem Tabak und die Zahl der Prostituierten trugen zur echt orientalischen Atmosphäre bei. Ich wartete nur noch darauf, daß der Dieb von Bagdad an dem intarsienverzierten Holztisch Platz nahm, an dem ich saß. Statt dessen mußte ich mit einem Wiener Kuppler vorliebnehmen.

«Sie suchen ein nettes Mädchen?» fragte er.

«Dann wäre ich nicht hierhergekommen.»

Der Zuhälter bekam das in die falsche Kehle und deutete auf einen großen Rotschopf, der an der anachronistischen amerikanischen Bar saß. «Ich kann dafür sorgen, daß Sie's mit der nett und behaglich haben.»

«Nein danke, ich kann ihre Unterhosen bis hier riechen.»

«Hör zu, *Piefke*, dieses kleine Schätzchen ist so sauber, daß du zwischen ihren Beinen zu Abend essen könntest.»

«Ich bin nicht hungrig.»

«Dann vielleicht etwas anderes. Wenn's der Tripper ist, der dir Sorgen macht, ich weiß, wo ich dir hübschen frischen Schnee besorgen kann, ohne Fußspuren. Verstehst du, was ich meine?» Er beugte sich über den Tisch. «Ein Mädchen, das noch zur Schule geht. Wie gefällt dir so ein Knaller?»

«Verschwinde, Wichser, bevor ich dir das Maul stopfe.»

Er lehnte sich plötzlich zurück. «Reg dich ab, *Piefke*», zischte er. «Ich hab ja bloß versucht...» Er kreischte vor Schmerz, als er an einer seiner Koteletten hochgezogen wurde, die Belinsky zwischen Zeigefinger und Daumen hielt.

«Du hast meinen Freund gehört», sagte er mit ruhiger Drohung, stieß den Mann beiseite und nahm mir gegenüber Platz. «Gott, ich hasse Zuhälter», murmelte er kopfschüttelnd.

«Darauf wäre ich nie gekommen», sagte ich und winkte dem Kellner noch einmal, der sich, als er den Abgang des Zuhälters verfolgte, dem Tisch unterwürfiger als ein ägyptischer Boy näherte.

«Was nehmen Sie?» fragte ich den Amerikaner.

«Ein Bier», sagte er.

Zwei Gosser», sagte ich dem Kellner.

«Sofort, die Herren», sagte er und huschte fort.

«Na, das hat ihm sicher Beine gemacht», bemerkte ich.

«Ja, aber man kommt nicht ins *Oriental*, weil der Service so stinkvornehm ist. Man kommt, um Geld zu verlieren, am Spieltisch oder in einem Bett.»

«Was ist mit der Vorstellung? Sie vergessen die Show.»

«Von wegen.» Er lachte widerlich und begann mir zu erklären, gewöhnlich versuche er die Show im *Oriental* wenigstens einmal in der Woche mitzukriegen.

Als ich ihm von dem Mädchen mit den Tätowierungen auf den Brüsten erzählte, schüttelte er mit welterfahrener Gleichgültigkeit den Kopf, und ich sah mich gezwungen, eine Weile seinen Erzählungen über exotische Nackttänzerinnen zu lauschen, die er im Fernen Osten gesehen hatte, wo man ein Mädchen mit einer Tätowierung für nichts Ungewöhnliches hält. Diese Art von Unterhaltung war für mich von geringem Interesse, und als Belinsky nach einigen Minuten die abgeschmackten Anekdoten ausgingen, war ich froh, das Thema wechseln zu können.

«Ich habe Königs Freundin gefunden, Fräulein Hartmann», verkündete ich.

«Ja? Wo?»

«Im Raum nebenan. Sie gibt die Karten.»

«Der weibliche Croupier? Die blonde Biene mit der Sonnenbräune, vom Arsch aufwärts ein Eiszapfen?»

Ich nickte.

«Ich habe versucht, ihr einen Drink zu spendieren», sagte er, «aber da hätte ich ebensogut Bürsten verkaufen können. Wenn Sie versuchen, sich bei der lieb Kind zu machen, können Sie sich die Mühe sparen, Kraut. Sie ist so kalt, daß ihr Parfüm einem die Nase abfriert. Sie hätten vielleicht eine Chance, wenn Sie vorhätten, sie zu entführen.»

«An so etwas Ähnliches habe ich gedacht. Im Ernst, wie niedrig ist Ihr Kredit bei der MP hier in Wien?»

Belinsky zuckte die Achseln. «So lala. Aber sagen Sie mir, was Sie vorhaben, dann sag ich's Ihnen genau.»

«Wie wär's damit: Die Internationale Patrouille kommt eines nachts hier rein und verhaftet mich und das Mädchen unter irgendeinem Vorwand. Dann verfrachten sie uns in die Kärntner Straße, wo ich anfange herumzubrüllen, welchen Fehler sie gemacht haben. Vielleicht schieb ich sogar ein paar Scheine rüber, damit es wirklich überzeugend aussieht. Schließlich glauben alle Leute gern, die ganze Polizei sei korrupt, oder? Also wissen sie und König dieses elegante Detail vielleicht zu schätzen. Jedenfalls, wenn die Polizei uns gehen läßt, gebe ich Lotte Hartmann zu verstehen, ich hätte ihr geholfen, weil ich sie attraktiv fände. Natürlich ist sie dankbar und möchte es mir gern zeigen, nur daß sie diesen Herrn zum Freund hat. Vielleicht kann er es auf die eine oder andere Art wiedergutmachen. Mir ein Geschäft zu vermitteln oder etwas in der Art.» Ich machte eine Pause und zündete eine Zigarette an. «Also, was denken Sie?»

«Erstens», sagte Belinsky nachdenklich, «ist es der IP nicht erlaubt, bei diesem Geschäft mitzumachen. An der Eingangstür ist ein diesbezügliches großes Schild. Mit Ihrem Eintrittsgeld von zehn Schilling sind Sie für eine Nacht Mitglied in einem, man muß sagen, Privatclub, und das bedeutet, daß die IP hier nicht einfach reinmarschieren, den Teppich beschmutzen und die Blumenfrau verschrecken kann.»

«Also gut», sagte ich, «sie warten draußen und machen Stichproben bei allen Leuten, wenn sie den Club verlassen. Es gibt bestimmt nichts, was sie davon abhalten könnte, oder? Sie nehmen Lotte und mich als Verdächtige hopp: sie, weil sie ein Flittchen ist, und mich, weil ich in eine Gaunerei verwickelt bin.»

Der Kellner kam mit unserem Bier. Unterdessen begann die zweite Show. Belinsky nahm einen Schluck und lehnte sich zurück, um zuzuschauen.

«Die Puppe mag ich», knurrte er und zündete seine Pfeife an. «Sie hat einen Arsch wie die Westküste von Afrika. Warten Sie nur, bis sie ihn sehen.» Zufrieden paffend, die Pfeife zwischen seine gebleckten Zähne geklemmt, hielt er die Augen auf das Mädchen gerichtet, das seinen Büstenhalter ablegte.

«Ich könnte das vielleicht hinkriegen», sagte er schließlich. «Nur das Schmieren können Sie bei den Amerikanern vergessen. Nein, wenn Sie eine Bestechung vortäuschen wollen, dann muß es schon ein Iwan oder ein Franzmann sein. Wie es der Zufall will, hat das CIC einen russischen Offizier in der IP umgedreht. Offenbar versucht er, sich seine Passage in die Vereinigten Staaten zu erarbeiten, also ist er gut für Dienstpläne, Personalausweise, Tips, das Übliche eben. Eine vorgetäuschte Verhaftung dürfte seine Fähigkeiten nicht überschreiten. Und durch einen glücklichen Zufall haben die Russen diesen Monat den Vorsitz. Also dürfte es nicht schwer sein, eine Nacht auszusuchen, in der er Dienst hat.»

Belinskys Grinsen wurde breiter, als das tanzende Mädchen seine Höschen von seinem kräftigen Hintern zog und einen winzigen Stringslip enthüllte.

«Oh, schauen Sie sich das an!» grinste er und strahlte wie ein Schuljunge. «Einen hübschen Rahmen um ihren Arsch, und ich könnte ihn mir an die Wand hängen.» Er goß sein Bier hinunter und zwinkerte mir lüstern zu. «Eins muß man euch Krauts lassen. Eure Weiber sind genausogut gebaut wie eure Autos.»

20

Meine Kleidung schien mir wirklich besser zu passen. Meine Hosen schlackerten nicht mehr um meine Hüften wie die Pantalons eines Clowns. Wenn ich in meine Jacke schlüpfte, kam ich mir nicht mehr wie ein Schuljunge vor, der voller Optimismus die Anzüge seines toten Vaters anprobiert. Und mein Hemdkragen umschloß meinen Hals so fest wie der Verband den Arm eines Feiglings. Es gab keinen Zweifel, daß ich wärend der zwei Monate in Wien zugenommen hatte, so daß ich jetzt mehr dem Mann ähnelte, der ins sowjetische Kriegsgefangenenlager gegangen, und weniger dem Mann, der daraus zurückgekehrt war. Doch obgleich mich das freute, betrachtete ich es nicht als Entschuldigung, aus der Form zu kommen. Deshalb hatte ich beschlossen, weniger Zeit damit zu verbringen, im *Café Schwarzenberg* herumzusitzen, und mir mehr Bewegung zu machen.

Es war die Jahreszeit, in der die entlaubten Bäume des Winters anfingen, Knospen zu treiben und es sich nicht mehr von selbst verstand, einen Mantel zu tragen. Da nur ein Kreidestrich von einer Wolke an der ansonsten durchgehend blauen Himmelstafel zu sehen war, beschloß ich, einen Spaziergang um den Ring zu machen und meine Pigmente der warmen Frühlingssonne auszusetzen. Wie ein Kronleuchter, der für den Raum, in dem er hängt, zu groß ist, so waren auch die amtlichen Gebäude an der Ringstraße, errichtet in einer Zeit anmaßenden kaiserlichen Optimismus, irgendwie zu großkotzig, zu prächtig, in Anbetracht der geographischen Realität des neuen Österreichs. Als Land mit sechs Millionen Einwohnern war Österreich nicht mehr als das dicke Endstück einer sehr großen Zigarre. Es war weniger ein Ring, auf dem ich spazierte, denn ein Rauchring.

Der amerikanische Wachtposten vor dem von den Amis requirierten *Hotel Bristol* hatte sein rosafarbenes Gesicht hochgereckt, um die Strahlen der Morgensonne abzubekommen. Sein russisches Gegenstück, der Soldat, der das gleichermaßen requirierte *Grand Hotel* nebenan bewachte, sah aus, als habe er sein ganzes Leben im Freien verbracht, so dunkel waren seine Züge. Auf die Südseite des Rings überwechselnd, um nahe am Park zu sein, gelangte ich zum Schubertring und damit in die Nähe der Russischen Kommandantur im früheren *Hotel Imperial,* als ein großer Stabswagen der Roten Armee vor dem riesigen roten Stern und den vier Karyatiden vorfuhr, die den Eingang schmückten. Die Wagentür öffnete sich, und Oberst Poroschin stieg aus.

Er schien nicht im mindesten überrascht, mich zu sehen. Tatsächlich war es fast so, als habe er damit gerechnet, daß ich hier spazierengehen würde, und einen Augenblick blickte er mich einfach an, als sei es erst ein paar Stunden her, daß ich in seinem Büro im «Kleinen Kreml» in Berlin gesessen hatte. Ich schätze, mir muß das Kinn heruntergefallen sein, denn nach einer Sekunde lächelte er, murmelte «*Dobre utra*» (Guten Morgen) und setzte seinen Weg in die Kommandantur fort, dicht gefolgt von zwei untergeordneten Offizieren, die mir einen argwöhnischen Blick nachwarfen, während ich einfach sprachlos dastand.

Mehr als nur ein bißchen verwirrt, daß Poroschin jetzt in Wien aufgetaucht war, schlenderte ich zurück über die Straße zum *Café Schwarzenberg,* wobei ich um ein Haar von einer alten Dame auf einem Fahrrad überfahren wurde, die wie verrückt klingelte. Ich setzte mich an meinen gewohnten Tisch, um ein wenig über Poroschins Erscheinen auf dem Schauplatz nachzudenken, und bestellte einen kleinen Imbiß, womit meine neuen Vorsätze, mich fit zu halten, bereits zum Teufel waren.

Mit etwas Kaffee und Kuchen im Magen schien es mir leichter, die Anwesenheit von Oberst Poroschin in Wien zu erklären. Es gab schließlich keinen Grund, warum er nicht hätte herkommen sollen. Als KGB-Oberst konnte er vermutlich hinfahren, wohin immer er wollte. Daß er nicht mehr zu mir gesagt oder gefragt hatte, wie es mit meinen Bemühungen um seinen Freund stünde, war vermutlich auf die Tatsache zurückzuführen, daß er die Angelegenheit nicht in Gegenwart der beiden anderen Offiziere erörtern wollte. Und er brauchte nur zum Telefon zu greifen und das Hauptquartier der Internationalen Patrouille anrufen, um festzustellen, ob Becker noch im Gefängnis war oder nicht.

Trotzdem hatte ich ein Gefühl in meiner Schuhsohle, daß Poroschins Ankunft aus Berlin mit meinen eigenen Nachforschungen in Verbindung stand, und das mußte nicht notwendigerweise etwas Gutes bedeuten. Wie ein Mann, der zum Frühstück Pflaumen gegessen hat, konnte ich sicher sein, daß ich in Kürze etwas merken würde.

21

Jede der vier Mächte war für jeweils einen Monat für die polizeiliche Ordnung in der Innenstadt verantwortlich. Sie «hatte den Vorsitz», wie Belinsky es ausgedrückt hatte. Der besagte Vorsitz hatte seinen Sitz in einem Versammlungsraum im Hauptquartier der Verbündeten Polizeikräfte im Palais Auersperg, obwohl es auch darum ging, wer im Wagen der Internationalen Patrouille neben dem Fahrer saß. Doch obgleich die IP ein Instrument der Vier Mächte war und theoretisch den Anweisungen der Verbündeten Polizeikräfte folgen mußte, wurde sie in der Praxis ganz und gar von den Amerikanern gesteuert und unterhalten. Alle Fahrzeuge, Benzin und Öl, Funkgeräte, Ersatzteile, der Betrieb des Funkverkehrs und die Organisation der Patrouillen lagen in der Verantwortung der Amerikaner. Das bedeutete, daß das amerikanische Mitglied der Patrouille immer den Wagen fuhr, das Funkgerät bediente und den obersten Rang einnahm. Insofern hatte man sich unter dem «Vorsitz», zumindest soweit es die Patrouille selber anging, eher so etwas wie einen beweglichen Feiertag vorzustellen.

Obgleich die Wiener von den «vier Männern im Jeep» oder manchmal von den «vier Elefanten im Jeep» sprachen, hatte man in Wirklichkeit «den Jeep» längst als zu klein aufgegeben, um eine Patrouille von vier Männern und ihr Kurzwellengerät aufzunehmen, ganz zu schweigen von irgendwelchen Gefangenen; ein Dreivierteltonner war inzwischen das beliebte Transportmittel. Alles das erfuhr ich von dem russischen Unteroffizier, der den IP-Wagen befehligte, der in kurzer Entfernung vom *Casino Oriental* auf dem Petersplatz parkte und in dem ich als Arrestant saß und darauf wartete, daß die Kollegen des Unteroffiziers Lotte Hartmann festnahmen. Da er weder Französisch noch Englisch und nur ein paar Brocken Deutsch konnte, war der Mann froh, jemanden zu finden, mit dem er sich unterhalten konnte, selbst wenn es ein Russisch sprechender Gefangener war.

«Leider kann ich Ihnen nicht sehr viel darüber sagen, warum man Sie verhaftet hat, außer daß es wegen Schwarzhandel ist», entschuldigte er sich. «Sie werden mehr erfahren, wenn wir in der Kärntner Straße sind. Wir werden es zusammen herausfinden, wie?» Alles, worüber ich Ihnen was erzählen kann, ist, wie es abläuft. Mein Hauptmann füllt ein Festnahmeformular aus, in zweifacher Ausfertigung – von allem gibt's ein Duplikat –, und überläßt beide Formulare der österreichischen Polizei. Die schickt eins davon an den Offizier für Öffentliche Sicherheit der Militärregierung. Wenn man Sie vor ein Militärgericht bringen will, wird von meinem Hauptmann ein Aktenblatt angelegt; und will man Sie vor ein österreichisches Gericht bringen, wird die hiesige Polizei entsprechend unterrichtet.» Der Unteroffizier runzelte die Stirn. «Um Ihnen die Wahrheit zu sagen, mit Schwarzmarkt-Delikten ärgern wir uns in diesen Zeiten nicht lange rum. Oder mit Angelegenheiten der Sitte. Im allgemeinen sind wir hinter Schmugglern her oder illegalen Einwanderern. Diese drei anderen Schweinehunde denken, ich wäre verrückt geworden, das kann ich Ihnen sagen. Aber ich habe meine Befehle.»

Ich lächelte mitfühlend und sagte, wie sehr ich es zu schätzen wisse, daß er mir das erklärt habe. Ich dachte daran, ihm eine Zigarette anzubieten, als die Tür des Wagens aufging und der französische Polizist einer sehr bleich aussehenden Lotte Hartmann half, auf den Sitz neben mir zu klettern. Dann folgten der Franzose und der Engländer und verriegelten die Tür von innen. Der Geruch ihres Angstschweißes war nur unwesentlich schwächer als der widerliche Duft ihres Parfüms.

«Wohin bringen die uns?» flüsterte sie mir zu.

Ich sagte ihr, wir führen in die Kärntner Straße.

«Sprechen nicht erlaubt», sagte der englische MP in schlechtem Deutsch. «Gefangene müssen schweigen, bis wir im Hauptquartier sind.»

Ich lächelte still vor mich hin. Die Sprache der Bürokratie war die einzige zweite Sprache, die ein Engländer je gut sprechen würde.

Das Hauptquartier der IP war in einem alten Palast, nur einen Steinwurf von der Staatsoper entfernt. Der Lastwagen fuhr vor, und wir wurden durch riesige Glastüren in eine Barockhalle geführt, wo eine Ansammlung von Atlanten und Karyatiden von der allgegenwärtigen Kunst der Wiener Bildhauer zeugten. Wir stiegen eine Treppe hinauf, die so breit war wie ein Bahndamm, vorbei an Deckelvasen und an Büsten vergessener Aristokraten, durch eine Flügeltür, höher als die Beine eines Zirkusclowns, und kamen in einen Gebäudeteil mit Büros, die an den Vorderseiten verglast waren. Der russische Unteroffizier öffnete die Tür eines der Büros, schob uns hinein und sagte, wir sollten warten. «Was hat er gesagt?» fragte Fräulein Hartmann, als er die Tür hinter sich schloß.

«Er sagte, wir sollen warten.» Ich setzte mich, zündete mir eine Zigarette an und blickte mich im Raum um. Da stand ein Tisch, eine Gruppe von vier Stühlen und an der Wand hing eine große hölzerne Anschlagtafel, wie man sie an der Außenmauer von Kirchen sehen kann. Nur daß diese mit Kreide in Spalten mit Nummern und Namen aufgeteilt war, die die Überschriften «Gesuchte Personen», «Vermißte», «Gestohlene Fahrzeuge», «Eilige Nachrichten», «Befehle, Teil I» und «Befehle, Teil II.» hatten. In der Spalte «Gesuchte Personen» tauchten mein Name und der von Lotte Hartmann auf. Belinskys Lieblingsrusse hatte dafür gesorgt, daß alles sehr überzeugend aussah.

«Haben Sie eine Ahnung, was das alles bedeuten soll?» fragte sie zitternd.

«Nein», log ich. «Sie etwa?»

«Nein, natürlich nicht. Es muß sich um eine Verwechslung handeln.»

«Offenbar.»

«Sie scheinen mir nicht allzu besorgt zu sein. Oder begreifen Sie einfach nicht, daß es die Russen sind, auf deren Befehl wir hergebracht wurden.»

«Sprechen Sie Russisch?»

«Natürlich nicht», sagte sie ungeduldig. «Der amerikanische MP, der mich verhaftete, sagte, es wäre ein russischer Befehl, und er hätte nichts damit zu tun.»

«Nun ja, die Iwans haben diesen Monats den Vorsitz», sagte ich nachdenklich. «Was sagte der Franzose?»

«Nichts. Er guckte mir bloß dauernd auf den Busen.»

«Na klar.» Ich lächelte sie an. «Er ist einen Blick wert.»

Sie warf mir ein sarkastisches Lächeln zu. «Ja, ja, ich glaube aber nicht, daß sie mich bloß deshalb hergebracht haben, um zu sehen, wieviel Holz ich vor der Hütte habe, oder?» In ihrer Stimme lag Abscheu, Lotte nahm aber trotzdem die Zigarette, die ich ihr anbot.

«Ich kann mir keinen besseren Grund denken.»

Sie fluchte unterdrückt.

«Ich habe Sie schon mal gesehen, kann das sein?» fragte ich. «Im *Oriental*?»

«Was waren Sie im Krieg – Erkundungsflieger?»

«Seien Sie nett. Vielleicht kann ich Ihnen helfen.»

«Helfen Sie besser erst sich selbst.»

«Darauf können Sie sich verlassen.»

Endlich öffnete sich die Tür, und ein großer stämmiger Offizier der Roten Armee kam ins Zimmer. Er stellte sich als Hauptmann Rustaweli vor und nahm hinter dem Schreibtisch Platz.

«Hören Sie mal», sagte Lotte Hartmann energisch, «hätten Sie wohl die Güte, mir zu sagen, warum man mich mitten in der Nacht hergebracht hat? Was zum Teufel ist hier los?»

«Alles zu seiner Zeit, Fräulein», erwiderte er in makellosem Deutsch. «Bitte setzen Sie sich.»

Sie plumpste neben mir auf einen Stuhl und betrachtete ihn verdrossen. Der Hauptmann sah mich an.

«Herr Gunther?»

Ich nickte und sagte ihm auf russisch, das Mädchen spreche nur Deutsch. «Sie wird denken, ich wäre ein wichtiger Scheißkerl, wenn Sie und ich uns einer Sprache bedienen, die sie nicht versteht.»

Hauptmann Rustaweli starrte mich kalt an, und einen Augenblick fragte ich mich, ob etwas schiefgegangen und es Belinsky nicht gelungen war, diesem russischen Offizier klarzumachen, daß unsere Verhaftung eine abgekartete Sache war.

«Gut, gut», sagte er nach einer langen Pause. «Trotzdem, wir müssen wenigstens so tun, als sei es ein Verhör. Darf ich bitte Ihre Papiere sehen, Herr Gunther?» Aus seinem Akzent schloß ich, daß er Georgier war. Wie Genosse Stalin.

Ich langte in meine Jacke und reichte ihm meinen Personalausweis, in den ich, auf Vorschlag von Belinsky, zwei Hundertdollarnoten geschoben hatte, als ich im Wagen saß. Rustaweli ließ sie ohne mit der Wimper zu zucken in der Hosentasche verschwinden, und aus dem Augenwinkel sah ich, wie Lotte Hartmanns Kinn herunterklappte.

«Sehr großzügig», murmelte er und drehte meinen Personalausweis zwischen seinen haarigen Fingern. Dann öffnete er einen Aktenordner, der meinen Namen trug. «Obgleich es ganz unnötig ist, glauben Sie mir.»

«Wir müssen an ihre Stimmung denken, Herr Hauptmann. Sie wollen doch nicht, daß ich ihr Vorurteil enttäusche, nicht wahr?»

«Keineswegs. Sieht gut aus, finden Sie nicht?»

«Ausgesprochen.»

«Eine Nutte, oder?»

«Entweder eine Nutte oder etwas in dieser Richtung. Ich kann natürlich nur vermuten, aber ich würde sagen, sie ist der Typ, der einem Mann gern 'ne Menge mehr abnimmt als zehn Schilling und seine Unterwäsche.»

«Nicht die Art, in die man sich verliebt, wie?»

«Das wäre so, als würden Sie Ihren Schwanz auf einen Amboß legen.»

Es war warm in Rustawelis Büro, und Lotte fing an, sich mit ihrer Jacke Kühlung zuzufächeln, was dem Russen ein paar tiefe Blicke in ihr Dekolleté erlaubte.

«Kommt selten vor, daß ein Verhör so amüsant ist», sagte er, blickte wieder auf seine Papiere und fügte hinzu: «Sie hat hübsche Titten. Das ist die Art von Wahrheit, die ich gern akzeptiere.»

«Ich schätze, es ist für euch Russen leichter, einen Blick drauf zu werfen.»

«Nun, was immer mit dieser kleinen Vorstellung erreicht werden soll, ich hoffe, Sie werden sie kriegen. Ich kann mir keinen besseren Grund vorstellen, diesen ganzen Ärger auf sich zu nehmen. Was mich angeht, ich leide an einer sexuellen Krankheit: Jedesmal, wenn ich eine Frau sehe, schwillt mein Schwanz an.»

«Das macht Sie zu einem ziemlich typischen Russen, schätze ich.»

Rustaweli lächelte gequält. «Nebenbei bemerkt, Sie sprechen vorzüglich Russisch, Herr Gunther. Für einen Deutschen.»

«Sie ebenfalls, Hauptmann. Für einen Georgier. Woher kommen Sie?»

«Tiflis.»

«Stalins Geburtsort?»

«Gott sei Dank, nein. Das Pech hat Gori.» Rustaweli schloß meine Akte. «Das dürfte reichen, um sie zu beeindrucken, wie?»

«Ja.»

«Was soll ich ihr sagen?»

«Daß Sie die Information hätten, sie wäre eine Nutte», erklärte ich ihm, «also zögern Sie, sie laufenzulassen. Aber Sie lassen sich von mir überreden.»

«Nun, das scheint in Ordnung zu sein, Herr Gunther», sagte Rustaweli, jetzt wieder auf deutsch. «Entschuldigen Sie, daß ich Sie aufgehalten habe, Sie können jetzt gehen.»

Er gab mir meinen Personalausweis zurück, und ich stand auf und ging zur Tür.

«Aber was ist mit mir?» stöhnte Lotte.

Rustaweli schüttelte den Kopf. «Ich fürchte, Sie müssen bleiben, Fräulein. Der Arzt der Sittenpolizei wird in Kürze hier sein. Er wird Sie wegen Ihrer Arbeit im *Oriental* befragen.»

«Aber ich arbeite am Kartentisch», jammerte sie, «nicht auf dem Strich.»

«Da haben wir andere Informationen.»

«Welche?»

«Ihr Name wurde uns von mehreren anderen Mädchen genannt.»

«Von welchen?»

«Von Prostituierten, Fräulein. Möglicherweise müssen Sie sich einer ärztlichen Untersuchung unterziehen.»

«Eine Untersuchung? Auf was?»

«Auf Geschlechtskrankheit, natürlich.»

«Geschlechtskrankheit ...?»

«Hauptmann Rustaweli», sagte ich, Lottes wütenden Aufschrei übertönend, «ich kann mich für diese Frau verbürgen. Ich würde nicht sagen, daß ich sie sehr gut kenne, aber ich kenne sie lange genug, um mit Bestimmtheit sagen zu können, daß sie keine Prostituierte ist.»

«Nun ...», zögerte er.

«Ich frage Sie: Sieht sie wie eine Prostituierte aus?»

«Offen gesagt, bis jetzt habe ich noch kein österreichisches Mädchen gesehen, das keine war.» Er schloß seine Augen für eine Sekunde, dann schüttelte er den Kopf. «Ich kann nicht gegen die Vorschriften verstoßen. Es handelt sich um schwerwiegende Beschuldigungen. Viele russische Soldaten sind angesteckt worden.»

«Soweit ich mich erinnere, ist das *Oriental*, wo Fräulein Hartmann verhaftet wurde, für Angehörige der Roten Armee verboten. Ich hatte eher den Eindruck, daß Ihre Männer lieber ins *Moulin Rouge* in der Walfischgasse gehen.»

Rustaweli schürzte die Lippen und zuckte die Achseln. «Das stimmt. Aber trotzdem ...»

«Sollten wir uns noch einmal wiedersehen, Herr Hauptmann, könnten wir vielleicht die Möglichkeit erörtern, daß ich die Rote Armee für alle Unannehmlichkeiten entschädige, die ihr durch einen Verstoß gegen die Vorschriften entstehen könnten. Bis dahin könnten Sie sich vielleicht damit zufriedengeben, daß ich mich persönlich für den tadellosen Charakter von Fräulein Hartmann verbürge?»

Rustaweli kratzte sich nachdenklich die Bartstoppeln. «Na schön», sagte er, «Sie bürgen mir persönlich dafür. Vergessen Sie aber nicht, daß ich Ihre Adresse habe. Sie können jederzeit wieder verhaftet werden.» Er wandte sich an Lotte Hartmann und sagte ihr, sie könne ebenfalls gehen.

«Gott sei Dank», hauchte sie und sprang auf.

Rustaweli nickte dem Feldwebel zu, der auf der anderen Seite der schmutzigen Glastür Wache stand, und befahl ihm, uns aus dem Gebäude zu führen. Dann schlug er die Hacken zusammen und entschuldigte sich für «das Versehen», nicht nur um seinen Feldwebel, sondern auch Lotte Hartmann zu beeindrucken. Sie und ich folgten ihm die große Treppe hinunter, unsere Schritte schallten bis zu den verzierten Randleisten der Decke, durch die gewölbten Glastüren auf die Straße, wo er sich über das Pflaster beugte und ausgiebig in den Rinnstein spuckte.

«Ein Versehen, wie?» stieß er mit einem bitteren Lachen hervor. «Sie können drauf wetten, daß ich's sein werde, dem man die Schuld geben wird.»

«Ich hoffe nicht», sagte ich, doch der Mann zuckte nur die Achseln, rückte seine Fellmütze zurecht und schlurfte müde ins Hauptquartier zurück.

«Ich schätze, ich muß mich bei Ihnen bedanken», sagte Lotte und stellte den Kragen ihrer Jacke hoch.

«Vergessen Sie's», sagte ich und setzte mich in Richtung auf den Ring in Bewegung. Sie zögerte kurz und trippelte mir dann nach. «Warten Sie einen Augenblick», sagte sie.

Ich blieb stehen und sah ihr ins Gesicht. Von vorn gesehen war ihr Gesicht attraktiver als im Profil, da die Länge ihrer Nase weniger auffiel. Und kalt war sie schon gar nicht. In diesem Punkt hatte sich Belinsky geirrt und Zynismus mit allgemeiner Gleichgültigkeit verwechselt. Tatsächlich schien sie mir mehr dazu zu neigen, Männer zu verführen, obgleich mir ein Abend im Casino bewiesen hatte, daß sie vermutlich eine jener unbefriedigten Frauen war, die Intimität in Aussicht stellen, nur um sich in einem späteren Stadium zurückzuziehen.

«Ja? Was ist?»

«Hören Sie mal, Sie sind bereits sehr freundlich gewesen», sagte sie, «aber würde es Ihnen etwas ausmachen, mich nach Hause zu begleiten? Es ist sehr spät für ein anständiges Mädchen, auf der Straße zu sein, und ich zweifle, ob ich um diese Zeit noch ein Taxi finde.»

Ich zuckte die Achseln und sah auf meine Uhr. «Wo wohnen Sie?»

«Es ist nicht sehr weit. Im 3. Bezirk, im britischen Sektor.»

«In Ordnung.» Ich seufzte mit unübersehbar geringer Begeisterung. «Gehen Sie voran.»

Wir gingen nach Osten durch Straßen, die so still waren wie Zellen von Trappisten.

«Sie haben noch nicht erklärt, warum Sie mir geholfen haben», brach sie nach einer Weile das Schweigen.

«Ich frage mich, ob Andromeda das zu Perseus sagte, nachdem er sie vor dem Meeresungeheuer gerettet hatte.»

«Sie scheinen offenkundig ein bißchen weniger heldenhaft zu sein, Herr Gunther.»

«Lassen Sie sich durch mein Benehmen nicht täuschen», sagte ich. «In meinem Leihhaus habe ich eine ganze Kiste voller Orden.»

«Also sind Sie auch nicht der sentimentale Typ.»

«Ich mag Sentimentalität. Sie macht sich gut auf Häkeldecken und Weihnachtskarten. Leider macht sie auf die Iwans kaum einen Eindruck. Oder haben Sie vielleicht nicht hingeguckt?»

«Oh, ich hab's genau gesehen. War sehr eindrucksvoll, wie Sie ihn behandelt haben. Ich habe nicht gewußt, daß sich die Iwans so schmieren lassen.»

«Sie müssen nur wissen, welche Stelle der Radachse man schmieren kann. Der Feldwebel hätte wahrscheinlich zuviel Schiß gehabt, ein paar Piepen zu nehmen, und ein Major wäre zu stolz gewesen. Ganz zu schweigen von der Tatsache, daß ich unseren Hauptmann Rustaweli schon kannte, als er schlicht Leutnant Rustaweli war und er und seine Freundin sich was eingefangen hatten. Ich besorgte ihm ein bißchen gutes Penicillin, und er war mir dafür sehr dankbar.»

«Sie sehen nicht aus wie ein Schwarzhändler.»

«Ich sehe nicht aus wie ein Schwarzhändler, ich sehe nicht aus wie ein Held. Wer sind Sie, der Besetzungschef von Warner Brothers?»

«Ich wünschte bloß, ich wär's», murmelte sie und fügte dann hinzu: «Jedenfalls haben Sie die Sache in die Hand genommen. Sie sagten zu diesem Iwan, ich sähe nicht aus wie ein Flittchen... Aus Ihrem Mund, würde ich sagen, hört sich das fast wie ein Kompliment an.»

«Wie ich schon sagte, ich habe Sie im *Oriental* gesehen, und da haben Sie nichts verkauft als schlechte Karten. Übrigens, ich hoffe, Sie sind eine gute Kartenspielerin, weil man von mir erwartet, daß ich noch mal hingehe und ihm etwas für ihre Freiheit hinblättere. Vorausgesetzt, daß Sie wirklich nicht in den Knast wollen.»

«Wieviel wird das sein?»

«Zweihundert Dollar müßten reichen.»

«Zweihundert?» Ihre Worte hallten um den Schwarzenbergplatz, als wir an der großen Fontäne vorbeikamen und in den Rennweg einbogen. «Wo soll ich soviel Mäuse herkriegen?»

«Dort, wo sie die Sonnenbräune und die hübsche Jacke gekriegt haben, stell ich mir vor. Wenn das nicht klappt, könnten Sie ihn in den Club einladen und ihm ein paar Asse zuteilen, die Sie nach unten gemischt haben.»

«Könnte ich, wenn ich so gut wäre, bin ich aber nicht.»

«Das ist schade.»

Sie schwieg einen Augenblick und dachte nach. «Vielleicht könnten Sie ihn überreden, sich mit weniger zu begnügen. Schließlich scheinen Sie ziemlich gut Russisch zu sprechen.»

«Vielleicht», räumte ich ein.

«Ich nehme an, es hätte nicht viel Zweck, vor Gericht zu gehen, um meine Unschuld zu beweisen, wie?»

«Bei den Iwans?» Ich lachte rauh. «Da können Sie sich ebensogut an die Göttin Kali wenden.»

«Nein, ich denke nicht.»

Wir überquerten eine oder zwei Seitenstraßen und blieben vor einem Mietshaus stehen, das in der Nähe eines kleinen Parks lag. «Möchten Sie auf einen Drink mit reinkommen?» fragte sie und kramte in ihrer Handtasche nach dem Schlüssel. «Ich weiß, daß ich einen gebrauchen könnte.»

«Ich könnte einen aus dem Teppich lutschen», sagte ich und folgte ihr durch die Tür in eine heimelige, gediegen eingerichtete Wohnung.

Die Tatsache war nicht zu leugnen, daß Lotte Hartmann attraktiv war. Manche Frauen schaute man an und schätzte ab, mit welch bescheidener Zeitspanne man sich gern zufriedengeben würde. Im allgemeinen ist es so, daß, je besser das Mädchen aussieht, man sich sagt, auch eine kürzere Zeit wäre ausreichend. Andererseits mußte sich eine wirklich attraktive Frau vielleicht auf eine Vielzahl ähnlicher Wünsche einstellen. Lotte gehörte zu jenen Mädchen, von denen man sich hätte überreden lassen, mit fünf erotischen, schrankenlosen Minuten zufrieden zu sein. Sie brauchte dir bloß fünf Minuten zu geben, dich und deine Phantasien tun zu lassen, was sie wollten. Nicht zuviel verlangt, würden Sie sagen. Trotzdem, so wie die Dinge liefen, sah es so aus, als hätte sie mir in Wirklichkeit sogar mehr Zeit zugestanden. Vielleicht sogar eine volle Stunde. Aber ich war hundemüde, und vielleicht trank ich zuviel von ihrem vorzüglichen Whisky, um sonderlich darauf zu achten, wie sie sich auf die Unterlippe biß und mich unter ihren Schwarze-Witwe-Wimpern anstarrte. Ich sollte vermutlich friedlich auf ihrem Bett liegen, den Mund in ihren eindrucksvoll gewölbten Schoß gebettet und mir meine großen Schlappohren kneten lassen, indessen endete es damit, daß ich auf dem Sofa einschlief.

22

Als ich am selben Morgen später aufwachte, kritzelte ich meinen Namen und meine Adresse auf ein Stück Papier, ließ Lotte im Bett weiterschlafen und fuhr mit einem Taxi in meine Pension zurück. Dort wusch ich mich, zog mich um und verzehrte ein großes Frühstück, das viel dazu beitrug, mich wieder auf die Beine zu bringen. Ich las die morgendliche *Wiener Zeitung*, als das Telefon klingelte.

Ein Mann, dessen Stimme nicht die geringste Spur von Wiener Akzent aufwies, fragte mich, ob er mit Bernhard Gunther spreche. Nachdem ich das bejaht hatte, sagte die Stimme:

«Ich bin ein Freund von Fräulein Hartmann. Sie erzählte mir, daß Sie ihr letzte Nacht freundlicherweise aus einer unangenehmen Situation herausgeholfen haben.»

«Sie ist noch nicht ganz draußen», sagte ich.

«Ganz recht. Ich habe mir gedacht, wir könnten uns treffen und die Sache besprechen. Fräulein Hartmann erwähnte die Summe von zweihundert Dollar für den russischen Hauptmann. Sie sagte auch, Sie hätten sich angeboten, als ihr Mittelsmann aufzutreten.»

«Habe ich das? Dann wird's wohl so sein.»

«Ich dachte daran, Ihnen die Summe auszuhändigen, damit Sie sie an diesen gemeinen Burschen weitergeben können. Und ich möchte Ihnen gern persönlich danken.»

Ich war mir sicher, daß König am anderen Ende war, doch ich blieb einen Augenblick stumm, denn ich wollte nicht den Eindruck erwekken, ich sei allzu scharf darauf, ihn kennenzulernen.

«Sind Sie noch da?»

«Welchen Ort schlagen Sie vor?» fragte ich widerstrebend.

«Kennen Sie das Amalienbad am Reumannplatz?»

«Ich werd's finden.»

«Sagen wir in einer Stunde? Im Türkischen Bad?»

«In Ordnung. Aber wie soll ich Sie erkennen? Sie haben mir Ihren Namen noch nicht genannt.»

«Nein, habe ich nicht», sagte er geheimnisvoll, «aber ich werde diese Melodie pfeifen.» Und er begann sie durchs Telefon zu pfeifen.

«Bella, bella, bella Marie», sagte ich, als ich eine Melodie erkannte, die vor ein paar Monaten auf ärgerliche Weise überall und immer zu hören war.

«Genau das Lied», sagte der Mann und legte auf.

Eine merkwürdig geheimnistuerische Art des Erkennens, schien mir, aber ich sagte mir, daß der Mann, wenn er König war, gute Gründe hatte, vorsichtig zu sein.

Das Amalienbad lag im 10. Bezirk, im russischen Sektor, ich mußte also mit der Nummer 67 über die Favoritenstraße fahren. Der Bezirk war ein Arbeiterviertel mit vielen schmutzigen alten Fabriken, aber das Städtische Bad am Reumannplatz war ein siebengeschossiges Gebäude neueren Datums, das sich, offenbar ohne Übertreibung, als das größte und modernste Bad Europas bezeichnete.

Ich bezahlte für ein Bad und ein Badetuch und machte mich, nachdem ich mich ausgezogen hatte, auf die Suche nach dem Dampfbad. Es lag am anderen Ende eines Schwimmbeckens, das so groß war wie ein Fußballplatz und in dem sich nur ein paar Wiener aufhielten, die, in ihre Badelaken gehüllt, versuchten, sich ein wenig von dem Gewicht abzuschwitzen, das man in der österreichischen Hauptstadt ziemlich leicht ansetzen konnte. Vom anderen Ende des schmutziggelb gekachelten Raumes hörte ich durch den Dampf jemanden mit Unterbrechungen pfeifen. Ich ging den Tönen nach und nahm die Melodie auf, als ich näher kam. Ich stieß auf die sitzende Gestalt eines Mannes mit durchgehend weißer Haut und durchgehend braunem

Gesicht: Es sah beinahe so aus, als habe er es geschwärzt wie Al Jolson, aber diese Verschiedenheit der Hautfarbe war natürlich ein Andenken an seinen kürzlichen Skiurlaub.

«Ich hasse diese Melodie», sagte er, «aber Fräulein Hartmann summt sie pausenlos, und mir fiel nichts anderes ein. Herr Gunther?»

Ich nickte vorsichtig, als sei ich nur widerstrebend hergekommen.

«Gestatten Sie, daß ich mich vorstelle. Mein Name ist König.» Wir schüttelten uns die Hände, und ich setzte mich neben ihn. Er war ein gutgebauter Mann mit dichten, dunklen Augenbrauen und einem großen üppigen Schnurrbart: Er sah aus wie eine seltene Art von Marder, der sich aus einem kälteren Klima hoch im Norden auf Königs Lippe geflüchtet hatte. Über Königs Mund hängend, trug dieser kleine Zobel zur Abrundung der durchgehend kummervollen Miene bei, die mit seinen schwermütigen braunen Augen begann. Er war so, wie Becker ihn beschrieben hatte, nur daß der kleine Hund fehlte.

«Ich hoffe, Sie mögen Türkische Bäder, Herr Gunther?»

«Ja, wenn sie sauber sind.»

«Dann habe ich eine glückliche Hand gehabt, daß ich dieses ausgewählt habe», sagte er, «und nicht das Dianabad. Natürlich ist das Dianabad im Krieg beschädigt worden, doch es scheint mehr Unheilbare und allerlei andere gebrechliche Menschen anzuziehen, als angemessen ist. Sie gehen wegen der Thermalbäder hin, die sie dort haben. Man läuft Gefahr, sich einen Tripper zu holen. Man geht mit einem Ekzem rein und kommt mit einer Syphilis wieder raus.»

«Das hört sich nicht sehr gesund an», sagte ich.

«Ich gebe zu, daß ich ein bißchen übertreibe», lächelte König. «Sie sind nicht aus Wien, nicht wahr?»

«Nein, ich komme aus Berlin», sagte ich. «Ich bin nur vorübergehend in Wien.»

«Wie sieht's denn im Augenblick in Berlin aus? Nach dem, was man hört, wird die Lage schlechter. Die sowjetische Delegation hat die Kontrollkommission verlassen, stimmt's?»

«Ja», sagte ich, «bald wird man nur noch mit einem militärischen Lufttransport rein- und rauskommen.»

König gab einen mißbilligenden Ton von sich und rieb sich müde die große, haarige Brust. «Kommunisten», seufzte er, «das kommt dabei raus, wenn man mit ihnen Abkommen trifft. Es war furchtbar, was in Potsdam und Jalta passiert ist. Die Amis überließen den Iwans einfach alles, was sie haben wollten. Ein großer Fehler, der mit ziemlicher Sicherheit zu einem neuen Krieg führen wird.»

«Ich zweifle, ob irgend jemand Appetit auf einen neuen Krieg hat», sagte ich und wiederholte das, was ich in Berlin bereits zu Neumann gesagt hatte. Es war eine ziemlich automatische Reaktion von mir, aber ich war wirklich davon überzeugt, daß ich recht hatte.

«Vielleicht nicht jetzt. Aber die Leute vergessen, und wenn die Zeit kommt...» – er zuckte die Achseln –, «wer weiß, was passieren kann? Bis dahin führen wir unser Leben und unsere Geschäfte weiter, tun das Beste, was wir können.» Einen Augenblick rieb er heftig seine Kopfhaut. Dann sagte er: «In welcher Branche sind Sie tätig? Der einzige Grund, warum ich frage, ist, daß ich hoffte, es könne sich vielleicht eine Möglichkeit ergeben, mich für den Dienst, den Sie Fräulein Hartmann erwiesen haben, erkenntlich zu zeigen. Zum Beispiel, indem ich ein kleines Geschäft für Sie abwickle.»

Ich schüttelte den Kopf. «Das ist nicht nötig. Wenn Sie's genau wissen wollen, ich mache in Import und Export. Aber um Ihnen die Wahrheit zu sagen, Herr König, ich half ihr, weil mir der Duft ihres Parfüms gefiel.»

Er nickte verständnisvoll. «Das ist nur natürlich. Sie ist sehr hübsch.» Aber langsam wich die Begeisterung der Verwirrung. «Trotzdem ist es merkwürdig, meinen Sie nicht? Die Art und Weise, wie Sie beide verhaftet wurden.»

«Ich kann nicht für Ihre Freundin sprechen, Herr König, aber in meinem Geschäft gibt es immer Konkurrenten, die froh wären, wenn ich ausgeschaltet wäre. Ein Berufsrisiko, könnte man sagen.»

«Nach Fräulein Hartmanns Schilderung ist es ein Risiko, dem Sie mehr als gewachsen zu sein scheinen. Ich hörte, daß Sie mit diesem russischen Hauptmann ziemlich geschickt umgegangen seien. Und am meisten hat sie beeindruckt, daß Sie Russisch sprechen konnten.»

«Ich war ein Plenni», sagte ich, «ein Kriegsgefangener in Rußland.»

«Das erklärt einiges. Aber sagen Sie mir, glauben Sie, daß dieser Russe es ernst meint? Daß man gegen Fräulein Hartmann Anklage erheben könnte?»

«Ich fürchte, er meinte es sehr ernst.»

«Haben Sie eine Ahnung, woher er seine Information haben könnte?»

«Keine, genausowenig wie ich weiß, wie er an meinen Namen gekommen ist. Vielleicht gibt es jemanden, der der Dame eins auswischen will.»

«Womöglich könnten Sie rausfinden, wer das ist. Ich wäre bereit, Sie dafür zu bezahlen.»

«Das ist nicht mein Fach», sagte ich den Kopf schüttelnd. «Aller Wahrscheinlichkeit nach war es ein anonymer Tip. Vermutlich steckt reine Bosheit dahinter. Wollen Sie meinen Rat hören, dann geben Sie dem Iwan einfach, was er will, und bezahlen Sie sofort. Zweihundert. Das ist nicht zuviel Kohle, um einen Namen aus einer Akte verschwinden zu lassen. Und wenn der Iwan beschließt, einen Rüden von einer Hündin fernzuhalten, ist es das beste, die Rechnung ohne Widerrede zu begleichen.»

König lächelte und nickte. «Vielleicht haben Sie recht», sagte er. «Aber wissen Sie, mir ist der Gedanke gekommen, daß Sie und dieser Iwan unter einer Decke stecken könnten. Das wäre immerhin eine ganz hübsche Methode, zu Geld zu kommen, wie? Der Russe setzt unschuldige Leute unter Druck, und Sie bieten sich als Vermittler an.» Er nickte weiterhin, als er die Scharfsinnigkeit seiner Theorie abschätzte. «Ja, es könnte für jemanden, der den richtigen Hintergrund hat, sehr gewinnbringend sein.»

«Nur so weiter», lachte ich. «Vielleicht können Sie ja aus einem Ei einen Ochsen ausbrüten.»

«Sie werden doch gewiß zugeben, daß das möglich ist.»

«In Wien ist alles möglich. Aber wenn Sie glauben, daß ich versuche, Sie wegen lausiger zweihundert Piepen zu bescheißen, ist das Ihre Sache. Es ist Ihrer Aufmerksamkeit vielleicht entgangen, König, aber es war Ihre Freundin, die mich bat, sie nach Hause zu bringen, und daß Sie es waren, der mich um dieses Treffen bat. Ehrlich, ich habe Wichtigeres zu erledigen.»

Ich stand auf und tat so, als wolle ich gehen.

«Bitte, Herr Gunther», sagte er, «nehmen Sie meine Entschuldigung an. Vielleicht ist meine Phantasie mit mir durchgegangen. Jedoch ich muß bekennen, daß die ganze Sache mich neugierig gemacht hat. Und selbst in den ruhigsten Zeiten bleibe ich mißtrauisch im Hinblick auf viele Dinge, die heutzutage passieren.»

«Nun, das klingt wie ein Rezept für ein langes Leben», sagte ich und setzte mich wieder.

«Auf dem speziellen Gebiet, auf dem ich arbeite, zahlt es sich aus, ein wenig skeptisch zu sein.»

«Welches Gebiet ist das?»

«Früher war ich in der Anzeigenbranche. Aber das ist ein ekelhaftes, nicht profitables Geschäft, voll von kleinen Geistern ohne wirkliche Visionen. Ich löste die Firma auf, die ich besaß, und verlegte mich auf die Konjunkturforschung. Der Fluß genauer Information ist auf allen Betätigungsfeldern der Wirtschaft unerläßlich. Aber man muß das mit einem gewissen Grad an Vorsicht handhaben. Die, die gut informiert sein wollen, müssen sich zuerst mit Zweifeln wappnen. Zweifel führt zu Fragen, und Fragen verlangen nach Antworten. Diese Dinge sind von entscheidender Bedeutung für das Wachstum jedes neuen Unternehmens. Und neue Unternehmen sind wichtig für das Wachstum eines neuen Deutschlands.»

«Sie hören sich an wie ein Politiker.»

«Politik.» Er lächelte müde, als sei ihm das Thema zu albern, um darüber nachzudenken. «Nichts als eine Episode am Rande des Hauptereignisses.»

«Und das wäre?»

«Der Kommunismus gegen die freie Welt. Der Kapitalismus ist unsere einzige Hoffnung, gegen die Tyrannei der Sowjets Widerstand zu leisten, ist das nicht auch Ihre Meinung?»

«Ich bin kein Freund der Iwans», sagte ich, «aber der Kapitalismus ist auch nicht gerade ohne Mängel.»

Doch König hörte kaum zu. «Wir haben den falschen Krieg geführt», sagte er, «gegen den falschen Feind gekämpft. Wir hätten gegen die Sowjets kämpfen müssen, und nur gegen die Sowjets. Die Amis wissen das. Sie wissen um den Fehler, den sie gemacht haben, als sie den Russen in Osteuropa freie Hand ließen. Und sie werden nicht zulassen, daß Deutschland oder Östereich denselben Weg gehen.»

Ich dehnte meine Muskeln in der Hitze und gähnte gelangweilt. König fing an, mir auf die Nerven zu gehen.

«Wissen Sie», sagte er, «meine Gesellschaft könnte einen Mann mit Ihren speziellen Fähigkeiten brauchen. Einen Mann mit Ihrem Hintergrund. Welche Abteilung der SS war es denn, der Sie angehörten?» Die Überraschung bemerkend, die er auf meinem Gesicht gelesen haben mußte, fügte er hinzu: «Die Narbe unter Ihrem Arm.

Zweifellos waren Sie schlau genug, Ihre SS-Tätowierung zu entfernen, bevor sie von den Russen gefangengenommen wurden.» Er hob seinen eigenen Arm, und in seiner Achselhöhle kam eine fast identische Narbe zum Vorschein.

«Ich war beim Militärischen Geheimdienst – bei der Abwehr –, als der Krieg endete», erklärte ich, «nicht in der SS. Das war viel früher.»

Aber mit der Narbe hatte er recht. Sie war das Ergebnis einer auslöschenden und qualvoll schmerzhaften Verbrennung durch das Mündungsfeuer einer automatischen Pistole, die ich unter meinem Oberarm abgefeuert hatte. Andernfalls hätte ich es riskiert, entdeckt und vom KGB erschossen zu werden.

König verlor über die Entfernung seiner Tätowierung kein Wort. Statt dessen ließ er sich weiter darüber aus, er habe eine Beschäftigung für mich.

Das alles war mehr, als ich erhofft hatte. Aber ich mußte trotzdem auf der Hut sein: Es war erst ein paar Minuten her, daß er mich fast beschuldigt hatte, mit Hauptmann Rustaweli gemeinsame Sache zu machen.

«Es ist nicht so, daß sich mir die Haare sträuben, bei der Vorstelllung, für jemand anderen zu arbeiten», sagte ich, «aber gerade im Augenblick habe ich eine andere Sache am Laufen.» Ich zuckte die Achseln. «Vielleicht wenn die abgeschlossen ist... wer weiß? Jedenfalls vielen Dank.»

Er schien nicht beleidigt, daß ich sein Angebot abgelehnt hatte, und zuckte bloß gleichmütig die Achseln.

«Wo kann ich Sie finden, sollte ich meine Meinung ändern?»

«Fräulein Hartmann im *Casino Oriental* wird wissen, wo.» Er zog eine zusammengefaltete Zeitung unter seinem Badetuch hervor und gab sie mir. «Öffnen Sie sie vorsichtig, wenn Sie draußen sind. Es sind zwei Hunderter drin, um den Iwan zu bezahlen, und einer ist für Ihre Mühe.»

In diesem Augenblick stöhnte er auf und umfaßte sein Gesicht, wobei er Schneidezähne und Eckzähne entblößte, die so ebenmäßig waren wie eine Reihe winziger Milchflaschen. Als er meine hochgezogenen Augenbrauen bemerkte und meinen forschenden Blick irrtümlich für Besorgnis hielt, erklärte er, ihm fehle nichts, aber man habe ihm kürzlich zwei Zahnprothesen verpaßt.

«Ich scheine mich nicht daran gewöhnen zu können, sie im Mund zu haben», sagte er und ließ ganz kurz den verborgenen, trägen Wurm seiner Zunge sich an der oberen und der unteren Zahnreihe entlangwinden.

«Und wenn ich mich selber im Spiegel sehe, kommt es mir vor, als grinse mich ein vollkommen Fremder an. Höchst verwirrend.» Er seufzte und schüttelte traurig den Kopf. «Wirklich ein Jammer. Ich hatte immer so perfekte Zähne.»

Er stand auf, zog das Laken um seine Brust zurecht und schüttelte mir die Hand.

«Es war mir ein Vergnügen, Sie kennenzulernen, Herr Gunther», sagte er mit ungezwungenem Wiener Charme.

«Nein, das Vergnügen war ganz auf meiner Seite», erwiderte ich. König grinste. «Wir werden noch einen Österreicher aus Ihnen machen, mein Freund.» Dann tauchte er in den Dampf, dieselbe aufreizende Melodie pfeifend.

23

Nichts lieben die Wiener mehr, als in «Stimmung» zu kommen. Sie sorgen dafür, daß dieses Gefühl der Geselligkeit in Bars und Restaurants geschaffen wird, durch die Begleitung eines Quartetts, das aus einem Kontrabaß, einer Geige, einem Akkordeon und einer Zither besteht. Für mich verkörperte diese allgegenwärtige Kombination alles, was an Wien verlogen war, wie die süßliche Gefühlsduselei und die falsche Höflichkeit. Das brachte *mich* in Stimmung. Freilich war es die Art von Stimmung, in der man vielleicht war, wenn man einbalsamiert, in einem mit Blei ausgeschlagenen Sarg eingeschlossen und säuberlich in einem jener marmornen Mausoleen auf dem Zentralfriedhof abgestellt war.

Ich wartete auf Traudl Braunsteiner im *Herrenhof*, einem Restaurant in der Herrengasse. Den Ort hatte sie ausgewählt, aber sie verspätete sich. Als sie schließlich eintraf, war ihr Gesicht gerötet, weil sie gerannt war, aber auch wegen der Kälte. «Sie haben schon fast etwas Katholisches an sich, so wie Sie da im Schatten sitzen», sagte sie und nahm am Tisch Platz.

«Das gehört zu meiner Arbeit», sagte ich. «Niemand will einen

Detektiv, der so ehrlich aussieht wie der Dorfposthalter. Trübe Beleuchtung ist gut fürs Geschäft.»

Ich winkte dem Kellner, und wir bestellten rasch.

«Emil ist sauer, weil Sie ihn in der letzten Zeit nicht besucht haben», sagte Traudl.

«Wenn er wissen will, was ich getan habe, sagen Sie ihm, ich werde ihm eine Rechnung für neue Schuhsohlen schicken. Ich habe diese ganze verdammte Stadt abgeklappert.»

«Sie wissen, daß er nächste Woche vor Gericht kommt, nicht wahr?»

«Das könnte ich wahrscheinlich gar nicht vergessen, denn Liebl ruft mich fast jeden Tag an.»

«Auch Emil vergißt es nicht.» Sie sprach ruhig, war aber unübersehbar aufgebracht.

«Tut mir leid», sagte ich. «Dumm von mir, das zu sagen. Hören Sie, ich habe ein paar gute Nachrichten. Ich habe endlich mit König gesprochen.»

Ihr Gesicht erhellte sich vor Erregung. «Wirklich? Wann? Wo?»

«Heute morgen», sagte ich. «Im Amalienbad.»

«Was sagte er?»

«Er bot mir an, daß ich für ihn arbeite. Ich glaube, das wäre vielleicht keine schlechte Idee, dicht genug an ihn ranzukommen, um irgendeinen Beweis zu finden.»

«Könnten Sie nicht einfach der Polizei sagen, wo er ist, damit sie ihn verhaften kann?»

«Mit welcher Begründung?» sagte ich achselzuckend. «Was die Polizei angeht, die hat ihren Mann bereits todsicher. Außerdem, selbst wenn ich sie dazu überreden könnte, ihn zu greifen, wäre König nicht so leicht einzusacken. Die Amerikaner können nicht in den russischen Sektor gehen und ihn verhaften, selbst wenn sie's wollten. Nein, Emils beste Chance ist, daß ich so rasch wie möglich Königs Vertrauen gewinne. Und das ist der Grund, warum ich sein Angebot abgelehnt habe.»

Traudl biß sich vor Ärger auf die Lippe. «Aber warum? Ich verstehe das nicht!»

«Ich muß sicherstellen, daß König glaubt, ich wolle nicht für ihn arbeiten. Die Art, wie ich seine Freundin kennengelernt habe, hat ihn ein bißchen mißtrauisch gemacht. Ich werde also folgendes tun: Ich möchte, daß Sie mir ein bißchen Geld geben, damit ich es morgen abend verspielen kann. Genug, damit es so aussieht, als sei ich blank. Dann hätte ich Grund, mir Königs Angebot noch mal zu überlegen.»

«Das fällt unter notwendige Unkosten, wie?»

«Leider ja.»

«Wieviel?»

«Dreitausend oder viertausend Schilling sollten genügen.»

Sie dachte eine Minute nach, und dann erschien der Kellner mit einer Flasche Riesling. Nachdem er unsere Gläser gefüllt hatte, nippte Traudl an ihrem Wein und sagte: «Also gut. Aber nur unter einer Bedingung: daß ich dabei bin und aufpasse, wie Sie's verlieren.»

Der energische Zug um ihr Kinn sagte mir, daß sie ziemlich entschlossen war.

«Ich nehme nicht an, daß es viel nützen würde, wenn ich Sie daran erinnere, daß es gefährlich werden könnte. Es ist nicht so, daß Sie mich begleiten können. Ich kann es mir nicht leisten, mit Ihnen gesehen zu werden, denn es könnte Sie jemand als Emils Mädchen erkennen. Wenn das hier nicht so ein verschwiegener Ort wäre, hätte ich darauf bestanden, daß wir uns in Ihrer Wohnung treffen.»

«Machen Sie sich um mich keine Sorgen», sagte sie fest. «Ich werde durch Sie durchgucken wie durch eine Glasscheibe.»

Ich begann wieder zu sprechen, aber sie legte die Hände über ihre kleinen Ohren.

«Nein, ich will nichts mehr hören. Ich komme, und das ist endgültig. Sie sind ein Spinner, wenn Sie denken, daß ich so einfach viertausend Schilling rausrücke, ohne aufzupassen, was damit passiert.»

«Sie haben ein Motiv», sagte ich und starrte einen Augenblick auf die flüssige Scheibe des Weins in meinem Glas, und sagte dann: «Sie lieben ihn sehr, nicht wahr?»

Traudl schluckte schwer und nickte heftig. Nach einer kurzen Pause fügte sie hinzu: «Und ich bin schwanger von ihm.»

Ich seufzte und versuchte, mir etwas Ermutigendes auszudenken, das ich ihr sagen konnte.

«Hören Sie», murmelte ich, «machen Sie sich keine Sorgen. Wir werden ihn aus diesem Schlamassel rausholen. Es gibt keinen

Grund, den Kopf hängen zu lassen. Kommen Sie, seien Sie nicht niedergeschlagen. Alles wird gutgehen, für Sie und das Baby, ich bin sicher.» Eine ziemlich unzulängliche Predigt, dachte ich, und dazu noch eine, von der ich nicht wirklich überzeugt war.

Traudl schüttelte den Kopf und lächelte. «Es geht mir gut, wirklich. Ich habe nur gerade daran gedacht, als ich das letzte Mal mit Emil hier war und ich ihm sagte, ich sei schwanger. Wir kamen früher oft her. Ich hatte nie vor, mich in ihn zu verlieben, wissen Sie.»

«Das hat nie jemand vor.» Ich bemerkte, daß meine Hand auf der ihren lag. «Es passiert ganz einfach. Wie ein Autounfall.» Aber wenn ich in ihr elfenhaftes Gesicht blickte, war ich nicht sicher, ob ich mit dem, was ich sagte, einverstanden war. Ihre Schönheit war nicht von der Art, die am Morgen als Schminke auf dem Kopfkissenbezug zurückbleibt, sondern sie konnte einen Mann stolz machen, daß sein Kind eine solche Mutter hatte. Mir wurde klar, wie sehr ich Becker um diese Frau beneidete, wie gern ich mich selber, hätte sie meinen Weg gekreuzt, in sie verliebt hätte. Ich ließ ihre Hand los und zündete mir rasch eine Zigarette an, um mich hinter ein bißchen Rauch zu verstecken.

24

Der nächste Abend brachte eine scharfe Kälte mit einem Hauch von Schnee, obwohl nach dem Kalender etwas weniger Unfreundliches zu erwarten war, und ich beeilte mich, in den warmen, schlüpfrigen Mief des *Casino Oriental* zu gelangen, die Taschen mit Bündeln von Emil Beckers leichtverdientem Geld vollgestopft.

Ich kaufte eine beträchtliche Menge der höchsten Chips und schlenderte zur Bar, um darauf zu warten, daß Lotte an einem der Kartentische erschien. Nachdem ich einen Drink bestellt hatte, hatte ich alle Hände voll zu tun, die Zuhälter und Nutten wegzuscheuchen, die mich umschwirrten, scharf darauf, mir und meiner Brieftasche Gesellschaft zu leisten, was mir eine deutlichere Vorstellung davon vermittelte, wie es im Hochsommer einem Pferdehintern zumute sein mußte. Es war zehn Uhr, als Lotte an einem der Tische auftauchte, und meine Begrüßung war entsprechend apathisch. Um den

Schein zu wahren, wartete ich noch einige Minuten, bevor ich meinen Drink zu Lottes mit grünem Filz bezogenen Tisch trug und ihr direkt gegenüber Platz nahm. Sie beäugte den Haufen Chips, den ich säuberlich vor mir aufgestapelt hatte, und schürzte ebenso säuberlich ihre Lippen.

«Ich habe Sie nicht für einen Blödian gehalten», sagte sie und meinte einen Spieler. «Ich dachte, Sie hätten mehr Grips.»

«Vielleicht bringen Ihre Finger mir Glück», sagte ich strahlend.

«Ich würde nicht drauf wetten.»

«Ja, gut, ich werd's mir bestimmt merken.»

Ich verstehe wenig vom Kartenspielen. Ich hätte nicht einmal den Namen des Spiels nennen können, das ich spielte. Ich war also einigermaßen überrascht, als ich nach zwanzig Minuten feststellen mußte, daß ich meinen anfänglichen Vorrat an Chips beinahe verdoppelt hatte. Die Logik erschien mir pervers, daß der Versuch, Geld zu verlieren, genauso schwierig sein sollte, wie der Versuch, Geld zu gewinnen.

Lotte nahm ein neues Kartenspiel, und ich gewann abermals. Als ich vom Tisch aufblickte, bemerkte ich, daß Traudl mir gegenübersaß und mit ihrem kleinen Häufchen Chips sparsam umging. Ich hatte sie nicht in den Club kommen sehen, aber inzwischen herrschte hier ein solcher Wirbel, daß mir Rita Hayworth nicht aufgefallen wäre.

«Schätze, das ist mein Glückstag», bemerkte ich, als spräche ich mit mir selber, während mir Lotte meinen Gewinn herüberschob.

Traudl lächelte bloß höflich, als sei ich ihr fremd, und schickte sich an, ihren nächsten bescheidenen Einsatz zu machen.

Ich bestellte einen weiteren Drink, konzentrierte mich und versuchte, ein echter Verlierer zu sein, nahm eine Karte, wenn ich mich hätte bedeckt halten müssen, setzte, wenn ich hätte passen müssen, kurz, ich versuchte, dem Glück bei jeder sich bietenden Gelegenheit auszuweichen. Hin und wieder versuchte ich, vernünftig zu spielen, damit das, was ich trieb, weniger auffiel. Aber nach weiteren vierzig Minuten war es mir gelungen, sowohl alles zu verlieren, was ich gewonnen hatte, als auch die Hälfte meines ursprünglichen Kapitals. Als Traudl den Tisch verließ, nachdem sie gesehen hatte, daß ich genug vom Geld ihres Freundes verloren und es zu dem angegebenen Zweck verwendet hatte, trank ich mein Glas aus und seufzte verärgert.

«Sieht so aus, als wär's mitnichten mein Glückstag», sagte ich grimmig.

«Die Art, wie Sie spielen, hat mit Glück nichts zu tun», murmelte Lotte. «Ich kann nur hoffen, daß Sie sich bei dem russischen Hauptmann geschickter angestellt haben.»

«Oh, machen Sie sich um den keine Sorgen, er hat Sie schon vergessen. Sie werden keine Probleme mehr haben.»

«Freut mich, das zu hören.»

Ich setzte meinen letzten Chip, verlor ihn, stand vom Tisch auf und sagte, daß ich eigentlich ganz dankbar sei, daß König mir eine Arbeit angeboten habe. Reuig lächelnd ging ich zurück zur Bar, bestellte einen Drink und sah eine Weile einem barbusigen Mädchen zu, das auf der Tanzfläche zu den blechernen, ruckenden Klängen der Jazzband die Parodie eines lateinamerikanischen Steptanzes zum besten gab.

Ich sah nicht, wie Lotte den Tisch verließ, um einen Anruf zu machen, aber nach einer Weile stieg König die Treppe zum Club hinunter. Er wurde von einem kleinen Terrier und einem größeren, vornehmer aussehenden Mann begleitet, der ein Jackett ohne Aufschläge und eine Club-Krawatte trug. Der zweite Mann verschwand durch einen Perlenvorhang an der Rückseite des Clubs, während König durch Gebärden meine Aufmerksamkeit zu erregen versuchte.

Er ging zur Bar, nickte Lotte zu und zog unterwegs eine frische Zigarre aus der Brusttasche seines grünen Tweedanzuges.

«Herr Gunther», sagte er lächelnd, «wie schön, Sie wiederzusehen.»

«Hallo, König», sagte ich. «Wie geht's Ihren Zähnen?»

«Meinen Zähnen?» Sein Lächeln verschwand, als hätte ich mich nach seinem Schanker erkundigt.

«Wissen Sie nicht mehr?» erklärte ich. «Sie haben mir doch von Ihren Prothesen erzählt.»

Sein Gesicht entspannte sich. «Ja, habe ich. Es geht viel besser, danke.» Er fand zu seinem Lächeln zurück und sagte: «Ich höre, Sie hatten ein bißchen Pech am Spieltisch.»

«Nicht nach Fräulein Hartmanns Meinung. Sie sagte mir, die Art, wie ich spielte, hätte mit Glück oder Pech nichts zu tun.»

König, der seine Vier-Schilling-Corona inzwischen in Brand gesetzt hatte, grinste. «Dann müssen Sie mir gestatten, Ihnen einen

Drink zu spendieren.» Er winkte dem Barmann und bestellte für sich einen Scotch und noch einmal das, was ich trank. «Haben Sie viel verloren?»

«Mehr als ich mir leisten kann», sagte ich unglücklich. «Ungefähr viertausend Schilling.» Ich leerte mein Glas und schob es über den Tresen zum Nachfüllen. «Zu dumm, wirklich. Ich sollte überhaupt nicht spielen. Ich habe wirklich kein Talent zum Kartenspielen. Also bin ich jetzt blank.» Ich trank König schweigend zu und schluckte meinen Wodka. «Gott sei Dank war ich so vernünftig, meine Hotelrechnung im voraus zu bezahlen. Davon abgesehen, gibt es nicht viel Grund zur Freude.»

«Dann müssen Sie mir erlauben, Ihnen etwas zu zeigen», sagte er und paffte heftig an seiner Zigarre. Er blies einen großen Rauchring in die Luft über den Kopf seines Terriers und sagte: «Zeit, eine zu dampfen, Lingo», worauf das Vieh, sehr zur Erheiterung seines Besitzers, auf und ab sprang und aufgeregt in der tabakgeschwängerten Luft schnüffelte wie der verrückteste Nikotinsüchtige.

«Das ist ein sauberer Trick», lächelte ich.

«Oh, das ist kein Trick», sagte König. «Lingo weiß eine gute Zigarre fast genauso zu schätzen wie ich.» Er beugte sich nieder und tätschelte den Kopf des Hundes. «Ist's nicht so, mein Junge?» Der Hund antwortete mit einem Bellen.

«Nun gut, wie immer Sie's nennen, was ich im Augenblick brauche, ist Geld, kein Gelächter. Zumindest bis ich nach Berlin zurück kann. Wissen Sie, es ist ein Glück, daß Sie zufällig hier vorbeikamen. Ich saß da und fragte mich, wie ich es wohl deichseln könnte, das Thema dieser Arbeit, die Sie mir angeboten haben, wieder anzuschneiden.»

«Mein lieber Freund, alles zu seiner Zeit. Zuerst möchte ich, daß Sie jemanden kennenlernen. Es ist Baron von Bolschwing, und er leitet hier in Wien eine Dependance des Österreichischen Bundes für die Vereinten Nationen. Es ist der Österreichische Verlag. Er ist ebenfalls ein alter Kamerad, und ich weiß, daß es ihn interessieren würde, einen Mann wie Sie kennenzulernen.»

Ich wußte, daß König von der SS sprach.

«Er steht nicht zufällig in Verbindung mit Ihrer Gesellschaft für Konjunkturforschung, oder?»

«In Verbindung? Ja, das könnte man sagen», räumte er ein. «Exakte Informationen sind für einen Mann wie den Baron unentbehrlich.»

Ich lächelte und schüttelte gequält den Kopf. «Was ist das für eine Stadt, in der man ‹Abschiedsfeier› sagt, wenn man in Wirklichkeit ‹Totenmesse› meint. Ihr ‹Konjunkturforschung› hört sich eher an wie mein ‹Import und Export›, Herr König: ein farbiges Bändchen um einen ziemlich schlichten Kuchen.»

«Ich kann nicht glauben, daß ein Mann, der bei der Abwehr gedient hat, mit solchen notwendigen Umschreibungen nicht vertraut ist. Trotzdem, da Sie es wünschen, werde ich, wie man sagt, meine Karten aufdecken. Aber lassen Sie uns erst von der Bar fortgehen.» Er führte mich zu einem ruhigen Tisch, und wir nahmen Platz.

«Die Organisation, deren Mitglied ich bin, ist im Grunde eine Vereinigung von deutschen Offizieren, deren vordringlichste Ziele und Absichten in der Sammlung von Forschungen – Verzeihung, geheimen Erkenntnissen – bestehen, wie zum Beispiel über die Bedrohung, welche die Rote Armee für ein freies Europa darstellt. Obgleich wir militärische Rangbezeichnungen selten verwenden, orientieren wir uns natürlich an der militärischen Disziplin, und wir bleiben Offiziere und Ehrenmänner. Der Kampf gegen den Kommunismus ist ein verzweifelter, und es gibt Zeiten, da wir uns gezwungen sehen, Dinge zu tun, die wir vielleicht unangenehm finden. Doch für viele alte Kameraden, die sich bemühen, im Zivilleben Fuß zu fassen, wiegt die Befriedigung, bei der Schaffung eines neuen, freien Deutschlands mitzuwirken, schwerer als solche Bedenken. Und diese Dienste werden natürlich großzügig honoriert.»

Es hörte sich so an, als habe König diese Worte oder ihre genaue Entsprechung bei vielen anderen Gelegenheiten gesagt. Ich fing an zu glauben, daß es mehr alte Kameraden gab, als ich geschätzt hatte, deren Bemühungen, im Zivilleben Fuß zu fassen, man durch das einfache Hilfsmittel unterstützte, sie unter einer Art von militärischer Disziplin weiterleben zu lassen. Er erzählte noch viel mehr, was mir jedoch in ein Ohr hinein- und durch das andere wieder hinausging, ehe er nach einer Weile seinen Whisky austrank und sagte, wenn ich an seinem Vorschlag interessiert sei, werde er mich mit dem Baron bekannt machen. Als ich ihm erwiderte, ich sei sehr interessiert, nickte er zufrieden und bugsierte mich zum Perlenvorhang. Wir gingen durch einen langen Korridor und stiegen zwei Treppen hinauf.

«Dies ist das Gebäude des Hutgeschäftes nebenan», erklärte König. «Der Besitzer ist Mitglied der Organisation und gestattet uns, die Räume für Anwerbungszwecke zu benutzen.»

Er blieb vor einer Tür stehen und klopfte leise. Als er eine Antwort von drinnen hörte, schob er mich in ein Zimmer, das nur vom Schein einer Straßenlaterne erhellt wurde. Doch das genügte, um das Gesicht des Mannes zu erkennen, der an einem Tisch am Fenster saß. Groß, mager, glattrasiert, dunkelhaarig, schütter werdendes Haar. Ich schätzte ihn auf etwa vierzig.

«Setzen Sie sich, Herr Gunther», sagte er und zeigte auf einen Stuhl auf der anderen Seite des Tisches.

Ich nahm den Stapel Hutschachteln weg, die dort lagen, während es sich König auf einer breiten Fensterbank bequem machte.

«Herr König glaubt, Sie könnten einen geeigneten Repräsentanten für unsere Gesellschaft abgeben», sagte der Baron.

«Sie meinen einen Agenten, nicht wahr?»

«Wenn Sie so wollen», sah ich ihn lächeln. «Doch bevor das geschehen kann, möchte ich gern etwas über Ihre Persönlichkeit und Ihre Verhältnisse erfahren. Ich muß Sie befragen, damit wir entscheiden können, wie wir Sie am besten einsetzen können.»

«Wie beim *Fragebogen*? Ja, ich verstehe.»

«Fangen wir damit an, wie Sie zur SS kamen», sagte der Baron. Ich erzählte ihm alles über meine Tätigkeit bei der Kripo und beim RSHA und wie ich automatisch Offizier der SS geworden war. Ich erklärte, daß ich als Mitglied von Arthur Nebes Sonderkommando nach Minsk gegangen sei, da ich aber keine Lust gehabt hätte, Frauen und Kinder zu ermorden, um Versetzung an die Front nachgesucht und statt dessen zum Wehrmachtsamt für Kriegsverbrechen gekommen sei. Der Baron befragte mich intensiv, aber höflich, und er gab sich als perfekter österreichischer Ehrenmann. Außer, daß ihn ein Hauch falscher Bescheidenheit umgab, seine Gesten ein wenig zu aufgesetzt wirkten und seine Sprechweise auf etwas hinzuweisen schien, auf das jeder wahre Ehrenmann alles andere als stolz gewesen wäre.

«Erzählen Sie mir etwas über Ihre Arbeit im Amt für Kriegsverbrechen.»

«Das war zwischen Januar 1942 und Februar 1944», erklärte ich. «Ich hatte den Rang eines Oberleutnants und untersuchte deutsche wie russische Greueltaten.»

«Und wo war das genau?»

«Ich war in Berlin in Blumeshof, gegenüber dem Kriegsministerium, stationiert. Von Zeit zu Zeit wurde ich zu Aufgaben im Feld abkommandiert. Insbesondere auf die Krim und in die Ukraine. Später, im August 1943, verlegte das OKW seinen Sitz wegen der Bombenangriffe nach Torgau.»

Der Baron lächelte hochnäsig und schüttelte den Kopf. «Vergeben Sie mir», sagte er, «es ist bloß so, ich hatte keine Ahnung, daß ein solches Amt innerhalb der Wehrmacht existiert hat.»

«Es war nichts anderes als die entsprechende Abteilung der Preußischen Armee während des Ersten Weltkrieges», sagte ich. «Es muß ein paar allgemein akzeptierte humanitäre Werte geben, selbst in Kriegszeiten.»

«Vermutlich muß es das», seufzte der Baron, doch er schien davon nicht überzeugt. «In Ordnung. Was geschah dann?»

«Angesichts der Ausweitung des Krieges wurde es notwendig, alle tauglichen Männer an die russische Front zu schicken. Ich wurde zum Hauptmann befördert und kam im Februar 1944 zu General Schörners Armee in Weißrußland. Ich war Nachrichtenoffizier.»

«In der Abwehr?»

«Ja. Inzwischen sprach ich ein bißchen Russisch. Auch ein bißchen Polnisch. Meine Hauptarbeit war das Übersetzen.»

«Und wo gerieten Sie schließlich in Gefangenschaft?»

«Königsberg in Ostpreußen. April 1945. Ich wurde in die Kupferbergwerke im Ural geschickt.»

«Wohin genau, wenn es Ihnen nichts ausmacht?»

«Nähe Swerdlowsk. Dort vervollkommnete ich mein Russisch.»

«Wurden Sie vom KGB verhört?»

«Natürlich. Viele Male. Sie waren an jedem interessiert, der Nachrichtenoffizier gewesen war.»

«Und was haben Sie ihnen erzählt?»

«Offen gesagt, ich erzählte ihnen alles, was ich wußte. Zu diesem Zeitpunkt war der Krieg vorbei, es schien also keine große Rolle mehr zu spielen. Natürlich verschwieg ich, daß ich früher bei der SS gewesen war und beim OKW gearbeitet hatte. Die SS-Leute kamen in ein Sonderlager, wo sie entweder erschossen oder überredet wurden, für die Sowjets im Komitee Freies Deutschland zu arbeiten. Auf diese Weise scheint man den größten Teil der deutschen Polizei rekrutiert zu haben. Und, wenn ich das sagen darf, die Staatspolizei hier in Wien.»

«Ganz recht.» Sein Ton war gereizt. «Fahren Sie fort, Herr Gunther.»

«Eines Tages sagte man einer Gruppe von uns, man würde uns nach Frankfurt an der Oder verlegen. Das dürfte im Dezember 1946 gewesen sein. Man sagte uns, wir kämen in ein Erholungslager. Wie Sie sich denken können, fanden wir das ziemlich merkwürdig. Ja, im Transportzug belauschte ich zwei Wachen und hörte, wir seien für ein Uranbergwerk in Sachsen bestimmt. Ich nehme an, keiner von beiden hatte eine Ahnung, daß ich Russisch konnte.»

«Können Sie sich an den Namen des Ortes erinnern?»

«Johanngeorgenstadt im Erzgebirge, an der tschechischen Grenze.»

«Danke», sagte der Baron schroff, «ich weiß, wo das ist.»

«Sobald sich mir die Gelegenheit bot, sprang ich aus dem Zug, kurz nachdem wir die deutsch-polnische Grenze überquert hatten, und dann schlug ich mich nach Berlin durch.»

«Waren Sie in einem der Lager für Heimkehrer?»

«Ja, in Staaken. Gott sei Dank war ich nicht lange dort. Die dortigen Krankenschwestern hatten an uns Plennis kein großes Interesse. Sie waren nur scharf auf amerikanische Soldaten. Glücklicherweise fand das Wohlfahrtsamt der Kommunalverwaltung meine Frau beinahe sofort unter meiner alten Adresse.»

«Da können Sie von Glück sagen, Herr Gunther», meinte der Baron. «In mancher Hinsicht. Meinen Sie nicht auch, Helmut?»

«Wie ich Ihnen sagte, Baron, Herr Gunther ist ein einfallsreicher Mann», sagte König und streichelte abwesend seinen Hund.

«Das ist er tatsächlich. Aber sagen Sie mir eines, Herr Gunther, hat sich niemand von Ihnen über Ihre Erfahrungen in der Sowjetunion berichten lassen?»

«Leute wie Sie, zum Beispiel?»

Es war König, der antwortete. «Mitglieder unserer Organisation haben eine große Anzahl heimgekehrter Plennis befragt», sagte er. «Unsere Leute stellen sich als Sozialpfleger, Historiker und so weiter vor.»

Ich schüttelte den Kopf. «Vielleicht, wenn ich offiziell entlassen worden und nicht geflohen wäre...»

«Ja», sagte der Baron. «Das muß der Grund sein. In diesem Fall, Herr Gunther, können Sie zweimal von Glück sagen. Weil wir nämlich, wären Sie offiziell entlassen worden, mit ziemlicher Sicherheit gezwungen gewesen wären, Sie erschießen zu lassen, eine Vorsichtsmaßnahme, um die Sicherheit unserer Gruppe zu schützen. Sehen Sie, was Sie über die Deutschen sagten, die überredet wurden, für das Komitee Freies Deutschland zu arbeiten, war vollkommen richtig. Es waren diese Verräter, die in der Regel als allererste entlassen wurden. Hätte man Sie in ein Uranbergwerk im Erzgebirge geschickt, wie man es vorhatte, wären Sie nicht länger als acht Wochen lang am Leben geblieben. Es wäre leichter gewesen, sich von den Russen erschießen zu lassen. Sie sehen also, daß wir Ihnen nun vertrauen können, da wir wissen, daß die Russen Sie für den Tod bestimmt hatten.» Der Baron stand jetzt auf, die Befragung war offenbar vorüber. Ich sah, daß er größer war, als ich angenommen hatte. König glitt von der Fensterbank und stellte sich neben ihn.

Ich erhob mich von meinem Stuhl und schüttelte schweigend die ausgestreckte Hand des Barons und dann die von König. Darauf lächelte König und reichte mir eine seiner Zigarren. «Mein Freund», sagte er, «willkommen in der Organisation.»

25

Während der nächsten beiden Tage traf ich in dem Laden neben dem *Oriental* mehrmals mit König zusammen, um mich in den zahlreichen ausgetüftelten und geheimen Arbeitsmethoden der Organisation schulen zu lassen. Doch zuerst hatte ich, bei meiner Ehre als deutscher Offizier, eine feierliche Einverständniserklärung zu unterzeichnen, nichts über die verdeckten Aktivitäten der Organisation verlauten zu lassen. Darüber hinaus war in der Erklärung festgelegt, daß jeder Bruch der Verschwiegenheit schwer bestraft werden würde, und König sagte, ich sei gut beraten, wenn ich meine neue Beschäftigung nicht nur allen Freunden und Verwandten, sondern «sogar» – und dies waren exakt seine Worte – «sogar Ihren amerikanischen Kollegen» verschweigen würde. Diese und einige andere Bemerkungen, die er machte, brachten mich zu der Annahme, daß die Org, wie sie die

Organisation nannten, in Wirklichkeit ganz und gar vom amerikanischen Geheimdienst finanziert wurde. Als also meine Ausbildung – im Hinblick auf meine Erfahrungen bei der Abwehr eine stark verkürzte – abgeschlossen war, verlangte ich voller Zorn von Belinsky, daß wir uns so bald wie möglich trafen.

«Was liegt Ihnen im Magen, Kraut?» fragte er, als wir uns an einem Tisch gegenübersaßen, den ich in einer ruhigen Ecke des *Café Schwarzenberg* für uns hatte reservieren lassen.

«Wenn's mir den Appetit verschlagen hat, dann nur, weil Sie mir die falsche Speisekarte gezeigt haben.»

«Was? Und wie kommt das?» Er begann mit einem seiner nach Knoblauch stinkenden Zahnstocher zu hantieren.

«Das wissen Sie verdammt gut. König ist Mitglied einer deutschen Geheimorganisation, die Ihre eigenen Leute gegründet haben, Belinsky. Ich weiß das, weil sie es gerade geschafft haben, mich anzuwerben. Also, entweder Sie setzen mich ins Bild, oder ich gehe in die Stiftskaserne und erkläre, daß ich jetzt zu wissen glaube, daß Linden von einer Organisation deutscher Spione, die von Amerikanern gefördert wird, ermordet wurde.»

Belinsky warf kurz einen Blick in die Runde und beugte sich dann entschlossen über den Tisch. Er umfaßte ihn mit seinen Armen, als habe er vor, ihn hochzuheben und mir über den Schädel zu schlagen.

«Ich glaube nicht, daß das eine sehr gute Idee wäre», sagte er ruhig.

«Nein? Vielleicht glauben Sie, daß Sie mich aufhalten können. Auf die Art, wie Sie den russischen Soldaten zum Schweigen gebracht haben. Das könnte ich vielleicht auch noch erwähnen.»

«Vielleicht werde ich Sie umbringen, Kraut», sagte er. «Das dürfte nicht zu schwierig sein. Ich habe eine Pistole mit Schalldämpfer. Ich könnte Sie vermutlich hier drin umlegen, und niemand würde es bemerken. Das ist das Angenehme an den Wienern. Selbst wenn ihnen das Hirn von irgend jemandem in ihre Kaffeetasse spritzte, würden sie sich auch weiter bloß um ihren eigenen Scheißkram kümmern.» Er grinste bei der Vorstellung, schüttelte den Kopf und schnitt mir das Wort ab, als ich versuchte zu antworten.

«Aber wovon sprechen wir überhaupt?» sagte er. «Es ist nicht nötig, daß wir uns streiten. Nicht im geringsten. Sie haben recht. Vielleicht hätte ich Sie vorher aufklären sollen, aber wenn die Org Sie angeworben hat, waren Sie zweifellos gezwungen, eine geheime Erklärung zu unterzeichnen, habe ich recht?»

Ich nickte.

«Vielleicht nehmen Sie diese Erklärung nicht sehr ernst, aber Sie werden wenigstens verstehen, wenn ich Ihnen sage, daß meine Regierung von mir verlangte, eine ähnliche Erklärung zu unterzeichnen, und daß ich sie in der Tat sehr ernst nehme. Ich kann Sie erst jetzt ganz ins Vertrauen ziehen, so ironisch das klingt: Ich ermittle gegen eben diese Organisation, und die Tatsache, daß Sie dort jetzt Mitglied sind, macht es mir möglich, Sie wie jemanden zu behandeln, der kein Sicherheitsrisiko mehr darstellt. Ist doch gar nicht so schief, die Logik, wie?»

«In Ordnung», sagte ich, «Ihre Entschuldigung ist angekommen. Wie wär's, wenn Sie mir jetzt die ganze Geschichte erzählten?»

«Crowcass habe ich schon erwähnt, richtig?»

«Die Kommission für Kriegsverbrechen? Ja.»

«Also, wie soll ich's ausdrücken? Die Verfolgung von Nazis und die Beschäftigung von deutschen Geheimdienstleuten schließen einander nicht unbedingt aus. Lange Zeit haben die Vereinigten Staaten frühere Mitglieder der Abwehr angeworben, um gegen die Sowjets zu spionieren. Eine unabhängige Organisation wurde in Pullach gegründet, an der Spitze ein ranghoher deutscher Offizier, um im Auftrage des CIC geheime Informationen zu sammeln.»

«Die Süddeutsche Industrie-Verwertungsgesellschaft.»

«Genau. Als die Org eingerichtet wurde, hatte sie ausdrückliche Anweisungen, wen genau sie anzuwerben hatte. Es sollte eine saubere Organisation sein, verstehen Sie. Aber wir haben seit geraumer Zeit den Verdacht gehabt, daß die Org auch Leute von der SS, vom SD und von der Gestapo anheuerte und damit ihrem ursprünglichen Auftrag zuwiderhandelte. Wir wollten Leute vom Geheimdienst, um Himmels willen keine Kriegsverbrecher. Es ist mein Auftrag, herauszufinden, in welchem Maße diese verbrecherischen Personengruppen in die Org eingesickert sind. Können Sie mir folgen?»

Ich nickte. «Aber wie paßt Captain Linden da rein?»

«Wie ich Ihnen schon sagte, bearbeitete Linden die Akten. Es ist möglich, daß seine Stellung im Document Center ihn in die Lage versetzte, Mitglieder der Org bei Anwerbungen als Berater zu dienen. Er überprüfte Leute, stellte fest, ob ihre Geschichten mit dem übereinstimmten, was er ihren Akten, Stammrollen und so weiter entnehmen konnte. Ich bin sicher, ich brauche Ihnen nicht zu sagen, daß die Org darauf bedacht ist, jede Infiltration durch Deutsche zu vermeiden, die bereits von den Sowjets in ihren Kriegsgefangenenlagern angeworben worden sind.»

«Ja», sagte ich. «Das habe ich mir bereits mit viel deutlicheren Worten anhören müssen.»

«Vielleicht hat Linden ihnen sogar Hinweise auf Leute gegeben, die zur Anwerbung vielleicht geeignet waren. Aber in diesem Punkt sind wir nicht sicher. Darüber wissen wir zu wenig, genausowenig wie über das Zeug, für das Ihr Freund Becker den Kurier spielte.»

«Möglich, daß er ihnen ein paar Akten überließ, als sie mögliche Anwärter befragten, die ihnen vielleicht verdächtig vorkamen», warf ich ein.

«Nein, das ist einfach nicht möglich. Die Sicherheitsvorkehrungen im Center sind absolut wasserdicht. Sehen Sie, nach dem Krieg befürchtete die Armee, Ihre Leute könnten versuchen, sich das Material zurückzuholen oder es zu vernichten. Man marschiert dort nicht einfach raus mit einem Stapel Akten unter dem Arm. Die Einsicht in Dokumente ist nur vor Ort möglich und muß begründet werden.»

«Dann hat Linden vielleicht ein paar Akten verändert?»

Belinsky schüttelte den Kopf. «Nein, daran haben wir bereits gedacht und jede einzelne der Akten, die Linden zu Gesicht bekam, bis zur zentralen Registratur zurückverfolgt. Es deutet nichts darauf hin, daß etwas entfernt oder vernichtet worden ist. Wie es scheint, haben wir die besten Möglichkeiten, herauszufinden, was er trieb, wenn wir Ihre Mitgliedschaft in der Org nutzen. Ganz zu schweigen davon, daß es für Sie die beste Möglichkeit ist, etwas zu finden, um Ihren Freund Becker freizukriegen.»

«Dafür bleibt mir kaum noch Zeit. Er kommt Anfang nächste Woche vor Gericht.»

Belinsky machte ein nachdenkliches Gesicht. «Vielleicht könnte ich Ihnen helfen, die Sache bei Ihren neuen Kollegen ein wenig zu beschleunigen. Wenn ich Sie mit einer hochkarätigen sowjetischen Geheiminformation versorgen würde, wäre das für Sie ein guter Einstieg bei der Org. Es müßte natürlich Material sein, daß meine Leute bereits gesehen haben, aber die Burschen von der Org würden das nicht wissen. Wenn ich die Quelle des Materials richtig frisiere, würden Sie als ziemlich guter Spion dastehen. Wie hört sich das an?»

«Gut. Wenn Sie schon in so hervorragender Stimmung sind, können Sie mir aus einer anderen Klemme heraushelfen. Nachdem König mich darin unterwiesen hatte, wie man einen toten Briefkasten benutzt, gab er mir meinen ersten Auftrag.»

«Wirklich? Prima. Was ist das für ein Auftrag?»

«Sie wollen, daß ich Beckers Freundin, Traudl, umbringe.»

«Diese hübsche kleine Krankenschwester?» Er schien ganz außer sich. «Die aus dem Allgemeinen Krankenhaus? Haben sie gesagt, warum?»

«Sie kam ins *Casino Oriental*, um mich zu überwachen, als ich das Geld ihres Freundes verlor. Ich habe sie davor gewarnt, aber sie wollte nicht hören. Ich vermute, das muß die Org nervös gemacht haben.»

Aber das war nicht der Grund, den König mir genannt hatte.

«Als frühe Erprobung der Treue wird oft ein bißchen Drecksarbeit verlangt», erklärte Belinsky. «Haben sie gesagt, wie Sie's machen sollen?»

«Ich soll's wie einen Unfall aussehen lassen», sagte ich. «Folglich muß ich sie natürlich so schnell wie möglich aus Wien fortschaffen. Und dazu brauche ich Sie. Können Sie eine Reisegenehmigung und eine Fahrkarte für sie besorgen?»

«Sicher», antwortete er, «aber versuchen Sie sie dazu zu überreden, so viele Sachen wie möglich zurückzulassen. Wir werden sie durch die Zone fahren und sie in einen Zug nach Salzburg setzen. Auf diese Weise wird es so aussehen, als sei sie verschwunden, womöglich tot. Das würde Ihnen helfen, richtig?»

«Hauptsache ist, daß sie sicher aus Wien rauskommt», erklärte ich ihm. «Wenn jemand Risiken auf sich nehmen muß, dann lieber ich als sie.»

«Überlassen Sie das mir, Kraut. Ich werde ein paar Stunden brauchen, um alles in die Wege zu leiten, aber das kleine Fräulein ist so gut wie draußen. Ich schlage vor, daß Sie in Ihr Hotel zurückkehren und auf mich warten, bis ich mit ihren Papieren komme. Dann werden wir sie abholen. In diesem Fall wäre es vielleicht besser, wenn Sie ihr bis dahin nichts erzählen würden. Vielleicht möchte sie ihren Freund Becker nicht im Stich lassen, wenn er die Suppe auslöffeln muß, die er sich eingebrockt hat. Es wäre besser, wenn wir sie einfach einladen und sie wegbringen könnten. Dann bleibt ihr nicht mehr viel anderes übrig, als zu protestieren.»

Nachdem Belinsky fortgegangen war, um die notwendigen Vorkehrungen zu treffen, fragte ich mich, ob er so bereitwillig dabei geholfen hätte, Traudl sicher aus Wien fortzuschaffen, wenn er das Foto gesehen hätte, das König mir gegeben hatte. Er hatte mir erzählt, Traudl Braunsteiner sei eine KGB-Agentin. So wie ich Traudl kannte, schien mir das vollkommen absurd. Doch für jeden anderen – am allermeisten für ein Mitglied des CIC –, der das Foto sah, das in einem Wiener Restaurant aufgenommen war und auf dem Traudl sich offensichtlich der Gesellschaft eines russischen KGB-Obersten namens Poroschin erfreute, wäre die Sache vielleicht nicht ganz so klar gewesen.

26

Als ich in die *Pension Caspian* zurückkehrte, erwartete mich dort ein Brief von meiner Frau. Ich erkannte die enge, beinahe kindliche Handschrift auf dem billigen braunen Umschlag sofort, der, zwei Wochen lang auf Gedeih und Verderb einem planlosen Postverkehr ausgesetzt, zerknittert und verschmiert war. Ich stellte ihn auf das Kaminsims in meinem Wohnzimmer, starrte ihn eine Weile an und dachte an meinen Brief an sie, den ich zu Hause in Berlin auf dieselbe Weise auf dem Kaminsims deponiert und seinen herrischen Ton bedauert hatte.

Seitdem hatte ich ihr lediglich zwei Telegramme geschickt: eines, um ihr zu sagen, daß ich heil in Wien angekommen sei, und ihr meine Adresse mitzuteilen; und das andere teilte ihr mit, der Fall könne sich unter Umständen ein wenig länger hinziehen, als ich ursprünglich angenommen hätte.

Ich meine, ein Graphologe hätte Kirstens Schrift problemlos analysieren und mich ziemlich leicht davon überzeugen können, die Schrift des inliegenden Briefes zeige, daß er von einer ehebrecherischen Frau verfaßt sei, die in der Gemütsverfassung sei, ihrem unaufmerksamen Ehemann zu sagen, daß sie, wenngleich er ihr zweitausend Dollar in Gold hinterlassen habe, trotzdem die Absicht habe, sich scheiden zu lassen und das Geld dazu zu benutzen, mit ihrem stattlichen amerikanischen Schätzchen in die Vereinigten Staaten auszuwandern.

Ich starrte den ungeöffneten Umschlag noch immer mit gewisser Beklommenheit an, als das Telefon läutete. Es war Shields.

«Und wie geht es uns heute?» fragte er in seinem übergenauen Deutsch.

«Es geht mir sehr gut, danke der Nachfrage», sagte ich und machte seine Sprechweise nach, was er jedoch nicht zu bemerken schien. «Womit genau kann ich Ihnen dienen, Herr Shields?»

«Nun, angesichts der Tatsache, daß Ihr Freund Becker jetzt vor Gericht kommt, habe ich mich, offen gesagt, gefragt, was für eine Art von Detektiv Sie sind. Ich fragte mich, ob Sie auf irgend etwas Neues gestoßen sind, das sich auf den Fall bezieht: ob Ihr Klient wohl für seine fünftausend Dollar eine Gegenleistung erhalten wird.»

Er machte eine Pause und wartete auf meine Antwort, und als ich nichts sagte, fuhr er erheblich ungehaltener fort.

«Also? Wie lautet die Antwort? Haben Sie den entscheidenden Beweis gefunden, der Becker vor der Schlinge des Henkers bewahren wird? Oder wird er baumeln?»

«Ich habe Beckers Zeugen gefunden, wenn Sie das meinen, Shields. Nur daß ich nichts habe, was ihn mit Linden in Verbindung bringt. Jedenfalls noch nicht.»

«Na, dann sollten Sie sich beeilen, Gunther. Wenn in dieser Stadt Gerichtsverhandlungen stattfinden, neigen sie dazu, ziemlich rasch durchgezogen zu werden. Ich sähe es ungern, wenn Sie herumlaufen würden, um die Unschuld eines toten Mannes zu beweisen. Das wäre in jeder Hinsicht schlimm. Schlimm für Sie, schlimm für uns, aber am allerschlimmsten für den Mann, der gehängt wurde.»

«Angenommen, ich würde Ihnen diesen anderen Burschen liefern, damit Sie ihn als einen unentbehrlichen Zeugen festnehmen.» Es war ein fast verzweifelter Vorschlag, aber ich dachte, es wäre einen Versuch wert.

«Es gibt keine andere Möglichkeit, ihn zur Aussage zu überreden?»

«Nein. Zumindest hätte Becker jemanden, auf den er mit dem Finger zeigen könnte.»

«Sie bitten mich, auf einen glänzenden Boden einen schmutzigen Fleck zu machen.» Shields seufzte. «Wissen Sie, ich sehe es ungern, wenn die andere Seite keine Chance bekommt. Also, ich sage Ihnen, was ich tun werde. Ich werde mich mit meinem Stellvertretenden Kommandeur, Major Wimberley, unterhalten und mir anhören, was er empfiehlt. Aber ich kann nichts versprechen. Es besteht die Möglichkeit, daß der Major mir sagt, ich solle die Kurve kratzen, einen Schuldspruch erreichen und mich mit Ihrem Zeugen zum Teufel scheren. Sie machen uns mächtig Feuer unterm Hintern, zu einem schnellen Abschluß zu kommen, wissen Sie. Der Brigadier mag es nicht, wenn amerikanische Offiziere in dieser Stadt umgebracht werden. Das ist Brigadegeneral Alexander O. Gorder, Befehlshaber der 796. Ein knochenharter Hund. Ich melde mich.»

«Danke, Shields. Ich weiß das zu schätzen.»

«Danken Sie mir noch nicht, Mister», sagte er.

Ich legte auf und nahm den Brief in die Hand. Nachdem ich mich damit befächelt und ihn dazu benutzt hatte, meine Fingernägel sauberzumachen, riß ich ihn auf.

Kirsten hat vom Briefeschreiben nie viel gehalten, sie neigte eher zu Postkarten, nur daß es jetzt wohl eher Wunschdenken war, sich eine ermunternde Postkarte aus Berlin vorzustellen. Eine Ansicht der zerstörten Kaiser-Wilhelm-Kirche? Oder eine vom ausgebombten Opernhaus? Die Hinrichtungsstätte in Plötzensee? Ich dachte, daß es noch ziemlich lange dauern würde, bevor man aus Berlin Postkarten verschickte. Ich entfaltete das Papier und begann zu lesen:

Lieber Berni,
ich hoffe, dieser Brief erreicht dich, aber die Lage ist hier so schwierig, daß er ebensogut nicht ankommen könnte. In diesem Fall würde ich versuchen, dir ein Telegramm zu schicken, wenn auch bloß, um dir zu sagen, daß alles in Ordnung ist. Sokolowski hat verlangt, die sowjetische Militärpolizei müsse allen Verkehr von Berlin in den Westen kontrollieren, und das könnte bedeuten, daß die Post nicht durchkommt.

Hier haben alle wirklich Angst, daß all das mit einer umfassenden Blockade der Stadt enden wird und die Russen versuchen werden, die Amerikaner, die Briten und die Franzosen aus Berlin zu vertreiben – obwohl ich nicht glaube, daß jemand traurig wäre, wenn die Franzosen verduften würden. Niemand hat was dagegen einzuwenden, wenn die Amis und die Tommys uns herumkomman-

dieren – sie haben wenigstens gekämpft und uns besiegt. Aber die Franzmänner? Was sind das für Heuchler? Das Märchen von einer siegreichen französischen Armee ist für einen Deutschen beinahe unerträglich.
Manche Leute sagen, daß die Amis und die Tommys nicht standhalten werden, und sehen Berlin den Iwans in die Hände fallen. Bei den Briten bin ich nicht so sicher. Sie stecken im Augenblick mittendrin in Palästina (alle Bücher über Zionismus sind aus Berliner Buchhandlungen und Büchereien entfernt worden, was mir mehr als bekannt vorkommt). Aber wenn du gerade glaubst, daß die Briten wichtigere Dinge zu tun haben, hörst du, daß sie weitere deutsche Schiffe zerstört haben. Das Meer ist voll von Fischen, die wir essen könnten, und sie sprengen unsere Schiffe in die Luft! Wollen Sie uns etwa vor den Russen bewahren, indem sie uns vor Hunger krepieren lassen?
Man hört immer noch Gerüchte über Kannibalismus. Eine Geschichte ging durch ganz Berlin. Die Polizei wurde zu einem Haus in Kreuzberg gerufen, wo die Leute in der unteren Etage die Geräusche eines schrecklichen Tumults gehört und gesehen hatten, wie Blut durch ihre Decke sickerte. Die Polizei stürmte in die Wohnung und fand zwei alte Leutchen, die das rohe Fleisch eines Ponys verzehrten, das sie von der Straße gezerrt und mit Steinbrocken getötet hatten. Ich weiß nicht, ob die Geschichte wahr ist, aber ich habe das furchtbare Gefühl, daß sie stimmt. Die Moral hat einen neuen Tiefpunkt erreicht, das ist sicher. Der Himmel ist voller Transportflugzeuge, und die Truppen aller vier Mächte werden immer nervöser.
Erinnerst du dich an Karl, den Sohn von Frau Fersen? Er ist letzte Woche aus einem russischen Kriegsgefangenenlager zurückgekommen, aber sein Gesundheitszustand ist erbärmlich. Offenbar sagten die Ärzte, seine Lungen wären hin, der arme Junge. Sie hat mir erzählt, was er über seine Zeit in Rußland berichtet hat. Es hört sich entsetzlich an! Warum hast du mir nie davon erzählt, Berni? Vielleicht hätte ich mehr Verständnis für dich gehabt. Vielleicht hätte ich dir helfen können. Ich bin mir darüber im klaren, daß ich dir seit dem Krieg keine gute Ehefrau gewesen bin. Und jetzt, wo du nicht da bist, scheint mir das mehr zu schaffen zu machen. Darum dachte ich, wir könnten, wenn du zurück bist,

einen Teil des Geldes, das du hiergelassen hast – so viel Geld! hast du eine Bank ausgeraubt? – benutzen, um irgendwo Urlaub zu machen. Berlin für eine Weile verlassen und zusammensein.
In der Zwischenzeit habe ich ein bißchen von dem Geld dazu verwendet, die Decke zu reparieren, Ja, ich weiß, du hattest vor, das selber zu machen, aber ich weiß auch, wie du das immer vor dir herschiebst. Jedenfalls ist es jetzt erledigt, und es sieht sehr hübsch aus.
Komm bald nach Hause und sieh's dir an.

Deine dich liebende Frau
Kirsten.

Soviel zu meinem imaginären Graphologen, dachte ich fröhlich und goß mir den Rest von Traudls Wodka ein. Dieser hatte die unmittelbare Wirkung, daß meine Besorgnis verflog, Liebl anzurufen und ihm von meinem winzigen Fortschritt zu berichten. Zur Hölle mit Belinsky, sagte ich mir und beschloß Liebls Meinung einzuholen, ob man Becker nicht am besten helfen könne, wenn man versuchte, König auf der Stelle verhaften zu lassen, um ihn zur Aussage zwingen zu können.

Als ich Liebl endlich an die Strippe bekam, klang er wie ein Mann, der gerade ans Telefon gekommen ist, nachdem er eine Treppe heruntergefallen ist. Im Gegensatz zu seiner normalerweise direkten und reizbaren Art war er eingeschüchtert, und seine Stimme balancierte gefährlich am Rande eines Zusammenbruchs.

«Herr Gunther», sagte er, und dann hörte ich ihn schlucken, als bemühe er sich um ein angemessenes Schweigen. Dann holte er tief Luft, als er sich wieder in der Gewalt hatte. «Es hat einen ganz schrecklichen Unfall gegeben. Fräulein Braunsteiner ist getötet worden.»

«Getötet?» wiederholte ich wie betäubt. «Wie?»

«Sie wurde von einem Auto überfahren», sagte Liebl ruhig.

«Wo?»

«Es passierte buchstäblich auf der Türschwelle des Krankenhauses, in dem sie arbeitete. Wie es scheint, war sie auf der Stelle tot. Man konnte nichts mehr für sie tun.»

«Wann war das?»

«Vor knapp zwei Stunden, als sie vom Dienst kam. Unglücklicherweise hielt der Fahrer nicht an.»

Darauf wäre ich von allein gekommen.

«Vermutlich hatte er Angst. Möglicherweise war er betrunken. Wer weiß? Österreicher sind miserable Autofahrer.»

«Hat es jemand gesehen – den Unfall, meine ich?» Meine Worte klangen beinahe wütend.

«Bis jetzt gibt es keine Zeugen. Aber jemand scheint sich an einen schwarzen Mercedes erinnern zu können, der mit viel zu hoher Geschwindigkeit weiter durch die Alsterstraße raste.»

«Herrgott», sagte ich niedergeschlagen, «das ist gerade um die Ecke. Wenn ich daran denke, daß ich sogar das Quietschen der Reifen hätte hören können.»

«Ja, wirklich, ganz recht», murmelte Liebl. «Aber sie hat keine Schmerzen gehabt. Es passierte so schnell, daß sie nicht gelitten haben kann. Der Wagen erfaßte sie mitten im Rücken. Der Arzt, mit dem ich sprach, sagte, daß ihr Rückgrat völlig zerschmettert wurde. Sie war vermutlich tot, bevor sie zu Boden stürzte.»

«Wo ist sie jetzt?»

«Im Leichenschauhaus des Allgemeinen Krankenhauses», seufzte Liebl. Ich hörte, wie er sich eine Zigarette ansteckte und einen langen, tiefen Zug machte. «Herr Gunther», sagte er, «wir werden natürlich Herrn Becker informieren müssen. Da Sie ihn so viel besser kennen als ich...»

«O nein», sagte ich rasch, «ich habe zu viele saumäßige Jobs am Hals, von denen nichts im Vertrag steht, um diesen auch noch zu übernehmen. Nehmen Sie ihre Versicherungspolice und ihr Testament mit, wenn es dadurch leichter für Sie wird.»

«Ich kann Ihnen versichern, daß ich über diesen Todesfall genau so aufgebracht bin wie Sie, Herr Gunther. Es ist nicht nötig, daß Sie...»

«Ja, Sie haben recht. Tut mir leid. Hören Sie, ich möchte nicht, daß Sie mich für gefühllos halten, aber wir sollten versuchen, ob wir das nicht als Grund für einen Aufschub benutzen können.»

«Ich weiß nicht, ob man uns die familiären Gründe ganz abnehmen wird», bemerkte Liebl. «Es ist ja so, daß sie nicht verheiratet waren oder etwas Ähnliches.»

«Sie bekam ein Kind von ihm, verdammt noch mal.»

Am anderen Ende war eine kurze Stille der Entgeisterung. Dann sprudelte Liebl hervor: «Ich hatte keine Ahnung. Ja, Sie haben natürlich recht. Ich werde sehen, was ich tun kann.»

«Tun Sie das.»

«Aber was, in Gottes Namen, soll ich Herrn Becker sagen?»

«Sagen Sie ihm, daß sie ermordet wurde», sagte ich. Er wollte etwas einwerfen, aber ich war nicht in der Stimmung, mir widersprechen zu lassen. «Es war kein Unfall, glauben Sie mir. Sagen Sie Bekker, seine alten Kameraden hätten es getan. Sagen Sie ihm genau das. Er wird verstehen. Stellen Sie fest, ob das seinem Gedächtnis nicht etwas nachhilft. Vielleicht wird er sich jetzt an etwas erinnern, was er mir früher hätte erzählen sollen. Sagen Sie ihm, wenn ihn das nicht dazu bringt, uns alles zu sagen, was er weiß, dann hat er es verdient zu hängen.» Es klopfte an die Tür. Belensky mit Traudls Reisepapieren. «Sagen Sie ihm das», fauchte ich und legte krachend auf. Dann ging ich durch das Zimmer und riß die Tür auf.

Belinsky hielt Traudls überflüssig gewordene Papiere vor sich und wedelte fröhlich damit, als er ins Zimmer kam. Er war zu sehr mit sich selber zufrieden, um meine Stimmung zu bemerken. «Es war ein bißchen Lauferei nötig, um diese Fleppen so schnell zu kriegen», sagte er, «aber der alte Belinsky hat's geschafft. Fragen Sie mich bloß nicht, wie.»

«Sie ist tot», sagte ich tonlos und sah in sein verständnisloses Gesicht.

«Mist», sagte er, «das ist schlimm. Was zum Teufel ist passiert?»

«Unfall mit Fahrerflucht.» Ich zündete mir eine Zigarette an und sackte in den Lehnsessel. «Sie war auf der Stelle tot. Ich hatte gerade Beckers Anwalt an der Strippe, der's mir sagte. Es passierte nicht weit von hier, vor zwei Stunden.»

Belinsky nickte und setzte sich mir gegenüber auf das Sofa. Obwohl ich seinem Blick auswich, spürte ich trotzdem, daß er versuchte, mir in die Seele zu blicken. Er schüttelte eine Weile den Kopf, dann nahm er seine Pfeife und begann sie zu stopfen. Als er damit fertig war, zündete er sie an und sagte, zwischen den Zügen, mit denen er Luft einsog: «Verzeihen Sie mir – daß ich frage – aber Sie haben – Ihre Meinung nicht geändert – oder?»

«Über was?» knurrte ich streitlustig.

Er nahm die Pfeife aus dem Mund und blickte in den Pfeifenkopf, bevor er sie wieder zwischen seine unregelmäßigen Zähne schob. «Ich meine Ihren Auftrag, sie selber umzubringen.»

Als er die Antwort auf meinem puterrot werdenden Gesicht las, schüttelte er rasch den Kopf. «Nein, natürlich nicht. Was für eine alberne Frage. Tut mir leid.» Er zuckte die Achseln.

«Andererseits mußte ich Sie das fragen. Sie müssen zugeben, daß es ein etwas merkwürdiger Zufall ist, wie? Die Org beauftragt Sie, für das Mädchen einen Unfall zu organisieren, und fast unmittelbar darauf wird sie überfahren und getötet.»

«Vielleicht haben Sie's getan», hörte ich mich sagen.

«Vielleicht.» Belinsky beugte sich auf dem Sofa vor. «Dann wollen wir mal sehen: Ich verschwende den ganzen Nachmittag damit, diesem unglücklichen kleinen Fräulein Papiere zu beschaffen, damit sie aus Österreich rauskommt. Dann überfahre ich sie und bringe sie kaltblütig um, während ich hierher unterwegs bin. So etwa?»

«Was für einen Wagen fahren Sie?»

«Einen Mercedes.»

«Welche Farbe?»

«Schwarz.»

«Jemand sah einen schwarzen Mercedes vom Unfallort weg die Straße entlangrasen.»

«Ich sag's ja. Den Tag möcht ich erleben, an dem ich ein Auto langsam durch Wien fahren sehe. Und falls Ihnen das noch nicht aufgefallen ist, nahezu jedes andere nicht-militärische Fahrzeug in dieser Stadt ist ein schwarzer Mercedes.»

«Trotzdem», beharrte ich, «wir sollten uns vielleicht mal die Stoßstange ansehen und nach Beulen suchen.»

Er breitete unschuldig die Hände aus, als sei er im Begriff, mir die Bergpredigt herzubeten. «Bitte sehr. Bloß daß Sie überall am Wagen Beulen finden werden. Es scheint hier ein Gesetz gegen vorsichtiges Fahren zu geben.» Er zog an seiner Pfeife. «Hören Sie, Berni, nehmen Sie's mir nicht übel, wenn ich sage, daß wir Gefahr laufen, das Kind mit dem Bad auszuschütten. Es ist wirklich ein Jammer, daß Traudl tot ist, aber es hat keinen Sinn, daß Sie und ich uns deswegen in die Wolle kriegen. Wer weiß? Vielleicht war es ein Unfall. Sie wissen, daß es stimmt, was ich über die Wiener Autofahrer sagte. Sie sind schlimmer als die Sowjets und haben eine Tracht Prügel verdient. Herr Gott, es ist auf diesen Straßen wie beim Streitwagenrennen im alten Rom. Ich gebe ja zu, daß es ein teuflischer Zufall ist, aber bei Aufbietung aller Phantasie ist er nicht undenkbar. Das müssen Sie doch zugeben.»

Ich nickte langsam. «Schon gut. Ich gebe zu, es ist nicht unmöglich.»

«Andererseits hat die Org vielleicht einen weiteren Agenten damit beauftragt, sie zu töten, damit für den Fall, daß Sie versagten, ein anderer den Job übernehmen konnte. Es ist nicht ungewöhnlich, daß das bei Mordanschlägen so gehandhabt wird. Jedenfalls nicht nach meiner Erfahrung.» Er machte eine Pause und richtete dann den Pfeifenstiel auf mich. «Wissen Sie, was ich denke? Ich denke, wenn Sie König das nächste Mal sehen, sollten Sie die Sache einfach schweigend übergehen. Wenn er sie erwähnt, können Sie annehmen, daß es vermutlich ein Unfall war und ruhigen Gewissens das Verdienst für sich in Anspruch nehmen.» Er suchte in seiner Jackentasche, zog einen beigen Umschlag heraus und warf ihn mir in den Schoß. «Das ist jetzt vielleicht nicht mehr so notwendig, aber es läßt sich nicht ändern.»

«Was ist das?»

«Es stammt von einem KGB-Informanten in der Nähe von Sopron, nahe der ungarischen Grenze. Es sind Einzelheiten über das Personal und die Arbeitsweise des KGB in Ungarn und Niederösterreich.»

«Und wie erkläre ich ihnen, wie ich zu dem Material gekommen bin?»

«Ich habe gedacht, Sie schieben einfach den Mann vor, der uns das Material gegeben hat. Offen gesagt, es ist genau das, auf das sie scharf sind. Der Name des Mannes ist Juri. Mehr brauchen Sie nicht zu wissen. Auf einer Landkarte ist der Standort des toten Briefkastens, den er benutzte, eingezeichnet. Dort ist eine Eisenbahnbrücke in der Nähe der kleinen Stadt Mattersburg. Über die Brücke führt ein Fußweg, und nach etwa zwei Dritteln des Weges ist das Geländer kaputt. Der obere Teil ist aus Gußeisen und hohl. Sie müssen nichts weiter tun, als von dort einmal im Monat Ihre Informationen abholen und etwas Geld und ihre Anweisungen hinterlassen.»

«Und wie habe ich ihn kennengelernt?»

«Bis vor kurzem war Juri in Wien stationiert. Sie haben früher Personalausweise für ihn besorgt. Aber jetzt wird er ehrgeiziger, und Sie haben nicht das Geld, um das zu kaufen, was er anzubieten hat.

Also können Sie ihn an die Org weiterreichen. Das CIC hat seinen Wert bereits taxiert. Wir haben alles aus ihm rausgeholt, was wir kriegen konnten, wenigstens in der kurzen Zeit. Es wird kein Schaden angerichtet, wenn er dasselbe Zeug noch einmal an die Org liefert.» Belinsky zündete seine Pfeife neu an und paffte heftig, während er auf meine Reaktion wartete. «Wirklich», sagte er, «es ist nichts dabei. Eine solche Operation verdient kaum den Namen ‹geheim›. Glauben Sie mir, das tun nur wenige. Aber alles in allem: Eine Quelle wie diese und ein bißchen Mord machen Sie ziemlich glaubwürdig, mein Freund.»

«Verzeihen Sie mir meinen Mangel an Begeisterung», sagte ich trocken, «ich fange bloß allmählich an, den Überblick über das zu verlieren, was ich hier treibe.»

Belinsky nickte. «Ich dachte, Sie wollten Ihren alten Kumpel freikriegen.»

«Sie haben möglicherweise nicht zugehört. Becker war nie mein Freund. Aber ich glaube wirklich, daß er an Lindens Ermordung unschuldig ist. Und das tat Traudl auch. Solange sie am Leben war, schien mir dieser Fall der Mühe wert, schien der Versuch einen Sinn zu haben, Beckers Unschuld zu beweisen. Inzwischen bin ich nicht so sicher.»

«Kommen Sie, Gunther», sagte Belinsky. «Beckers Leben ohne sein Mädchen ist immer noch besser als überhaupt kein Leben. Glauben Sie im Ernst, Traudl hätte gewollt, daß Sie aufgeben?»

«Vielleicht, wenn sie gewußt hätte, wie tief er in der Scheiße steckte. Die Leute kannte, mit denen er sich einließ.»

«Sie wissen, daß das nicht wahr ist. Becker war kein Chorknabe, das ist sicher. Aber nach allem, was Sie mir von ihr erzählt haben, wette ich, daß sie das wußte. Es gibt nicht mehr viel Unschuld. Nicht in Wien.»

Ich seufzte und rieb mir erschöpft den Nacken. «Vielleicht haben Sie recht», gab ich zu. «Vielleicht liegt es bloß an mir. Ich bin es gewohnt, daß die Dinge ein bißchen klarer sind als diese hier. Ein Klient kam rein, bezahlte mein Honorar, und ich setzte mich in die Richtung in Bewegung, die mir erfolgversprechend schien. Manchmal gelang es mir sogar, einen Fall zu lösen. Das ist ein ziemlich gutes Gefühl, müssen Sie wissen. Aber im Augenblick kommt es mir so vor, als stünden mir zu viele Leute auf den Füßen und sagten mir, wie ich zu arbeiten hätte. Als ob ich meine Unabhängigkeit verloren hätte. Ich habe aufgehört, mich als Privatdetektiv zu fühlen.»

Belinsky wiegte den Kopf auf seinen Schultern wie ein Mann, dem die Erklärungen ausgegangen sind. Trotzdem machte er noch einen Versuch. «Na, kommen Sie, sie haben doch sicher schon früher verdeckt gearbeitet.»

«Sicher», sagte ich. «Nur war mir da der Zweck klarer. Ich kriegte wenigstens ein Verbrecherfoto zu sehen. Ich wußte, was recht war. Aber das hier ist alles andere als durchschaubar, und es fängt an, mir unter die Haut zu gehen.»

«Nichts ist mehr so, wie es war, Kraut. Der Krieg hat alles verändert, für jeden, Privatdetektive eingeschlossen. Aber wenn Sie Verbrecherfotos sehen wollen, ich kann Ihnen Hunderte zeigen. Tausende wahrscheinlich. Kriegsverbrecher, alle, wie sie da sind.»

«Fotos von Krauts? Hören Sie, Belinsky, Sie sind Amerikaner und Sie sind Jude. Es ist für Sie ein Stück einfacher, hier zu erkennen, was recht ist. Ich? Ich bin Deutscher. Einen kurzen schmutzigen Augenblick lang war ich sogar in der SS. Wenn ich einen von Ihren Kriegsverbrechern träfe, würde er mir wahrscheinlich die Hand schütteln und mich einen alten Kameraden nennen.»

Er wußte nichts darauf zu antworten.

Ich nahm mir eine Zigarette und rauchte schweigend. Als ich sie aufgeraucht hatte, schüttelte ich trübsinnig den Kopf.

«Vielleicht liegt es bloß an Wien. Vielleicht liegt es daran, daß ich so lange von zu Hause weg bin. Meine Frau hat mir geschrieben. Wir kamen nicht allzu gut miteinander aus, als ich Berlin verließ. Ehrlich gesagt, ich konnte es gar nicht erwarten wegzukommen, und darum habe ich gegen mein besseres Wissen diesen Fall übernommen. Sie schreibt jedenfalls, sie hofft, wir könnten noch mal von vorne anfangen. Und wissen Sie was, ich kann's gar nicht erwarten, zu ihr zurückzukehren und es zu versuchen. Vielleicht...» Ich schüttelte den Kopf. «Vielleicht brauche ich einen Drink.»

Belinsky grinste begeistert. «Endlich sagen Sie mal was Vernünftiges, Kraut», sagte er. «Eines habe ich in diesem Job gelernt: Wenn du Zweifel hast, leg sie in Alkohol ein.»

27

Es war spät, als wir von der *Melodie-Bar*, einem Nachtclub im 1. Bezirk, wegfuhren. Belinsky hielt vor meiner Pension, als sich eine Frau rasch aus dem Schatten eines nahen Türeinganges löste. Es war Veronika Zartl. Ich lächelte sie verkniffen an, denn ich hatte viel zuviel getrunken, um Lust auf Gesellschaft zu haben.

«Gott sei Dank, daß du kommst», sagte sie. «Ich warte seit Stunden.» Dann zuckte sie zusammen, als wir durch die geöffnete Wagentür Belinsky eine obszöne Bemerkung machen hörten.

«Was ist los?» fragte ich sie.

«Ich brauche deine Hilfe. Da ist ein Mann in meinem Zimmer.»

«Was ist daran neu?» fragte Belinsky.

Veronika biß sich auf die Lippe. «Er ist tot, Berni. Du mußt mir helfen.»

«Ich bin nicht sicher, was ich tun kann», sagte ich unsicher und wünschte, ich wäre länger in der Bar geblieben. Ich sagte zu mir selbst: In dieser Zeit sollte ein Mädchen niemandem trauen. Zu ihr sagte ich. «Du weißt, das ist wirklich Sache der Polizei.»

«Ich kann nicht zur Polizei gehen», stöhnte sie ungeduldig. «Das würde bedeuten, daß die Sitte anrückt, die österreichische Kriminalpolizei, Beamte vom Gesundheitsamt, daß es eine Untersuchung gibt. Vermutlich würde ich mein Zimmer verlieren, alles. Begreifst du das nicht?»

«Schon gut, schon gut. Was ist passiert?»

«Ich glaube, er hatte einen Herzanfall.» Sie ließ den Kopf hängen. «Tut mir leid, dich zu belästigen, aber ich kenne sonst niemanden, an den ich mich wenden könnte.»

Ich verfluchte mich abermals und steckte dann den Kopf in Belinskys Auto. «Die Dame braucht unsere Hilfe», knurrte ich mißmutig.

«Das ist nicht alles, was sie braucht.» Aber er ließ den Motor an und setzte hinzu: «Los, steigt ein, ihr beiden.»

Er fuhr in die Rotenturmstraße und parkte vor dem ausgebombten Gebäude, wo Veronika ihr Zimmer hatte. Als wir ausgestiegen waren, deutete ich über die dunklen Pflastersteine des Stephansplatzes auf den zum Teil wiederaufgebauten Dom.

«Sehen Sie nach, ob Sie in dem Gebäude eine Plane finden können», sagte ich zu Belinsky. «Ich werde raufgehen und mir die Leiche mal ansehen. Wenn Sie was Passendes finden, bringen Sie's rauf in den zweiten Stock.»

Er war zu betrunken, um zu widersprechen. Statt dessen nickte er stumm und ging zum Baugerüst des Doms, während ich mich umdrehte und Veronika in ihr Zimmer folgte.

Ein großgewachsener Mann um die Fünfzig mit der Gesichtsfarbe eines Hummers lag tot in ihrem großen Eichenbett. Erbrechen ist in Fällen von Herzversagen normal. Das Erbrochene bedeckte seine Nase und seinen Mund. Ich preßte meine Finger an den feuchtkalten Hals des Mannes.

«Wie lange liegt er schon hier?»

«Drei oder vier Stunden.»

«Zum Glück hast du ihn zugedeckt gelassen», sagte ich. «Schließ das Fenster.» Ich zog das Bettlaken vom Körper des Toten und begann seinen Oberkörper anzuheben. «Hilf mir», befahl ich.

«Was machst du da?» Sie half mir, den Oberkörper über die Beine zu biegen, als versuchte ich einen übervollen Koffer zu schließen.

«Ich bring den Burschen in Form», sagte ich. «Ein bißchen Chiropraktik sollte das Steifwerden verlangsamen und es uns leichter machen, ihn ins Auto zu kriegen und wieder raus.» Ich drückte mit aller Kraft gegen den Nacken, und dann, vor Anstrengung keuchend, preßte ich den Mann wieder in die vollgekotzten Kissen. «Der Onkel hier muß zusätzliche Lebensmittelkarten gehabt haben», keuchte ich. «Er muß mehr als hundert Kilo wiegen. Wir haben Glück, daß Belinsky da ist, um uns zu helfen.»

«Ist Belinsky ein Polizist?» fragte sie.

«So 'ne Art», sagte ich, «aber mach dir keine Sorgen, er ist keiner von denen, die sich um die Verbrechensstatistik kümmern. Er ist hinter anderen Fischen her. Er jagt Nazi-Kriegsverbrecher.» Ich begann, Arme und Beine des Toten zu biegen.

«Was wirst du mit ihm machen?» fragte sie angeekelt.

«Ihn auf die Eisenbahnschienen legen. Da er nackt ist, wird es so aussehen, als hätten ihn die Iwans ein bißchen aufgemischt und anschließend aus dem Zug geworfen. Mit etwas Glück wird der Schnellzug ihn überfahren, und niemand wird ihn wiedererkennen.»

«Bitte, nicht», sagte sie schwach, «...er war sehr nett zu mir.» Als ich mit der Leiche fertig war, stand ich auf und zog mir den Schlips gerade. «Harte Arbeit, wenn man nichts als Wodka im Leib hat. Wo zur Hölle steckt Belinsky?» Als ich die Kleider des Mannes, ordentlich über die Lehne eines Küchenstuhls neben dem schmierigen Netzvorhang gehängt, entdeckte, sagte ich: «Hast du schon seine Taschen durchsucht?»

«Nein, natürlich nicht.»

«Bist du neu in diesem Gewerbe?»

«Offensichtlich», sagte Belinsky, der gerade eintrat. Er hielt eine weiße Stoffbahn in den Händen. «Das war leider alles, was ich finden konnte.»

«Was ist das?»

«Eine Altardecke, glaube ich. Ich fand sie in einem Schrank im Inneren des Doms. Sieht nicht so aus, als sei sie benutzt worden.»

Ich sagte Veronika, sie solle Belinsky helfen, ihren toten Freund in die Decke zu wickeln, während ich die Taschen durchsuchte.

«Davon versteht er was», sagte Belinsky zu ihr. «Er hat mal meine Taschen durchwühlt, als ich noch atmete. Sag mir, Süße, wart ihr, du und der fette Junge, gerade beim Vögeln, als ihm die Puste ausging.»

«Lassen Sie sie zufrieden, Belinsky.»

«Selig sind die Toten, die im Herrn verschieden sind», grinste er. «Aber ich? Ich möchte in einer prima Frau sterben.»

Ich öffnete die Brieftasche des Mennes und legte ein Bündel Dollarnoten und Schillinge auf den Frisiertisch.

«Wonach suchst du?» fragte Veronika.

«Wenn ich die Leiche eines Mannes beseitige, möchte ich zumindest ein bißchen mehr über ihn in Erfahrung bringen als bloß die Farbe seiner Unterwäsche.»

«Sein Name war Karl Heim», sagte sie ruhig.

Ich fand eine Visitenkarte. «Dr. Karl Heim», sagte ich. «Ein Zahnarzt, wie? Ist das der, von dem du das Penicillin bekommen hast?»

«Ja.»

«Ein Mann, der gern seine Vorsichtsmaßnahmen traf, wie?» murmelte Belinsky. «Wenn ich mir diese Bude angucke, kann ich verstehen, warum.» Er deutete auf das Geld auf dem Frisiertisch. «Das steckst du besser ein, Süße. Such dir einen neuen Tapezierer.»

Es war eine zweite Visistenkarte in Heims Brieftasche.

«Belinsky», sagte ich, «haben Sie je von einem Major Jesse P. Breen gehört? Er ist beim DPSC.»

«Sicher», sagte er, kam herüber und nahm mir die Karte aus den Fingern. «Die DPSP ist eine Spezialabteilung der 430. Breen ist der örtliche Verbindungsoffizier für die Org. Wenn ein Mann der Org mit der amerikanischen Militärpolizei Ärger bekommt, soll Breen versuchen, für das Problem eine Lösung zu finden. Das heißt, ausgenommen bei einem wirklich schweren Verbrechen wie Mord. Und ich glaube, er wäre imstande, auch das noch zu regeln, vorausgesetzt, es handelt sich bei dem Opfer nicht um einen Amerikaner oder Engländer.

Es sieht so aus, als wäre unser fetter Freund einer Ihrer alten Kameraden gewesen, Berni.»

Während Belinsky sprach, durchsuchte ich Heims Hosentaschen und fand ein Schlüsselbund.

«In diesem Fall wär es nicht übel, wenn wir uns in der Praxis des guten Doktors mal umsehen würden», sagte ich. «Ich habe so ein Gefühl im Magen, daß wir dort vielleicht etwas Interessantes finden könnten.»

Wir warfen Heims Leiche auf einem ruhigen Streckenabschnitt nahe dem Ostbahnhof im russischen Sektor auf die Schienen. Ich wollte den Schauplatz so rasch wie möglich verlassen, aber Belinsky bestand darauf, im Wagen sitzenzubleiben und darauf zu warten, daß der Zug das Werk vollendete. Nach etwa fünfzehn Minuten rumpelte ein Güterzug vorbei, der nach Budapest und in den Orient fuhr, und Heims Leichnam verschwand unter vielen hundert Räderpaaren.

«Alles Fleisch ist vergänglich», säuselte Belinsky, «und seine Güte ist wie eine Blume auf dem Felde: Das Gras verdorrt, die Blume verwelkt.»

«Hören Sie damit auf, ja?» sagte ich. «Es macht mich nervös.»

«Die Seelen der Gerechten. Sind in der Hand des Herrn, und keine Trübsal rührt sie. Ich tu alles, was Sie sagen, Kraut.»

«Kommen Sie», sagte ich. «Machen wir, daß wir hier verschwinden.»

Wir fuhren nach Währing im 18. Bezirk und hielten vor einem eleganten dreistöckigen Haus am Türkenschanzenplatz, dicht an einem kleinen Park, der von einer Eisenbahnlinie durchschnitten wurde.

«Wir hätten unseren Passagier hier rauswerfen können», sagte

Belinsky, vor seiner eigenen Schwelle. Und vor uns die Fahrt in den russischen Sektor sparen können.»

«Dies ist der amerikanische Sektor», erinnerte ich ihn. «Die einzige Möglichkeit, hier aus einem Zug geworfen zu werden, besteht darin, ohne Fahrschein zu fahren. Sie warten sogar, bis der Zug anhält.»

«So sehen Sie Onkel Sam, wie? Nein, Sie haben recht, Berni, bei den Iwans ist er besser aufgehoben. Es wäre nicht das erste Mal, daß sie einen von unseren Leuten aus einem Zug werfen. Aber ich wäre nur sehr ungern bei ihnen Streckenarbeiter. Verdammt gefährlich, würde ich sagen.»

Wir verließen den Wagen und gingen auf das Haus zu.

Nichts wies darauf hin, daß jemand zu Hause war. Über dem wie zu einem breiten Grinsen entblößten Gebiß eines niedrigen Holzzaunes starrten die dunklen Fenster auf dem weißen Stuck des Hauses wie leere Augenhöhlen in einem großen Schädel. Eine angelaufene Messingtafel am Torpfosten trug mit typisch wienerischer Übertreibung die Aufschrift «Dr. Karl Heim, Facharzt für Orthodontie», ganz zu schweigen von den zahlreichen Buchstaben, die auf zwei getrennte Eingänge hinwiesen: einen, der zu Heims Wohnung, und einen, der zur Praxis führte.

«Sie sehen sich im Haus um», sagte ich und schloß mit dem Schlüssel die Vordertür auf, «ich gehe außen herum und sehe mir mal die Praxis an.»

«Zu Befehl.» Belinsky zog eine Taschenlampe aus der Manteltasche. Als er sah, daß ich meinen Blick darauf heftete, fügte er hinzu: «Was ist los? Haben Sie Angst im Dunkeln oder so was?» Er lachte. «Hier, nehmen Sie. Ich kann im Dunkeln sehen. In meinem Job muß man das können.»

Ich zuckte die Achseln und nahm die Taschenlampe. Darauf griff er in sein Jackett und nahm seine Waffe heraus.

«Außerdem», sagte er und schraubte den Schalldämpfer auf, «habe ich gern eine Hand frei, um die Türklinken runterzudrükken.»

«Geben Sie bloß acht, auf wen Sie schießen», sagte ich und machte mich auf den Weg.

Auf der anderen Seite des Hauses angekommen, öffnete ich die Tür zur Praxis und knipste, nachdem ich die Tür geräuschlos wieder hinter mir geschlossen hatte, die Taschenlampe an. Ich richtete den Strahl auf den Linoleumboden und weg von den Fenstern, für den Fall, daß ein neugieriger Nachbar zufällig das Haus im Auge hatte.

Ich befand mich in einem kleinen Empfangs- und Warteraum mit vielen Topfpflanzen und einem Aquarium mit Schildkröten: Mal was anderes als Goldfische, dachte ich, und eingedenk der Tatsache, daß ihr Besitzer nun tot war, streute ich ein wenig vom dem übelriechenden Zeug, das sie fraßen, auf die Oberfläche ihres Wassers.

Das war meine zweite gute Tat an diesem Tag. Mildtätigkeit wurde bei mir beinahe zur Gewohnheit.

Hinter dem Empfangsschalter schlug ich das Termin-Buch auf und richtete den Lichtstrahl auf die Seiten. Es sah nicht so aus, als würden sich die Patienten die Türklinke in die Hand geben, immer vorausgesetzt, er hatte überhaupt welche. Heutzutage hatte kaum jemand Geld übrig, um es zum Zahnarzt zu tragen, und ich zweifelte nicht, daß Heim weitaus mehr verdient hätte, wenn er auf dem schwarzen Markt Drogen verkauft hätte. Als ich die letzten Seiten überflog, konnte ich sehen, daß er in einer Woche im Durchschnitt nicht mehr als zwei oder drei Termine hatte. Als ich im Buch einige Monate zurückblätterte, stieß ich auf zwei Namen, die ich kannte: Max Abs und Helmut König. Beide waren, im Abstand von nur wenigen Tagen, für vollständige Extraktionen vorgemerkt. Ich fand haufenweise andere Namen, die für vollständige Extraktionen eingetragen waren, doch keiner war mir bekannt.

Ich ging zu den Aktenschränken und fand sie größtenteils leer, mit Ausnahme eines Schrankes, der ausschließlich Karteien über Patienten enthielt, die vor 1940 behandelt worden waren. Der Schrank sah nicht so aus, als sei er seitdem geöffnet worden, was mir sonderbar vorkam, da Zahnärzte in solchen Dingen sehr gewissenhaft zu sein pflegen. Und in der Tat hatte Heim die Akten seiner Patienten vor 1940 penibel geführt und für jeden von ihnen genaue Zahnbilder angelegt.

War er ganz einfach schlampig geworden, fragte ich mich, oder hatte ihn eine ungenügende Auslastung der Praxis veranlaßt, diese sorgfältige Führung der Akten als nicht mehr lohnend einzustellen? Und warum in der letzten Zeit so viele vollständige Extraktionen? Zwar war eine Vielzahl von Menschen mit kaputten Zähnen aus dem Krieg gekommen, so wie auch ich. In meinem Fall war das die Folge des Hungerjahres in sowjetischer Gefangenschaft. Aber trotzdem hatte ich es geschafft, vollständigen Ersatz zu bekommen. Und so wie mich gab es viele andere. Warum hatte es König dann nötig, der mir, wie ich erinnerte, von seinen guten Zähnen erzählt hatte, sich alle ziehen zu lassen? Oder meinte er einfach, seine Zähne seien gut gewesen, bevor sie schlecht wurden? Wenn das schon für Conan Doyle nicht reichte, eine Kurzgeschichte daraus zu machen, dann stellte es mich mit Sicherheit vor ein Rätsel. Die Praxis selbst sah aus wie alle anderen, die ich kannte. Vielleicht ein bißchen schmutziger, aber schließlich war nichts mehr so sauber, wie es vor dem Krieg gewesen war. Neben dem schwarzen Leder-Behandlungsstuhl stand eine Stahlflasche mit Narkosegas. Ich drehte den Hahn am Flaschenhals auf, hörte ein zischendes Geräusch und drehte ihn wieder zu. Alles sah betriebsbereit aus.

Hinter einer verschlossenen Tür war ein kleiner Lagerraum, und dort fand mich Belinsky.

«Was zu finden?» fragte er.

Ich erzählte ihm von den verschwundenen Akten.

«Sie haben recht», sagte Belinsky lächelnd, «das kommt mir überhaupt nicht deutsch vor.»

Ich ließ den Strahl der Taschenlampe über die Regale des Lagerraums wandern.

«Hallo», sagte er, «was haben wir denn da?» Er streckte die Hand aus, um einen Stahlzylinder zu berühren, auf dessen Seite in gelben Buchstaben die chemische Formel H_2So_4 gemalt war.

«Das würde ich nicht tun, wenn ich Sie wäre», sagte ich. «Das Zeug ist nicht aus dem Chemiebaukasten eines Schuljungen. Wenn ich mich nicht sehr irre, ist es Schwefelsäure.» Ich richtete den Strahl auf die andere Seite des Zylinders, die zusätzlich die Aufschrift HÖCHSTE VORSICHT trug. «Das reicht, um Sie in ein paar Liter Fett zu verwandeln.»

«Koscher, hoffe ich», sagte Belinsky. «Was will ein Zahnarzt mit einem Kübel Schwefelsäure?»

«Vielleicht weicht er über Nacht seine falschen Zähne darin ein.» Auf einem Brett über dem Zylinder waren zahlreiche nierenförmige Stahlschalen übereinandergestapelt. Ich nahm eine davon in die Hand und hielt sie ins Licht. Beide starrten wir auf etwas, das wie eine Handvoll merkwürdig geformter Pfefferminzbonbons aussah, die alle zusammenklebten, als hätte sie ein angeekelter kleiner Junge halb gelutscht und dann aufbewahrt. Doch an einigen klebte auch getrocknetes Blut.

Belinsky verzog angewidert die Nase. «Was zur Hölle sind das für Dinger?»

«Zähne.» Ich gab ihm die Schale, nahm eines der spitzen weißen Dinger heraus und hielt es ins Licht. «Extrahierte Zähne. Und davon eine ganze Menge.»

«Ich hasse Zahnärzte», zischte Belinsky. Er fummelte in der Tasche seiner Weste und fand zum Kauen einen seiner Zahnstocher.

«Ich denke, daß diese Zähne normalerweise in dem Zylinder mit Säure enden.»

«Ach, ja?» Aber Belinsky hatte mein Interesse bemerkt.

«Was ist das für ein Zahnarzt, der nichts anderes macht als vollständige Extraktionen?» fragte ich. «Im Termin-Buch ist nichts anderes eingetragen, nur vollständige Extraktionen.» Ich drehte einen Backenzahn zwischen den Fingern. «Würden Sie sagen, daß an diesem Zahn etwas nicht in Ordnung ist? Er hat noch nicht mal eine Füllung.»

«Sieht wie ein vollkommen gesunder Zahn aus», bestätigte Belinsky.

Ich rührte mit dem Zeigefinger in der klebrigen Masse in der Schale. «So wie die übrigen auch», bemerkte ich. «Ich bin kein Zahnarzt, aber ich sehe keinen Sinn darin, Zähne zu ziehen, die noch nicht mal gefüllt sind.»

«Vielleicht war Heim so eine Art Akkordarbeiter. Vielleicht hatte der Bursche Zähneziehen einfach gern.»

«Akten hat er jedenfalls nicht gern geführt. Für keinen seiner letzten Patienten gibt es ein Krankenblatt.»

Belinsky nahm eine andere Nierenschale in die Hand und untersuchte ihren Inhalt. «Wieder ein vollständiges Gebiß», sagte er. Aber in der nächsten Schale rollte etwas. Es sah aus wie winzige Kügelchen eines Kugellagers. «Na, was haben wir denn hier?» Er nahm eines der Kügelchen in die Hand und inspizierte es fasziniert. «Wenn ich mich nicht sehr irre, enthält jedes dieser kleinen Pralinees eine Dosis Zyankali.»

«Todespillen?»

«Richtig. Sie waren bei einigen Ihrer alten Kameraden sehr beliebt,

Kraut. Besonders bei der SS und hohen Parteibonzen, die dann genügend Mumm hatten, sich lieber selber umzubringen, als von den Iwans gefangengenommen zu werden. Ich glaube, diese Pillen wurden ursprünglich für deutsche Spione entwickelt, aber Arthur Nebe und die SS kamen zu dem Schluß, daß die großen Tiere sie dringender brauchten. Ein Mann ließ sich von seinem Zahnarzt einen falschen Zahn machen oder benutze einen vorhandenen Hohlraum und steckte dann dieses kleine Baby rein. Sauber und ordentlich – Sie wären überrascht. Wenn er gefangengenommen wurde, hatte er vielleicht sogar zum Schein eine Zyanid-Kapsel in seiner Tasche, damit unsere Leute sich gar nicht erst die Mühe machten, seine Zähne zu untersuchen. Und dann, wenn der Mann entschieden hatte, daß die richtige Zeit gekommen sei, lockerte er den falschen Zahn, holte mit seiner Zunge die Kapsel raus und kaute das Ding, bis es zerbrach. Der Tod tritt fast auf der Stelle ein. Auf diese Weise hat Himmler sich umgebracht.»

«Göring auch, habe ich gehört.»

«Nein», sagte Belinsky, «er benutzte eine der Kapseln, die er bei sich trug. Ein amerikanischer Offizier schmuggelte sie in die Zelle zurück, als Göring im Gefängnis war. Wie gefällt Ihnen das, he? Einer von unseren eigenen Leuten, der bei diesem fetten Schwein weich wurde.» Er ließ die Kapsel wieder in die Schale fallen und gab sie mir zurück.

Ich schüttete ein paar Kügelchen in meine Hand, um sie genauer zu betrachten. Es schien beinahe verblüffend, daß etwas, das so klein war, auch so tödlich war. Vier winzige Staubperlen waren der Tod für vier Männer. Ich glaubte nicht, daß ich eine davon im Mund getragen hätte, im falschen Zahn oder anderswo, und mir trotzdem mein Essen geschmeckt hätte.

«Wissen Sie, was ich denke, Kraut? Ich denke, daß in Wien eine Menge zahnloser Nazis rumlaufen.» Ich folgte ihm in die Praxis. «Ich nehme an, daß Sie mit den zahnärztlichen Techniken zur Identifizierung von Toten vertraut sind.»

«So vertraut wie jeder Bulle.»

«Diese Technik war uns nach dem Krieg verdammt nützlich», sagte er. «Sie war die beste Methode, die wir hatten, die Identität einer Leiche festzustellen. Natürlich gab es viele Nazis, die scharf darauf waren, daß wir glaubten, sie seien tot. Und sie nahmen eine Menge Ärger auf sich, uns davon zu überzeugen. Halbverkohlte Leichen mit falschen Papieren. Sie kennen das ja. Nun, natürlich ließen wir als erstes einen Zahnarzt die Zähne der Leiche untersuchen. Selbst wenn man nicht über das Krankenblatt eines Menschen verfügt, kann man zumindest sein Alter aus seinen Zähnen bestimmen: Parodontose, Wurzelresorption und so weiter – man kann mit Sicherheit sagen, daß die Leiche nicht die ist, die sie angeblich sein soll.»

Belinsky hielt inne und blickte sich in der Praxis um. «Sind Sie hier fertig?»

Ich bejahte und fragte, ob er im Haus etwas gefunden hätte. Er schüttelte den Kopf und verneinte. Darauf meinte ich, daß wir jetzt besser verschwinden sollten.

Als wir ins Auto stiegen, erzählte er weiter:

«Nehmen Sie den Fall Heinrich Müller, Chef der Gestapo. Er wurde lebend zum letztenmal im April 1945 in Hitlers Bunker gesehen. Müller soll angeblich während der Schlacht um Berlin im Mai 1945 ums Leben gekommen sein. Als jedoch nach dem Krieg seine Leiche exhumiert wurde, konnte ein Experte, spezialisiert auf Kieferchirurgie, an einem Berliner Krankenhaus im britischen Sektor die Zähne der Leiche nicht als die eines vierundvierzigjährigen Mannes identifizieren. Er hielt es für wahrscheinlicher, daß es sich um die Leiche eines Mannes handelte, der nicht älter als fünfundzwanzig war.» Belinsky betätigte die Zündung, ließ den Motor einmal oder zweimal aufheulen und legte dann krachend den Gang ein.

Über das Lenkrad gekrümmt, fuhr er schlecht für einen Amerikaner, schaltete mit Zwischengas, fuhr im falschen Gang und übersteuerte im allgemeinen. Mir war klar, daß das Fahren seine ganze Aufmerksamkeit beanspruchte, doch er setzte seine Ausführungen fort, selbst nachdem wir um ein Haar einen entgegenkommenden Motorradfahrer überfahren hatten.

«Wenn wir ein paar von diesen Schweinehunden erwischen, haben sie falsche Papiere, neue Frisuren, Schnurrbärte, Bärte, Brillen, was sie wollen. Aber Zähne sind so gut wie eine Tätowierung oder manchmal wie ein Fingerabdruck. Wenn also einige von ihnen sich alle Zähne haben ziehen lassen, entfällt eine weitere Möglichkeit der Identifizierung. Schließlich würde ein Mann, der eine Patrone unter seinem Arm explodieren läßt, um seine SS-Nummer zu entfernen, vermutlich nicht davor zurückschrecken, falsche Zähne zu tragen, oder?»

Ich dachte an die Brandwunde unter meinem eigenen Arm und kam zu dem Schluß, daß er wahrscheinlich recht hatte. Um meine Identität vor den Russen zu verbergen, hätte ich gewiß auch meine Zähne geopfert, vorausgesetzt, ich hätte die Möglichkeit zur schmerzlosen Extraktion gehabt wie Max Abs und Helmut König.

«Nein, ich schätze nicht.»

«Sie können Ihr Leben darauf wetten. Und darum habe ich Heims Termin-Buch mitgehen lassen.» Er klopfte auf die Brusttasche seines Mantels, wo er es, wie ich vermutete, aufbewahrte. «Es könnte interessant sein herauszufinden, wer diese Männer mit den schlechten Zähnen wirklich sind. Ihr Freund König, zum Beispiel. Und auch Max Abs. Ich meine, warum sollte ein kleiner SS-Chauffeur es für nötig halten, zu verstecken, was er im Mund hatte? Es sei denn, er war überhaupt kein SS-Unteroffizier.» Bei diesem Gedanken wieherte Belinsky begeistert. «Darum muß ich im Dunkeln sehen können. Einige Ihrer alten Kameraden verstehen sich wirklich gut darauf, Spuren zu verwischen. Wissen Sie, ich wäre überhaupt nicht überrascht, wenn wir einige dieser Nazi-Schweine immer noch jagen, wenn ihre Kinder ihnen bereits die Schuhe zubinden müssen.»

«Trotzdem», sagte ich, «je länger es dauert, bis ihr sie fangt, desto schwieriger wird es sein, eine positive Identifizierung zu erreichen.»

«Machen Sie sich keine Sorgen», fauchte er rachsüchtig. «Es wird nicht an Zeugen mangeln, die bereit sind, aufzutreten und gegen diese Scheißkerle auszusagen. Oder denken Sie vielleicht, Leute wie Müller und Globocnik sollten ungeschoren davonkommen?»

«Wer ist Globocnik, wobei hat er mitgemacht?»

«Odilo Globocnik. Er war der Kopf der Operation Reinhard, die die meisten der großen Todeslager in Polen eingerichtet hat. Noch einer, der angeblich '45 Selbstmord begangen haben soll. Also kommen Sie, was denken Sie? Im Augenblick ist gerade ein Tribunal in Nürnberg. Otto Ohlendorf, Kommandeur einer dieser SS-Sondereinheiten. Glauben Sie, daß er für seine Kriegsverbrechen hängen sollte?»

«Kriegsverbrechen?» wiederholte ich matt. «Hören Sie mal, Belinsky, ich habe drei Jahre im Amt für Kriegsverbrechen der Wehrmacht gearbeitet. Also glauben Sie nicht, daß Sie mir über verdammte Kriegsverbrechen Neues erzählen können.»

«Ich will bloß wissen, wo Sie stehen, Kraut. Welche Art von Kriegsverbrechen habt ihr Deutschen überhaupt untersucht?»

«Grausamkeiten, begangen von beiden Seiten. Haben Sie von Katyn gehört?»

«Natürlich. Ihr habt das untersucht?»

«Ich gehörte zur Kommission.»

«Wie das?» Er schien ehrlich überrascht. Und das waren die meisten Leute.

«Ehrlich gesagt, ich finde die Idee, kämpfende Männer wegen Kriegsverbrechen anzuklagen, absurd. Die Mörder von Frauen und Kindern müssen bestraft werden, ja. Aber es waren nicht bloß Juden und Polen, die von Leuten wie Müller und Globocnik umgebracht wurden. Sie ermordeten auch Deutsche. Vielleicht hätten wir sie selber vor Gericht gebracht, wenn ihr uns die Zeit gelassen hättet.»

Belinsky bog von der Währinger Straße ab, fuhr an dem langen Gebäude des Allgemeinen Krankenhauses entlang in die Alsterstraße, wo er, von derselben Erinnerung befallen wie ich, die Geschwindigkeit respektvoll drosselte. Ich hätte gewettet, daß er im Begriff gewesen war, mir zu antworten, aber jetzt wurde er still, fast so, als fühle er sich verpflichtet, alles zu vermeiden, was mich hätte kränken können. Als er vor meiner Pension hielt, sagte er: «Hatte Traudl irgendwelche Angehörigen?»

«Nicht, daß ich wüßte. Nur Becker.» Aber ich fragte mich, ob das stimmte. Die Fotografie, die sie und Poroschin zeigte, ließ mir noch immer keine Ruhe.

«Nun, das ist sein Kummer. Ich werde keine schlaflose Nacht seinetwegen haben.»

«Er ist mein Klient, falls Sie das vergessen haben sollten. Man erwartet von mir, daß ich mich bemühe, seine Unschuld zu beweisen. Deshalb arbeite ich für Sie.»

«Und sind Sie von seiner Unschuld überzeugt?»

«Ja.»

«Aber Sie dürften doch sicher wissen, daß er auf der Crowcass-Liste steht.»

«Sie sind schlau», sagte ich dumpf, «lassen mich die ganze Rennerei machen, nur um mir das zu sagen. Angenommen, ich habe Glück und gewinne das Rennen, wird man mir erlauben, den Preis entgegenzunehmen?»

«Ihr Freund ist ein mordender Nazi, Berni. Er befehligte ein Hinrichtungskommando in der Ukraine, das Männer, Frauen und Kinder abschlachtete. Ich würde sagen, er hat den Strang verdient, ob er Linden nun umgebracht hat oder nicht.»

«Sie sind wirklich schlau, Belinsky», wiederholte ich bitter und begann auszusteigen.

«Aber soweit es mich betrifft, ist er ein kleiner Fisch. Ich bin hinter größeren Halunken als Emil Becker her. Sie können mir helfen. Sie können versuchen, ein wenig von dem Schaden wiedergutzumachen, den Ihr Land angerichtet hat. Eine symbolische Geste, wenn Sie so wollen. Wer weiß – wenn genügend Deutsche dasselbe tun, könnte das Konto ausgeglichen werden.»

«Wovon sprechen Sie?» sagte ich, auf der Straße stehend. «Wessen Konto?» Ich lehnte mich an die Wagentür, beugte mich vor und sah, daß Belinsky seine Pfeife herausnahm.

«Gottes Konto», sagte er ruhig.

Ich lachte und schüttelte ungläubig den Kopf.

«Was ist los? Glauben Sie nicht an Gott?»

«Ich glaube nicht an die Möglichkeit, mit ihm zu handeln. Sie sprechen von Gott, als wenn er Gebrauchtwagen verkaufte. Ich habe Sie falsch eingeschätzt. Sie sind viel amerikanischer, als ich dachte.»

«Da irren Sie sich. Gott macht gern Geschäfte. Denken Sie an dieses Bündnis, das er mit Abraham schloß und mit Noah. Gott ist ein Hausierer, Berni. Nur ein Deutscher könnte einen Handel mit einem direkten Befehl verwechseln.»

«Kommen Sie zum springenden Punkt! Sie wollen auf etwas hinaus, nicht wahr?» Sein Verhalten schien darauf hinzudeuten.

«Ich werde Ihnen reinen Wein einschenken...»

«Ja? Wenn ich mich recht erinnere, haben Sie das schon mal getan.»

«Alles, was ich Ihnen sagte, war wahr.»

«Aber jetzt kommt noch mehr, oder?»

Belinsky nickte und zündete seine Pfeife an. Ich war versucht, sie ihm aus dem Mund zu schlagen. Statt dessen setzte ich mich ins Auto und schloß die Tür.

«Bei Ihrer Neigung zur selektiven Wahrheit sollten Sie einen Job in einer Werbeagentur annehmen. Lassen Sie hören.»

«Gehen Sie mir aber nicht an die Gurgel, bevor ich fertig bin, in Ordnung?»

Ich nickte kurz.

«Gut. Fangen wir damit an, daß wir – die Leute von Crowcass – glauben, daß Becker an Lindens Ermordung unschuldig ist. Sehen Sie, die Waffe, die Linden tötete, wurde drei Jahre zuvor in Berlin benutzt, um einen anderen Mann zu töten. Die Ballistiker verglichen diese Kugel mit der, die Linden tötete und stellten fest, daß beide aus der gleichen Waffe abgefeuert wurden. Für die Zeit des ersten Mordes in Berlin hat Becker ein ziemlich gutes Alibi: Er war in russischer Kriegsgefangenschaft. Natürlich konnte er die Waffe in der Zwischenzeit erworben haben, aber ich bin noch nicht zum interessanten Teil gekommen, zu dem Teil, der mich wirklich wünschen läßt, Becker wäre unschuldig.

Die Waffe war die Standardwaffe der SS, eine Walther P38. Wir überprüften die Listen der Seriennummern, die im Document Center aufbewahrt werden, und entdeckten, daß diese Pistole zu einem ganzen Satz von Waffen gehörte, die an ranghohe Offiziere der Gestapo ausgegeben wurden. Diese spezielle Waffe erhielt Heinrich Müller. Es war eine vage Vermutung, aber wir verglichen die Kugel, die Linden tötete mit der, die den Mann tötete, den wir als Müller ausbuddelten, und wissen Sie was? Volltreffer! Wer immer Linden tötete, war möglicherweise auch derjenige, der einen falschen Müller einbuddelte. Begreifen Sie, Berni? Es war der beste Anhaltspunkt, den wir je hatten, daß Gestapo-Müller noch am Leben ist. Das bedeutet, daß er vielleicht vor nur wenigen Monaten hier in Wien gewesen sein und für die Org gearbeitet haben kann, zu deren Mitgliedern Sie nun gehören. Er ist vielleicht immer noch hier.

Wissen Sie, wie wichtig das ist? Bedenken Sie doch, bitte. Müller war der Baumeister des Nazi-Terrors. Zehn Jahre lang herrschte er über die brutalste Geheimpolizei, die die Welt je kannte. Dieser Mann war beinahe so mächtig wie Himmler selbst. Können Sie sich vorstellen, wie viele Menschen er gequält haben muß? Wie viele Hinrichtungen er befohlen haben muß? Wie viele Juden, Polen, ja sogar Deutsche er umgebracht haben muß? Berni, das ist Ihre Chance, dabei zu helfen, alle diese toten Deutschen zu rächen. Dafür zu sorgen, daß Gerechtigkeit geschieht.»

Ich lachte verächtlich. «Ist das Ihre Vorstellung von Gerechtigkeit, einen Mann für etwas hängen zu lassen, das er nicht getan hat? Verbessern Sie mich, wenn ich mich irre, Belinsky, aber ist das nicht Teil Ihres Plans: Becker über die Klinge springen zu lassen?»

«Natürlich hoffe ich, daß es dazu nicht kommt. Aber wenn es notwendig ist, dann muß es sein. Solange die Militärpolizei Becker hat, wird Müller sich sicher fühlen. Und wenn das einschließt, Becker zu hängen, dann ja. Angesichts dessen, was ich über Emil Becker weiß, wird mir das keine schlaflose Nächte bereiten.» Belinsky sah mir forschend ins Gesicht, um ein Zeichen der Zustimmung zu entdecken. «Kommen Sie, Sie sind ein Bulle. Sie wissen doch, wie solche Sachen laufen. Erzählen sie mir nicht, Sie hätten noch nie einen Mann wegen einer Sache festgenagelt, weil Sie sie einem anderen nicht nachweisen konnten. Es gleicht sich alles aus, das wissen Sie.»

«Gewiß habe ich das getan. Aber nicht, wenn das Leben eines Menschen auf dem Spiel stand. Ich habe nie mit dem Leben eines Menschen Spielchen gespielt.»

«Vorausgesetzt, Sie helfen uns, Müller zu finden, sind wir bereit, die Sache mit Becker zu vergessen.» Die Pfeife stieß ein kurzes Rauchsignal aus, was auf eine wachsende Ungeduld Belinskys hinzudeuten schien.

«Verstehen Sie doch. Alles, was ich vorschlage, läuft darauf hinaus, daß sie anstelle von Becker Müller auf die Anklagebank bringen.»

«Und wenn ich Müller finde, was dann? Er wird's nicht zulassen, daß ich reinmarschiere und ihm Handschellen anlege. Wie soll ich ihn herbeischaffen, ohne daß mir mein Kopf weggeblasen wird?»

«Das können Sie mir überlassen. Alles, was Sie zu tun haben, ist, exakt festzustellen, wo er ist. Rufen Sie mich an, und mein Team wird den Rest erledigen.»

«Wie soll ich ihn erkennen?»

Belinsky griff hinter den Sitz und brachte eine billige Lederaktentasche zum Vorschein. Er zog den Reißverschluß auf und holte einen Briefumschlag heraus, dem er ein Paßfoto entnahm. «Das ist Müller», sagte er. «Offenbar spricht er mit einem auffallenden Münchner Akzent, so daß Sie, selbst wenn er sein Aussehen radikal verändert hat, gewiß keine Mühe haben würden, seine Stimme zu erkennen.»

Er sah zu, als ich das Foto in das Licht der Straßenlaterne hielt und eine Zeitlang darauf starrte.

«Er dürfte jetzt siebenundvierzig sein. Nicht sehr groß, breite Bauernhände. Gut möglich, daß er sogar noch seinen Trauring trägt.»

Das Foto sagte über den Mann nicht viel aus. Es war kein außergewöhnliches Gesicht und dennoch ein bemerkenswertes.

Müller hatte einen fast quadratischen Schädel, eine hohe Stirn und harte, schmale Lippen. Doch es waren die Augen, die fesselten, selbst auf diesem kleinen Foto. Müllers Augen glichen denen eines Schneemannes: zwei schwarze, gefrorene Kohlen.

«Hier ist ein anderes Foto», sagte Belinsky. «Diese beiden sind die einzigen Aufnahmen von ihm, die man kennt.»

Das zweite Foto war eine Gruppenaufnahme. Fünf Männer saßen um einen Eichentisch, als hätten sie gerade in einem gemütlichen Restaurant gespeist. Drei von ihnen erkannte ich. Am Kopfende des Tisches saß Heinrich Himmler, der mit seinem Bleistift spielte und Arthur Nebe zulächelte, der zu seiner Rechten saß. Arthur Nebe: mein alter Kamerad, wie Belinsky gesagt hätte. Zu Himmlers Linken, offenbar ganz Ohr für jedes Wort des Reichsführers der SS, saß Reinhard Heydrich, Chef des RSHA, von tschechischen Widerstandskämpfern 1942 ermordet.

«Wann wurde dieses Foto aufgenommen?» fragte ich.

«November 1939», sagte Belinsky, beugte sich vor und tippte mit dem Pfeifenstiel auf einen der anderen beiden Männer. «Der da, das ist Müller», sagte er, «der neben Heydrich.»

Müllers Hand hatte sich gerade bewegt, als der Fotograf auf den Auslöser drückte: Sie war verwischt, als wolle sie die Tagesordnung auf dem Tisch verdecken, aber trotzdem war der Trauring deutlich sichtbar. Er hatte die Augen gesenkt, fast so, als höre er Himmler überhaupt nicht zu. Verglichen mit dem von Heydrich, war Müllers Kopf klein. Sein Haar war kurz geschnitten, bis zur Schädeldecke abrasiert, auf der nur noch ganz oben ein kleines, sorgsam gekämmtes Büschel sproß.

«Wer ist der Mann, der Müller gegenübersitzt?»

«Der, der Notizen macht? Das ist Franz Josef Huber. Er war Chef der Gestapo hier in Wien. Sie können die Fotos behalten, wenn Sie wollen. Es sind bloß Abzüge.»

«Ich habe noch nicht zugestimmt, Ihnen zu helfen.»

«Aber Sie werden es tun. Sie müssen.»

«Im Augenblick muß ich Ihnen sagen, daß Sie sich verpissen sollen, Belinsky. Wissen Sie, ich bin wie ein altes Klavier – ich liebe es nicht sehr, wenn man auf mir spielt. Aber ich bin müde. Und ich habe getrunken. Möglicherweise werde ich morgen ein bißchen klarer denken können.» Ich öffnete die Wagentür und stieg wieder aus.

Belinsky hatte recht: Die Karosserie des schwarzen Mercedes war mit Beulen übersät.

«Ich rufe Sie morgen früh an», sagte er.

«Tun Sie das», sagte ich und schlug krachend die Wagentür zu. Er raste los, als sei ihm der Teufel auf den Fersen.

28

Ich schlief nicht gut. Aufgewühlt durch das, was Belinsky gesagt hatte, ließen meine Gedanken die Glieder nicht zur Ruhe kommen, und nach wenigen Stunden wachte ich noch vor der Morgendämmerung auf, in kalten Schweiß gebadet, und schlief nicht wieder ein. Hätte er doch bloß Gott nicht erwähnt, sagte ich zu mir selbst.

Bevor ich in russische Kriegsgefangenschaft geriet, war ich kein Katholik. Das Leben im Lager war so hart, daß immer die Aussicht bestand, daß ich starb, und da ich meinen Frieden mit mir selber machen wollte, machte ich den einzigen Geistlichen unter meinen Mitgefangenen ausfindig, einen polnischen Priester. Ich war als Lutheraner erzogen worden, doch an diesem Ort des Schreckens war die Konfession unbedeutend.

Daß ich in voller Erwartung des Todes Katholik geworden war, ließ mich um so zäher am Leben festhalten, und nachdem ich geflohen und nach Berlin zurückgekehrt war, besuchte ich weiterhin die Messe und zelebrierte den Glauben, der mich offensichtlich errettet hatte.

Was ihre Beziehung zu den Nazis betraf, hatte meine neue Kirche keinen guten Ruf, aber sie hatte sich inzwischen auch von jeglicher Mitschuld distanziert. Daraus folgte, daß wenn die katholische Kirche nicht schuldig war, das auch für ihre Schäfchen galt. Wie es schien, gab es so etwas wie eine theologische Basis für die Zurückweisung einer deutschen Kollektivschuld. Schuld, sagten die Priester, sei im Grunde etwas Persönliches zwischen einem Menschen und seinem Gott, und wenn eine Nation einer anderen Schuld zuschreibe, sei das Gotteslästerung, weil das ein ausschließliches Vorrecht Gottes sei. Danach blieb nichts anderes zu tun übrig, als für die Toten zu beten, für jene, die Unrecht getan hatten, und für die ganze schreckliche und peinliche Epoche, die man so schnell wie möglich vergessen sollte.

Es gab viele, die weiterhin Unbehagen über die Art empfanden, in der moralischer Schmutz unter den Teppich gekehrt wurde. Aber es ist sicher, daß eine Nation keine kollektive Schuld verspüren kann, daß jeder Mensch sich persönlich mit ihr auseinandersetzen muß. Erst jetzt erkannte ich das Wesen meiner eigenen Schuld – und vielleicht war sie nicht wirklich verschieden von der vieler anderer: daß ich nichts gesagt, daß ich nicht meine Hand gegen die Nazis erhoben hatte. Mir wurde auch klar, daß ich ein Gefühl persönlichen Grolls gegen Heinrich Müller hegte, der als Chef der Gestapo mehr als jeder andere getan hatte, die Polizei zu korrumpieren, der ich früher voll Stolz angehört hatte. Von dieser Polizei war massenhafter Terror ausgegangen.

Jetzt schien mir, daß es noch nicht zu spät war, am Ende doch noch etwas zu tun. Es war immerhin möglich, daß ich, wenn ich Müller aufstöberte, das Symbol nicht nur meiner, sondern auch Beckers Korruption, und ihn der Gerechtigkeit überlieferte, ein wenig von meiner Schuld abtrug an allem, was geschehen war.

Belinsky rief in aller Frühe an, als ob er meine Entscheidung vorausgeahnt hätte, und ich sagte ihm, daß ich ihm helfen wolle, Gestapo-Müller zu finden, nicht für Crowcass, nicht für die Vereinigten Staaten, sondern für Deutschland. Aber in erster Linie, sagte ich ihm, um meiner selbst willen wolle ich ihm helfen, Müller zu kriegen.

29

An diesem Morgen ging ich, sobald ich mit König telefoniert und ein Treffen vereinbart hatte, um ihm Belinskys angeblich geheimes Material auszuhändigen, in Liebls Kanzlei in der Judengasse, damit er für mich einen Besuch bei Becker im Polizeigefängnis arrangierte.

«Ich möchte ihm ein Foto zeigen», erklärte ich.

«Ein Foto?» Liebls Stimme klang hoffnungsvoll. «Ist es ein Foto, das zu einem Beweisstück werden könnte?»

Ich zuckte die Achseln. «Das hängt von Becker ab.»

Liebl machte einige Telefonate, führte den Tod von Beckers Verlobter ins Feld, die Möglichkeit neuer Beweismittel und die unmittelbar bevorstehende Verhandlung, was uns den fast sofortigen Zugang zum Gefängnis verschaffte. Es war ein schöner Tag, und auf unserem Fußweg trug Liebl seinen Schirm wie ein Tambourmajor in einem kaiserlichen Garderegiment.

«Haben Sie ihm von Traudl erzählt?» fragte ich.

«Gestern abend.»

«Wie nahm er es auf?» Der alte Antwalt hob unsicher die grauen Augenbrauen. «Überraschend gefaßt, Herr Gunther. Wie Sie hatte ich angenommen, die Nachricht würde unseren Klienten umwerfen.» Wieder hob er die Brauen, dieses Mal Verblüffung ausdrückend. «Aber es war nicht so. Nein, es war seine eigene unglückliche Lage, die ihn ausschließlich zu beschäftigen schien. Ebensosehr wie Ihre Fortschritte oder deren Ausbleiben. Herr Becker scheint ein außerordentliches Vertrauen in Ihre detektivischen Fähigkeiten zu setzen. Fähigkeiten, von denen ich, wenn ich offen mit Ihnen sein darf, mein Herr, kaum eine Spur habe entdecken können.»

«Sie haben ein Recht auf Ihre Meinung, Dr. Liebl. Ich schätze, Sie sind wie die meisten Anwälte, die ich kenne: Wenn Ihre Schwester Ihnen eine Einladung zu ihrer Hochzeit schicken würde, wären Sie nur glücklich, wenn diese in Gegenwart zweier Zeugen unterschrieben und besiegelt worden wäre. Freilich, wenn Ihr Klient ein wenig entgegenkommender gewesen wäre...»

«Sie haben den Verdacht, daß er etwas zurückhält? Ja, ich erinnere mich, daß Sie gestern etwas Ähnliches am Telefon sagten. Ohne genau zu wissen, was Sie meinten, sah ich mich nicht in der Lage, mir Herrn Beckers...», er zögerte eine Sekunde, während er abwog, ob er das Wort billigerweise benutzen könne oder nicht, ehe er sich entschloß, es zu tun, «...Kummer zu Nutze zu machen und eine solche Behauptung zu wagen.»

«Sehr rücksichtsvoll von Ihnen, muß ich sagen. Aber dieses Foto wird seinem Gedächtnis vielleicht nachhelfen.»

«Ich hoffe sehr. Und seine Trauer über den schmerzlichen Verlust hat vielleicht nachgelassen, und er wird seinen Schmerz gefaßter tragen.»

Das schien eine sehr wienerische Auffassung zu sein.

Doch als wir Becker sahen, kam er uns kaum betroffen vor. Nachdem eine Schachtel Zigaretten den Wärter überredet hatte, uns drei im Sprechzimmer allein zu lassen, versuchte ich herauszubekommen, warum.

«Es tut mir leid wegen Traudl», sagte ich. «Sie war wirklich ein liebenswertes Mädchen.»

Er nickte ausdruckslos, als habe er Liebl zugehört, der ihm irgendein langweiliges juristisches Detail erklärte.

«Ich muß sagen, es scheint Sie nicht sehr aus der Fassung zu bringen», bemerkte ich.

«Ich gehe damit auf die beste Art um, die ich kenne», sagte er ruhig. «Es gibt nicht viel, was ich hier tun kann. Es ist möglich, daß sie mich nicht mal an der Beerdigung werden teilnehmen lassen. Was, glauben Sie, empfinde ich?»

Ich wandte mich an Liebl und fragte ihn, ob er wohl für eine Minute den Raum verlassen würde. «Ich möchte Herrn Becker etwas unter vier Augen sagen.»

Liebl warf Becker einen raschen Blick zu, und dieser nickte kurz. Keiner von uns sprach, bis die schwere Tür sich hinter dem Anwalt geschlossen hatte.

«Spucken Sie' aus, Berni», sagte Becker mit einem halben Gähnen. «Was haben Sie auf dem Herzen?»

«Es waren Ihre Freunde von der Org, die Ihr Mädchen umgebracht haben», sagte ich und versuchte in seinem langen, schmalen Gesicht eine Gefühlsregung zu erkennen. Ich war nicht sicher, ob es stimmte oder nicht, aber ich war scharf darauf, zu sehen, was es bei ihm auslösen würde. Aber es erfolgte nichts. «Tatsächlich haben Sie *mich* aufgefordert, sie zu töten.»

«Aha», sagte er und kniff die Augen zusammen, «Sie sind in der Org.» Sein Ton verriet Vorsicht. «Wann passierte das?»

«Ihr Freund König hat mich angeworben.»

Sein Gesicht schien sich ein wenig zu entspannen. «Ja, ich dachte mir schon, daß es nur eine Frage der Zeit sein würde. Um ehrlich zu sein, ich war mir keineswegs sicher, ob Sie nicht schon in der Org waren, als Sie in Wien ankamen. Sie mit Ihrem Hintergrund gehören zu den Männern, die sie mit Vorliebe anwerben. Sie sind fleißig gewesen, daß Sie jetzt drin sind. Ich bin beeindruckt. Sagte König, warum er von Ihnen verlangte, Traudl umzubringen?»

«Er erzählte mir, Traudl sei eine KGB-Spionin. Er zeigte mir ein Foto, auf dem sie im Gespräch mit Poroschin zu sehen war.»

Becker lächelte traurig. «Sie war keine Spionin», sagte er kopfschüttelnd, «und sie war nicht mein Mädchen. Sie war Poroschins

Freundin. Ursprünglich gab sie sich als meine Verlobte aus, damit ich mit Poroschin in Kontakt bleiben konnte, während ich im Gefängnis war. Liebl wußte nichts davon. Poroschin sagte, Sie wären überhaupt nicht scharf darauf gewesen, nach Wien zu kommen. Er sagte, Sie schienen keine sehr hohe Meinung von mir zu haben. Er fragte sich, ob Sie sehr lange bleiben würden, wenn Sie denn kämen. Also hielt er es für eine gute Idee, wenn Traudl ein bißchen auf Sie einwirkte und Sie davon überzeugte, daß es draußen jemanden gebe, der mich liebte, der mich brauchte. Er ist ein vorzüglicher Menschenkenner, Berni. Kommen Sie, geben Sie schon zu, Traudl ist der halbe Grund, warum Sie in meinem Fall am Ball geblieben sind. Weil Sie glaubten, daß wenn schon nicht ich, wenigstens Mutter und Baby das Vorrecht des Zweifels verdienten.»

Jetzt war es Becker, der mich beobachtete und auf eine Reaktion lauerte. Merkwürdigerweise war ich überhaupt nicht wütend. Ich hatte mich daran gewöhnt, daß man mir jedesmal immer nur die halbe Wahrheit sagte.

«Also war sie auch keine Krankenschwester, nehme ich an.»

«Oh, doch, sie war Krankenschwester. Sie pflegte für mich Penicillin zu stehlen, das ich auf dem schwarzen Markt verkaufte. Ich war es, der sie mit Poroschin bekannt machte.» Er zuckte die Achseln. «Eine Weile wußte ich gar nichts über die beiden. Aber ich war nicht überrascht. Traudl liebte ein gutes Leben, wie die meisten Frauen in dieser Stadt. Sie und ich waren sogar für kurze Zeit ein Liebespaar, aber so etwas ist in Wien nie von sehr langer Dauer.»

«Ihre Frau sagte, daß Sie Poroschin Penicillin zur Behandlung einer Geschlechtskrankheit besorgten? Stimmt das?»

«Ich besorgte ihm Penicillin, das stimmt, aber es war nicht für ihn, sondern für seinen Sohn. Er hatte Meningitis. Ich glaube, es grassiert eine Epidemie. Und es fehlt an Antibiotika, vor allem in Rußland. In der Sowjetunion fehlt es an allem, außer an Arbeitskräften.

Anschließend erwies mir Poroschin eine oder zwei Gefälligkeiten. Besorgte mir Papiere, verschaffte mir eine Zigarettenkonzession, sowas in der Art. Wir standen auf freundschaftlichem Fuß miteinander. Und als die Org-Leute auftauchten, um mich anzuwerben, erzählte ich ihm davon. Warum nicht? Ich hielt König und seine Freunde für eine Clique von Spinnern. Aber ich war froh, durch sie Geld zu verdienen. Ich hatte, ehrlich gesagt, mit der Org nicht viel zu schaffen, abgesehen von diesen merkwürdigen Kurierdiensten nach Berlin. Trotzdem, er war darauf erpicht, daß ich mich näher mit ihnen einließ, und als er mir einen Haufen Geld anbot, willigte ich ein. Aber sie waren lächerlich argwöhnisch, Berni, und als ich mein Interesse äußerte, mehr Arbeit für sie zu übernehmen, bestanden sie darauf, daß ich mich einer Befragung über meinen Dienst bei der SS und meine Gefangenschaft in einem sowjetischen Lager unterzog. Es störte sie mächtig, daß ich entlassen worden war. Damals ließen sie kein Wort darüber verlauten, aber im Hinblick auf das, was seitdem passiert ist, müssen sie wohl zu dem Schluß gekommen sein, daß man mir nicht trauen und mich aus dem Weg räumen müsse.» Becker zündete sich eine Zigarette an und lehnte sich auf dem harten Stuhl zurück.

«Warum haben sie das nicht alles der Polizei erzählt?»

Er lachte. «Meinen Sie etwa, das hätte ich nicht getan? Als ich ihnen von der Org erzählte, dachten diese blöden Schweine, ich spräche vom Werwolf. Sie wissen, sie meinten diesen Mist über eine Nazi-Terrorgruppe.»

«Daher hat Shields also seine Weisheit.»

«Shields?» schnaubte Becker. «Er ist ein verdammter Idiot.»

«Schon gut, warum haben Sie mir nichts von der Org erzählt?»

«Wie ich sagte, Berni, ich war nicht sicher, ob man Sie nicht bereits in Berlin angeworben hatte. Als ehemaliger Kripo- und Abwehrmann waren Sie genau der Typ, den sie suchen. Wären Sie aber nicht in der Org gewesen und ich hätte Ihnen davon erzählt, wären Sie vielleicht in Wien rumgelaufen und hätten Fragen nach der Org gestellt, und in diesem Fall wären Sie umgebracht worden, genauso wie meine beiden Geschäftspartner. Und wenn Sie in der Org gewesen wären, dachte ich, dann vielleicht bloß in Berlin. Hier in Wien würden Sie weiter nichts sein als ein Detektiv, wenngleich einer, den ich kannte und dem ich vertraute. Verstehen Sie?»

Ich knurrte zustimmend und fummelte nach meinen Zigaretten.

«Sie hätten es mir trotzdem erzählen sollen.»

«Vielleicht.» Er zog heftig an seiner Zigarette. «Hören Sie, Berni. Mein erstes Angebot steht noch. Dreißigtausend Dollar, wenn Sie mich aus diesem Loch rausholen. Wenn Sie also irgendwas in petto haben...»

«Das hier», sagte ich und schnitt ihm das Wort ab. Ich holte Müllers Foto aus der Tasche. «Erkennen Sie ihn?»

«Ich glaube nicht. Aber ich habe dieses Bild schon mal gesehen. Wenigstens glaube ich das. Traudl hat's mir gezeigt, bevor Sie nach Wien kamen.»

«Wirklich? Sagte sie, woher sie es hatte?»

«Von Poroschin, glaube ich.» Er betrachtete das Foto genauer. «Eichenlaub-Kragenspiegel, silberne Schultertressen. Ein SS-Brigadeführer, wie es aussieht. Egal, wer ist es?»

«Heinrich Müller.»

«Gestapo-Müller?»

«Offiziell ist er tot, also möchte ich, daß Sie im Augenblick darüber Stillschweigen bewahren. Ich habe mich mit diesem amerikanischen Agenten von der Kommission für Kriegsverbrechen zusammengetan, der am Fall Linden interessiert ist. Linden arbeitete für dieselbe Abteilung. Offensichtlich hat die Waffe, die benutzt wurde, Linden zu töten, Müller gehört, und sie wurde auch dazu benutzt, einen falschen Müller zu töten. Das heißt, daß Müller noch am Leben sein könnte. Natürlich sind die Kriegsverbrecherjäger scharf darauf, Müller um jeden Preis zu kriegen. Das bedeutet leider, daß Sie weiterhin an Ort und Stelle bleiben, wenigstens im Augenblick.»

«Ich hätte nichts dagegen, wenn dieser Ort stabil wäre. Aber der bestimmte Ort, den sie im Sinn haben, ist mit Scharnieren versehen. Hätten Sie was dagegen, mir zu erklären, was das genau bedeutet?»

«Es bedeutet, daß sie nicht bereit sind, irgend etwas zu unternehmen, was Müller aus Wien verscheuchen könnte.»

«Vorausgesetzt, er ist hier.»

«Das ist richtig. Weil es sich um eine Operation des Geheimdienstes handelt, sind sie nicht bereit, zuzulassen, daß die Militärpolizei sich einmischt. Würde man die Anklage gegen Sie jetzt fallenlassen, könnte die Org zu der Überzeugung kommen, der Fall werde wieder aufgerollt.»

«Was also kommt für mich dabei heraus, verdammt noch mal?»

«Dieser amerikanische Agent, mit dem ich zusammenarbeite, hat versprochen, Sie laufenzulassen, wenn wir an Ihrer Stelle Müller in den Knast bringen. Wir wollen versuchen, ihn aus seinem Versteck zu locken.»

«Bis dahin werden sie also die Verhandlung laufen lassen, vielleicht sogar bis zum Urteil?»

«Genau so ist es.»

«Und Sie bitten mich, in der Zwischenzeit den Mund zu halten.»

«Was können Sie schon sagen? Daß Linden möglicherweise von einem Mann ermordet wurde, der seit drei Jahren tot ist?»

«Es ist bloß so...», Becker schleuderte seine Zigarette in die Ecke, «...so verdammt gefühllos.»

«Nun nehmen Sie mal den Heiligenschein vom Kopf! Hören Sie, die Amis wissen, was Sie in Minsk gemacht haben. Mit Ihrem Leben ein Spielchen zu treiben ist etwas, wobei sie kein schlechtes Gefühl haben. Um ehrlich zu sein, es kümmert sie nicht besonders, ob Sie baumeln oder nicht. Dies ist Ihre einzige Chance, und das wissen Sie.»

Becker nickte trübe. «In Ordnung», sagte er.

Ich stand auf, um zu gehen, doch ein plötzlicher Gedanke ließ mich vor der Tür stehenbleiben.

«Was mich noch interessieren würde», sagte ich, «wieso hat man Sie aus dem Kriegsgefangenenlager eigentlich entlassen?»

«Sie waren selbst Gefangener. Sie wissen, wie es dort war. Immer die Angst, die könnten rauskriegen, daß man in der SS war.»

«Darum frage ich ja.»

Er zögerte einen Augenblick. Dann sagte er: «Es gab da einen Mann, der entlassen werden sollte. Er war sehr krank und hätte nicht mehr lange zu leben gehabt. Was hätte es für einen Sinn gehabt, ihn nach Hause zu schicken?» Er zuckte die Achseln und sah mir direkt in die Augen. «Also erwürgte ich ihn. Schluckte ein bißchen Kampfer, um selber krank zu werden – ging um ein Haar dabei drauf – und nahm seinen Platz ein.» Er starrte mich an, dann wurde er verlegen. «Ich war verzweifelt, Berni. Sie wissen, wie es war.»

«Ja, ich erinnere mich.» Ich versuchte, meinen Abscheu zu verbergen, doch es gelang mir nicht. «Trotzdem, hätten Sie mir das früher erzählt, hätte man Sie meinetwegen hängen können.» Ich griff nach der Türklinke.

«Es ist immer noch Zeit. Warum lassen Sie mich nicht fallen?»

Hätte ich ihm die Wahrheit gesagt, Becker hätte nicht begriffen, wovon ich sprach. Wahrscheinlich hätte er geglaubt, Metaphysik sei eine Methode, um billiges Penicillin für den schwarzen Markt zu fabrizieren. Also schüttelte ich bloß den Kopf und sagte: «Sagen wir ganz einfach, daß ich mit jemandem einen Handel vereinbart habe.»

30

Ich traf mich mit König im *Café Sperl* in der Gumpendorfer Straße, im französischen Sektor, aber nahe am Ring. Es war ein großer düsterer Raum, dessen zahlreiche Jugendstilspiegel an den Wänden nicht zu seiner Aufhellung beitrugen und der einige Billardtische aufwies. Jeder wurde von einer Lampe beleuchtet, die an einer gelben Decke mit einer Messingapparatur befestigt war, die aussah, als stamme sie aus einem alten U-Boot.

Königs Terrier saß ein kleines Stück von seinem Herrn entfernt wie der Hund auf den Schallplattenetikett und sah zu, wie König, allein, aber konzentriert, mit dem Queue hantierte. Ich bestellte einen Kaffee und näherte mich dem Tisch. Er taxierte sorgfältig seinen Stoß mit der Länge seines Queues, rieb dann dessen Spitze mit Kreide ein und nahm meine Anwesenheit mit einem kurzen Kopfnicken stumm zur Kenntnis.

«Unser geliebter Mozart liebte dieses Spiel ungemein», sagte er und senkte seine Augen auf den Filz. «Zweifellos sah er darin eine sehr genaue Nachbildung der sehr präzisen Dynamik seines Intellekts.» Er richtete sein Auge auf den Spielball wie ein zielender Heckenschütze, und nach einer langen sorgfältigen Pause zog er die weiße Kugel an die eine, dann an die andere rote Kugel. Diese zweite rote Kugel rollte über die Länge des Tisches, zögerte unmerklich am Rand des Lochs und, ihrem *spiritus rector* ein kleines Murmeln der Befriedigung entlockend – denn es gibt keine anmutigere Offenbarung der Gesetze von Schwerkraft und Bewegung –, schlüpfte geräuschlos hinein.

«Ich, für meinen Teil, genieße dieses Spiel aus Gründen, die eher sinnlicher Natur sind. Ich liebe das Geräusch, wenn die Kugeln gegeneinanderstoßen, und ihre elegante Art zu rollen.» Er holte die rote Kugel aus dem Loch und legte sie zu seiner eigenen Befriedigung wieder auf den Filz. «Aber am meisten liebe ich die Farbe Grün. Wußten Sie, daß bei den Kelten die Farbe Grün als Unglücksbotin gilt? Nein? Sie glauben, auf Grün folge Schwarz. Vermutlich deswegen, weil die Engländer die Iren zu hängen pflegten, weil sie Grün trugen. Oder waren es die Schotten?» Einen Augenblick starrte König fast geistesabwesend auf die Fläche des Billardtisches, gleichsam als wolle er ihn mit der Zunge ablecken.

«Sehen Sie doch selbst», keuchte er. «Grün ist die Farbe des Ehrgeizes und der Jugend. Es ist die Farbe des Lebens und der ewigen Ruhe. *Requiem aeternam dona eis.*» Zögernd legte er sein Queue auf den Tisch und wandte sich, eine dicke Zigarre aus einer seiner Taschen zaubernd, vom Tisch ab. Der Terrier erhob sich erwartungsvoll. «Sie sagten am Telefon, Sie hätten etwas für mich. Etwas Wichtiges.»

Ich übergab ihm Belinskys Umschlag. «Tut mir leid, daß es nicht mit grüner Tinte geschrieben ist», sagte ich und sah zu, wie er die Papiere herausnahm. «Können Sie Kyrillisch lesen?»

König schüttelte den Kopf. «Ich fürchte, es könnte ebensogut in Gälisch geschrieben sein.» Doch er machte weiter, breitete die Papiere auf dem Billardtisch aus und setzte seine Zigarre in Brand. Als der Hund bellte, befahl er ihm, ruhig zu sein. «Vielleicht wären Sie so freundlich, mir genau zu erklären, was ich da sehe.»

«Das sind Einzelheiten über Anordnungen und Methoden des KGB in Ungarn und Niederösterreich.» Ich lächelte kühl und setzte mich an einen Tisch in der Nähe, wo der Kellner gerade meinen Kaffee serviert hatte.

König nickte bedächtig, starrte noch ein paar Sekunden verständnislos auf die Papiere, dann raffte er sie zusammen, steckte sie wieder in den Umschlag und schob ihn in seine Jackentasche.

«Sehr interessant», sagte er, an meinem Tisch Platz nehmend.

«Nehmen wir einen Augenblick an, daß die Papiere echt sind...»

«Und ob die echt sind», sagte ich rasch.

Er lächelte nachsichtig, als hätte ich keine Vorstellung von der ausgedehnten Prozedur, mit der solche Informationen auf ihre Echtheit überprüft werden. «Angenommen, sie sind echt», wiederholte er bestimmt, «dann will ich genau wissen, wie Sie in ihren Besitz gekommen sind.»

Zwei Männer traten an den Billardtisch und begannen ein Spiel. König rückte seinen Stuhl beiseite und gab mir mit dem Kopf ein Zeichen, es ihm nachzumachen. «Ist schon gut», sagte einer der Spieler. «Es ist genügend Platz, um vorbeizukommen.» Aber wir schoben unsere Stühle trotzdem weg. Und als wir weit genug vom Billardtisch entfernt waren, begann ich, ihm die Geschichte aufzutischen, die ich mit Belinsky einstudiert hatte.

Erst jetzt schüttelte König energisch den Kopf und nahm seinen Hund hoch, der ihm spielerisch das Ohr leckte.

«Dies ist weder die rechte Zeit noch der rechte Ort», sagte er. «Aber ich bin beeindruckt, wenn ich sehe, wie fleißig Sie gewesen sein müssen.» Er hob seine Augenbrauen und beobachtete, als sei er abgelenkt, die beiden Billardspieler. «Ich erfuhr heute morgen, daß es Ihnen gelungen ist, diesem Freund von mir ein paar Bezugsscheine für Benzin zu besorgen. Dem Freund im Allgemeinen Krankenhaus.» Ich begriff, daß er über den Mord an Traudl sprach. «Und auch so prompt, kaum daß wir über die Sache gesprochen hatten. Das war wirklich überaus tüchtig, seien Sie versichert.» Er blies Rauch gegen den Hund in seinem Schoß, der schniefte und dann nieste. «Es ist ja heutzutage in Wien so schwierig, für etwas zuverlässig Nachschub zu bekommen.»

Ich zuckte die Achseln. «Man muß bloß die richtigen Leute kennen, das ist alles.»

«Was Sie sicherlich tun, mein Freund.» Er klopfte auf die Brusttasche seines grünen Tweed-Anzuges, in die er Belinskys Papiere gesteckt hatte. «Unter diesen besonderen Umständen, meine ich, sollte ich Sie mit jemandem in der Firma bekannt machen, der besser als ich dazu in der Lage ist, die Qualität Ihrer Quelle zu beurteilen. Jemand, der, wie der Zufall es will, begierig ist, Sie kennenzulernen, um zu entscheiden, wie man einen Mann mit Ihrer Fähigkeit und Geschicklichkeit am besten einsetzen könnte. Ursprünglich wollten wir mit dem Treffen noch ein paar Wochen warten, aber diese neue Information verändert alles. Trotzdem muß ich zuerst einen Anruf tätigen. Ich werde in ein paar Minuten zurück sein.» Er blickte sich im Raum um und deutete auf einen der anderen freien Billardtische. «Warum probieren Sie nicht ein paar Stöße, solange ich fort bin?»

«Ich kann mit Spielen, die Geschicklichkeit erfordern, nicht viel anfangen», erwiderte ich. «Und ich mißtraue einem Spiel, das auf nichts anderem beruht als auf Glück. Auf diese Weise brauche ich mir nicht selber die Schuld zu geben, wenn ich verliere. Ich habe eine enorme Fähigkeit, mich selbst zu beschuldigen.»

König zwinkerte mir zu. «Mein lieber Freund», sagte er und erhob sich vom Tisch, «Sie hören sich nicht gerade wie ein Deutscher an.»

Ich sah ihm nach, als er nach hinten verschwand, um zu telefonieren, getreulich gefolgt von seinem Hund. Ich fragte mich, wen er wohl anrief. Der Mann, der besser dazu imstande war, die Qualität meiner Quelle zu beurteilen, konnte womöglich sogar Müller sein. Es erschien ein wenig zu früh, so viel zu erhoffen.

Als König ein paar Minuten später zurückkam, schien er aufgeregt. «Wie ich mir gedacht habe», sagte er und nickte begeistert, «es gibt jemanden, der begierig ist, dieses Material sofort in Augenschein zu nehmen und Sie kennenzulernen. Ich habe einen Wagen draußen. Gehen wir?»

Königs Wagen war ein schwarzer Mercedes, wie der von Belinsky. Und wie Belinsky fuhr auch König erheblich schneller, als es die Sicherheit auf einer Straße erlaubte, auf die ein heftiger Morgenregen gefallen war. Ich sagte, es sei besser, spät als überhaupt nicht anzukommen, doch er nahm keine Notiz davon. Mein unbehagliches Gefühl wurde noch durch Königs Hund verschlimmert, der auf dem Schoß seines Herrn saß und die ganze Fahrt über aufgeregt die vor uns liegende Straße anbellte, als habe man dem Köter gesagt, wohin wir fuhren. Ich erkannte die Straße als die wieder, die zu den Grinzinger Filmstudios führte, doch im selben Augenblick gabelte sie sich, und wir bogen in die Grinzinger Allee ein.

«Kennen Sie Grinzing?» überschrie König das unaufhörliche Gebell des Hundes. Ich verneinte. «Dann kennen Sie die Wiener nicht wirklich», hielt er mir entgegen. «Grinzing ist berühmt für seinen Weinbau. Im Sommer kommt alle Welt hierher, um eines der Wirtshäuser zu besuchen, in denen der Heurige ausgeschenkt wird. Man trinkt zuviel, lauscht der Schrammelmusik und singt alte Lieder.»

«Hört sich sehr gemütlich an», sagte ich ohne große Begeisterung.

«Ja, das ist es. Ich besitze hier oben selber zwei Weingärten. Bloß zwei kleine Felder, müssen Sie wissen. Aber es ist ein Anfang. Ein Mann muß etwas Land besitzen, meinen Sie nicht? Wir werden im Sommer wieder herkommen, und dann können Sie den neuen Wein selber kosten. Den Lebenssaft Wiens.»

Grinzing erschien kaum als eine Vorstadt von Wien, eher als ein reizendes kleines Dorf. Doch wegen seiner Nähe zur Hauptstadt wirkte sein anheimelnder, ländlicher Charme irgendwie ebenso unecht wie eine der Filmkulissen, die man drüben im Sievering errichtete. Wir fuhren einen Hügel hinauf, einer schmalen gewundenen Gasse folgend, die zwischen Heurigenlokalen und Bauerngärten verlief, und König erklärte mir, wie lieblich das alles jetzt im Frühling sei. Doch der Anblick von so viel Bilderbuch-Ländlichkeit diente bloß dazu, daß mein städtisch geprägtes Gemüt mit Verachtung reagierte, und ich beschränkte mich auf ein verdrossenes Knurren und gemurmelte Bemerkungen über Touristen. Jemandem, der mehr an den dauernden Anblick von Schutt gewöhnt war, kam Grinzing mit seinen vielen Bäumen und Weingärten sehr grün vor. Ich verkniff mir jedoch eine Bemerkung über diesen Eindruck, denn ich fürchtete, das könnte König zu einem seiner verschrobenen kleinen Monologe über diese krank machende Farbe veranlassen.

Er stoppte den Wagen vor einer hohen Mauer aus gelben Ziegeln, die ein großes, gelbgetünchtes Haus und einen Garten umschloß, der aussah, als habe er den ganzen Tag in einem Schönheitssalon zugebracht. Das Haus selbst war ein mächtiges, dreistöckiges Gebäude mit einem hohen Gaubendach. Abgesehen von ihrer hellen Farbe, war die Fassade von strenger Zurückhaltung, was dem Hause ein gewissermaßen amtliches Aussehen verlieh. Es sah aus wie eine ziemlich prächtige Art von Rathaus.

Ich folgte König durch das Tor, einen makellos gesäumten Pfad hinauf zu einer schwer beschlagenen Eichentür, von der man den Eindruck hatte, man brauchte zum Anklopfen eine Streitaxt. Wir gingen geradewegs ins Haus und betraten einen quietschenden Holzfußboden, der bei einem Bibliothekar einen Herzanfall hätte verursachen können.

König führte mich in ein kleines Wohnzimmer, bat mich, hier zu warten, und ließ mich allein. Ich sah mich aufmerkam um, doch es gab nicht viel zu sehen, von der Tatsache abgesehen, daß der Besitzer in bezug auf das Mobiliar Landhausstil bevorzugte. Ein grobbehauener Tisch blockierte die Terrassentür, und vor einem leeren Kamin, groß wie ein Grubenschacht, waren zwei gedrechselte Landhaussessel aufgestellt. Ich nahm auf einer etwas bequemer aussehenden Ottomane Platz und band meine Schuhbänder neu. Dann polierte ich meine Schuhspitzen mit dem Rand des abgetretenen Teppichs. Ich muß etwa eine nicht besonders kurzweilige halbe Stunde gewartet haben, als König zurückkehrte, um mich zu holen. Er führte mich durch ein Labyrinth von Räumen und Fluren und über eine Treppe zum hinteren Teil des Hauses, mit dem Gehabe eines Mannes, dessen Jackett mit Eichenparkett gefüttert ist. Jetzt, da ich eine viel wichtigere Person treffen sollte, kümmerte es mich kaum, ob ich ihn beleidigte oder nicht, und ich sagte: «Wenn Sie den Anzug wechselten, würden Sie einen wunderbaren Butler abgeben.»

König drehte sich nicht um, doch ich hörte, wie er die Zähne bleckte und ein kurzes, trockenes Lachen von sich gab: «Es freut mich, daß Sie so denken. Wissen Sie, wiewohl ich Ihren Sinn für Humor zu schätzen weiß, würde ich Ihnen nicht raten, ihn am General zu erproben. Offen gesagt, er ist ein höchst ernster Mensch.» Er öffnete eine Tür, und wir betraten einen hellen, luftigen Raum mit einem Feuer im Kamin und einem Hektar leerer Bücherregale. Mit dem Gesicht zum breiten Fenster, hinter einem langen Bibliothekstisch, stand eine Gestalt im grauen Anzug mit kurzgeschorenem Schädel, die ich zu kennen glaubte. Der Mann drehte sich lächelnd um, und seine Hakennase gehörte unverkennbar zu einem Gesicht aus meiner Vergangenheit.

«Hallo, Gunther», sagte der Mann.

König sah mich befremdet an, während ich die grinsende Gestalt sprachlos anblinzelte.

«Glauben Sie an Geister, Herr König?» fragte ich.

«Nein, Sie etwa?»

«Ich tu es jetzt. Wenn ich mich nicht irre, wurde der Herr am Fenster 1945 wegen seiner Teilnahme an der Verschwörung, den Führer zu töten, gehängt.»

«Sie können uns allein lassen, Helmut», sagte der Mann. König nickte knapp, machte auf dem Absatz kehrt und ging hinaus.

Arthur Nebe deutete auf einen Stuhl vor dem Tisch, auf dem Belinskys Papiere neben einer Brille und einem Füllfederhalter ausgebreitet lagen. «Setzen Sie sich», sagte er. «Was zu trinken?» Er lachte. «Sie sehen aus, als könnten Sie einen Schluck gebrauchen.»

«Es kommt nicht jeden Tag vor, daß ich einen Mann sehe, der von den Toten auferstanden ist», sagte ich ruhig. «Geben Sie mir besser einen kräftigen Schluck.»

Nebe öffnete eine große, mit Schnitzereien versehene hölzerne Hausbar, die innen mit Marmor ausgekleidet und mit zahlreichen Flaschen gefüllt war. Er nahm eine Flasche Wodka heraus und goß zwei kleine Gläser bis zum Rand voll.

«Auf die alten Kameraden», sagte er und hob sein Glas. Ich lächelte unsicher. «Trinken Sie ruhig. Ich werde deswegen nicht wieder verschwinden.»

Ich kippte den Wodka und atmete tief, als er im Magen ankam.

«Der Tod bekommt Ihnen, Arthur. Sie sehen gut aus.»

«Danke. Ich habe mich nie besser gefühlt.»

Ich zündete eine Zigarette an und ließ sie eine Weile an meiner Lippe kleben.

«War's nicht in Minsk?» sagte er. «Im Jahr 1941. Als wir uns zum letztenmal sahen?»

«Stimmt. Sie ließen mich zum Amt für Kriegsverbrechen versetzen.»

«Wegen Ihres Gesuchs hätte ich Sie vors Kriegsgericht bringen, ja sogar erschießen lassen müssen.»

«Nachdem, was ich höre, waren Sie in jenem Sommer versessen aufs Erschießen.» Nebe zuckte nicht mit der Wimper. «Warum haben Sie's also nicht getan?»

«Sie waren ein verdammt guter Polizist. Deshalb.»

«Das waren Sie auch.» Ich zog heftig an meiner Zigarette. «Das waren Sie zumindest vor dem Krieg. Wieso der Wandel, Arthur?»

Nebe roch einen Augenblick an seinem Wodka und trank ihn dann in einem Zug aus. «Das ist guter Wodka», bemerkte er ruhig, beinahe als spräche er mit sich selber... «Berni, erwarten Sie keine Erklärung von mir. Ich hatte meine Befehle auszuführen, also hieß es: sie oder ich. Töte oder du wirst getötet. So lief es immer in der SS. Zehn-, zwanzig-, dreißigtausend – nachdem du einkalkuliert hast, daß du andere töten mußt, um deine eigene Haut zu retten, spielt die Zahl mehr oder weniger keine Rolle mehr. Das war meine Endlösung, Berni: die Endlösung für das bedrohliche Problem meines eigenen fortwährenden Überlebens. Sie können von Glück sagen, daß niemals von Ihnen verlangt wurde, die gleiche Kalkulation anzustellen.»

«Das habe ich Ihnen zu verdanken.»

Nebe zuckte schwach die Achseln und deutete dann auf die Papiere, die vor ihm lagen. «Ich bin ziemlich froh, daß ich Sie nicht habe erschießen lassen, jetzt, wo ich dieses Zeug gesehen habe. Natürlich wird dieses Material von einem Experten bewertet werden müssen, aber auf den ersten Blick betrachtet, scheinen Sie das große Los gezogen zu haben. Trotzdem würde ich gern mehr über Ihre Quelle erfahren.»

Nachdem ich meine Geschichte noch einmal erzählt hatte, sagte Nebe: «Glauben Sie, daß man ihm trauen kann? Ihrem Russen?»

«Er hat mich bis jetzt noch nie enttäuscht», sagte ich. «Natürlich hat er bisher lediglich falsche Ausweispapiere für mich besorgt.»

Nebe füllte die Gläser noch einmal und runzelte die Stirn.

«Gibt es ein Problem?» fragte ich.

«Es ist bloß so, Berni, daß ich in den zehn Jahren, die ich Sie kenne, nichts finden kann, das mich davon überzeugt, daß Sie jetzt ein gewöhnlicher Schwarzhändler sind.»

«Das sollte nicht schwieriger sein als das Problem, das ich habe, mich davon zu überzeugen, daß Sie ein Kriegsverbrecher waren, Arthur. Oder, zum Beispiel, hinzunehmen, daß Sie nicht tot sind.»

Nebe lächelte. «Da ist was dran. Aber angesichts so vieler Gelegenheiten, welche die riesigen Massen verschleppter Personen bieten, bin ich überrascht, daß Sie nicht zu Ihrem alten Gewerbe zurückgekehrt und wieder Privatdetektiv geworden sind.»

«Die Tätigkeit eines Privatdetektivs und die eines Schwarzhändlers schließen einander nicht notwendig aus», sagte ich. «Gute Informationen sind genauso wertvoll wie Penicillin oder Zigaretten. Informationen haben ihren Preis. Und je besser, je brisanter die Informationen sind, desto höher ist ihr Preis. Das ist immer so gewesen. Übrigens will mein Russe sein Geld.»

«Das wollen sie immer. Manchmal glaube ich, die Iwans setzen mehr Vertrauen in den Dollar als die Amerikaner.» Nebe preßte seine beiden Hände zusammen und legte beide Zeigefinger an die Flügel seiner scharfen Nase. Dann deutete er mit beiden Fingern auf mich, als halte er eine Pistole. «Sie haben sehr gut gearbeitet, Berni. Wirklich sehr gut. Aber ich muß gestehen, daß ich trotzdem verblüfft bin.»

«Über mich als Schwarzhändler?»

«Ich kann das viel leichter akzeptieren als die Vorstellung, daß Sie Traudl Braunsteiner getötet haben. Mord war nie Ihr Stil.»

«Ich habe sie nicht getötet», sagte ich. «König befahl mir, es zu tun und ich dachte, ich könnte es tun, weil sie eine Kommunistin war. Während meiner Zeit in einem sowjetischen Gefangenenlager habe ich gelernt, sie zu hassen. Ich haßte die Kommunisten so sehr, daß ich sogar einen getötet hätte. Aber als ich darüber nachdachte, begriff ich, daß ich's nicht tun konnte. Nicht kaltblütig. Vielleicht hätte ich's tun können, wenn sie ein Mann gewesen wäre, aber ein Mädchen, nein. Ich wollte es ihm heute morgen erzählen, aber als er mir zu meiner Tat gratulierte, beschloß ich, den Mund zu halten und das Verdienst für mich in Anspruch zu nehmen. Ich rechnete damit, es würde Geld dabei rausspringen.»

«Also hat ein anderer sie getötet. Das ist ja überaus interessant. Sie haben keine Ahnung, wer, schätze ich?»

Ich schüttelte den Kopf.

«Ein Rätsel also.»

«Genau wie Ihre Wiederauferstehung, Arthur. Wie haben Sie das hingekriegt?»

«Leider kann ich dafür keinerlei Verdienst in Anspruch nehmen», sagte er. «Es war etwas, was die Geheimdienstleute ausgekocht hatten. In den letzten Kriegsmonaten frisierten sie ganz einfach die Dienstakten höherer SS- und Parteiführer, und schon waren wir auf dem Papier tot. Die meisten von uns wurden wegen ihrer Beteiligung an der Stauffenberg-Verschwörung hingerichtet. Nun, was waren schon ein paar hundert zusätzliche Hinrichtungen auf einer Liste, die bereits Tausende von Namen umfaßte? Und dann wurden einige von uns unter den Opfern des Bombenkrieges oder der Schlacht um Berlin aufgeführt. Dann blieb nichts anderes mehr zu tun, als dafür zu sorgen, daß diese Akten den Amerikanern in die Hände fielen.

Also transportierte die SS die Akten zu einer Papiermühle in der Nähe von München, und der Besitzer – ein guter Nazi – wurde angewiesen, zu warten, bis die Amis vor seiner Tür standen, bevor er anfing, alles zu vernichten.» Nebe lachte. «Ich erinnere mich, daß ich in der Zeitung las, wie zufrieden sie mit sich waren. Sie dachten, sie hätten einen großen Coup gelandet. Natürlich war das meiste, was ihnen in die Hände fiel, absolut echt. Aber für die meisten von uns, die durch die lächerlichen amerikanischen Nachforschungen über Kriegsverbrechen am meisten gefährdet waren, bedeutete es eine ausreichende Verschnaufpause und ließ ihnen genug Zeit, sich eine neue Identität zuzulegen.» Er lachte noch einmal. «Jedenfalls arbeitet das Document Center in Berlin immer noch für uns.»

«Wie meinen Sie das?» fragte ich, in der Hoffnung, etwas zu erfahren, das Licht auf die Gründe für Lindens Ermordung werfen konnte. Oder vielleicht hatte er einfach rausgefunden, daß die Akten frisiert worden waren, ehe sie den Amis in die Hände fielen? Hatte das schon als Rechtfertigung für seine Ermordung gereicht?

«Nein, für den Augenblick habe ich genug gesagt.» Nebe nahm einen Schluck Wodka und leckte sich genießerisch die Lippen. «Es sind interessante Zeiten, in denen wir leben, Berni. Ein Mann kann sich jede Identität zulegen, die ihm gefällt. Nehmen Sie mich: mein neuer Name ist Nolde, Alfred Nolde, und ich produziere Wein auf diesem Gut. Wiederauferstanden, sagten Sie. Nun, damit sind Sie von der Wahrheit nicht weit entfernt. Nur daß unsere Nazi-Toten moralisch sauber auferstanden sind. Wir sind verwandelt, mein Freund. Es sind die Russen, die die schwarzen Hüte tragen und versuchen, die Macht in der Stadt zu übernehmen. Wir, die wir für die Amerikaner arbeiten, sind jetzt die guten Jungens. Dr. Schneider – er ist der Mann, der die Org mit der Hilfe des CIC aufgebaut hat – trifft sich regelmäßig mit ihnen in unserem Hauptquartier in Pullach. Er ist sogar in den Vereinigten Staaten gewesen, um den Außenminister zu treffen. Können Sie sich das vorstellen? Ein höherer deutscher Offizier, der mit der Nummer zwei des Präsidenten zusammenarbeitet? Moralisch sauberer kann man doch gar nicht sein, nicht heutzutage.»

«Wenn Sie gestatten», sagte ich, «ich habe meine Schwierigkeiten, mir die Amis als Heilige vorzustellen. Als ich aus Rußland zurückkehrte, bekam meine Frau eine Extra-Ration von einem amerikanischen Hauptmann. Manchmal glaube ich, daß sie nicht besser sind als die Iwans.»

Nebe zuckte die Achseln. «Sie sind nicht der einzige in der Org, der das denkt», sagte er. «Was mich angeht, ich habe nie von den Iwans gehört, daß sie die Dame um Erlaubnis fragen oder ihr vorher ein paar Riegel Schokolade geben. Sie sind Tiere.» Er lächelte, als sei ihm ein Gedanke gekommen. «Trotzdem will ich zugeben, daß einige dieser Frauen den Russen dankbar sein sollten. Ohne die Russen hätten sie vielleicht nie erfahren, wie das ist.»

Es war ein schlechter Scherz und sehr geschmacklos, aber ich lachte trotzdem mit ihm. Ich fühlte mich Nebe gegenüber immer noch so unsicher, daß ich ihn bei Laune halten wollte.

«Was taten Sie denn nun im Fall ihrer Frau und dieses amerikanischen Hauptmanns?» fragte er, als er aufgehört hatte zu lachen. Etwas in mir riet mir zur Zurückhaltung, bevor ich antwortete. Arthur Nebe war ein schlauer Fuchs. Vor dem Krieg war er, als Chef der Kriminalpolizei, Deutschlands prominentester Polizist gewesen. Es wäre zu riskant gewesen, eine Antwort zu geben, die darauf schließen ließ, daß ich einen amerikanischen Armeehauptmann hatte töten wollen. Nebe sah gemeinsame Fakten, die der Nachprüfung wert waren, wo andere Menschen bloß die Hand eines launischen Gottes sahen. Ich kannte ihn zu gut, um zu glauben, daß er vergessen hatte, wie er Becker einmal eine Morduntersuchung übertragen hatte, die ich leitete. Jede auch noch so hauchdünne Verbindung, ganz gleich wie zufällig, zwischen dem Tod eines amerikanischen Offiziers, die Becker betraf, und dem Tod eines weiteren amerikanischen Offiziers, in den ich möglicherweise verwickelt war, und Nebe hätte den Befehl gegeben, mich zu töten, daran hatte ich keinen Zweifel. Ein amerikanischer Offizier war schlimm genug. Zwei wären zuviel gewesen, um ein Zufall zu sein. Also zuckte ich die Achseln, zündete mir eine Zigarette an und sagte: «Was können Sie anderes tun, als dafür zu sorgen, daß die Frau es ist, die den Schlag aufs Maul bekommt und nicht er? Amerikanische Offiziere nehmen es nicht sehr freundlich auf, wenn sie eine geknallt kriegen, am allerwenigsten von Krauts. Es ist eines der kleinen Vorrechte des Eroberers, daß er sich von seinem besiegten Feind nicht jeden Scheiß gefallen lassen muß. Ich kann mir nicht vorstellen, daß Sie das vergessen haben, Herr Gruppenführer. Sie schon gar nicht.»

Ich beobachtete sein Grinsen mit erhöhter Neugier. Es war ein gerissenes Lächeln, auf dem Gesicht eines alten Fuchses, doch dessen Zähne konnten noch zubeißen.

«Das war sehr klug von Ihnen», sagte er. «Es zahlt sich nicht aus, rumzurennen und Amerikaner umzubringen.» Als er nach einer Pause hinzufügte: «Erinnern Sie sich an Emil Becker?» sah ich mein Mißtrauen gegen ihn bestätigt. Es wäre töricht gewesen, ihm so etwas wie ein gestörtes Erinnerungsvermögen vorzuspielen. Er kannte mich besser.

«Natürlich», sagte ich.

«Es war seine Freundin, die Sie auf Königs Befehl töten sollten. Jedenfalls eine seiner Freundinnen.»

Ich runzelte die Stirn. «Aber König sagte, sie sei vom KGB.»

«War sie auch. Becker ebenfalls. Er brachte einen amerikanischen Offizier um. Aber vorher versuchte er, die Org zu infiltrieren.»

Ich schüttelte bedächtig den Kopf. «Ein Gauner, vielleicht», sagte ich, «aber als Spion der Iwans kann ich mir Becker nicht vorstellen.» Nebe nickte nachdrücklich. «Hier in Wien?» Er nickte wieder. «Wußte er, daß Sie am Leben sind?»

«Natürlich nicht. Wir benutzten ihn hin und wieder für kleine Kurierdienste. Es war ein Fehler. Becker war ein Schwarzhändler, genau wie Sie, Berni. Ein ziemlich erfolgreicher, muß man sagen. Aber was seinen Wert für uns anging, litt er an Selbsttäuschung. Er dachte, er wäre in der Mitte eines sehr großen Teiches. Aber dort war er niemals. Ganz ehrlich, wenn ein Meteorit in der Mitte des Teichs eingeschlagen wäre, hätte Becker noch nicht mal das kleinste Kräuseln bemerkt.»

«Wie sind Sie ihm auf die Schliche gekommen?»

«Seine Frau hat's uns erzählt», sagte Nebe. «Als er aus dem sowjetischen Kriegsgefangenenlager zurückkam, schickten unsere Leute in Berlin jemanden bei ihm vorbei, um zu sehen, ob man ihn für Org anheuern konnte. Nun ja, die trafen ihn nicht an, und als sie endlich mit seiner Frau sprachen, hatte er Berlin bereits verlassen und lebte hier in Wien. Seine Frau erzählte uns von seiner Verbindung zu einem russischen KGB-Oberst. Doch aus welchem Grund auch immer – eigentlich war es reine blutige Unfähigkeit – dauerte es eine ganze Weile, bis die Information die Wiener Sektion erreichte. Und zu dieser Zeit hatte ihn einer unserer Anwerber bereits verpflichtet.»

«Und wo ist er jetzt?»

«Hier in Wien, im Knast. Die Amerikaner stellen ihn wegen Mordes vor Gericht, und er wird mit Sicherheit hängen.»

«Das muß für Sie ziemlich praktisch sein», sagte ich und wagte mich ein bißchen vor. «Ein bißchen zu praktisch, wenn Sie mich fragen.»

«Berufsinstinkt, Berni?»

«Nennen wir's lieber ein Gefühl. Damit ich nicht wie ein Amateur dastehe, falls ich mich irre.»

«Sie bauen noch immer auf das Gefühl im Magen, wie?»

«Vor allem jetzt, wo ich wieder was Handfestes im Magen habe, Arthur. Nach Berlin ist Wien eine Stadt, die satt macht.»

«Sie glauben also, daß wir den Amerikaner umgebracht haben?»

«Hängt davon ab, wer er war und ob ihr einen guten Grund hattet. Dann brauchtet ihr nicht mehr zu tun, als dafür zu sorgen, daß die Amis einen Mörder bekamen. Jemanden, den ihr aus dem Weg haben wolltet. Auf diese Art konntet ihr zwei Fliegen mit einer Klappe schlagen. Hab' ich recht?»

Nebe neigte seinen Kopf ein wenig zur Seite. «Vielleicht. Aber versuchen Sie nicht dauernd, mich daran zu erinnern, was für ein guter Polizist Sie waren, indem Sie so etwas Dummes tun und es beweisen. Es ist immer noch ein sehr wunder Punkt bei manchen Leuten in dieser Sektion. Also wäre es das beste, wenn Sie darüber ganz den Schnabel halten würden.

Wissen Sie, wenn Sie wirklich meinen, ein bißchen Detektiv spielen zu müssen, könnten Sie uns vielleicht in den Genuß Ihres Rates kommen lassen, denn wir versuchen nämlich eine unserer eigenen vermißten Personen zu finden. Der Name des Mannes ist Dr. Karl Heim, und er ist Zahnarzt. Zwei unserer Leute sollten ihn heute morgen nach Pullach bringen, doch als sie zu seinem Haus kamen, fanden sie keine Spur von ihm. Natürlich, möglicherweise ist er bloß auf eine Kneiptour gegangen, aber in dieser Stadt besteht immer die Möglichkeit, daß die Iwans ihn geschnappt haben. Es gibt hier zwei unabhängige Banden, die für die Russen arbeiten. Als Gegenleistung bekommen sie die Konzessionen zum Verkauf von Zigaretten. Soweit wir bisher feststellen konnten, sind beide Banden Beckers russischem Oberst unterstellt. Vor allem auf diese Weise ist er vermutlich an die meisten seiner Warenvorräte gekommen.»

«Sicher», sagte ich, unbeeindruckt durch diese neueste Enthüllung über Beckers Zusammenarbeit mit Oberst Poroschin. «Was soll ich tun?»

«Sprechen Sie mit König», wies Nebe mich an, «raten Sie ihm, wie er vorgehen soll, um Heim zu finden. Wenn Sie Zeit haben, könnten sie ihm vielleicht persönlich helfen.»

«Kein Problem», sagte ich. «Sonst noch was?»

«Ja. Ich möchte, daß Sie morgen früh wieder herkommen. Einer von unseren Leuten wird da sein, der für alles, was mit dem KGB zu tun hat, Spezialist ist. Ich habe das Gefühl, er wird besonders darauf erpicht sein, mit Ihnen über Ihre Quelle zu sprechen. Sagen wir zehn Uhr?»

«Zehn Uhr», wiederholte ich.

Nebe stand auf und kam um den Tisch herum, um mir die Hand zu schütteln. «Tut gut, ein altes Gesicht zu sehen, Berni, selbst wenn es wie mein Gewissen aussieht.»

Ich lächelte schwach und gab ihm die Hand. «Was vorbei ist, ist vorbei», sagte ich.

«Genau so ist es», erwiderte er und legte mir die eine Hand auf die Schulter. «Bis morgen. König wird Sie in die Stadt zurückbringen.» Nebe öffnete die Tür und brachte mich die Treppe hinunter zum vorderen Teil des Hauses. «Tut mir leid, das mit Ihrer Frau zu hören. Ich könnte veranlassen, daß man ihr PX-Scheine schickt, wenn Sie wollen.»

«Machen Sie sich keine Mühe», sagte ich rasch. Das letzte, was ich mir wünschte, war, daß jemand von der Org in meiner Wohnung in Berlin aufkreuzte und Kirsten komische Fragen stellte, von denen sie nicht wußte, wie sie sie beantworten sollte. «Sie arbeitet in einer amerikanischen Bar und bekommt alle PX-Scheine, die sie braucht.»

In der Eingangshalle stießen wir auf König, der mit seinem Hund spielte.

«Frauen», lachte Nebe. «Es war eine Frau, die König den Hund gekauft hat, stimmt's, Helmut?»

«Ja, Herr General.»

Nebe beugte sich herab, um das Tier am Bauch zu kitzeln. Es rollte sich auf den Rücken und gab sich fügsam Nebes Fingern hin.

«Und wissen Sie, warum sie ihm einen Hund gekauft hat?» Ich sah, wie sich Königs Gesicht zu einem leicht verlegenen Lächeln verzog, und ahnte, daß Nebe einen Witz reißen würde. «Um dem Mann Gehorsam beizubringen.»

Ich stimmte in ihr Gelächter ein. Doch nach nur wenigen Tagen näherer Bekanntschaft mit König dachte ich, daß Lotte Hartmann ihrem Freund ebensogut hätte beibringen können, aus der Thora zu rezitieren.

31

Der Himmel war grau, als ich in meine Pension zurückkehrte. Ich hörte einen Regenguß gegen die Verandatür klatschen, und Sekunden später gab es einen kurzen Blitz und einen gewaltigen Donnerschlag, so daß die Tauben auf meiner Veranda Schutz suchten. Ich stand da und beobachtete den Sturm, der die Bäume schüttelte, die Siele überflutete, während sich die ganze überschüssige elektrische Energie der Atmosphäre entlud, bis die Luft wieder rein und angenehm war.

Zehn Minuten später sangen die Vögel in den Bäumen, als wollten sie das reinigende Gewitter feiern. Sie waren um dieses rasche klimatische Heilverfahren zu beneiden, und ich wünschte, der Druck, den ich auf meinen Nerven spürte, würde sich ebenso leicht auflösen. Während ich versuchte, allen Lügen, meinen eigenen eingeschlossen, immer einen Schritt voraus zu sein, näherte ich mich mit Windeseile dem Ende meiner Weisheit und kam in Gefahr, in dieser Geschichte das Tempo zu verlieren. Von meinem Leben ganz zu schweigen.

Es war gegen acht Uhr, als ich Belinsky im *Sacher* anrief. Es war vielleicht schon ein wenig zu spät, ihn noch zu erwischen, aber er war da. Seine Stimme klang entspannt, als habe er die ganze Zeit gewußt, daß die Org seinen Köder schlucken würde.

«Ich sagte, ich würde anrufen», erinnerte ich ihn. «Es ist ein bißchen spät, aber ich hatte viel zu tun.»

«Kein Problem. Haben Sie's gekauft? Die Information?»

«Sie haben mir fast die Hand abgerissen. König fuhr mich zu einem Haus in Grinzing. Möglicherweise ihr Hauptquartier hier in Wien, ich bin nicht sicher. Groß genug dafür ist es bestimmt.»

«Gut. Haben Sie was von Müller gesehen?»

«Nein, aber ich sah jemand anderen.»

«Ja? Und wer war das?» Belinskys Stimme wurde gleichmütig.

«Arthur Nebe.»

«Nebe? Sind Sie sicher?» Jetzt war er aufgeregt.

«Natürlich bin ich sicher. Ich kannte Nebe schon vor dem Krieg. Ich dachte, er sei tot. Aber ich habe heute nachmittag fast eine Stunde mit ihm gesprochen. Er wollte, daß ich König helfe, unseren Freund, den Zahnarzt, zu finden, und morgen früh wieder nach Grinzing komme, um über Ihre russischen Liebesbriefe zu diskutieren. Ich habe so ein Gefühl, daß Müller dort sein wird.»

«Wie haben Sie das herausbekommen?»

«Nebe sagte, es werde jemand da sein, der für alles, was mit dem KGB zusammenhänge, Spezialist sei.»

«Ja, da diese Beschreibung von Nebe kommt, könnte sie gut auf Müller passen. Wann findet das Treffen statt?»

«Um zehn Uhr.»

«Dann habe ich nur noch diese Nacht, um alles zu organisieren. Lassen Sie mich eine Minute nachdenken.» Er schwieg so lange, daß ich mich fragte, ob er noch am Apparat war. Doch dann hörte ich ihn tief Luft holen. «Wie weit ist das Haus von der Straße entfernt?»

«Im Norden an der Vorderseite etwa zwanzig, dreißig Meter. Hinter dem Haus im Süden ist ein Weingarten. Wie weit die Straße auf dieser Seite entfernt ist, konnte ich nicht feststellen. Zwischen dem Haus und dem Weingarten steht eine Baumreihe. Und auch ein paar Nebengebäude.» Ich beschrieb ihm das Haus, so gut ich konnte.

«In Ordnung», sagte er energisch. «Wir werden folgendes machen: Nach zehn Uhr lasse ich meine Männer anfangen, das Haus in sicherer Entfernung zu umstellen. Wenn Müller da ist, geben Sie uns ein Zeichen, und wir werden vorrücken und ihn schnappen. Das wird der schwierige Teil werden, weil man Sie genau im Auge haben wird. Als sie dort waren, sind Sie da zufällig auf die Toilette gegangen?»

«Nein, aber ich kam im ersten Stock an einer vorbei. Wenn das Treffen in der Bibliothek stattfindet, wo ich mit Nebe sprach, wird man diese Toilette benutzen. Sie liegt nach Norden, in Richtung Josefstadt und Straße. Und sie hat ein Fenster mit einem beigen Rolladen. Den könnte ich vielleicht benutzen, um Ihnen ein Zeichen zu geben.»

Wiederum schwieg er einen Augenblick. Dann sagte er: «Zwanzig Minuten nach zehn, oder sobald es sich einrichten läßt, gehen Sie auf die Toilette. Wenn Sie drin sind, ziehen Sie den Rolladen runter, zählen fünf Sekunden ab und schieben ihn für fünf Sekunden wieder hoch. Das machen Sie dreimal. Ich werde das Haus mit dem Fernrohr beobachten, und wenn ich Ihr Zeichen sehe, werde ich dreimal hupen. Das wird das Signal für meine Männer sein, vorzurücken. Darauf gehen Sie wieder zu den anderen, machen keinen Mucks und warten auf die Kavallerie.»

«Hört sich ganz einfach an. Eigentlich ein bißchen zu einfach.»

«Hören Sie, Kraut, ich könnte auch vorschlagen, daß Sie Ihren Arsch aus dem Fenster hängen und ‹Dixie› pfeifen, aber das könnte Aufmerksamkeit erregen.» Er lachte gereizt. «Für eine Razzia wie diese ist ein Haufen Papierkram notwendig, Gunther. Ich muß Decknamen ausarbeiten und alle möglichen Sondergenehmigungen für einen größeren Einsatz einholen. Und es wird eine Untersuchung geben, wenn sich herausstellt, daß die ganze Chose falscher Alarm war. Ich hoffe, daß Sie sich bei Müller nicht irren. Immerhin muß ich die ganze Nacht aufbleiben, um diese kleine Vergnügungstour zu organisieren.»

«Da bleibt mir wirklich die Spucke weg», sagte ich. «Ich bin doch derjenige, der seinen Hals riskiert, und Sie meckern über ein bißchen Sand im bürokratischen Getriebe. Mir kommen wirklich die Tränen, wenn ich von Ihrem verdammten Papierkrieg höre.»

Belinsky lachte. «Kommen Sie, Kraut. Regen Sie sich wieder ab. Ich habe nur gemeint, es wäre ganz hübsch, wenn wir sicher sein könnten, daß Müller dort ist. Seien Sie vernünftig. Wir wissen immer noch nicht mit Sicherheit, ob er am Aufbau der Org in Wien beteiligt ist.»

«Natürlich wissen wir das», log ich. «Heute morgen ging ich ins Polizeigefängnis und zeigte Emil Becker ein Foto von Müller. Er hat ihn auf der Stelle als den Mann identifiziert, der bei König war, als der ihn bat, Hauptmann Linden zu suchen. Sofern Müller nicht bloß in König verliebt ist, bedeutet das, daß er Mitglied der Wiener Sektion der Org ist.»

«Mist», sagte Belinsky, «warum bin ich darauf nicht gekommen? Es ist so einfach. Er ist sicher, daß es Müller war?»

«Keinerlei Zweifel.» Ich ließ ihn eine ganze Weile zappeln, bis ich mir seiner sicher war. «Schon gut, regen Sie sich wieder ab. In Wirklichkeit hat Becker ihn mitnichten identifiziert. Aber er hatte das Foto schon mal gesehen. Traudl Braunsteiner zeigte es ihm. Ich wollte bloß sichergehen, daß sie es nicht von Ihnen hatte.»

«Sie trauen mir immer noch nicht, Kraut, stimmt's?»

«Wenn ich für Sie in den Löwenkäfig gehen soll, habe ich das Recht, Ihnen vorher auf den Zahn zu fühlen.»

«Ja, aber das schafft die Frage nicht aus der Welt, woher Traudl Braunsteiner ein Bild von Gestapo-Müller hatte.»

«Von einem Oberst Poroschin vom KGB, schätze ich. Er verschaffte Becker hier in Wien eine Zigaretten-Konzession als Gegenleistung für Informationen und gelegentliche Entführungen. Als die Org an Becker herantrat, erzählte er Poroschin alles und erklärte sich bereit, alles rauszufinden, was er konnte. Nach Beckers Verhaftung war Traudl ihr Verbindungsglied. Sie gab sich nur als seine Freundin aus.»

«Sie wissen, was das bedeutet, Kraut?»

«Es bedeutet, daß die Iwans ebenfalls hinter Müller her sind, richtig?»

«Aber haben Sie bedacht, was geschehen würde, wenn sie ihn kriegen? Ehrlich, die Wahrscheinlichkeit ist gering, daß sie ihm in der Sowjetunion den Prozeß machen werden. Wie ich sagte, hat Müller die sowjetischen Polizeimethoden gründlich studiert. Nein, die Russen wollen Müller, weil er für sie sehr nützlich sein kann. Er könnte ihnen zum Beispiel die Namen aller Gestapoagenten im KGB nennen. Männer, die vermutlich noch immer im KGB aktiv sind.»

«Dann wollen wir hoffen, daß er morgen da ist.»

«Und jetzt erzählen Sie mir lieber, wie ich das Haus finde.»

Ich gab ihm klare Anweisungen und schärfte ihm ein, nicht zu spät zu kommen. «Diese Schweinehunde jagen mir Angst ein», erklärte ich.

«He, wollen Sie was wissen? Ihr Krauts jagt mir Angst ein. Aber nicht so sehr wie die Russen.» Er lachte auf eine Weise, die ich gerade anfing zu mögen. «Wiederhören, Kraut», sagte er, «und viel Glück.» Dann legte er auf, und ich starrte auf den fiependen Hörer mit dem sonderbaren Gefühl, daß die geisterhafte Stimme, mit der ich gerade gesprochen hatte, nur in meiner Einbildung existierte.

32

Zur gewölbten Decke des Nachtclubs quirlte Rauch empor wie der dicke Nebel der Unterwelt. Er verdichtete sich zur einsamen Gestalt Belinskys, der wie Bela Lugosi aus dem Friedhof aufstieg, als er auf den Tisch zuschritt, an dem ich saß. Die Band, der ich zugehört hatte, konnte den Takt so gut halten wie ein einbeiniger Steptänzer, aber er schaffte es irgendwie, seine Schritte dem Rhythmus anzupassen, den sie erzeugte. Ich wußte, daß er noch immer wütend war, weil ich an ihm zweifelte, und daß ihm klar war, daß ich gerade jetzt versuchte zu ergründen, wie es dazu gekommen war, daß er nicht daran gedacht hatte, Becker das Foto Müllers zu zeigen. Also war ich nicht überrascht, als er mich bei den Haaren packte, meinen Kopf zweimal auf den Tisch knallte und mir sagte, ich sei ein argwöhnischer Kraut. Ich stand auf und stolperte von ihm fort auf die Tür zu, aber dort versperrte mir Arthur Nebe den Ausgang. Seine Anwesenheit traf mich so unerwartet, daß ich vorübergehend unfähig war, mich dagegen zu wehren, daß er mich an beiden Ohren packte und meinen Schädel gegen die Tür hämmerte, und dann noch einmal, um nachzuhelfen, um mir dann zu sagen, wenn ich Traudl Braunsteiner nicht getötet hätte, dann solle ich gefälligst rausfinden, wer es getan hätte. Ich drehte meinen Kopf aus seinen Händen und sagte, dann könne ich ebensogut raten, ob Rumpelstilzchens Name Rumpelstilzchen sei.

Ich schüttelte abermals den Kopf, unwillig, und blinzelte angestrengt in die Dunkelheit. Es klopfte wieder an der Tür, und ich hörte ein halb flüsternde Stimme.

«Wer ist da?» sagte ich, griff nach der Nachttischlampe und dann nach meiner Uhr. Der Name machte keinen Eindruck auf mich, als ich meine Beine aus dem Bett schwang und ins Wohnzimmer ging.

Ich fluchte immer noch, als ich die Tür ein bißchen weiter öffnete, als die Sicherheit es gebot. Lotte Hartmann stand im Flur, im glitzernden Abendkleid und der Pelzjacke, in der Kleidung, die sie auch in der Nacht getragen hatte, als wir uns kennenlernten. Ihre Augen blickten mich mit einem fragenden, zudringlichen Ausdruck an.

«Ja?» sagte ich. «Was gibt es? Was wollen Sie?»

Sie rümpfte mit kühler Verachtung die Nase und drückte mit ihrer behandschuhten Hand leicht gegen die Tür, so daß ich ins Zimmer zurückwich. Sie trat ein, schloß die Tür hinter sich, lehnte sich dagegen und sah sich um, während meine Nase sich ein wenig an den Duft von Rauch, Alkohol und Parfüm gewöhnen konnte, den ihr käuflicher Körper verströmte.

«Tut mir leid, wenn ich Sie geweckt habe», sagte sie, sah dabei aber das Zimmer und weniger mich an.

«Nein, es tut Ihnen nicht leid», sagte ich.

Sie machte nun einen kleinen Rundgang, spähte ins Schlafzimmer und ins Bad. Sie bewegte sich mit einer lässigen Anmut und so selbstsicher wie eine Frau, die an das ständige Gefühl gewöhnt ist, daß ein Mann ihren Hintern anstarrt.

«Sie haben recht», grinste sie. «Es tut mir überhaupt nicht leid. Wissen Sie, diese Bude ist gar nicht so übel, wie ich gedacht hatte.»

«Wissen Sie, wie spät es ist?»

«Sehr spät.» Sie kicherte. «Ihre Wirtin war von mir überhaupt nicht beeindruckt. Also mußte ich ihr erzählen, ich sei Ihre Schwester und den ganzen Weg von Berlin hergekommen, um Ihnen eine schlechte Nachricht zu bringen.» Sie kicherte noch einmal.

«Und, Schwesterchen?»

Sie warf kurz die Lippen auf. Aber das war nur Theater. Sie amüsierte sich immer noch zu sehr über sich selbst, um Anstoß zu nehmen. «Als sie mich fragte, wo mein Gepäck wäre, sagte ich, die Russen hätten es im Zug gestohlen. Sie war unheimlich mitfühlend und wirklich ganz reizend. Ich hoffe, Sie werden mich nicht anders behandeln.»

«So? Ich dachte, deshalb wären Sie hier. Oder macht Ihnen die Sitte wieder Ärger?»

Sie überging die Beleidigung, immer vorausgesetzt, daß sie überhaupt hingehört hatte. «Nun, ich war gerade auf dem Heimweg von der *Flotten-Bar* – die ist in der Mariahilfer Straße, kennen Sie die?»

Ich sagte nichts. Ich zündete mir eine Zigarette an und klemmte sie in einen Mundwinkel, um mich davon abzuhalten, sie anzufauchen.

«Jedenfalls ist es nicht weit von hier. Und ich dachte, ich sollte mal reinschauen. Sie wissen doch...», ihre Stimme wurde leiser und verführerischer..., «ich hatte noch keine Gelegenheit, Ihnen zu danken, richtig zu danken...» Die letzten Worte ließ sie ein paar Sekunden in der Luft hängen, und ich wünschte plötzlich, ich hätte einen Morgenmantel an.

«...daß sie mich aus dieser kleinen Schererei mit den Iwans rausgeholt haben.» Sie löste das Band ihrer Jacke und ließ sie zu Boden gleiten. «Wollen Sie mir nicht trotzdem was zu trinken anbieten?»

«Ich würde sagen, Sie haben genug.» Aber ich holte dennoch zwei Gläser.

«Hätten Sie nicht Spaß dran, das selber festzustellen?» Sie lachte ungezwungen und setzte sich, alles andere als unsicher auf den Beinen. Sie sah wie der Typ aus, der das Zeug in die Vene einsaugte und trotzdem ohne Schluckauf auf einem Kreidestrich balancieren konnte.

«Möchten Sie was reinhaben?» Ich hielt das Glas Wodka in die Höhe, als ich das fragte.

«Vielleicht», sagte sie nachdenklich, «nachdem ich ausgetrunken habe.»

Ich reichte ihr das Glas und schüttete meinen Wodka rasch herunter, um nicht schwach zu werden. Ich nahm noch einen tiefen Zug aus meiner Zigarette und hoffte, das werde mir Kraft geben, sie hinauszuwerfen.

«Was ist los?» fragte sie fast triumphierend. «Mache ich Sie nervös, oder ist es was anderes?»

Ich schätzte, es war vermutlich das andere. «Nicht mich», sagte ich, «nur meinen Schlafanzug. Er ist an gemischte Gesellschaft nicht gewöhnt.»

«So wie er aussieht, würde ich sagen, er ist eher daran gewöhnt, aufgemischt zu werden.» Sie nahm sich eine von meinen Zigaretten und blies mir einen Rauchfaden direkt in die Leistengegend.

«Ich könnte ihn ausziehen, wenn er Sie stört», sagte ich einfältig.

Meine Lippen waren trocken, als ich wieder an meiner Zigarette zog. Wollte ich, daß sie ging, oder nicht? Ich würde mich nicht gerade gut dabei machen, wenn ich sie an einem ihrer vollkommen geformten Ohren rausschmiß.

«Plaudern wir doch erst ein bißchen. Warum setzen Sie sich nicht?»

Ich nahm Platz, erleichtert, daß ich mich in der Mitte noch biegen konnte.

«In Ordnung», sagte ich, «wie wär's, wenn Sie mir erzählen, wo Ihr Freund heute Nacht ist?»

Sie zog eine Grimasse. «Kein gutes Thema, Perseus. Suchen Sie sich ein anderes.»

«Habt ihr beiden Krach?»

Sie stöhnte. «Müssen wir das?»

Ich zuckte die Achseln. «Es kratzt mich kein bißchen.»

«Der Mann ist ein Schweinehund», sagte sie, «aber ich will trotzdem nicht darüber reden. Besonders heute nicht.»

«Was gibt's denn heute Besonderes?»

«Ich habe eine Rolle in einem Film bekommen.»

«Glückwunsch. Was ist das für eine Rolle?»

«Es ist ein englischer Film. Keine sehr große Rolle, verstehen Sie. Aber es werden ein paar große Stars mitmachen. Ich spiele die Rolle eines Mädchens in einem Nachtclub.»

«Na, das hört sich einfach an.»

«Ist das nicht aufregend?» quietschte sie. «Ich zusammen mit Orson Welles.»

«Der Bursche von *Der Krieg der Welten*?»

Sie zuckte verständnislos die Achseln. «Ich habe den Film nie gesehen.»

«Vergessen Sie's.»

«Natürlich sind sie bei Welles nicht wirklich sicher. Aber die glauben, es gibt eine gute Chance, ihn zu überreden, nach Wien zu kommen.»

«Das kommt mir alles sehr vertraut vor.»

«Was soll das heißen?»

«Ich wußte nicht mal, daß Sie Schauspielerin sind.»

«Sie meinen, ich hab Ihnen das nicht erzählt? Hören Sie mal, der Job im *Oriental* war bloß vorübergehend.»

«Sie scheinen darin ziemlich gut zu sein.»

«Oh, ich konnte immer gut mit Zahlen und Geld umgehen. Ich habe früher beim hiesigen Finanzamt gearbeitet.» Sie beugte sich vor, und ihr Ausdruck war so spöttisch, als habe sie vor, mich nach meinen Geschäftsunkosten zum Jahresende zu fragen.

«Ich wollte Sie fragen», sagte sie, «in der Nacht, in der Sie all die Mäuse verloren haben. Was versuchten Sie zu beweisen?»

«Beweisen? Ich bin nicht sicher, ob ich Ihnen folgen kann.»

Sie unterbrach ihr Lächeln zweimal, um mir dann eine Art von verschwörerischem Blick zuzuwerfen. «Ich sehe eine Menge Spinner, mein Lieber. Ich habe ein Auge für die Typen. Eines Tages werde ich noch ein Buch darüber schreiben. Wie Franz Josef Gall. Mal von ihm gehört?»

«Nicht daß ich wüßte.»

«Er war ein österreichischer Arzt, der die Wissenschaft von der Phrenologie begründet hat. Davon haben Sie gehört, oder?»

«Gewiß», erwiderte ich. «Und was sagen Ihnen die Hörner, die ich am Kopf trage?»

«Ich kann Ihnen sagen, Sie sind nicht von der Sorte, die so eine Menge Geld ohne Grund auf den Kopf haut.» Sie hob eine Augenbraue, die ein Zeichner hätte gezogen haben können, bis zu ihrer glatten Stirn. «Ich kann mir auch denken, welcher Grund das war.»

«Lassen Sie hören», drängte ich und goß mir noch einen Drink ein. «Vielleicht haben Sie mehr Erfolg damit, meine Gedanken zu enträtseln als meinen Schädel.»

«Machen Sie nicht so ein Theater», schalt sie. «Wir wissen beide, daß Sie zu den Männern gehören, die gern Eindruck machen.»

«Und hab ich Eindruck gemacht?»

«Ich bin hier, oder? Was wollen Sie – Tristan und Isolde?»

Also das war's. Sie dachte, ich hätte das Geld ihr zuliebe verloren. Um den großen Maxe zu markieren.

Sie leerte ihr Glas und gab es mir zurück. «Gießen Sie mir noch etwas von Ihrem Liebestrank ein, während ich mir die Nase pudere.»

Ich mochte die Frau nicht besonders, aber ich hatte nichts gegen ihren Körper: Er war einfach prächtig. Ich ahnte, daß sich mein Kopf gegen dieses kleine Vögelchen wehren würde, wenn meine Libido die Sperren ausgeschaltet hatte, aber in diesem bestimmten Augenblick konnte ich nicht mehr tun, als mich zurücklehnen und die Vorstellung genießen. Trotzdem, auf das, was als nächstes geschah, war ich nicht vorbereitet.

Ich hörte, wie sie die Badezimmertür öffnete und irgend etwas Belangloses über das Parfüm sagte, das sie benutzte, doch als ich mich mit den Gläsern umdrehte, sah ich, daß sie außer ihrem Parfüm nichts anhatte. Um genau zu sein, hatte sie ihre Schuhe noch an, aber meine Augen brauchten eine Weile, um sich gleichzeitig von ihren Brüsten zu ihrer Scham herunterzuarbeiten. Von ihren hochhackigen Schuhen abgesehen, war Lotte Hartmann so nackt wie die Klinge eines Messers und wahrscheinlich ebenso gefährlich.

Sie stand im Türrahmen meines Schlafzimmers, die Hände auf ihren nackten Schenkeln, vor Entzücken strahlend, als meine Zunge viel zu offenkundig meine Lippen leckte, als daß ich hätte vorhaben können, sie für etwas anderes als für ihren Körper zu benutzen. Vielleicht hätte ich ihr eine wichtigtuerische kleine Lektion erteilen können. Ich hatte in meinem Leben genug nackte Frauen gesehen, einige ebenfalls mit schönen Körpern. Ich hätte sie zurückschleudern sollen wie einen Fisch, aber der Schweiß, der aus meinen Handflächen trat, das Flattern meiner Nasenflügel, der Kloß in meiner Kehle und das dumpfe, beharrliche Ziehen in meinen Lenden verrieten mir, daß die *machina* eine andere Vorstellung vom weiteren Handlungsablauf hatte als der *deus,* der sie zur Ordnung rief.

Entzückt über die Wirkung, die sie auf mich hatte, lächelte Lotte zufrieden und nahm das Glas aus meiner Hand.

«Ich hoffe, es stört Sie nicht, daß ich mich ausgezogen habe», sagte sie, «aber das Kleid ist teuer, und ich hatte das eigenartige Gefühl, daß sie kurz davor waren, es mir vom Leib zu reißen.»

«Warum sollte es mich stören? Es ist nicht so, als wäre ich mit der Lektüre der Abendzeitung noch nicht fertig. Ich habe jedenfalls gern eine nackte Frau in meiner Nähe.» Ich beobachtete das leichte Schaukeln ihres Hinterteils, als sie träge auf die andere Seite des Wohnzimmers ging, ihren Drink kippte und das leere Glas auf das Sofa stellte.

Plötzlich war ich scharf darauf, ihren Hintern zu sehen, der wie Gelee meinem geilen Unterleib entgegenzitterte. Sie schien das zu spüren und ergriff, sich vorbeugend, die Rippen des Heizkörpers wie ein Ringer, der sich in seiner Ecke an den Ringseilen festhält. Die Füße ein wenig auseinandergestellt, stand sie unbeweglich da, mir den Rücken zugekehrt, als erwarte sie eine gründliche, überflüssige

Leibesvisitation. Sie warf mir über die Schulter einen Blick zu, spannte ihre Hinterbacken und blickte dann wieder an die Wand.

Man hatte mich schon eleganter eingeladen, doch angesichts des Blutes, das in meinen Ohren sauste und auf die wenigen Gehirnzellen einhämmerte, die von Alkohol oder Adrenalin noch nicht in Mitleidenschaft gezogen waren, konnte ich mich wirklich nicht erinnern, wann das gewesen war. Wahrscheinlich war es mir auch egal. Ich riß mir den Schlafanzug vom Leib und ging auf sie zu.

Ich bin weder jung noch schlank genug, um ein Einzelbett mit etwas anderem als einem Kater oder einer Zigarette zu teilen. Deshalb war es vielleicht ein Gefühl der Überraschung, das mich gegen sechs Uhr morgens aus einem unerwartet gesunden Schlaf weckte. Lotte, die mir sonst wohl eine ruhelose Nacht beschert hätte, lag nicht mehr in meiner Armbeuge, und für einen kurzen, glücklichen Augenblick vermutete ich, daß sie heimgegangen war. Erst jetzt hörte ich ein leises unterdrücktes Schluchzen aus dem Wohnzimmer. Widerstrebend glitt ich unter der Bettdecke hervor, schlüpfte in meinen Mantel und ging hinüber, um nachzusehen.

Lotte, noch immer nackt, hatte sich auf dem Fußboden am Heizkörper, wo es warm war, zu einem kleinen Knäuel zusammengerollt. Ich hockte mich neben sie und fragte, warum sie weine. Eine dicke Träne rollte über eine feuchte Wange und hing wie eine durchsichtige Warze an ihrer Oberlippe. Sie leckte sie fort und schniefte, als ich ihr mein Taschentuch gab.

«Was interessiert dich das schon?» sagte sie bitter. «Jetzt, wo du deinen Spaß gehabt hast.»

Da war was dran, aber ich machte weiter und protestierte länger, als es die Höflichkeit gebot. Lotte ließ mich genügend lange gewähren, und als ihre Eitelkeit befriedigt war, versuchte sie ein gequältes Lächeln, das mich an die Art erinnerte, mit der das Gesicht eines unglücklichen Kindes sich aufheitert, wenn man ihm fünfzig Pfennig oder einen Bonbon gibt.

«Du bist sehr nett», gab sie schließlich nach und wischte sich die geröteten Augen. «Ich bin jetzt wieder in Ordnung, danke.»

«Willst du mir davon erzählen?»

Lotte warf mir von der Seite einen Blick zu. «In dieser Stadt? Sagen Sie mir besser zuerst, wie hoch Ihr Honorar ist, Herr Doktor.» Sie schneuzte sich die Nase und stieß ein hohles, kurzes Lachen aus. «Du würdest einen guten Seelenklempner abgeben.»

«Du kommst mir vollkommen zurechnungsfähig vor», sagte ich und führte sie zu einem Lehnsessel.

«Darauf würde ich nicht wetten.»

«Ist das dein professioneller Rat?» Ich zündete zwei Zigaretten an und gab ihr eine. Sie rauchte sie zwar, aber sichtlich ohne Genuß.

«Das ist mein Rat als Frau, die so verrückt ist, ein Verhältnis mit einem Mann zu haben, der sie gerade geprügelt hat wie einen Zirkusclown.»

«König? Als gewalttätigen Typ habe ich ihn nie gesehen.»

«Wenn er dir liebenswürdig vorkommt, dann nur wegen des Morphiums, das er nimmt.»

«Er ist süchtig?»

«Ich weiß nicht, ob er wirklich süchtig ist. Aber was immer er getrieben hat, während er in der SS war, er brauchte Morphium, um durch den Krieg zu kommen.»

«Also, warum hat er dich vermöbelt?»

Sie biß sich wütend auf die Lippe. «Ganz bestimmt nicht, weil er meinte, ich könnte ein bißchen Farbe gebrauchen.»

Ich lachte. Das mußte ich ihr lassen, sie war nicht leicht umzuwerfen. Ich sagte: «Bei der Sonnenbräune sowieso nicht.» Ich hob die Pelzjacke auf, wo sie sie hatte fallen lassen, und legte sie ihr um die Schultern. Lotte zog sie um ihren Hals zusammen und lächelte bitter.

«Niemand schlägt mir mit der Hand aufs Maul», sagte sie, «nicht, wenn er sie jemals woanders hinlegen will. Gestern war es das erste und das letzte Mal, daß er mich geohrfeigt hat, das schwör ich.» Sie stieß den Rauch aus ihren Nasenlöchern, so grimmig wie ein Drache. «Das hat man davon, wenn man versucht, jemandem zu helfen, schätze ich.»

«Wenn man wem hilft?»

«König kam gestern abend so gegen zehn ins *Oriental*», begann sie. «Er hatte eine miese Laune, und als ich fragte, warum, wollte er wissen, ob ich mich an einen Zahnarzt erinnern könne, der in den Club zu kommen pflegte, um ein bißchen zu spielen.» Sie zuckte die Achseln. «Klar, ich erinnerte mich an ihn. Ein schlechter Spieler, aber sicher nicht halb so schlecht wie der Spieler, der du angeblich sein willst.» Sie warf mir einen unsicheren Blick zu.

Ich nickte und drängte: «Weiter.»

«Helmut wollte wissen, ob Dr. Heim, der Zahnarzt, in den letzten zwei Tagen im Club gewesen sei. Soweit ich wisse, nicht, sagte ich. Dann verlangte er von mir, ich solle ein paar von den Mädchen fragen, ob sich eine daran erinnern könne, daß er dagewesen sei. Ja, es gebe da ein bestimmtes Mädchen, sagte ich ihm, mit dem er unbedingt sprechen müßte. Irgendwie ein seltsames Mädchen, aber dabei hübsch. Die Herren Ärzte flogen auf sie. Ich schätze, weil sie immer ein bißchen verletzlich wirkte, und es gibt Männer, die genau so was mögen. Wie's der Zufall wollte, saß sie gerade an der Bar, und ich zeigte sie ihm.»

Ich fühlte, wie mein Magen sich in Treibsand verwandelte. «Wie hieß das Mädchen?» fragte ich.

«Veronika oder so ähnlich», antwortete sie und fügte, als sie meine Unruhe bemerkte, hinzu: «Warum? Kennst du sie?»

«Ein bißchen», sagte ich. «Was passierte dann?»

«Helmut und einer seiner Freunde nahmen Veronika mit nach nebenan.»

«In dieses Hutgeschäft?»

«Ja.» Ihre Stimme wurde jetzt leise und verriet sogar ein wenig Scham. «Ich wußte, was Helmut für eine Stinklaune hatte...», sie zuckte ein wenig zusammen, als sie daran dachte, «... ich machte mir Sorgen. Veronika ist ein nettes Mädchen. Ausgeschlafen, aber nett, du weißt schon. Sie hat 'ne Menge hinter sich, aber sie hat auch eine Menge Schneid. Vielleicht mehr, als für sie gut ist. Ich kannte Helmuts Art, seine miese Laune und dachte, es wäre besser für sie, ihm alles zu sagen, was sie wußte, und zwar schnell. Er ist kein sehr geduldiger Mann. Schnell wird er böse.» Sie verzog das Gesicht. «Und das kann jederzeit passieren, wenn man Helmut kennt. Also ging ich ihnen nach. Veronika weinte, als ich die drei fand. Sie hatten ihr bereits schwer zugesetzt. Sie hatte genug, und ich sagte ihnen, sie sollten aufhören. Da schlug er mich. Zweimal.» Sie hielt sich die Wangen, als kehre der Schmerz mit der Erinnerung zurück. «Dann schob er mich aus der Tür und sagte mir, ich solle mich um meinen eigenen Kram kümmern und mich raushalten.»

«Was geschah danach?»

«Ich ging auf die Damentoilette, in zwei Bars und kam hierher, in dieser Reihenfolge.»

«Hast du gesehen, was mit Veronika passierte?»

«Sie nahmen sie mit, Helmut und der andere Mann.»

«Du meinst, sie haben sie irgendwohin gebracht?»

Lotte zuckte niedergeschlagen die Achseln. «Ich denke schon.»

«Wohin könnten sie sie gebracht haben?» Ich stand auf und ging ins Schlafzimmer.

«Ich weiß es nicht.»

«Gib dir Mühe und denk nach.»

«Du willst sie suchen?»

«Wie du schon gesagt hast, sie hat bereits eine Menge durchgemacht.» Ich begann mich anzuziehen. «Und was dazukommt: Ich habe sie da reingeritten.»

«Du, wieso das?»

Während ich mich anzog, beschrieb ich ihr, wie ich König auf der Rückfahrt von Grinzing erläutert hatte, auf welche Weise ich vorgehen würde, wenn ich versuchte, eine verschwundene Person zu finden, in diesem Fall Dr. Heim.

«Ich sagte ihm, wir könnten Heims Lieblingsorte überprüfen, wenn er mir sage, welche das seien», erzählte ich ihr. Aber ich sagte nicht, daß ich nie auf die Idee verfallen wäre, es könne soweit kommen; wie ich angenommen hatte, daß, waren Müller – möglicherweise auch Nebe und König – von Belinsky und den Leuten von Crowcass erst verhaftet, es wirklich nicht mehr nötig gewesen wäre, nach Heim zu suchen; wie ich vorgehabt hatte, König bis nach dem Treffen in Grinzing hinzuhalten, bevor wir mit der Suche nach seinem toten Zahnarzt begannen.

«Wie sind sie denn auf den Gedanken gekommen, du könntest ihn finden?»

«Vor dem Krieg war ich Detektiv bei der Berliner Polizei.»

«Ich hätte es wissen müssen», schnaubte sie.

«Eigentlich nicht», sagte ich, zog meine Krawatte gerade und schob mir eine Zigarette in meinen sauer schmeckenden Mund, «aber ich hätte wissen müssen, daß dein Freund hochmütig genug war, um auf eigene Faust auf die Suche nach Heim zu gehen. Es war dumm von mir, zu glauben, er würde warten.» Ich zog meinen Mantel wieder an und griff nach meinem Hut. «Glaubst du, daß sie sie nach Grinzing geschafft haben?» fragte ich sie.

«Wenn ich darüber nachdenke, glaube ich fast, daß sie mit ihr in

Veronikas Zimmer gegangen sind, wo immer das sein mag. Wenn sie dort aber nicht ist, kann sie ebensogut in Grinzing sein wie anderswo.»

«Na, hoffen wir, daß sie zu Hause ist.» Aber schon als ich es aussprach, sagte mir mein Gefühl, daß das unwahrscheinlich war. Lotte stand auf. Die Jacke bedeckte ihre Brust und die obere Hälfte ihres Körpers, aber das flammende Büschel war entblößt, das vorhin eine so überzeugende Sprache gesprochen hatte, und ich fühlte mich wund wie ein gehäutetes Kaninchen.

«Was ist mit mir?» fragte sie ruhig. «Was soll ich machen?»

«Du?» Ich deutete mit dem Kopf auf ihre Nacktheit. «Leg den Zaubermantel ab und geh nach Hause.»

33

Der Morgen war strahlend, klar und frostig. Als ich auf dem Weg in die Innenstadt den Park vor dem neuen Rathaus durchquerte, hüpften zwei Eichhörnchen herbei, um guten Morgen zu sagen und festzustellen, ob ich für sie etwas zum Frühstück hatte. Doch bevor sie mir nahe kamen, witterten sie die drohende Wolke auf meinem Gesicht und den Geruch von Furcht an meinen Fersen. Vermutlich bemerkten sie instinktiv sogar den schweren Gegenstand in meiner Manteltasche und überlegten es sich anders. Pfiffige kleine Biester. Schließlich war es noch nicht sehr lange her, daß in Wien kleine Säugetiere erschossen und verzehrt wurden. Also huschten sie weiter wie zwei kleine Blitze aus Fell.

In der Bruchbude, wo Veronika wohnte, war man daran gewöhnt, daß zu jeder Tages- und Nachtzeit Leute, meist Männer, kamen und gingen, und selbst wenn die Vermieterin die menschenfeindlichste Lesbe gewesen wäre, zweifle ich, ob sie mich beachtet hätte, wäre sie mir auf der Treppe begegnet. Doch wie es der Zufall wollte, war niemand da, und ich gelangte unbehelligt in Veronikas Zimmer.

Ich brauchte die Tür nicht aufzubrechen. Sie stand sperrangelweit offen, ebenso wie Schubladen und Schränke. Ich fragte mich, warum sie sich die Mühe gemacht hatten, denn der Beweis, den sie suchten, hing noch immer über der Stuhllehne, wo Dr. Heim ihn gelassen hatte. «Blöde Schlampe», murmelte ich wütend. «Was hat es für einen Sinn, die Leiche eines Mannes zu beseitigen, wenn man seinen Anzug hängen läßt?»

Ich schloß krachend eine Schublade. Durch die Erschütterung löste sich eine von Veronikas gefühlvollen Skizzen von der Kommode und flatterte wie ein riesiges totes Blatt zu Boden. Wahrscheinlich hatte König das Zimmer aus reiner Gehässigkeit auf den Kopf gestellt. Und Veronika dann nach Grinzing geschafft. Da dort heute morgen ein so wichtiges Treffen stattfand, konnte ich mir nicht vorstellen, daß er sie woanders hingebracht hatte. Vorausgesetzt, daß sie sie nicht auf der Stelle umgebracht hatten.

Wenn ihm Veronika andererseits die Wahrheit erzählt hatte – daß zwei Freunde ihr geholfen hatten, Heims Leiche, nachdem er einem Herzanfall erlegen war, wegzuschaffen, dann (falls sie Belinsky und meinen Namen nicht erwähnt hatte) würden sie sie vielleicht gehenlassen. Doch es bestand die Möglichkeit, daß sie immer noch auf sie einprügelten, um sicherzugehen, daß sie ihnen alles erzählt hatte, was sie wußte. Wenn ich auftauchte, um ihr zu helfen, wäre ich wahrscheinlich als der Mann entlarvt, der Heims Leiche beseitigt hatte.

Ich erinnerte mich an Veronikas Erzählungen von ihrem Leben als sudetendeutsche Jüdin während des Krieges. Wie sie sich in Waschräumen, schmutzigen Kellern, Schränken und auf Dachböden versteckt hatte. Und dann sechs Monate im DP-Lager. «Sie hat viel hinter sich», hatte Lotte Hartmann gesagt. Je mehr ich darüber nachdachte, desto mehr wollte mir scheinen, daß sie sehr wenig von dem gehabt hatte, was man strenggenommen ein richtiges Leben nennen konnte.

Ich blickte auf meine Uhr und stellte fest, daß es sieben Uhr war. Mir blieben noch drei Stunden, bis das Treffen begann: Vorher war Belinsky mit der «Kavallerie», wie er sich ausdrückte, nicht zu erwarten. Und da die Männer, die Veronika mitgenommen hatten, an Ort und Stelle waren, bestand zweifellos die Möglichkeit, daß sie nicht mehr lange leben würde. Es sah so aus, als hätte ich keine andere Wahl, als hinzufahren und sie rauszuholen.

Ich nahm meinen Revolver heraus, öffnete den sechsschüssigen Zylinder und überzeugte mich davon, daß alle Kammern geladen waren, ehe ich die Treppe hinunterstieg. Am Taxistand auf der Kärntner Straße winkte ich einem Taxi und sagte dem Fahrer, er solle nach Grinzing fahren.

«Wohin in Grinzing?» fragte er und gab Gas.

«Das sage ich Ihnen, wenn wir da sind.»

«Sie sind der Chef», sagte er und raste in Richtung Ring. «Der einzige Grund, warum ich fragte, war, daß dort so früh am Morgen alles geschlossen sein wird. Und Sie sehen nicht aus wie jemand, der eine Bergwanderung machen will. Nicht in dem Mantel.» Der Wagen erbebte, als wir durch zwei riesige Schlaglöcher fuhren. «Und Sie sind kein Österreicher. Das merke ich an Ihrem Akzent. Sie hören sich an wie ein *Piefke*, mein Herr. Hab ich recht?»

«Ersparen Sie mir Ihre Lebenserfahrungen, ja? Ich bin nicht in Stimmung.»

«In Ordnung, mein Herr. Ich fragte bloß für den Fall, daß Sie ein bißchen Spaß haben wollten. Wissen Sie, mein Herr, nur ein paar Minuten außerhalb von Grinzing, an der Straße nach Kobenzl, da ist dieses Hotel – das Schloßhotel Kobenzl.» Er mühte sich mit dem Lenkrad ab, als der Wagen ein weiteres Schlagloch durchfuhr. «Im Augenblick wird's als DP-Lager benutzt. Da gibt's Mädchen, die können Sie bloß für'n paar Zigaretten haben. Sogar so früh am Morgen, wenn Sie Lust haben. Ein Mann, der so einen guten Mantel trägt, könnte vielleicht zwei oder drei gleichzeitig haben. Lassen Sie sie unter sich 'ne geile Schau abziehen, wenn Sie wissen, was ich meine.» Er lachte gemein. «Ein paar von diesen Mädchen, mein Herr, sind in DP-Lagern aufgewachsen. Die haben nicht mehr Moral als Kaninchen, ehrlich. Die würden alles machen. Glauben Sie mir, mein Herr, ich weiß, wovon ich rede. Ich hab selber Kaninchen.» Bei dem Gedanken grinste er über das ganze Gesicht vor Freude. «Ich könnte was für den Herrn arrangieren. Auf dem Rücksitz. Für eine kleine Gebühr, versteht sich.»

Ich beugte mich im Sitz nach vorn. Ich weiß nicht, warum ich mich mit ihm abgab. Vielleicht, weil ich Zuhälter einfach nicht leiden kann. Vielleicht weil ich mir nicht viel daraus machte, daß er wie ein Doppelgänger von Trotzki aussah.

«Das wäre einfach großartig», sagte ich sehr grob. «Gäb's da nicht eine russische Schubladenfalle, mit der ich es in der Ukraine zu tun kriegte. Partisanen legen eine Granate, die durch Druck gezündet wird, hinter eine Schublade, die sie halb offenstehen lassen mit einer Flasche Wodka drin, um deine Aufmerksamkeit zu erregen. Ich kam vorbei, zog die Schublade auf, der Druckzünder wurde ausgelöst, und die Granate detonierte. Mein Schwanz und meine beiden Klöten wurden mir glatt vom Leib abgerissen. Der Schock brachte mich fast um, dann starb ich beinahe am Blutverlust. Und als ich schließlich aus dem Koma erwachte, starb ich fast vor Kummer. Ich sag Ihnen, wenn ich auch nur ein Stückchen von einer Möse sehe, ist anzunehmen, daß ich vor Enttäuschung verrückt werde. Ich würde wahrscheinlich den ersten besten Mann töten, aus reinem Neid.»

Der Fahrer warf einen Blick über seine Schulter nach hinten. «Tut mir leid», sagte er nervös. «Ich hatte nicht die Absicht...»

«Schwamm drüber», sagte ich, jetzt fast lächelnd.

Als wir an dem gelben Haus vorbeikamen, sagte ich dem Fahrer, er solle bis zur Kuppe des Hügels fahren. Ich hatte beschlossen, mich Nebes Haus von hinten zu nähern, durch die Weingärten. Da die Taxameter in den Wiener Taxis alt und überholt waren, war es üblich, die angezeigten Gebühren mit fünf zu multiplizieren, um den tatsächlichen Zahlbetrag zu ermitteln. Das Taxameter zeigte sechs Schilling, als ich den Fahrer halten ließ. Und das war alles, was er verlangte und seine Hand zitterte, als er das Geld nahm. Der Wagen donnerte bereits davon, als mir klar wurde, daß der Fahrer das Rechenexempel vergessen hatte.

Ich stand da, auf einem schlammigen Pfad neben der Straße, und fragte mich, warum ich meinen Mund nicht gehalten hatte, denn ich hatte die Absicht gehabt, den Mann eine Weile warten zu lassen. Wenn ich Veronika jetzt fand, würde ich vor dem Problem stehen wegzukommen. Ich und mein großes Maul, dachte ich. Der arme Halunke hat ja bloß seine Dienste angeboten. Aber in einem Punkt hatte er unrecht. Es hatte etwas geöffnet, ein Café, ein Stück die Kobenzlgasse hinauf: das *Rudelshof*. Ich kam zu dem Schluß, daß ich es vorziehen würde, etwas im Magen zu haben, wenn man mich schon erschoß.

Das Café war ein gemütliches kleines Fleckchen, wenn man nichts gegen ausgestopfte Tiere hatte. Ich saß unter dem runden, glänzenden Auge eines leberkrank aussehenden Wiesels und wartete darauf, daß der schlecht ausgestopfte Besitzer an meinen Tisch geschlurft kam.

«Grüß Gott, der Herr», sagte er. «Ein wunderschöner Morgen.»

Ich schreckte vor seinem Schnapsatem zurück. «Man kann riechen, daß Sie ihn bereits genießen», sagte ich, schon wieder mein loses

Mundwerk benutzend. Er zuckte verständnislos die Achseln und nahm meine Bestellung entgegen.

Das Wiener Frühstück für fünf Schilling, das ich herunterwürgte, schmeckte so, als habe es der Ausstopfer in der Pause zwischen zwei Arbeiten zubereitet: Im Kaffee war ein Bodensatz, das Brötchen sah aus wie eine Elfenbeinschnitzerei, und das Ei war so hart, daß es aus einem Steinbruch hätte stammen können. Aber ich verspeiste alles. Mir ging so viel im Kopf herum, daß ich vermutlich sogar das Wiesel verzehrt hätte, wenn man es mir auf einer Scheibe Toast serviert hätte.

Nachdem ich das Café verlassen hatte, ging ich eine Weile die Straße entlang und kletterte dann über die Mauer in einen Weingarten, der nach meiner Ansicht Arthur Nebe gehören mußte.

Es gab nicht viel zu sehen. Die Reben, säuberlich in Reihen gepflanzt, waren noch junge Schößlinge, die mir nur bis zum Knie reichten. Hier und da sah ich Apparate auf hohen Handwagen, die wie ausgebaute Strahltriebwerke aussahen. Es waren die Schnellbrenner, die sie nachts benutzten, um die Atmosphäre um die Schößlinge aufzuheizen und sie vor spätem Frost zu schützen. Sie waren immer noch zu heiß zum Anfassen. Das Feld maß vielleicht hundert Meter im Quadrat und bot wenig Schutz. Ich fragte mich, wie Belinsky es anstellen würde, seine Männer ausschwärmen zu lassen. Wollte man nicht auf dem Bauch über das Feld kriechen, mußte man sich dicht an der Mauer bewegen, wenn man zu der Baumreihe hinter dem gelben Haus und seinen Nebengebäuden gelangen wollte.

Als ich die Bäume erreicht hatte, hielt ich nach einem Zeichen von Leben Ausschau, und als ich keines entdeckte, schlich ich weiter, bis ich Stimmen hörte. Neben dem größten der Nebengebäude, einem langen Fachwerkbau, der einer Scheune ähnelte, standen zwei Männer, von denen ich keinen kannte, und unterhielten sich. Jeder Mann trug einen Metallkübel auf dem Rücken, der durch einen Gummischlauch mit einer langen, dünnen Metallröhre verbunden war. Der ganze Apparat diente vermutlich der Schädlingsbekämpfung.

Endlich beendeten sie ihre Unterhaltung und setzten sich zur entgegengesetzten Seite des Weinbergs in Bewegung, offensichtlich um mit ihrem Sprühmittel den Bakterien, Pilzen und Insekten zu Leibe zu rücken. Ich wartete, bis sie das Feld überquert hatten, bevor ich die Deckung der Mauer verließ und das Gebäude betrat.

Ein modriger, fruchtiger Geruch stieg mir in die Nase. Große Eichenfässer und Lagertanks waren wie riesige Käse unter den offenen Sparren des Daches aufgereiht. Ich ging über den Steinfußboden, kam am anderen Ende wieder heraus und sah mich einem zweiten Gebäude gegenüber, das im rechten Winkel zum Haus stand.

Das zweite Gebäude enthielt Hunderte von Eichenfässern, die nicht standen, sondern lagen, als warteten sie auf riesige Bernhardinerhunde, die kommen und sie sich aufladen würden. Eine Treppe führte in die Dunkelheit hinab. Ein geeigneter Ort, um jemanden gefangenzuhalten, wie mir schien. Also knipste ich meine Lampe an und stieg hinunter, um mich umzusehen. Aber dort fand ich bloß Tausende von Weinflaschen in Regalen, jedes davon mit einer kleinen Tafel versehen, auf die mit Kreide ein paar Zahlen geschrieben waren, die wer weiß was bedeuten mochten. Ich stieg wieder hinauf, knipste die Lampe aus und stellte mich an das Fenster. Es sah so aus, als würde sich Veronika doch im Haus befinden.

Von meinem Standort aus hatte ich einen guten Blick über einen kleinen gepflasterten Hof auf die Westseite des Hauses. Vor einer offenen Tür hockte eine große schwarze Katze und starrte mich an. Neben der Tür war ein Fenster, das vermutlich zur Küche gehörte. Auf dem Sims stand ein schimmerndes Gefäß, wahrscheinlich ein Topf oder ein Kessel. Nach einer Weile kam die Katze gemächlich auf das Gebäude zu, in dem ich mich versteckte und miaute etwas an, das sich neben dem Fenster befinden mußte. Eine Sekunde oder zwei fixierte sie mich mit ihren grünen Augen, und dann rannte sie ohne ersichtlichen Grund weg. Ich wandte den Blick wieder dem Haus zu und behielt die Tür und das Fenster der Küche weiter im Auge. Nach ein paar Minuten kam ich zu dem Schluß, daß es sicher war, das Fässer-Haus zu verlassen und den Hof zu überqueren.

Ich hatte noch keine drei Schritte gemacht, als ich hörte, wie eine Automatik entsichert wurde, und fast gleichzeitig spürte ich den kalten Stahl einer Revolvermündung, die sich hart gegen meinen Nacken preßte.

«Hände hinter den Kopf», sagte jemand nicht sehr deutlich. Ich gehorchte. Die Waffe, die unter mein Ohr gedrückt wurde, konnte eine 45er sein. Das reichte, um einen großen Teil meines Schädels wegzublasen. Ich wand mich, als sich der Revolver zwischen Kiefer und Halsschlagader bohrte.

«Eine Bewegung, und morgen dich fressen Schweine», sagte er, klopfte meine Taschen ab und steckte meinen Revolver ein.

«Sie werden feststellen, daß Herr Nebe mich erwartet», sagte ich.

«Kenn keinen Herrn Nebe», sagte er undeutlich, so als sei sein Mund nicht in Ordnung. Natürlich zögerte ich, mich umzudrehen und mich zu vergewissern.

«Ja, richtig, er hat seinen Namen geändert, nicht wahr?» Ich versuchte verzweifelt, mich an Nebes neuen Nachnamen zu erinnern. Währenddessen hörte ich, wie der Mann hinter mir zwei Schritte zurücktrat.

«Jetzt nach rechts», befahl er. «Auf die Bäume zu. Und fall nicht über deine Schuhbänder oder so was.»

Der Stimme nach war er groß und nicht allzu helle. Und es war ein sonderbares Deutsch, das er sprach: wie Preußisch, aber anders; mehr wie das Altpreußisch, das ich meinen Großvater hatte sprechen hören, beinahe wie das Deutsch, das ich in Polen gehört hatte.

«He, Sie machen einen Fehler», sagte ich. «Warum fragen Sie nicht bei Ihrem Chef nach? Mein Name ist Bernhard Gunther. Hier ist heute morgen um zehn Uhr ein Treffen. Ich werde dort erwartet.»

«Ist noch nicht mal acht», knurrte der Mann. «Wenn du wegen Treffen hier bist, warum kommst du dann so früh? Und wenn du kommst, warum kommst du nicht durch Vordertür wie andre Besucher auch? Warum kommst du übers Feld geschlichen? Warum schnüffelst du in Nebengebäuden rum?»

«Ich bin früher gekommen, weil ich zwei Weinläden in Berlin besitze», erwiderte ich. «Ich dachte, es wäre ganz hübsch, mich auf dem Anwesen mal umzusehen.»

«Du hast dich umgesehen. Du bist ein Schnüffler.» Er gluckste hinterhältig. «Ich habe Befehl, alle Schnüffler erschießen.»

«Jetzt warten Sie mal...» Ich drehte mich halb um, und seine Waffe traf mich wie ein Keulenschlag. Als ich fiel, sah ich flüchtig einen glatzköpfigen Mann mit einem schiefen Kinn. Er packte mich beim Genick und hievte mich wieder auf die Füße, und ich fragte mich, warum ich nie daran gedacht hatte, unter diesen Teil meines Mantelkragens eine Rasierklinge einzunähen. Er stieß mich durch die Baumreihe und einen Hang hinunter auf eine kleine Lichtung, wo zahlreiche große Abfalleimer standen. Eine Rauchfahne und ein süßlicher unangenehmer Geruch stiegen durch das Dach eines kleinen Ziegelhäuschens: Hier verbrannten sie ihren Abfall. Ein verrostetes Stück Wellblech lag auf ein paar Ziegeln neben ein paar Säcken, die Zement zu enthalten schienen.

Er befahl mir, das Blech beiseite zu ziehen.

Jetzt hatte ich's: Der Mann war Lette. Ein großer lettischer Dummkopf. Da er für Arthur Nebe arbeitete, so folgerte ich, hatte er vermutlich einer lettischen SS-Division angehört, die in einem der polnischen Todeslager Dienst tat. In Ausschwitz und anderswo hatten sie zahlreiche Letten eingesetzt. Die Letten waren schon fanatische Antisemiten, als Moses Mendelssohn in Deutschland noch ein Lieblingssohn war.

Ich zog das Wellblech beiseite, und es kam eine Art von alter Senk- oder Jauchegrube zum Vorschein. Es stank wirklich erbärmlich. Da sah ich plötzlich die Katze wieder. Sie schob sich zwischen zwei Papiersäcken mit dem Aufdruck «Kalziumoxyd» dicht neben der Grube hindurch. Sie miaute verächtlich, als wollte sie sagen «Ich habe dich gewarnt, daß jemand neben dem Fenster steht, aber du wolltest ja nicht auf mich hören». Ein saurer, kalkiger Gestank stieg aus der Grube auf und verursachte mir eine Gänsehaut. «Du hast recht», miaute die Katze, wie einer Erzählung von Edgar Allan Poe entsprungen, «Kalziumoxyd ist ein billiges Laugensalz, das man für saure Böden verwendet, wie zum Beispiel in Weinbergen. Aber es wird auch Ätzkalk genannt und hat sich als ein ungemein wirksames Mittel erwiesen, die Zersetzung menschlicher Körper zu beschleunigen.»

Voll Entsetzen wurde mir klar, daß der Lette mich wirklich umbringen wollte. Und ich mühte mich damit ab, wie ein Philologe seine Sprechweise einzuordnen und mich an chemische Formeln zu erinnern, die ich in der Schule gelernt hatte.

Zum erstenmal konnte ich ihn genauer betrachten. Er war groß und untersetzt wie ein Ackergaul, doch das vergaß man, wenn man in sein Gesicht blickte: Die ganze rechte Seite war ausgerenkt, als hätte er ein großes Stück Kautabak in der Backe; sein rechtes Auge sah aus wie ein Glasauge und stand weit vor. Er hätte vermutlich sein eigenes Ohrläppchen küssen können... Das mußte er wahrscheinlich auch, denn einem Mann mit einem solchen Gesicht konnte niemand Zuneigung entgegenbringen.

«Knie neben Grube», schnarrte er wie ein Neandertaler.

«Du wirst doch nicht einen alten Kameraden umbringen, wie?» sagte ich und versuchte verzweifelt, mich an Nebes neuen Namen oder den irgendeines lettischen Regiments zu erinnern. Ich erwog, um Hilfe zu rufen, wußte jedoch, daß er mich dann ohne Zögern erschießen würde.

«Du alter Kamerad?» feixte er.

«Obersturmführer im Ersten Lettischen», sagte ich mit schlecht gespieltem Gleichmut.

Der Lette spie ins Gebüsch und betrachtete mich teilnahmslos mit seinem Glubschauge. Die Waffe, ein großer Colt Automatik mit blauem Lauf, blieb direkt auf meine Brust gerichtet.

«Erstes Lettisches, wie? Du hörst dich nicht an wie Lette.»

«Ich bin Preuße», sagte ich. «Unsere Familie lebte in Riga. Mein Vater war Schiffbauer aus Danzig. Er heiratete eine Russin.» Zur Bekräftigung sagte ich ein paar Worte auf russisch, obwohl ich mich nicht erinnern konnte, ob in Riga vorwiegend Russisch oder Deutsch gesprochen wurde.

Seine Augen verengten sich, das eine stärker als das andere.

«In welchem Jahr wurde das Erste Lettische gegründet?»

Ich schluckte hart und wühlte in meiner Erinnerung. Die Katze miaute ermunternd. Ich kam zu dem Ergebnis, daß die Gründung des lettischen Regiments im Anschluß an die Operation Barbarossa im Jahr 1941 erfolgt sein mußte, und sagte: «Zweiundvierzig.»

Er grinste entsetzlich und schüttelte mit bedächtigem Sadismus seinen Kopf. «War 43. Jetzt auf die Knie oder ich baller dir in die Därme.»

Langsam sank ich am Rand der Grube auf die Knie und spürte den feuchten Boden durch den Stoff meiner Hose. Ich hatte mehr als genug SS-Morde gesehen, um zu wissen, was er vorhatte: Ein Schuß ins Genick und mein Körper würde in ein bereits fertiges Grab rollen und mit ein paar Schaufeln Ätzkalk bestreut werden. Er ging in weitem Bogen um mich herum. Die Katze ließ sich nieder, um zuzuschauen, den Schwanz zierlich um ihr Hinterteil gelegt. Ich schloß meine Augen und wartete.

«Rainis», sagte eine Stimme. Ich wagte kaum, mich umzublicken, um zu sehen, wer mich gerettet hatte.

«Alles in Ordnung, Berni. Sie können aufstehen.»

Meine Angst entlud sich in einem mächtigen Rülpser. Benommen und mit zitternden Knien erhob ich mich vom Rand der Grube, drehte mich um und erblickte Arthur Nebe, der ein paar Meter hinter dem lettischen Ungeheuer stand. Es ärgerte mich, daß Nebe grinste.

«Wie schön, daß Sie das lustig finden, Doktor Frankenstein», sagte ich. «Ihr verdammter Freund hätte mich beinahe umgebracht.»

«Was in aller Welt haben Sie sich gedacht, Berni?» sagte Nebe. «Sie sollten es besser wissen. Rainis tut nur seine Arbeit.»

Der Lette nickte dumpf und schob seinen Colt in das Halfter. «Schnüffelte rum», sagte er schwerfällig. «Hab ihn erwischt.»

Ich zuckte die Achseln. «Es ist ein schöner Morgen. Ich dachte, ich schau mir mal Grinzing an. Ich bewunderte gerade Ihr Anwesen, als Ihr Wachhund einen Püster in mein Ohr steckte.»

Der Lette nahm meinen Revolver aus seiner Jackentasche und reichte ihn Nebe. «Hatte 'ne Knarre bei sich, Herr Nolde.»

«Hatten Sie vor, Niederwild zu jagen, Berni, oder wie?»

«Man kann heutzutage nicht vorsichtig genug sein.»

«Ich bin froh, daß Sie so denken», sagte Nebe. «Das erspart es mir, mich zu entschuldigen.» Er wog meinen Revolver in der Hand und steckte ihn dann ein. «Trotzdem, ich werde ihn vorerst behalten, wenn Sie nichts dagegen haben. Waffen machen ein paar von meinen Freunden nervös. Erinnern Sie mich daran, daß ich Ihnen die Waffe zurückgebe, bevor Sie gehen.» Er wandte sich an den Letten.

«In Ordnung, Rainis, das war's. Du hast nur deine Pflicht getan. Ich schlage vor, daß du erst mal frühstücken gehst.»

Das Ungeheuer nickte und ging zum Haus zurück, gefolgt von der Katze.

«Ich wette, er kann soviel Pfund Erdnüsse fressen, wie er wiegt.»

Nebe lächelte dünn. «Manche Leute halten sich zu ihrem Schutz scharfe Hunde. Ich habe Rainis.»

«Ja gut, ich hoffe, er ist stubenrein.» Ich nahm meinen Hut ab und wischte mir die Stirn mit meinem Taschentuch.

«Wenn Sie mich fragen, ich würde ihn nicht vor die Tür lassen. Ich würde ihn an einer Kette im Hof halten. Wo, glaubt er, daß er ist? In Treblinka? Der Schweinehund konnte es gar nicht erwarten, mich abzuknallen, Arthur.»

«Oh, daran zweifle ich nicht. Er hat Spaß dran, Leute umzubringen.»

Nebe schüttelte den Kopf, als ich ihm eine Zigarette anbot, aber er mußte mir beim Anzünden der meinen helfen, denn meine Hand zitterte wie Espenlaub. «Er ist Lette», erklärte Nebe. «Er war Unteroffizier im Konzentrationslager in Riga. Als die Russen ihn gefangennahmen, trampelten sie mit ihren Stiefeln auf seinem Kopf herum und brachen ihm den Kiefer.»

«Glauben Sie mir, ich weiß, was sie empfunden haben müssen.»

«Sie lähmten sein halbes Gesicht, und seitdem ist er ein bißchen weich in der Birne. Er war immer ein brutaler Schlächter. Aber jetzt gleicht er mehr einem Tier. Und er ist so treu wie ein Hund.»

«Das habe ich mir natürlich auch schon gedacht, daß er seine guten Seiten hat. Riga, wie?» Ich deutete mit dem Kopf auf die offene Grube und die Verbrennungsanlage. «Ich wette, wenn er diese kleine Müllbeseitigungsanlage sieht, fühlt er sich ganz wie zu Hause.» Ich sog dankbar an meiner Zigarette und fügte hinzu: «Wenn es darum geht, wette ich, fühlt ihr euch beide wie zu Hause.»

Nebe runzelte die Stirn. «Ich glaube, Sie brauchen einen Schnaps», sagte er ruhig.

«Verwunderlich, wenn's anders wäre. Bloß sorgen Sie dafür, daß kein Kalk drin ist. Ich glaube, ich habe meinen Geschmack an Kalk verloren, für immer.»

34

Ich folgte Nebe ins Haus und hinauf in die Bibliothek, in der wir uns am Tag zuvor unterhalten hatten. Er holte mir einen Cognac aus der Hausbar und stellte ihn vor mich auf den Tisch. «Entschuldigen Sie, wenn ich nicht mittrinke», sagte er und sah zu, wie ich mein Glas auf einen Zug leerte. «Normalerweise nehme ich ganz gern einen Cognac zum Frühstück, aber heute morgen muß ich einen klaren Kopf bewahren.» Er lächelte nachsichtig, als ich das leere Glas auf den Tisch zurückstellte. «Ist es jetzt besser?»

Ich nickte. «Sagen Sie mir, haben Sie Ihren vermißten Zahnarzt, Dr. Heim, schon gefunden?» Jetzt, da ich mir wegen meiner unmittelbaren Aussichten, zu überleben, keine Sorgen mehr zu machen brauchte, konzentrierten sich meine Gedanken wieder auf Veronika.

«Er ist tot, leider. Das ist schlimm, aber viel schlimmer ist es, nicht zu wissen, was mit ihm passiert ist. Wenigstens wissen wir, daß die Russen ihn nicht haben.»

«Was ist ihm zugestoßen?»

«Er hatte einen Herzanfall.» Nebe stieß das trockene, kleine Lachen aus, das mir aus meiner Zeit am Alex vertraut war. «Wie es scheint, war er zu dieser Zeit mit einem Mädchen zusammen, einer Nutte.»

«Sie meinen, es passierte, als sie ...»

«Genau das meine ich. Nun, ich kann mir schlimmere Arten vorstellen abzukratzen, meinen Sie nicht?»

«Nach dem, was ich gerade durchgemacht habe, fällt mir das nicht besonders schwer, Arthur.»

«Ganz recht.» Er lächelte beinahe einfältig.

Ich suchte einen Augenblick nach den geeigneten Worten, die es mir ermöglichten, ganz harmlos nach dem Schicksal Veronikas zu fragen. «Was hat sie denn dann gemacht? Die Nutte, meine ich. Die Polizei angerufen?» Ich runzelte die Stirn. «Nein, ich denke kaum.»

«Warum sagen Sie das?»

Ich zuckte die Achseln, als liege die Erklärung klar auf der Hand. «Ich kann mir nicht vorstellen, daß sie einen Zusammenstoß mit der Sitte riskiert hätte. Nein, ich wette, sie hat versucht, ihn irgendwo verschwinden zu lassen. Hat ihren Zuhälter das erledigen lassen.» Ich hob fragend die Augenbrauen. «Nun? Habe ich recht?»

«Ja, Sie haben recht.» Es hörte sich beinahe so an, als bewundere er meinen Gedankengang. «Wie gewöhnlich.» Dann gab er einen wehmütigen Seufzer von sich. «Was für ein Jammer, daß wir nicht mehr bei der Kripo sind. Ich kann Ihnen gar nicht sagen, wie ich all das vermisse.»

«Ich auch.»

«Aber Sie könnten doch wieder zurück, Berni. Sie werden doch gewiß nicht wegen irgendwas gesucht, Berni?»

«Und für die Kommunisten arbeiten? Nein, danke.» Ich schürzte die Lippen und versuchte, wehmütig auszusehen. «Jedenfalls halte ich mich besser eine Weile von Berlin fern. Ein russischer Soldat versuchte, mich im Zug auszurauben. Es war Notwehr, aber leider tötete ich ihn. Ich wurde gesehen, als ich blutbefleckt den Schauplatz des Verbrechens verließ.»

«‹Der Schauplatz des Verbrechens›.» Nebe ließ sich die Worte auf der Zunge zergehen wie einen edlen Wein. «Es tut gut, wieder mit einem Detektiv zu sprechen.»

«Bloß um meine berufliche Neugier zu befriedigen, Arthur: Wie haben Sie die Nutte gefunden?»

«Oh, das war nicht ich, es war König. Er erzählte mir, daß Sie es waren, der ihm erzählte, wie man auf der Suche nach dem armen Heim am besten vorgeht.»

«Nichts als Routine. Das hätten Sie ihm auch sagen können.»

«Schon möglich. Es scheint jedenfalls, als hätte Königs Freundin Heim nach einem Foto wiedererkannt. Offenbar ist er Stammgast in dem Nachtclub, wo sie arbeitet. Sie erinnerte sich, daß Heim auf eine der Huren, die dort arbeiten, besonders scharf war. Alles was Helmut tun mußte, war, sie dazu zu überreden, mit der Wahrheit rauszurükken. Nichts einfacher als das.»

«Aus einer Nutte eine Information rauszukitzeln, ist nie einfach», sagte ich. «Es kann so schwierig sein wie der Versuch, einer Nonne einen Fluch zu entlocken. Geld ist die einzige Methode, eine Nutte zum Sprechen zu bringen, ohne einen Kratzer zu hinterlassen.» Ich wartete darauf, daß Nebe mir widersprach, aber er sagte nichts. «Eine Beule ist natürlich billiger und schließt jeden Irrtum aus.» Ich grinste ihn an, als wollte ich ihm sagen, daß ich keine besonderen Skrupel hätte, wenn es darum ginge, im Interesse einer besonderen Untersuchung ein leichtes Mädchen zu verprügeln. «Ich würde sagen, daß König nicht der Typ ist, Geld zu verschwenden, hab ich recht?»

Zu meiner Enttäuschung zuckte Nebe bloß die Achseln und blickte auf seine Uhr. «Da fragen Sie ihn besser selbst, wenn Sie ihn sehen.»

«Er nimmt auch an diesem Treffen teil?»

«Er wird hier sein.» Nebe blickte mehrmals auf seine Uhr. «Leider muß ich Sie jetzt allein lassen. Ich habe bis zehn Uhr noch ein paar Dinge zu erledigen. Vielleicht ist es besser, wenn Sie in diesem Zimmer bleiben. Wir achten heute streng auf die Sicherheit, und wir wollen doch keinen neuen Zwischenfall, nicht wahr? Ich werde Ihnen etwas Kaffee bringen lassen. Machen Sie Feuer an, wenn Sie mögen. Es ist ziemlich kalt hier drin.»

Ich tippte gegen mein Glas. «Ich kann nicht sagen, daß ich viel davon merke.»

Nebe betrachtete mich geduldig. «Na gut, bedienen Sie sich, wenn sie glauben, das Zeug zu brauchen.»

«Danke», sagte ich und griff nach der Karaffe, «ich werde mich nicht dagegen wehren.»

«Aber bleiben Sie nüchtern. Man wird Ihnen heute eine Menge Fragen nach Ihrem russischen Freund stellen. Ich möchte nicht, daß Ihre Meinung über seinen Wert in Zweifel gezogen wird, bloß weil Sie zuviel zu trinken hatten.» Er ging zur Tür.

«Machen Sie sich um mich keine Sorgen», sagte ich und ließ meinen Blick an den leeren Regalen entlangwandern. «Ich werde ein Buch lesen.»

Nebe rümpfte ein wenig seine eindrucksvolle Nase. «Ja, es ist ein solcher Jammer, daß die Bibliothek weg ist. Offenbar hatte der frühere Besitzer eine prächtige Sammlung zurückgelassen, aber als die Russen kamen, haben sie die Bücher als Brennstoff für den Boiler benutzt.» Er schüttelte traurig den Kopf. «Was soll man mit solchen Untermenschen anfangen?»

Nachdem Nebe die Bibliothek verlassen hatte, folgte ich seinem Vorschlag und machte im Kamin Feuer. Das half mir, mich auf meine nächsten Schritte zu konzentrieren. Als die Flammen das kleine Bauwerk aus Scheiten und Hölzchen ergriffen hatten, das ich errichtet hatte, kam ich zu dem Schluß, daß Nebes unübersehbare Erheiterung über die Umstände von Heims Tod darauf hinzudeuten schien, daß die Org überzeugt war, daß Veronika die Wahrheit gesagt hatte. Freilich hatte ich auch jetzt noch keine Ahnung, wo sie sich befinden könnte, doch ich hatte den Eindruck, daß König noch nicht in Grinzing war, und ohne meine Waffe sah ich keine Möglichkeit, jetzt zu verschwinden und woanders nach ihr zu suchen. Zudem waren es noch zwei Stunden bis zum Treffen der Org, und es erschien mir das Beste, auf Königs Ankunft zu warten und darauf zu hoffen, daß er mich beruhigte. Und falls er Veronika verletzt oder getötet hatte, würde ich ihn mir persönlich vorknöpfen, wenn Belinsky mit seinen Männern ankam.

Ich nahm das Schüreisen und stocherte gedankenlos im Feuer. Nebes Diener erschien mit dem Kaffee, doch ich nahm keine Notiz von ihm und streckte mich, nachdem er gegangen war, auf dem Sofa aus und schloß die Augen.

Das Feuer flackerte und knisterte und wärmte meinen Rücken. Hinter den geschlossenen Lidern verwandelte sich Hellrot in Purpurrot und dann in etwas Einschläferndes...

«Herr Gunther?»

Ich riß meinen Kopf vom Sofa. Der Schlaf in einer unbequemen Lage, wenn auch nur ein paar Minuten lang, hatte meinen Hals so steif gemacht wie neues Leder. Als ich auf meine Uhr blickte, sah ich, daß ich mehr als eine Stunde geschlafen hatte. Ich bewegte meinen Hals hin und her.

Neben dem Sofa saß ein Mann im grauen Flanellanzug. Er beugte sich vor und streckte mir zur Begrüßung die Hand hin. Sie war breit, muskulös und überraschend kräftig für einen so kleinwüchsigen Mann. Allmählich erkannte ich sein Gesicht, obwohl ich dem Mann noch nie begegnet war.

«Ich bin Dr. Moltke», sagte er. «Ich habe schon viel von Ihnen gehört, Herr Gunther.» Er sprach ein solches Bayerisch, daß man den Bierschaum von seinem Akzent hätte pusten können.

Ich nickte unsicher. Sein Blick hatte etwas, was ich zutiefst verwirrend fand. Er hatte die Augen eines Hypnotiseurs aus einem Varieté.

«Ich bin erfreut, Sie kennenzulernen, Herr Doktor.»

Da war also noch jemand, der seinen Namen geändert hatte, den man für tot hielt, wie Arthur Nebe. Und doch war dieser Mann kein gewöhnlicher Nazi-Flüchtling, der sich der Gerechtigkeit entzog, wenn es denn 1948 irgendwo in Europa überhaupt Gerechtigkeit gab. Mich überkam ein merkwürdiges Gefühl, als ich daran dachte, daß ich gerade einem Mann die Hand geschüttelt hatte, der, wären da nicht die mysteriösen Umstände seines «Todes», sehr wohl der meistgesuchte Mann der Welt hätte sein können. Dieser Mann war «Gestapo»-Müller in Person.

«Arthur Nebe hat mir von Ihnen erzählt», sagte er. «Wissen Sie, Sie und ich, wir sind uns ziemlich ähnlich, wie es scheint. Ich war Kriminalbeamter, wie Sie. Ich fing als Streifenpolizist an und habe meinen Beruf in der harten Schule alltäglichen Polizeiarbeit gelernt. Wie Sie habe ich mich spezialisiert: Während Sie für die Mordkommission arbeiteten, lockte mich die Beobachtung kommunistischer Parteifunktionäre. Ich habe sogar eine spezielle Studie über sowjetrussische Polizeimethoden verfaßt. Ich entdeckte dort viel Bewunderungswürdiges. Sie, als alter Polizist, würden die Berufsauffassung der russischen Polizei gewiß zu schätzen wissen. Der KGB, früher der NKWD, ist wahrscheinlich die großartigste Geheimpolizei der ganzen Welt. Sogar besser als die Gestapo. Ich denke, aus dem einfachen

Grund, weil der Nationalsozialismus nie in der Lage war, einen Glauben hervorzubringen, der dazu taugte, eine so konsequente Einstellung zum Leben zu fordern. Und wissen Sie, warum?»

Ich schüttelte den Kopf. Sein schwerer bayerischer Akzent schien auf eine natürliche Herzlichkeit hinzudeuten, die der Mann selbst, wie ich wußte, unmöglich besessen haben konnte.

«Weil wir uns, Herr Gunther, anders als die Kommunisten, niemals wirklich weder an die Intellektuellen noch an die arbeitenden Klassen gewendet haben. Sie wissen, daß ich mich der Partei erst 1939 angeschlossen habe. Stalin versteht sich besser auf diese Dinge. Heute sehe ich ihn in einem ganz anderen Licht als früher.»

Ich runzelte die Stirn und fragte mich, ob das Müllers Vorstellung von einer Prüfung oder ein Scherz war. Doch er wirkte vollkommen ernst. Und ein bißchen aufgeblasen.

«Sie bewundern Stalin?» fragte ich beinahe ungläubig.

«Er steht turmhoch über allen unseren westlichen Führern. Selbst Hitler war, mit ihm verglichen, ein kleiner Mann. Denken Sie nur mal daran, wogegen sich Stalin und seine Partei behaupten mußten. Sie waren in einem von ihren Lagern. Sie wissen, wie sie sind. Ja, Sie sprechen sogar Russisch. Man weiß bei den Iwans immer, wo man dran ist. Sie stellen dich an eine Wand und erschießen dich, oder sie hängen dir den Lenin-Orden um. Nicht so wie die Amerikaner oder die Briten.» Müllers Gesicht zeigte plötzlich den Ausdruck heftigen Widerwillens. «Sie schwatzen über Moral und Gerechtigkeit und lassen trotzdem zu, daß Deutschland verhungert. Sie schreiben über Ethik, und doch hängen sie heute alte Kameraden, um morgen welche für ihren eigenen Sicherheitsdienst anzuwerben. Solchen Leuten können Sie nicht trauen, Herr Gunther.»

«Verzeihen Sie, Herr Doktor, aber ich hatte den Eindruck, daß wir für die Amerikaner arbeiten.»

«Das ist falsch. Wir arbeiten *mit* den Amerikanern. Doch im Grunde arbeiten wir *für* Deutschland. Für ein neues Vaterland.» Jetzt sah er ein wenig nachdenklicher aus, erhob sich und ging zum Fenster. Seine Art, Nachdenklichkeit zu demonstrieren, war eine stumme Rhapsodie, die viel besser zu einem Bauernpriester paßte, der mit seinem Gewissen rang. Er faltete grüblerisch seine dicken Hände, löste sie wieder und preßte sich schließlich die Fäuste an die Schläfen.

«Anders als bei Rußland, gibt es an Amerika nichts zu bewundern.

Aber die Amis haben Macht. Und es ist der Dollar, der ihnen diese Macht gibt. Das ist der einzige Grund, warum wir uns gegen Rußland stellen müssen. Wir brauchen die amerikanischen Dollars. Alles, was die Sowjetunion uns geben kann, ist ein Beispiel: ein Beispiel dafür, was Treue und Hingabe vollbringen können, sogar ohne Geld. Und jetzt fragen Sie sich mal, was Deutschland bei gleicher Hingabe und mit amerikanischem Geld vollbringen könnte.»

Ich versuchte, ein Gähnen zu unterdrücken, ohne daß es mir gelang. «Warum erzählen Sie mir das alles... Herr Doktor.» Eine unheimliche Sekunde lang hätte ich ihn beinahe Müller genannt. Wußte jemand außer Nebe und vielleicht von Bolschwing, der mich befragt hatte, wer Moltke wirklich war?

«Wir arbeiten für ein neues Morgen, Herr Gunther. Mag Deutschland jetzt auch zwischen ihnen aufgeteilt sein. Aber es wird eine Zeit kommen, da werden wir wieder eine große Macht sein. Solange wie unsere Organisation mit den Amis gegen den Kommunismus zusammenarbeitet, werden sie sich dazu überreden lassen, Deutschland seinen Wiederaufbau selber zu überlassen. Und mit unserer Industrie und unserer Technologie werden wir erreichen, was Hitler nie hätte erreichen können. Und wovon Stalin – ja, sogar Stalin mit seinen rigorosen Fünfjahresplänen – nur träumen kann. Der Deutsche wird vielleicht nie militärisch herrschen, aber er kann es auf wirtschaftlichem Gebiet tun. Es ist die Mark, nicht das Hakenkreuz, die Europa erobern wird. Sie zweifeln an meinen Worten?»

Wenn ich überrascht wirkte, dann nur deswegen, weil mir die Vorstellung, die deutsche Industrie könne über etwas anderes herrschen als über einen Schrotthaufen, grotesk vorkam. «Ich habe mich bloß gefragt, ob jeder in der Org so denkt wie Sie?»

Er zuckte die Achseln. «Nicht genau so, nein. Es gibt eine Vielzahl von Meinungen über den Wert unserer Verbündeten und die Bösartigkeit unserer Feinde. Aber in einem Punkt sind sich alle einig, und das ist der Glaube an ein neues Deutschland. Ob das nun fünf Jahre auf sich warten läßt oder fünfundfünfzig.» Müller begann geistesabwesend in der Nase zu bohren. Das nahm ihn einige Sekunden in Anspruch, dann inspizierte er Daumen und Zeigefinger und wischte sie an Nebes Vorhängen ab. Er war, überlegte ich, ein armseliger Indikator für das neue Deutschland, von dem er gesprochen hatte.

«Wie dem auch sei, ich wollte lediglich die Gelegenheit benutzen,

Ihnen für Ihre Initiative persönlich zu danken. Ich habe mir die Dokumente, die Ihr Freund beschafft hat, genau angesehen, und ich hege keinen Zweifel – es ist erstklassiges Material. Die Amerikaner werden außer sich sein vor Begeisterung, wenn sie es sehen.»

«Freut mich, das zu hören.»

Müller schlenderte an meinem Sofa vorbei zu seinem Sessel zurück und setzte sich wieder.

«Wie zuversichtlich sind Sie, daß er auch weiterhin hochklassiges Material beschaffen kann?»

«Sehr zuversichtlich, Herr Doktor.»

«Ausgezeichnet. Wissen Sie, das Material kommt gerade zum rechten Zeitpunkt. Die Süddeutsche Metallverwertungsgesellschaft hat sich an das amerikanische Außenministerium wegen einer Aufstockung des Kapitals gewandt. Die Informationen Ihres Mannes werden dabei eine wichtige Rolle spielen. Auf dem Treffen heute morgen werde ich empfehlen, der Auswertung dieses neuen Materials hier in Wien höchste Priorität zu gewähren.»

Er nahm den Feuerhaken und stocherte ungestüm in den glimmenden Resten des Feuers. Es war nicht schwer, sich vorzustellen, wie er dasselbe mit einem Menschen machte. Er starrte in die Flammen und fügte hinzu: «Da ich an dieser Sache persönliches Interesse nehme, darf ich mir wohl eine Frage erlauben, Herr Gunther.»

«Ich höre, Herr Doktor.»

«Ich muß gestehen, ich hatte gehofft, Sie davon zu überzeugen, die Führung dieses Informanten mir zu überlassen.»

Ich dachte eine Minute nach. «Natürlich müßte ich ihn nach seiner Meinung fragen. Er vertraut mir. Es könnte eine Weile dauern.»

«Natürlich.»

«Und, wie ich Nebe schon sagte, er wird Geld wollen. Einen Haufen Geld.»

«Sie können ihm sagen, daß ich alles in die Wege leiten werde. Ein Schweizer Bankkonto. Was immer er will.»

«Was er sich im Augenblick am meisten wünscht, ist eine Schweizer Uhr», sagte ich. «Eine Doxas.»

«Kein Problem», grinste Müller. «Verstehen Sie jetzt, was ich über den Russen sagte? Er weiß genau, was er will. Eine hübsche Uhr.» Müller stellte den Schürhaken wieder ins Gestell und lehnte sich zufrieden zurück. «Dann darf ich annehmen, daß Sie gegen meinen

Vorschlag keine Einwände haben? Natürlich wird man Sie gut dafür honorieren, daß Sie uns einen so wichtigen Informanten zugeführt haben.»

«Da Sie es gerade erwähnen. Ich denke da an eine bestimmte Summe», sagte ich.

Müller hob die Hände und forderte mich auf, sie zu nennen.

«Sie wissen vielleicht, daß ich vor kurzem am Kartentisch einen schweren Verlust erlitten habe. Ich verlor den größten Teil meines Geldes, etwa viertausend Schilling. Ich dachte, Sie könnten den Betrag vielleicht auf fünftausend aufrunden.»

Er spitzte die Lippen und begann bedächtig zu nicken. «Das hört sich nicht unvernünftig an. Unter den gegebenen Umständen.»

Ich lächelte. Es amüsierte mich, daß er so darum besorgt war, sich in der Org sein Fachgebiet zu bewahren, daß er bereit war, sich den Kontakt zu Belinskys Russen von mir zu erkaufen. Es war leicht zu erkennen, daß auf diese Weise Gestapo-Müllers Reputation als Autorität in allen KGB-Angelegenheiten gesichert werden würde. Er schlug sich abschließend auf die Knie.

«Gut. Ich bin froh, daß das geregelt ist. Unsere kleine Plauderei hat mir Spaß gemacht. Nachher, nach dem Treffen werden wir weiterreden.»

Ganz bestimmt, sagte ich zu mir selber. Nur wird das wahrscheinlich in der Stiftskaserne sein oder wo auch immer die Crowcass-Leute Müller verhören würden.

«Natürlich müssen wir noch besprechen, auf welche Weise wir mit unserer Quelle Kontakt halten werden. Arthur sagt mir, daß Sie bereits mit einem toten Briefkasten arbeiten.»

«Es ist alles schriftlich niedergelegt», sagte ich zu ihm. «Ich bin sicher, Sie werden feststellen, daß alles in Ordnung ist.» Ich warf einen Blick auf meine Uhr und sah, daß es bereits nach zehn Uhr war. Ich stand auf und zog meine Krawatte zurecht.

«Oh, keine Sorge», sagte Müller und klopfte mir auf die Schulter. Er erschien jetzt, wo er hatte, was er wollte, fast vergnügt. «Man wird auf uns warten, das versichere ich Ihnen.»

Doch fast im selben Augenblick öffnete sich die Tür der Bibliothek und das leicht verärgerte Gesicht des Barons von Bolschwing lugte in den Raum. Er hob vielsagend den Arm mit seiner Uhr und sagte: «Herr Doktor, wir müssen jetzt wirklich anfangen.»

«Schon gut», dröhnte Müller, «wir sind fertig. Sagen Sie allen, daß sie jetzt reinkommen können.»

«Vielen Dank.» Die Stimme des Barons verriet, daß er gereizt war.

«Treffen, Sitzungen», fauchte Müller. «Eine nach der anderen in dieser Organisation. Diese Marter nimmt kein Ende. Als wischte man sich den Arsch mit einem Autoreifen ab. Es ist, als wäre Himmler noch am Leben.»

Ich lächelte. «Das erinnert mich daran, daß ich noch mal wohin muß.»

«Bloß den Flur entlang», sagte er.

Ich ging zur Tür und entschuldigte mich zuerst beim Baron und dann bei Arthur Nebe, als ich mich an den Männern vorbeidrängte, die in die Bibliothek kamen. Sie waren in der Tat alte Kameraden. Männer mit harten Augen, schwammigem Lächeln, wohlgenährten Bäuchen und einer gewissen Arroganz, als habe keiner von ihnen je einen Krieg verloren oder etwas getan, dessen er sich in irgendeiner Weise schämen müßte. Das war das kollektive Gesicht des neuen Deutschlands, von dem Müller geschwafelt hatte. Aber von König war immer noch nichts zu sehen.

In der sauer riechenden Toilette verriegelte ich sorgfältig die Tür, sah auf meine Uhr, stellte mich ans Fenster und versuchte die Straße hinter den Bäumen seitlich des Hauses auszumachen. Da der Wind die Blätter bewegte, war es schwierig, etwas deutlich zu erkennen, doch glaubte ich in der Ferne gerade noch den Kotflügel eines großen, grauen Wagens erkennen zu können.

Ich griff nach der Kordel des Springrollos, und in der Hoffnung, daß das Ding ein wenig fester an der Wand befestigt war als das Rollo in meinem Badezimmer in Berlin, zog ich ihn vorsichtig fünf Sekunden lang herunter und ließ dann für weitere fünf Sekunden wieder hochschnellen. Nachdem ich das, wie verabredet, dreimal gemacht hatte, wartete ich auf Belinskys Signal und fühlte mich sehr erleichtert, als ich aus weiter Ferne drei Huptöne eines Autos hörte. Dann betätigte ich die Spülung und öffnete die Tür... Auf dem Flur, der zur Bibliothek führte, sah ich auf halbem Wege Königs Hund. Er stand mitten im Flur, schnüffelte in der Luft und schien mich wiederzuerkennen. Dann drehte er sich um und trottete die Treppe hinunter. Ich konnte mir keine bessere Methode denken, als mich von seinem Kläffer führen zu lassen. Also folgte ich ihm.

Vor einer Tür im Erdgeschoß blieb der Hund stehen und winselte leise. Sobald ich sie öffnete, lief er wieder weiter und hüpfte durch einen weiteren Flur, der zum hinteren Teil des Hauses führte. Er blieb abermals stehen und stellte sich so an, als versuche er, sich unter einer weiteren Tür durchzubuddeln, die in den Keller zu führen schien. Ich zögerte ein paar Sekunden, sie zu öffnen, als der Hund jedoch bellte, schien es mir klüger, ihn durchzulassen als zu riskieren, daß sein Gebell König herbeilockte. Ich drehte den Griff, drückte dagegen, und als die Tür sich nicht rührte, zog ich daran. Sie öffnete sich mit einem sehr leisen Knarren, das zum größten Teil von einem Geräusch übertönt wurde, das sich zuerst so anhörte, als miaute irgendwo unten im Keller eine Katze. Kühle Luft schlug gegen mein Gesicht, und als mir mit Entsetzen aufging, daß es keine Katze war, spürte ich, daß ich unwillkürlich zitterte. Dann bog der Hund um den Türrahmen und verschwand auf einer rohen Holztreppe nach unten.

Noch bevor ich auf Zehenspitzen den Fuß der Treppe erreicht hatte, wo ein großes Weinregal mich vor der sofortigen Entdeckung schützte, hatte ich die qualvolle Stimme als die von Veronika erkannt. Die Szene bedurfte keiner Erklärung. Sie saß auf einem Stuhl, nackt bis zur Hüfte, das Gesicht totenbleich. Ein Mann saß direkt vor ihr; seine Hemdsärmel waren aufgekrempelt, und er folterte ihr Knie mit irgendeinem blutbefleckten Metallgegenstand. König stand hinter ihr, hielt den Stuhl fest und erstickte ihre Schreie in regelmäßigen Abständen mit einem Fetzen Stoff.

Ich hatte keine Zeit, mir Sorgen darüber zu machen, daß ich keine Waffe hatte, und es war ein Glück, daß König momentan durch das Auftauchen seines Hundes abgelenkt war.

«Lingo», sagte er, auf den Köter niederblickend, «wie bist du hier heruntergekommen? Ich dachte, ich hätte dich ausgesperrt.» Er bückte sich, um den Hund hochzuheben, und im selben Augenblick trat ich entschlossen hinter dem Weinregal hervor und rannte vorwärts.

Der Mann auf dem Stuhl hockte noch auf seinem Sitz, als ich ihm, so hart ich konnte, meine hohlen Handflächen auf beide Ohren knallte. Er schrie auf, fiel zu Boden, beide Hände auf seine Ohren gepreßt und wand sich verzweifelt, als er versuchte, die Schmerzen zu unterdrücken, die zwei mit ziemlicher Sicherheit geplatzte Trommelfelle verursachen. In diesem Augenblick sah ich, was er Veronika angetan hatte. Aus ihrem Kniegelenk ragte rechtwinklig ein Korkenzieher hervor.

König hatte seine Waffe bereits halb aus dem Schulterhalfter gezogen. Ich sprang auf ihn los, schlug ihn hart in die ungeschützte Achselhöhle und hieb ihm mit der Handkante quer über die Oberlippe. Diese beiden Schläge reichten, um ihn kampfunfähig zu machen. Er torkelte von Veronikas Stuhl zurück, und aus seiner Nase strömte Blut. Ich brauchte ihn nicht noch einmal zu schlagen, doch jetzt, da seine Hand ihren Mund nicht mehr zuhielt, trieben mich ihre lauten qualvollen Schmerzensschreie dazu, ihm einen dritten, gemeineren Schlag mit dem Unterarm zu versetzen, der direkt auf seinem Brustbein landete. Er war bewußtlos, bevor er zu Boden fiel. Der Hund hörte auf der Stelle mit seinem wütenden Gebell auf und versuchte, ihn durch Lecken mit der Zunge wieder zum Leben zu erwecken.

Ich hob Königs Revolver auf, schob ihn in die Hosentasche und begann in aller Eile, Veronika loszubinden.

«Es ist alles gut», sagte ich. «Wir kommen hier raus. Belinsky und die Polizei werden jede Minute dasein.»

Ich versuchte, nicht auf die Schweinerei zu blicken, die sie mit ihrem Knie angestellt hatten. Sie stöhnte mitleiderregend, als ich das letzte Stück Seil von ihren blutbefleckten Beinen löste. Ihre Haut war kalt, sie zitterte am ganzen Körper und stand sichtlich unter Schock. Aber als ich meine Jacke auszog und sie ihr um die Schultern legte, ergriff sie krampfhaft meine Hand und sagte mit zusammengebissenen Zähnen: «Zieh's raus, um Gottes willen, zieh das Ding aus meinem Knie.»

Immer mit einem Auge zur Kellertreppe spähend, für den Fall, daß einer von Nebes Männern aufkreuzte, der mich mittlerweile suchte, weil ich längst hätte oben sein müssen, kniete ich vor ihr und betrachtete die Wunde und den Gegenstand, der sie verursacht hatte. Es war ein gewöhnlicher Korkenzieher mit einem Holzgriff, jetzt blutverschmiert. Das scharfe Ende hatte man einige Millimeter seitlich in ihr Kniegelenk gebohrt, und es schien keine Möglichkeit zu geben, das Ding zu entfernen, ohne ihr noch einmal dieselben Schmerzen zuzufügen. Bei der kleinsten Berührung des Griffs schrie sie auf.

«Bitte, zieh's raus», sagte sie, als spüre sie meine Unentschlossenheit.

«In Ordnung», sagte ich, «aber halt dich an deinem Stuhl fest. Es wird weh tun.» Ich zog den anderen Stuhl dicht genug heran, um zu verhindern, daß sie mir in die Leiste trat, und setzte mich hin. «Fertig?» Sie schloß die Augen und nickte.

Bei der ersten Drehung im umgekehrten Uhrzeigersinn färbte sich ihr Gesicht ein wenig rot. Dann schrie sie sich die Lunge aus dem Hals. Aber bei der zweiten Drehung wurde sie glücklicherweise ohnmächtig. Ich betrachtete für eine Sekunde den Korkenzieher in meiner Hand und schleuderte ihn dann auf den Mann, dem ich auf die Ohren geschlagen hatte. Er lag in der Ecke, stöhnte und atmete schwer. Veronikas Folterer schien in schlechtem Zustand zu sein. Es war ein brutaler Schlag gewesen, und obwohl ich ihn noch nie angewendet hatte, wußte ich von meiner Armeeausbildung, daß er manchmal sogar eine tödliche Hirnblutung hervorrufen konnte.

Veronikas Knie blutete heftig. Ich blickte mich nach einem Stück Stoff um, mit dem ich ihre Wunde verbinden konnte, und beschloß, das Hemd des Mannes dazu zu benutzen, den ich betäubt hatte. Ich ging zu ihm hinüber und riß es ihm vom Rücken.

Nachdem ich das Hemd gefaltet hatte, preßte ich es kräftig gegen das Knie und benutzte dann die Ärmel, um es fest zusammenzubinden. Als der Verband fertig war, sah er wie ein ordentliches Beispiel für Erste Hilfe aus. Aber inzwischen war ihr Atem schwach geworden, und ich hatte keinen Zweifel, daß eine Bahre notwendig sein würde, um sie hier rauszubringen.

Zu diesem Zeitpunkt waren fast fünfzehn Minuten verstrichen, seit ich Belinsky das Zeichen gegeben hatte, und noch war nicht zu hören, daß bisher irgend etwas passiert war. Wie lange konnten seine Männer brauchen, um einzudringen? Ich hatte nicht mal einen Ruf gehört, der darauf hindeutete, daß sie vielleicht auf Widerstand gestoßen waren. Solange Leute wie der Lette in der Nähe waren, war kaum anzunehmen, daß man Nebe und Müller kampflos würde festnehmen können.

König stöhnte und bewegte schwach sein Bein wie ein erschlagenes Insekt. Ich stieß den Hund beiseite und bückte mich, um ihn zu betrachten. Die Haut unter seinem Schnurrbart hatte eine dunkle, graublaue Färbung angenommen, und aus der Menge des Blutes, das über seine Wangen geflossen war, schloß ich, daß ich wahrscheinlich seine Nasenknorpel vom Oberkiefer getrennt hatte.

«Ich schätze, es wird eine Weile dauern, bis du wieder eine Zigarre rauchen kannst», sagte ich grimmig.

Ich nahm Königs Mauser aus meiner Hosentasche und prüfte den Verschluß. Dann erblickte ich das vertraute Schimmern einer Patrone in der Kammer. Ich zog das Magazin heraus und sah weitere sechs, säuberlich aufgereiht wie Zigaretten. Ich schob das Magazin mit meinem Handballen wieder in den Handgriff und drückte mit dem Daumen den Hahn zurück. Es war Zeit festzustellen, was mit Belinsky passiert war.

Ich stieg die Kellertreppe hinauf, wartete einen Augenblick hinter der Tür und lauschte. Sekundenlang glaubte ich Atemzüge zu hören, ehe ich erkannte, daß es meine eigenen waren. Ich hielt die Mauser in Kopfhöhe, schob mit dem Daumennagel den Sicherungsbügel zurück und schob mich durch die Tür.

Für den Bruchteil einer Sekunde erblickte ich die schwarze Katze des Letten, und dann hatte ich das Gefühl, die ganze Decke stürze auf mich herab. Ich hörte ein leises, puffendes Geräusch wie von einem Sektkorken und mußte beinahe lachen, als ich merkte, daß der Knall der Mauser, die von allein in meiner Hand losging, alles war, was mein erschüttertes Hirn entschlüsseln konnte. Betäubt lag ich auf dem Boden wie ein auf den Strand gezogener Lachs. Mein Körper summte wie ein Telegrafendraht. Zu spät erinnerte ich mich, daß der Lette, obwohl er großgewachsen war, bemerkenswert leichtfüßig war. Er kniete neben mir und grinste mir ins Gesicht, ehe er abermals mit dem Totschläger ausholte. Dann wurde es dunkel um mich.

35

Da war eine Botschaft, die auf mich wartete. Sie war in Großbuchstaben geschrieben, wie um ihre Bedeutung hervorzuheben. Ich mühte mich ab, meine Augen auf sie zu konzentrieren, doch die Botschaft hörte nicht auf, sich zu bewegen. Mit trüben Augen nahm ich mir die einzelnen Buchstaben vor. Es war mühselig, aber ich hatte keine Wahl. Die Botschaft lautete: «CARE USA.» Sie erschien irgendwie wichtig, obgleich ich nicht verstehen konnte, warum. Doch dann sah ich, daß es nur ein Teil der Botschaft war, nämlich die zweite Hälfte. Ich unterdrückte einen Brechreiz und kämpfte mich durch den ersten Teil der Botschaft, der verschlüsselt war: «GR.WT.26lbs.CU.FT.0'10''.» Was konnte das alles bedeuten? Ich versuchte immer noch, den Code zu entschlüsseln, als ich Schritte hörte und dann das Geräusch eines Schlüssels, der im Schloß umgedreht wurde.

Mein Kopf klärte sich qualvoll, als ich von vier kräftigen Händen hochgezerrt wurde. Einer der Männer stieß den leeren CARE-Karton beiseite, als sie mich, mit dem Gesicht nach unten, durch die Tür schleppten.

Mein Nacken und meine Schulter schmerzten so sehr, daß ich in dem Augenblick eine Gänsehaut bekam, als sie mir unter die Arme griffen, die, wie ich jetzt bemerkte, vor mir mit Handschellen gefesselt waren. Ich erbrach mich heftig und versuchte, auf den Boden zurückzugelangen, wo ich mich verhältnismäßig wohl gefühlt hatte. Doch sie hielten mich weiterhin fest, und wenn ich mich wehrte, machte das die Schmerzen nur noch schlimmer; und so ließ ich mich durch einen kurzen, feuchten Gang schleppen, vorbei an zwei kaputten Tonnen und einige Stufen hinauf zu einem großen Eichenfaß. Die zwei Männer setzten mich grob auf einen Stuhl.

Eine Stimme, Müllers Stimme, befahl ihnen, mir Wein zu geben.

«Ich will, daß er bei vollem Bewußtsein ist, wenn wir ihn verhören.»

Jemand setzte mir ein Glas an die Lippen und kippte schmerzhaft meinen Kopf nach hinten. Ich trank. Als das Glas leer war, schmeckte ich Blut in meinem Mund. Ich spie vor mir auf den Boden. «Billiges Zeug», hörte ich mich krächzen. «Kochwein.»

Müller lachte, und ich drehte meinen Kopf in seine Richtung. Die nackten Glühbirnen brannten nur trübe, doch das Licht schmerzte trotzdem in meinen Augen. Ich preßte die Lider angestrengt zusammen und schlug sie wieder auf.

«Gut», sagte Müller. «Es ist ja noch ein bißchen Kraft übriggeblieben. Sie werden sie brauchen, um alle meine Fragen zu beantworten, Herr Gunther, das versichere ich Ihnen.»

Müller saß mit gekreuzten Beinen auf einem Stuhl, die Arme vor der Brust verschränkt. Er sah aus wie ein Mann, der sich eine Sprechprobe anhören will. Neben ihm, und erheblich weniger entspannt wirkend als der frühere Gestapochef, saß Nebe. Ihm zur Seite König, der ein sauberes Hemd trug und sich ein Taschentuch vor Nase und Mund hielt, als leide er an einem Anfall von Heuschnupfen. Auf dem Steinboden zu ihren Füßen lag Veronika. Sie war bewußtlos und bis auf den Verband um ihr Knie völlig nackt. Sie war wie ich mit Handschellen gefesselt, wenngleich ihre Totenblässe darauf schließen ließ, daß das eine völlig überflüssige Vorsichtsmaßnahme war.

Ich drehte meinen Kopf nach rechts. Ein paar Meter entfernt standen der Lette und ein anderer Schläger, den ich nicht kannte. Der Lette grinste aufgeregt, ohne Zweifel in der Erwartung, mich weiter gedemütigt zu sehen.

Wir befanden uns im größten der Nebengebäude. Hinter den Fenstern blickte die Nacht mit dunkler Teilnahmslosigkeit auf die Szene. Von irgendwo konnte ich das leise Pochen eines Generators hören. Jede Bewegung meines Halses oder Kopfes verursachte mir Schmerzen, und es war wirklich angenehmer, den Blick wieder auf Müller zu richten.

«Fragen Sie, was Sie wollen», sagte ich, «aus mir werden Sie nichts rauskriegen.» Doch schon als ich das sagte, war mir klar, daß ich in Müllers versierten Händen nicht mehr Chancen hatte, ihm nichts zu erzählen, als den Namen des nächsten Papstes zu nennen.

Er fand meine Prahlerei so absurd, daß er lachte und den Kopf schüttelte. «Es ist zwar ein paar Jahre her, seit ich ein Verhör durchgeführt habe», sagte er beinahe wehmütig, «aber ich denke, Sie werden feststellen, daß ich meine Subtilität nicht eingebüßt habe.»

Müller blickte Nebe und König an, als erheische er ihre Zustimmung, und beide nickten grimmig.

«Ich wette, Sie haben Preise dafür bekommen, Sie aufgeblasenes Schwein.»

Bei diesen Worten sah sich der Lette veranlaßt, mir einen harten Schlag auf die Wange zu versetzen. Als mein Kopf plötzlich herumgerissen wurde, durchzuckte mich ein qualvoller Schmerz bis in die Zehennägel und ließ mich aufschreien.

«Nein, nein, Rainis», sagte Müller wie ein Vater zu einem Kind, «wir müssen Herrn Gunther erlauben zu reden. Jetzt mag er uns beleidigen, doch am Ende wird er uns alles erzählen, was wir wissen wollen. Bitte, schlage ihn nicht wieder, es sei denn, ich befehle es dir.»

Nebe sprach. «Es hat keinen Zweck, Berni. Fräulein Zartl hat uns erzählt, wie Sie und dieser Amerikaner die Leiche des armen Heim beseitigt haben. Ich wunderte mich schon, warum Sie sich so eindringlich nach ihr erkundigten. Jetzt wissen wir es.»

«In der Tat wissen wir eine ganze Menge», sagte Müller. «Während Sie ein Nickerchen machten, hat sich Arthur als Polizist verkleidet, um sich Zugang zu Ihren Räumen zu verschaffen.» Er lächelte selbstgefällig. «Es war nicht allzu schwierig für ihn. Die Österreicher sind ja so ein fügsames, gesetzestreues Völkchen. Arthur, erzählen Sie Herrn Gunther, was Sie entdeckt haben.»

«Ihre Fotos, Heinrich. Ich nehme an, daß der Amerikaner sie ihm gegeben hat. Was sagen Sie dazu, Berni?»

«Fahren Sie zur Hölle.»

Nebe fuhr ungerührt fort. «Ich fand auch eine Zeichnung von Martin Albers' Grabstein. Erinnern Sie sich an diese unglückliche Geschichte, Herr Doktor?»

«Ja», sagte Müller, «das war sehr unüberlegt von Max.»

«Meiner Ansicht nach müssen Sie geahnt haben, daß Max Abs und Martin Albers ein und dieselbe Person waren, Berni. Er war ein altmodischer, ziemlich sentimentaler Mann. Er konnte einfach nicht so tun, als sei er tot, so wie wir anderen. Nein, er mußte einen Stein haben, der an sein Hinscheiden erinnerte, um ihm einen Anschein von Würde zu geben. Wirklich, ein typischer Wiener, meinen Sie nicht? Ich würde denken, Sie waren wahrscheinlich die Person, die der Münchner MP den Tip gab, daß Max dort eintreffen würde. Sie konnten natürlich nicht wissen, daß Max einen ganzen Satz von Papieren und Reisegenehmigungen bei sich trug. Sehen Sie, Dokumente waren die Spezialität von Max. Er war ein meisterlicher Fälscher. Als früherer Chef der Abteilung Geheimoperationen des SD in Budapest war er einer der besten in seinem Fach.»

«Ich nehme an, er war ein weiterer falscher Verschwörer gegen Hitler», sagte ich. «Ein weiterer gefälschter Eintrag in die Liste derer, die hingerichtet wurden. Genau wie Sie, Arthur. Das muß ich Ihnen lassen: Sie sind sehr schlau gewesen.»

«Das war Max' Idee», sagte Nebe. «Genial, ja, aber mit Königs Hilfe nicht sehr schwer zu organisieren. Sehen Sie, König befehligte das Hinrichtungskommando in Plötzensee und hängte Hunderte von Verschwörern. Er stellte alle Details zur Verfügung.»

«Und dazu die Fleischerhaken und Klavierdrähte, kein Zweifel.»

«Herr Gunther», sagte König, und das Taschentuch, das er auf seine Nase gepreßt hielt, machte seine Stimme undeutlich, «ich hoffe, dasselbe für Sie tun zu können.»

Müller runzelte die Stirn. «Wir verschwenden Zeit», sagte er schroff. «Nebe erzählte Ihrer Wirtin, die österreichische Polizei glaube, Sie seien von den Russen entführt worden. Anschließend war sie sehr hilfsbereit. Offensichtlich werden Ihre Räume von einem Dr. Ernst Liebl bezahlt. Dieser Mann ist uns als der Rechtsanwalt von Emil Becker bekannt. Nebe ist der Ansicht, daß Sie von ihm verpflichtet wurden, nach Wien zu kommen, um zu versuchen, Becker vom Verdacht des Mordes an Captain Linden zu befreien. Ich selbst teile diese Meinung. Alles paßt sozusagen zusammen.»

Müller nickte einem der Schläger zu, der vortrat und Veronika aufhob. Sie rührte sich nicht, und wäre ihr Atmen nicht gewesen, das lauter und schwerer wurde, als ihr Kopf ihr ins Genick fiel, hätte man meinen können, sie sei tot. Sie sah so aus, als hätte man sie unter Drogen gesetzt.

«Warum lassen Sie das Mädchen nicht aus der Sache raus, Müller», sagte ich. «Ich werde Ihnen alles sagen, was Sie wissen wollen.» Müller tat so, als sei er verblüfft. «Das bleibt sicherlich noch abzuwarten.» Er stand auf, ebenso Nebe und König. «Bring Herrn Gunther her, Rainis.»

Der Lette zog mich hoch. Die bloße Anstrengung, auf die Füße gestellt zu werden, trieb mich fast in eine Ohnmacht. Er schleppte mich ein paar Meter vor ein versenktes kreisrundes Eichenfaß mit den Ausmaßen eines kleinen Fischteiches. Das Faß selbst war durch eine dicke Stahlsäule, die bis zur Decke führte, mit einer rechteckigen Stahlplatte verbunden, die zwei halbkreisförmige hölzerne Flügel hatte, ähnlich den Ausziehplatten eines großen Eßtisches. Der Schläger, der Veronika trug, stieg in das Faß hinunter und legte sie auf den Boden. Dann kam er heraus und drehte die beiden Eichenflügel herunter, bis sie die Form eines perfekten tödlichen Kreises hatten.

«Das ist eine Traubenpresse», sagte Müller nüchtern.

Ich wehrte mich schwach in den großen Armen des Letten, aber es gab nichts, was ich tun konnte. Ich hatte das Gefühl, meine Schulter oder mein Schlüsselbein sei gebrochen. Ich warf ihnen allerlei Schimpfwörter an den Kopf, und Müller nickte beifällig.

«Ihre Sorge um diese junge Frau ist ermutigend», sagte er.

«Sie war es, die Sie heute morgen gesucht haben», sagte Nebe, «als Sie Rainis in die Arme liefen, war's nicht so?»

«Ja, es war so. Jetzt lassen Sie sie gehen, um Gottes willen. Ich gebe Ihnen mein Wort, Arthur, sie weiß absolut nichts.»

«Ja, das ist wahr», bestätigte Müller. «Oder zumindest nicht viel. Das hat König mir jedenfalls gesagt, und er ist eine höchst überzeugende Person. Doch es wird Ihnen schmeicheln, zu erfahren, daß es ihr trotzdem gelungen ist, eine ganze Weile für sich zu behalten, welche Rolle Sie bei Heims Verschwinden gespielt haben. Stimmt's, Helmut?»

«Ja, General.»

«Aber am Ende erzählte sie uns alles», fuhr Müller fort. «Noch vor Ihrem unbeschreiblich heldenhaften Erscheinen auf dem Schauplatz. Sie erzählte uns von einer sexuellen Beziehung und daß Sie sehr nett zu ihr gewesen seien. Darum hat sie Sie um Hilfe gebeten, als es darum ging, Heims Leiche loszuwerden. Darum sind Sie hergekommen, um sie zu suchen, nachdem König sie weggeschafft hatte. Übrigens muß ich Ihnen ein Kompliment machen. Sie haben einen von Nebes Männern ganz fachmännisch getötet. Es ist ein großer Jammer, daß ein Mann mit Ihren beträchtlichen Fähigkeiten nun doch nie wieder für unsere Organisation arbeiten wird. Aber eine ganze Reihe von Punkten bleibt dunkel, und ich erwarte von Ihnen, Herr Gunther, daß Sie uns aufklären.» Er blickte sich um, und ich sah, daß der Mann, der Veronika in das Faß gelegt hatte, jetzt an einem kleinen Schaltbrett stand, das an der Wand befestigt war.

«Wissen Sie etwas über die Herstellung von Wein?» fragte er und umkreiste das Faß. «Das Pressen ist, wie das Wort sagt, der Prozeß, bei dem die Trauben zerquetscht werden, so daß die Schalen platzen und den Saft freigeben. Wie Ihnen ohne Zweifel bekannt sein wird, machte man das früher durch Trampeln in riesigen Bottichen. Aber die modernsten Pressen sind Maschinen, die pneumatisch oder elektrisch arbeiten. Das Zerquetschen wird mehrere Male wiederholt, wobei die erste Pressung, die die beste von allen ist, auf die Qualität des Weins schließen läßt. Auch der kleinste Rest von Saft muß ausgepreßt werden, der Rückstand – ich glaube, Nebe nennt ihn ‹Trester› –

kommt in die Brennerei; oder er wird, wie auf diesem kleinen Weingut, zu Düngemittel verarbeitet.»

Müller blickte Arthur Nebe an. «He, Arthur, habe ich das richtig wiedergegeben?»

Nebe lächelte nachsichtig. «Vollkommen richtig, Herr General.»

«Ich täusche ungern jemanden», sagte Müller gut gelaunt, «selbst wenn es sich um einen Mann handelt, der sterben wird.» Er machte eine Pause und warf einen Blick in das Faß. «Natürlich ist es exakt in diesem Augenblick nicht Ihr Lebenssaft, den ich aus Ihnen herauspressen will, wenn Sie mir diesen geschmacklosen kleinen Scherz gestatten.»

Der große Lette lachte mir wiehernd ins Ohr, und mein Kopf war plötzlich in den Gestank seines Knoblauchatems gehüllt.

«Ich rate Ihnen also, schnell und genau zu antworten, Herr Gunther. Fräulein Zartls Leben hängt davon ab.» Er nickte dem Mann an der Schalttafel zu, der einen Knopf drückte, wodurch eine Maschine in Gang gesetzt wurde, deren Geräusch allmählich immer lauter wurde.

«Denken Sie nicht zu schlecht von uns», sagte Müller. «Wir leben in harten Zeiten. Alles ist knapp. Wenn wir Natrium-Pentathol hätten, würden wir es Ihnen geben. Wir würden uns sogar darum bemühen, es auf dem schwarzen Markt zu kaufen. Aber ich denke, Sie werden zugeben, daß diese Methode in jeder Hinsicht so wirksam ist wie eine Wahrheitsdroge.»

«Stellen Sie Ihre verdammten Fragen.»

«Aha, Sie haben es eilig zu antworten. Das ist gut. Dann sagen Sie mir: Wer ist der amerikanische Polizist? Der Mann, der Ihnen half, Heims Leiche zu beseitigen.»

«Sein Name ist John Belinsky. Er arbeitet für Crowcass.»

«Wie haben Sie ihn kennengelernt?»

«Er wußte, daß ich daran arbeitete, Beckers Unschuld nachzuweisen. Er trat mit dem Angebot an mich heran, mit ihm zusammenzuarbeiten. Am Anfang sagte er, er wolle herausfinden, warum Captain Linden ermordet worden war, doch nach einer Weile sagte er mir, in Wirklichkeit wolle er etwas über Ihre Organisation herausfinden. Ob sie etwas mit Lindens Tod zu tun habe.»

«Die Amerikaner sind also nicht davon überzeugt, daß sie den richtigen Mann haben?»

«Ja und nein. Die Militärpolizei, ja. Aber die Leute von Crowcass, nein. Die Waffe, mit der Linden ermordet wurde, ließ sich zu einem Mord in Berlin zurückverfolgen. Zu einer Leiche, die man für die Ihre hielt, Müller. Und die Waffe war auch in den SS-Akten des Document Centers in Berlin aufgelistet. Die Leute von Crowcass informierten die Militärpolizei nicht darüber, weil sie fürchteten, sie könnten Sie aus Wien verscheuchen.»

«Und Sie wurden ermutigt, die Org im Auftrag von Crowcass zu infiltrieren?»

«Ja.»

«Sind die Amis so sicher, daß ich hier bin?»

«Ja.»

«Aber bis heute morgen hatten Sie mich noch nie gesehen. Erklären Sie mir bitte, woher die Amerikaner das wußten.»

«Die Information über den KGB, die ich Ihnen brachte, war dazu bestimmt, Sie aus der Deckung zu locken. Sie wissen, daß Sie sich gern als Experte in diesen Dingen betrachten. Man hatte sich das so gedacht, daß Sie, angesichts einer so erstklassigen Information, die Überprüfung selber übernehmen würden. Wenn ich Sie beim Treffen heute morgen sah, sollte ich Belinsky vom Toilettenfenster aus ein Zeichen geben. Ich sollte dreimal das Rollo runterziehen. Er wollte das Fenster mit dem Fernglas beobachten.»

«Und was dann?»

«Er sollte das Haus durch Agenten umstellen lassen. Er sollte Sie festnehmen. Die Abmachung war, daß man Becker laufenlassen würde, wenn es gelang, Sie zu verhaften.»

Nebe warf einem seiner Männer einen Blick zu und machte mit dem Kopf eine Bewegung zur Tür. «Nehmen Sie ein paar Männer und durchsuchen Sie das Anwesen. Bloß für den Fall.»

Müller zuckte die Achseln. «Sie wollen also sagen, daß der einzige Beweis dafür, daß ich hier in Wien bin, darin besteht, daß Sie ihnen vom Toilettenfenster ein Zeichen geben. Ist es das?»

Ich nickte.

«Aber warum hat dann dieser Belinsky seine Leute nicht anrücken und mich wie geplant verhaften lassen?»

«Glauben Sie mir, dieselbe Frage stelle ich mir selber.»

«Kommen Sie, Herr Gunther. Das ergibt doch keinen Sinn, oder? Bleiben Sie bei der Wahrheit. Wie soll ich Ihnen das glauben?»

«Hätte ich mich wohl auf die Suche nach dem Mädchen gemacht, wenn ich nicht davon ausgegangen wäre, daß die Agenten eintreffen würden?»

«Um welche Zeit sollten Sie das Zeichen geben?»

«Wenn das Treffen zwanzig Minuten im Gang war, sollte ich mich entschuldigen.»

«Also um zwanzig nach zehn. Aber Sie suchten schon heute morgen um sieben Uhr nach Fräulein Zartl.»

«Ich kam zu dem Schluß, sie sei vielleicht nicht mehr in der Lage, die Ankunft der Amerikaner abzuwarten.»

«Sie verlangen von uns, Ihnen zu glauben, daß Sie eine ganze Operation aufs Spiel gesetzt haben wegen einer...» Müller rümpfte angeekelt die Nase «... einer Nutte?» Er schüttelte den Kopf. «Es fällt mir sehr schwer, das zu glauben.» Er nickte dem Mann an der Schalttafel zu. Dieser drückte einen zweiten Knopf, und die Hydraulik der Maschine setzte sich knurrend in Gang. «Kommen Sie, Herr Gunther. Wenn es stimmt, was Sie sagen, warum sind die Amerikaner nicht gekommen, als Sie ihnen das Zeichen gaben?»

«Ich weiß es nicht», rief ich.

«Dann spekulieren Sie», sagte Nebe.

«Sie hatten nie vor, Sie zu verhaften», sagte ich und sprach damit meinen eigenen Verdacht aus. «Alles, was sie wissen wollten, war, ob Sie lebten und für die Org arbeiteten. Sie haben mich benutzt, und nachdem sie erfahren hatten, was sie wissen wollten, haben sie mich fallenlassen.»

Ich versuchte mich von dem Letten loszureißen, als die Presse sich langsam zu senken begann. Veronika lag bewußtlos da, ihre Brust hob und senkte sich bei jedem Atemzug, und sie schien die sich senkende Platte nicht zu ahnen. Ich schüttelte den Kopf. «Hören Sie, ich weiß wirklich nicht, warum sie nicht aufgetaucht sind.»

«Also», sagte Müller, «um jeden Irrtum auszuschließen: Der einzige Beweis, den die Amis für meine fortgesetzte Existenz haben, ist Ihr Signal, sehen wir von dem ziemlich dürftigen ballistischen Indiz mal ab.»

«Ja, das denke ich.»

«Noch eine Frage. Wissen sie – die Amis –, warum Captain Linden getötet wurde?»

«Nein», sagte ich, kam dann aber zu dem Schluß, daß negative

Antworten nicht in Müllers Sinn waren, und fügte hinzu: «Wir nahmen an, daß er mit Informationen über Kriegsverbrecher in der Org versorgt wurde. Daß er nach Wien kam, um Sie unter die Lupe zu nehmen. Zuerst glaubten wir, daß er die Informationen von König bekam.» Ich schüttelte den Kopf und versuchte, mir einige der Theorien ins Gedächtnis zu rufen, die ich aufgestellt hatte, um Lindens Tod zu erklären. «Dann dachten wir, er versorge die Org vielleicht mit Informationen, um ihr bei der Anwerbung neuer Mitglieder zu helfen. Schalten Sie diese Maschine ab, um Gottes willen.»

Veronika verschwand aus dem Blickfeld, als die Presse sich über dem Rand des Fasses schloß. Es blieb nur noch ein Zwischenraum von zwei oder drei Metern.

«Wir wußten nicht, warum, verdammt noch mal.»

Müllers Stimme war bedächtig und beherrscht wie die eines Chirurgen. «Wir müssen sicher sein, Herr Gunther. Lassen Sie mich die Frage wiederholen . . .»

«Ich weiß es nicht.»

«Warum war es für uns notwendig, Linden zu töten?»

Ich schüttelte verzweifelt den Kopf.

«Sagen Sie mir die Wahrheit. Was wissen Sie? Sie sind nicht anständig dieser jungen Frau gegenüber. Sagen Sie uns, was Sie wissen.»

Das schrille Heulen der Maschine wurde lauter. Es erinnerte mich an das Geräusch des Fahrstuhls in dem Haus in Berlin, wo ich mein Büro hatte. Ich hätte dort bleiben sollen.

«Herr Gunther», Müllers Stimme wurde unmerklich dringlicher, «um dieses armen Mädchens willen, ich bitte Sie.»

«Um Gottes willen . . .»

Er warf dem Burschen an der Schalttafel einen Blick zu und schüttelte seinen kurzgeschorenen Schädel.

«Ich kann Ihnen nichts sagen», schrie ich.

Die Presse zitterte, als sie auf das lebendige Hindernis stieß.

Das mechanische Heulen ging für kurze Zeit zwei Oktaven in die Höhe, als die Hydraulik den Widerstand überwand und das Geräusch wieder seinen alten Pegel erreichte, ehe die Presse schließlich am Ende ihres grausamen Weges angekommen war. Müller nickte wiederum, und der Lärm erstarb.

«Können Sie nicht oder wollen Sie nicht, Herr Gunther?»

«Sie Dreckschwein», sagte ich, plötzlich zu schwach, um meinen Abscheu zu unterdrücken, «Sie heimtückischer, gemeiner Hurensohn!»

«Ich glaube nicht, daß sie viel gespürt hat», sagte er mit gemachter Gleichgültigkeit. «Sie stand unter Drogen. Das wird Ihnen nicht beschieden sein, wenn wir diese kleine Übung in, sagen wir –» er blickte auf seine Armbanduhr – «zwölf Stunden wiederholen. Bis dahin haben Sie Zeit, alles noch einmal zu überdenken.» Er blickte über den Rand des Fasses. «Ich kann natürlich nicht versprechen, Sie einfach nur zu töten. Nicht wie dieses Mädchen. Vielleicht möchte ich Sie zweimal oder dreimal ausquetschen, ehe wir Sie über die Felder verstreuen, genau wie die Trauben.

Andererseits kann ich Ihnen, wenn Sie mir sagen, was ich wissen will, einen erheblich weniger qualvollen Tod versprechen. Eine Pille wäre doch viel weniger quälend für Sie, meinen Sie nicht?»

Ich spürte, wie meine Lippe sich kräuselte. Müller zuckte unangenehm berührt zusammen, als ich anfing zu fluchen, und schüttelte dann den Kopf.

«Rainis», sagte er, «du darfst Herrn Gunther noch einmal schlagen, bevor du ihn in seine Unterkunft zurückbringst.»

36

Wieder in meiner Zelle angekommen, massierte ich die angeknackste Rippe über meiner Leber, die sich Nebes Lette für einen betäubend schmerzhaften Schlag ausgesucht hatte. Zugleich versuchte ich, die Erinnerung an das zu verdrängen, was gerade mit Veronika passiert war, jedoch ohne Erfolg.

Ich war Leuten begegnet, die im Krieg von Russen gefoltert worden waren. Ich entsann mich, daß sie mir erzählt hatten, am allerschrecklichsten sei die Ungewißheit gewesen – ob man sterben, ob man dem Schmerz widerstehen würde. Dieser Teil ihrer Erzählungen war sicherlich wahr. Einer von ihnen hatte eine Möglichkeit beschrieben, die Schmerzen zu verringern. Wenn man tief einatme und schlucke, könne man eine leichte Benommenheit herbeiführen, die teilweise schmerzunempfindlich mache. Das einzig Ärgerliche war, daß bei meinem Freund eine Neigung zu Anfällen chronischer Hyperventilation zurückblieb, was schließlich dazu führte, daß er einem Herzanfall erlag. Ich verfluchte mich wegen meiner Selbstsucht. Ein junges Mädchen, bereits einmal ein Opfer der Nazis, war umgebracht worden, weil es mit mir in Verbindung stand. Irgendwo in meinem Inneren erwiderte eine Stimme, daß Veronika es gewesen sei, die um meine Hilfe gebeten hatte und man sie sehr wahrscheinlich auch gefoltert und umgebracht hätte, wenn ich mit ihr gar nichts zu tun gehabt hätte. Aber ich war nicht in der Stimmung, es mir selber leichtzumachen. Gab es nicht noch etwas anderes, das ich Müller über Lindens Tod hätte sagen können, was ihn zufriedengestellt hätte? Und was würde ich ihm erzählen, wenn ich selber an die Reihe kam? Wiederum selbstsüchtig. Aber ich konnte dem Schlangenblick des Egoismus nicht ausweichen. Ich wollte nicht sterben. Und was noch mehr zählte, ich wollte nicht auf den Knien sterben, um Gnade flehend.

Man sagt, daß bevorstehende Schmerzen dem Denken zur höchsten Konzentration verhelfen. Müller hätte das zweifellos gewußt. Der Gedanke an die tödliche Pille, die er mir versprochen hatte, wenn ich ihm alles sagte, was er hören wollte, half mir, mich an etwas Entscheidendes zu erinnern. Ich drehte meine Handschellen so lange, bis ich in meine Hosentasche langen konnte. Ich zog mit dem kleinen Finger das Futter heraus und ließ die beiden Pillen in meine Handfläche rollen, die ich aus Doktor Heims Praxis mitgenommen hatte.

Ich war nicht einmal sicher, warum ich sie überhaupt eingesteckt hatte. Vielleicht aus Neugier. Oder hatte mir vielleicht irgendeine Regung im Unterbewußtsein zugeflüstert, ich könnte sie unter Umständen selbst einmal brauchen, um schmerzlos zu sterben?

Lange Zeit starrte ich die winzigen Zyankali-Kapseln mit einer Mischung aus Erleichterung und schrecklicher Faszination einfach an. Nach einer Weile verbarg ich eine Pille in meinem Hosenaufschlag und beschloß, die andere in meinem Mund aufzubewahren – jene, die mich höchstwahrscheinlich töten würde. Mit einem Sinn für Ironie, der durch meine Situation ungemein geschärft wurde, überlegte ich mir, ich müsse Arthur Nebe dafür dankbar sein, daß er diese tödlichen Pillen den Geheimagenten, für die sie entwickelt worden waren, entzogen und sie für die hohen Tiere der SS abgezweigt hatte, von denen sie zu mir gelangt waren. Vielleicht war die Pille, die ich in der Hand hielt, Nebes eigene gewesen. Es sind solche Spekulationen, so unwahrscheinlich sie immer sein mögen, aus denen sich die Philosophie eines Mannes in den letzten ihm verbleibenden Stunden zusammensetzt.

Ich steckte die Pille in meinen Mund und hielt sie behutsam zwischen den hinteren Backenzähnen. Wenn die Zeit kam, würde ich dann auch den Schneid haben, das Ding zu zerkauen? Meine Zunge schob die Pille über die Kante meiner Zähne in eine Backenfalte. Ich rieb mit dem Finger über mein Gesicht und konnte sie durch das Fleisch fühlen. Ob jemand sie sehen konnte? Das einzige Licht in meiner Zelle kam von einer nackten Glühbirne, die anscheinend lediglich mit Spinnweben an einem der hölzernen Dachsparren befestigt war. Trotzdem wurde ich die Vorstellung nicht los, der Umriß der Pille in meinem Mund sei für jedermann deutlich sichtbar.

Als ein Schlüssel im Schloß knirschte, wurde mir klar, daß ich das bald feststellen würde.

Der Lette kam durch die Tür, in der einen Hand seinen großen Colt, in der anderen ein kleines Tablett.

«Weg von der Tür», sagte er undeutlich.

«Was ist das?» fragte ich und rutschte auf meinem Hinterteil zurück. «Was zu essen? Vielleicht könnten Sie der Direktion sagen, daß ich am liebsten eine Zigarette hätte.»

«Sei froh, daß du überhaupt was kriegst», knurrte er. Vorsichtig hockte er sich hin und stellte das Tablett auf den staubigen Boden. Darauf waren ein Becher Kaffee und ein großes Stück Strudel. «Der Kaffee ist frisch. Der Strudel ist selbstgemacht.» Eine törichte Sekunde lang erwog ich, mich auf ihn zu werfen, ehe ich mich daran erinnerte, daß ein Mann in meinem geschwächten Zustand etwa so beweglich war wie ein gefrorener Wasserfall. Der Versuch, den riesigen Letten zu überwältigen, war etwa so aussichtsreich wie die Bemühung, ihn in einen sokratischen Dialog zu verwickeln. Er schien dennoch einen kleinen Hoffnungsschimmer in meinem Gesicht zu ahnen, wenngleich die in meinem Zahnfleisch ruhende Pille unentdeckt blieb. «Mach schon», sagte er, «versuch's doch. Ich wünschte, du würdest es riskieren; ich würde dir gern die Kniescheibe wegpusten.» Grinsend wie ein geistig zurückgebliebener Grizzlybär schob er sich rückwärts aus meiner Zelle und schloß die Tür mit einem lauten Knall. So wie er gebaut war, schien mir Rainis der Typ zu sein, der Freude am Essen hatte. Wenn er nicht gerade Leute umbrachte oder zusammenschlug, war das vermutlich sein einziges Vergnügen. Möglicherweise war er sogar so etwas wie ein Vielfraß. Mir kam der Gedanke, daß sich Rainis vielleicht nicht zurückhalten konnte und den Strudel selber aß, wenn ich ihn unangerührt ließ. Wenn ich nun eine meiner Zyankali-Kapseln in die Füllung praktizierte, würde der einfältige Lette später, vielleicht lange nach meinem Tod, meinen Strudel essen und sterben. Wenn ich die Welt verließ, so dachte ich, war das unter Umständen ein tröstlicher Gedanke, zu wissen, daß er mir rasch folgen würde. Ich beschloß, den Kaffee zu trinken, während ich darüber nachdachte. War eine Todespille in heißem Wasser löslich? Ich wußte es nicht. Also spuckte ich die Pille aus, dachte, es könne ebensogut diese Pille sein, die ich benutzte, um meinen erbärmlichen Plan in die Tat umzusetzen, und drückte sie mit dem Zeigefinger in die Obstfüllung.

Ich war so hungrig, daß ich mit Leichtigkeit mich selbst, die Pille und wer weiß was verspeist hätte. Ein Blick auf meine Uhr sagte mir, daß seit meinem Wiener Frühstück fünfzehn Stunden vergangen waren, und der Kaffee schmeckte gut. Ich kam zu dem Schluß, daß es nur Arthur Nebe gewesen sein konnte, der den Letten angewiesen hatte, mir etwas zu essen zu bringen. Eine weitere Stunde verging. Acht Stunden lagen noch vor mir, bevor sie kommen und mich nach oben holen würden. Ich würde warten, bis es keine Hoffnung mehr gab, keine Gnadenfrist mehr gewährt wurde, ehe ich mir das Leben nahm. Ich versuchte zu schlafen, doch es gelang mir nicht. Ich begann zu verstehen, wie Becker zumute sein mußte, den der Galgen erwartete. Wenigstens war ich besser dran als er, denn ich hatte immerhin meine Todespille.

Es war fast Mitternacht, als ich wiederum den Schlüssel im Schloß hörte. Rasch beförderte ich meine zweite Pille aus dem Hosenumschlag in meine Backentasche, für den Fall, daß sie auf die Idee kommen würden, meine Kleider zu filzen. Jedoch es war nicht Rainis, der kam, um das Tablett zu holen, sondern Arthur Nebe. Er hielt eine Automatik in der Hand.

«Zwingen Sie mich nicht, sie zu benutzen, Berni», sagte er. «Sie wissen, daß ich nicht zögern würde, Sie zu erschießen, wenn ich müßte. Es ist besser, Sie nehmen drüben an der Wand Platz.»

«Was ist das? Ein Höflichkeitsbesuch?» Ich zog mich von der Tür zurück. Er warf mir ein Päckchen Zigaretten und Streichhölzer nach.

«Das könnte man sagen.»

«Ich hoffe, Sie sind nicht hier, um über alte Zeiten zu plaudern, Arthur. Im Augenblick habe ich keine ausgesprochen sentimentalen Gefühle.» Ich warf einen Blick auf die Zigaretten. Winston. «Weiß Müller, daß Sie amerikanische Sargnägel rauchen, Arthur? Seien Sie vorsichtig. Sie könnten Ärger kriegen: Er hat ein paar merkwürdige Vorstellungen von den Amis.» Ich zündete eine Zigarette an und inhalierte mit bedächtiger Befriedigung. «Trotzdem, herzlichen Dank.»

Nebe zog sich von draußen einen Stuhl herein und setzte sich vor die Tür. «Müller hat seine eigenen Vorstellungen, wohin die Org sich bewegt», sagte er. «Aber an seinem Patriotismus oder an seiner Entschlossenheit ist kein Zweifel. Er ist ziemlich skrupellos.»

«Ich kann nicht sagen, daß mir das nicht aufgefallen wäre.»

«Freilich hat er die unglückselige Neigung, andere Leute nach seinen eigenen gefühllosen Maßstäben zu beurteilen. Das bedeutet, er glaubt wirklich, daß Sie imstande sind, den Mund zu halten und das Mädchen sterben zu lassen.» Er lächelte. «Ich kenne Sie natürlich ein bißchen besser. Gunther ist ein sentimentaler Mensch, sagte ich ihm. Er hat sogar etwas von einem Narren. Es würde ihm ähnlich sehen, für jemanden seinen Hals zu riskieren, den er kaum kennt. Und wäre es eine Nutte. In Minsk war es genauso. Er war ohne zu zögern dazu bereit, sich lieber an die Front versetzen zu lassen, als unschuldige Leute zu töten. Leute, denen er nichts schuldete.»

«Das macht mich nicht zu einem Helden, Arthur. Nur zu einem menschlichen Wesen.»

«Es macht Sie zu einer Person, mit der Müller umzugehen weiß, zu einem Mann mit Prinzipien. Müller weiß, was Menschen auf sich nehmen und trotzdem schweigen werden. Er hat haufenweise Menschen gesehen, die ihre Freunde und dann sich selbst geopfert haben, um zu schweigen. Er ist ein Fanatiker. Das einzige, was er begreift, ist Fanatismus. Und folglich glaubt er, daß Sie ein Fanatiker sind. Er ist davon überzeugt, es bestünde die Möglichkeit, daß Sie ihm etwas verbergen. Wie ich schon sagte, ich kenne Sie besser. Ich denke, wenn Sie gewußt hätten, warum Linden getötet wurde, hätten Sie es gesagt.»

«Na, schön zu wissen, daß jemand mir glaubt. Das wird es mir erträglicher machen, in den heurigen Wein verwandelt zu werden. Hören Sie, Arthur, warum erzählen Sie mir das? Damit ich Ihnen sagen kann, Sie seien ein besserer Menschenkenner als Müller?»

«Ich dachte folgendes: Wenn Sie Müller haargenau das sagen würden, was er hören will, könnte Ihnen das eine Menge Qualen ersparen. Ich sehe einen alten Freund ungern leiden. Und glauben Sie mir, er wird Sie leiden lassen.»

«Daran zweifle ich nicht. Es ist nicht der Kaffee, der geholfen hat, mich wach zu halten, das kann ich Ihnen sagen. Kommen Sie, was soll das hier sein? Die alte Leier von Freund und Feind? Wie ich sagte, ich weiß nicht, warum Linden das Licht abgedreht wurde.»

«Nein, aber ich könnte es Ihnen sagen.»

Ich zuckte zusammen, als der Zigarettenrauch mir in die Augen stach. «Wenn ich Sie recht verstehe», sagte ich unsicher, «wollen Sie mir erzählen, was mit Linden passierte, damit ich es Müller auftischen kann, um mir dadurch ein schlimmeres Schicksal als den Tod zu ersparen, richtig?»

«So ungefähr.»

Ich hob meine schmerzenden Schultern. «Ich glaube nicht, daß ich etwas zu verlieren habe», grinste ich. «Natürlich könnten Sie mich einfach fliehen lassen, Arthur. Um der alten Zeiten willen.»

«Wir wollten nicht über alte Zeiten sprechen, das haben Sie selber gesagt. Außerdem wissen Sie zuviel. Sie haben Müller gesehen. Sie haben mich gesehen. Ich bin tot, haben Sie das vergessen?»

«Ich meine es nicht persönlich, Arthur, aber ich wünschte, sie wären es.» Ich nahm mir noch eine Zigarette und entzündete sie am glimmenden Ende der vorhergegangenen. «In Ordnung, packen Sie aus. Warum wurde Linden umgebracht?»

«Linden hatte einen deutsch-amerikanischen Hintergrund. Er studierte sogar Deutsch an der Cornell Universität. Während des Krieges hatte er einen untergeordneten Posten beim Geheimdienst, und nach dem Krieg arbeitete er als Entnazifizierungsoffizier. Er war ein kluges Kerlchen, hatte bald ein eigenes kleines Geschäft aufgezogen und verkaufte Persilscheine an Alte Kameraden. Dann kam er zum CIC, arbeitete im Innendienst und als Crowcass-Verbindungsoffizier im Berliner Document Center. Natürlich hielt er seine alten Schwarzmarkt-Kontakte aufrecht, und zu dieser Zeit war er uns in der Org als jemand bekannt geworden, der unserer Sache Verständnis entgegenbrachte. Wir nahmen in Berlin mit ihm Kontakt auf und boten ihm eine Geldsumme, wenn er uns von Zeit zu Zeit einen kleinen Dienst erweisen würde.

Erinnern Sie sich, daß ich Ihnen davon erzählte, wie einige von uns ihren Tod fälschten und sich neue Identitäten zulegten? Also, das war Albers – der Max Abs, an dem Sie interessiert waren. Es war seine Idee. Aber die grundlegende Schwäche einer neuen Identität, vor allem, wenn sie so rasch hergestellt werden muß, besteht natürlich darin, daß ihr eine Vergangenheit fehlt. Bedenken Sie, Berni. Weltkrieg, jeder diensttaugliche Deutsche zwischen zwölf und fünfundsechzig stand unter Waffen, und für mich, Alfred Nolde, gab es keine Unterlagen über seinen Wehrdienst. Wo war ich? Was machte ich? Wir hielten uns für sehr schlau, als wir unsere wirklichen Identitäten vernichteten und die Akten den Amis in die Hände fallen ließen, aber statt dessen beschwor das bloß neue Fragen herauf. Wir hatten keine Ahnung, daß sich das Document Center als so umfassend erweisen würde. Es hat so erfolgreich gearbeitet, daß es möglich wurde, jede Antwort, die ein Mann auf seinem Entnazifizierungs-Fragebogen gab, nachzuprüfen.

Viele von uns arbeiteten zum damaligen Zeitpunkt für die Amerikaner. Heute paßt es ihnen natürlich in den Kram, in bezug auf die Vergangenheiten unserer Org-Mitglieder ein Auge zuzudrücken. Aber was wird morgen sein? Politiker pflegen ihre Politik zu ändern. Im Augenblick sind wir Freunde im Kampf gegen den Kommunismus. Aber wird das auch noch in fünf oder zehn Jahren so sein?

Also präsentierte Albers einen neuen Plan. Er fabrizierte für die neuen Identitäten unserer ranghöheren Leute neue Vergangenheiten, natürlich auch für sich selber. Danach hatten wir alle kleinere, weniger tadelnswerte Pöstchen in der SS und der Abwehr innegehabt, als es in Wirklichkeit der Fall gewesen war. Als Alfred Nolde war ich Oberscharführer in der SS-Personalabteilung. Meine Akte enthält alle meine persönlichen Daten: sogar die über meine Zähne. Im Krieg verhielt ich mich unauffällig und ziemlich untadelig. Zugegeben, ich war ein Nazi, aber nie ein Kriegsverbrecher. Das war jemand anderer. Die Tatsache, daß ich zufällig jemandem namens Arthur Nebe ähnele, spielt keine Rolle.

Jedoch im Document Center wird Sicherheit großgeschrieben. Es ist unmöglich, Unterlagen herauszuschmuggeln. Aber es ist vergleichsweise einfach, Unterlagen reinzuschaffen. Niemand wird durchsucht, wenn er das Center betritt, nur wenn er es verläßt. Das war Lindens Aufgabe. Einmal im Monat brachte Becker neue Akten, gefälscht von Albers, nach Berlin. Und Linden legte sie im Archiv ab. Das war natürlich, bevor wir von Beckers russischen Freunden Wind bekamen.»

«Warum wurden die Fälschungen hier angefertigt und nicht in Berlin?» fragte ich. «Auf diese Weise hätten Sie keinen Kurier nötig gehabt.»

«Weil sich Albers weigerte, in die Nähe Berlins zu ziehen. Es gefiel ihm hier in Wien, nicht zuletzt deshalb, weil Österreich das ideale Sprungbrett ist, wenn man verduften will. Es ist leicht, über die Grenze zu gelangen, nach Italien, dann in den Mittleren Osten, Südamerika. Viele von uns sind in den Süden gezogen. Wie Vögel im Winter, verstehen Sie?»

«Was ging also schief?»

«Linden wurde habgierig, das war's, was schiefging. Er wußte, daß das Material, das er bekam, gefälscht war, aber er konnte nicht kapieren, welche Bedeutung es hatte. Ich glaube, anfangs war es bloße Neugier. Er fing an, das Zeug, das wir ihm gaben, zu fotografieren. Und dann nahm er die Dienste eines jüdischen Ehepaars in Anspruch – Nazijäger –, um festzustellen, welcher Art diese neuen Akten, wer diese Männer waren.»

«Die Drexlers.»

«Sie arbeiteten mit der Kommission der Armee zur Untersuchung von Kriegsverbrechen zusammen. Vermutlich hatten die Drexlers keine Ahnung, daß Lindens Gründe, ihre Hilfe in Anspruch zu nehmen, rein persönlich und gewinnsüchtig waren. Und warum hätten sie ihm auch mißtrauen sollen? Seine Glaubwürdigkeit war unbestreitbar. Trotzdem, ich denke, daß ihnen an all diesen neuen SS-Mitgliedern und Parteiakten etwas auffiel: daß wir dieselben Initialen benutzten wie unsere alten Identitäten; das ist ein alter Trick, wenn man eine neue Legende aufbaut. Sorgt dafür, daß man sich mit dem neuen Namen wohler fühlt. Etwas, was man instinktiv tut, wie einen Vertrag mit seinen Initialen versehen, birgt kein Risiko mehr. Ich glaube, die Drexlers müssen diese neuen Namen mit den Namen von Kameraden verglichen haben, die vermißt oder für tot gehalten wurden und Linden vorgeschlagen haben, die Details einer vorhandenen Akte über Alfred Nolde mit denen der Akte über Arthur Nebe zu vergleichen, und dasselbe bei Heinrich Müller und Heinrich Moltke, Max Abs und Martin Albers und so weiter.»

«Und darum wurden die Drexlers umgebracht.»

«Genau. Das passierte, nachdem Linden hier in Wien aufgetaucht war und mehr Geld gewollt hatte. Schweigegeld. Es war Müller, der sich mit ihm traf und der ihn umbrachte. Aus einem ganz einfachen Grund wußten wir, daß Linden bereits Kontakt mit Becker aufgenommen hatte: Linden hatte es uns selber erzählt. Also beschlossen wird, zwei Fliegen mit einer Klappe zu schlagen. Zuerst plazierten wir einen großen Vorrat an Zigaretten in dem Lagerhaus, in dem Linden getötet wurde, um Becker zu belasten. Dann ging König zu Becker und erzählte ihm, Linden sei verschwunden. Wir wollten erreichen, daß Becker anfing, sich überall nach Linden zu erkundigen, in seinem Hotel nach ihm fragte und sich überhaupt auffällig benahm. Zur selben Zeit vertauschte König die Revolver von Müller und Becker. Dann informierten wir die Polizei, Becker habe Linden erschossen. Es war ein unerwartetes Geschenk für uns, daß Becker bereits wußte, wo Lindens Leiche war und daß er, in der Absicht, sich die Zigaretten unter den Nagel zu reißen, an den Ort des Verbrechens zurückkehrte. Dort warteten natürlich die Amis auf ihn und ertappten ihn auf frischer Tat. Der Fall war wasserdicht. Trotzdem, wären die Amis auch nur halbwegs ausgeschlafen gewesen, hätten sie die Verbindung zwischen Becker und Linden in Berlin entdeckt. Aber ich glaube, daß sie sich gar nicht die Mühe machten, mit ihren Nachforschungen über Wien hinauszugehen. Sie sind mit dem zufrieden, was sie haben. Bis jetzt dachten wir das wenigstens.»

«Wenn Linden so viel wußte, warum war er nicht so vorsichtig, bei jemandem einen Brief zu hinterlegen? Damit im Falle seines Todes die Polizei über den wahren Sachverhalt informiert werden konnte?»

«Oh, er war sehr wohl vorsichtig», sagte Nebe. «Bloß daß der Anwalt, den er sich in Berlin aussuchte, ausgerechnet ebenfalls Mitglied der Org war. Nach Lindens Tod las er den Brief und leitete ihn an den Chef der Berliner Sektion weiter.» Nebe sah mich fest an und nickte ernst.

«Das war's, Berni. Müller will rauskriegen, ob du das weißt oder ob du's nicht weißt. Also, jetzt, wo du's weißt, kannst du's ihm sagen und es dir ersparen, gefoltert zu werden. Natürlich wäre es mir lieber, wenn diese Unterhaltung ein Geheimnis bliebe.»

«Solange ich lebe, Arthur, darauf können Sie sich verlassen. Und ich danke Ihnen.» Ich spürte, daß meine Stimme ein wenig brüchig wurde. «Ich weiß es zu schätzen.»

Nebe nickte anerkennend und blickte sich unbehaglich um. Dann fiel sein Blick auf das Stück Strudel, das ich nicht angerührt hatte.

«Hatten Sie keinen Hunger?»

«Ich habe keinen großen Appetit», sagte ich. «Es geht mir einiges im Kopf herum, schätze ich. Geben Sie Rainis den Kuchen.» Ich zündete meine dritte Zigarette an.

Irrte ich mich, oder hatte er sich wirklich die Lippen geleckt? Damit hatte ich wirklich nicht gerechnet. Aber es war einen Versuch wert.

«Oder bedienen Sie sich, wenn Ihnen danach ist.»

«Darf ich?» fragte er höflich.

Ich nickte gleichmütig.

«Gut, wenn Sie meinen», sagte er und nahm den Teller vom Tablett auf dem Boden. «Meine Haushälterin hat ihn gebacken. Sie hat früher bei Demel gearbeitet. Der beste Strudel, den Sie je im Leben gekostet haben. Es wäre ein Jammer, ihn verkommen zu lassen, wie?» Er nahm einen großen Bissen.

«Ich hatte nie eine Schwäche für Süßes», log ich.

«Das ist in Wien beinahe tragisch, Berni. Was Kuchen angeht, ist Wien von allen Städten die größte. Sie hätten vor dem Krieg herkommen sollen: Gerstner, Lehmann, Heiner, Aida, Haag, Sluka, Brdenick – Torten und Kuchen, wie Sie sie noch nie gegessen haben.» Er nahm einen zweiten großen Bissen. «Nach Wien zu kommen und Süßes nicht zu mögen? Nun, das ist, als wenn man einen Blinden auf eine Fahrt mit dem Riesenrad im Prater mitnehmen würde. Sie wissen nicht, was Ihnen entgeht. Wollen Sie nicht doch ein Stückchen probieren?»

Ich schüttelte entschieden den Kopf. Mein Herz schlug so rasch, daß ich glaubte, er müsse es hören. Angenommen, er aß den Kuchen nicht auf?

«Ich könnte wirklich nichts runterbringen.»

Nebe schüttelte mitleidig den Kopf und biß noch einmal kräftig zu. Die Zähne können nicht echt sein, dachte ich und betrachtete seine ebenmäßigen weißen Zahnreihen. Nebes eigene Zähne waren viel fleckiger gewesen.

«Außerdem», sagte ich ungezwungen, «muß ich auf mein Gewicht achten. Seit ich in Wien bin, habe ich ein paar Kilo zugenommen.»

«Ich auch», sagte er. «Wissen Sie, Sie sollten wirklich...»

Er sprach den Satz nicht zu Ende. Er riß den Kopf hoch und hustete und röchelte. Er wurde plötzlich steif, und seinen Lippen entfuhr ein schreckliches Geräusch, als versuche er, eine Tuba zu blasen, und Stücke halbzerkauten Kuchens quollen aus seinem Mund. Der Kuchenteller fiel klappernd zu Boden, und Nebe folgte ihm. Ich kroch über ihn und versuchte, ihm die Automatik aus der Hand zu winden, ehe er feuern und Müller und seine Schläger herbeilocken konnte. Zu meinem Entsetzen sah ich, daß die Waffe gespannt war, und in derselben Sekunde drückte der Finger des sterbenden Nebe ab.

Aber der Hahn klickte harmlos. Die Waffe war nicht entsichert. Nebes Beine zuckten schwach. Ein Augenlid schloß sich zitternd, während das andere Auge widernatürlich geöffnet blieb. Sein letzter Atemzug war ein langes, schleimiges Gurgeln und verbreitete einen starken Mandelgeruch. Schließlich lag er still, sein Gesicht nahm bereits eine bläuliche Färbung an. Angeekelt spie ich meine Todespille aus. Ich hatte wenig Mitleid mit ihm. In ein paar Stunden hätte er vielleicht zugeschaut, wie mit mir dasselbe passierte.

Ich wand die Waffe aus Nebes toter Hand, deren Haut jetzt von der Zyanose grau gefärbt war. Nachdem ich seine Taschen vergeblich nach dem Schlüssel für meine Handschellen durchsucht hatte, stand ich auf. Mein Kopf, meine Schulter, meine Rippen, ja, wie es schien, sogar mein Penis, schmerzten entsetzlich, aber ich fühlte mich viel besser mit dem Griff der Walther P 38 in meiner Hand. Eine solche Waffe hatte Linden getötet. Ich stellte den Hahn mit dem Daumen auf Halb-Automatik, wie Nebe es getan hatte, bevor er in meine Zelle kam, schob den Sicherungsbügel zurück, was Nebe vergessen hatte, und verließ vorsichtig die Zelle.

Ich ging bis zum Ende des feuchten Flurs und stieg die Treppe hinauf, wo die Presse stand und Veronika gestorben war. Es gab nur eine Lampe in der Nähe der Vordertür, und ich ging darauf zu und wagte kaum, einen Blick auf die Presse zu werfen. Wäre mir Müller über den Weg gelaufen, hätte ich ihn gezwungen, in die Presse zu steigen, und dann hätte ich ihn aus seiner bayerischen Haut gequetscht. Bei einer besseren körperlichen Verfassung hätte ich versuchen können, es mit den Wachen aufzunehmen und zum Haus hinaufzugehen, um ihn womöglich zu verhaften. Vermutlich hätte ich ihn einfach erschossen. Jetzt konnte ich nur mein Leben retten.

Ich schaltete das Licht aus und öffnete die Vordertür. Ich zitterte ohne meine Jacke. Es war eine kalte Nacht. Ich schlich auf die Baumreihe zu, wo der Lette mich hatte hinrichten wollen, und verbarg mich in einem Gebüsch.

Der Weingarten war vom Schein der Schnellbrenner hell erleuchtet. Einige Männer waren damit beschäftigt, die Karren mit den Brennern auf und ab durch die Furchen an Positionen zu schieben, die sie offenbar für wichtig hielten. Von meinem Versteck aus sahen ihre langen Flammen wie riesige Leuchtkäfer aus, die sich langsam durch die Luft bewegten. Es schien so, als müsse ich einen anderen Weg wählen, um von Nebes Anwesen zu flüchten.

Ich kehrte zum Haus zurück und bewegte mich behutsam an der Wand entlang, an der Küche vorbei in Richtung auf den Vorgarten. Im Erdgeschoß brannte kein Licht, doch der Widerschein eines erleuchteten Fensters im Obergeschoß lag wie ein großes rechteckiges Schwimmbecken auf dem Rasen. Ich blieb an der Hausecke stehen und sog die Luft ein. In der überdachten Vorhalle stand jemand und rauchte eine Zigarette.

Nach einer Zeit, die mir wie eine Ewigkeit vorkam, hörte ich die Schritte des Mannes auf dem Kies knirschen, und rasch um die Ecke lugend, erkannte ich die unverwechselbare Gestalt des Letten, der den Pfad hinunter zum geöffneten Tor schlenderte, wo, in Richtung auf die Straße, ein großer grauer BMW parkte. Ich ging auf den Rasen des Vorgartens zu, vermied das Licht vom Haus und folgte ihm, bis er zum Wagen kam. Er öffnete den Kofferraum und begann darin herumzukramen, als suche er nach etwas. Als er ihn wieder schloß, lagen noch weniger als fünf Meter zwischen uns. Er drehte sich um und erstarrte, als er die Walther sah, die auf seinen mißgestalteten Schädel gerichtet war.

«Steck den Zündschlüssel ins Schloß», sagte ich leise.

Als er sah, daß ich entkommen war, wurde das Gesicht des Letten noch häßlicher. «Wie du rausgekommen?» zischte er.

«Es war ein Schlüssel im Strudel versteckt», sagte ich und deutete mit dem Revolverlauf auf die Wagenschlüssel in seiner Hand. «Den Zündschlüssel», wiederholte ich. «Mach schon. Aber langsam.»

Er trat zurück und öffnete die Fahrertür. Dann beugte er sich hinein, und ich hörte das Klirren von Schlüsseln, als er einen davon in das Zündschloß steckte. Sich wieder aufrichtend, stellte er seinen Fuß beinahe sorglos auf das Trittbrett, lehnte sich auf das Wagendach und verzog sein Gesicht zu einem Grinsen, das in Umriß und Farbe einem verrosteten Wasserhahn ähnelte.

«Willst du, daß ich ihn wasche, bevor du fährst?»

«Diesmal nicht, Frankenstein. Ich möchte, daß du mir die Schlüssel für die hergibst.» Ich zeigte ihm meine Handschellen.

«Schlüssel für was?»

«Schlüssel für Handschellen.»

Er zuckte die Achseln und grinste weiter. «Ich keine Schlüssel für keine Handschellen. Wenn du nicht glaubst, filz mich, dann weißt du.»

Ich zuckte beinahe zusammen, als ich ihn sprechen hörte. Mochte er meinetwegen Lette und weich in der Birne sein, aber von deutscher Grammatik hatte Rainis keinen Schimmer. Er dachte vermutlich, eine Konjunktion sei eine Zigeunerin, die an einer Straßenecke die Leute beim Kümmelblättchen reinlegte.

«Natürlich hast du Schlüssel, Rainis. Du hast mich doch gefesselt, weißt du nicht mehr? Ich habe gesehen, wie du sie in deine Westentasche gesteckt hast.»

Er blieb stumm. Ich bekam allmählich Lust, ihn umzulegen.

«Hör zu, du blödes lettisches Arschloch. Wenn ich noch mal sage ‹spring›, dann suchst du besser nicht nach einem Springseil. Dies ist eine Kanone, keine verdammte Haarbürste.» Ich trat einen Schritt vor und zischte durch die zusammengebissenen Zähne: «Entweder du findest sie jetzt, oder ich blase dir ein Loch in deine häßliche Visage, für das man keinen Schlüssel braucht.» Rainis spielte ein bißchen Theater, klopfte sich auf die Taschen, und dann zog er aus seiner Westentasche einen kleinen silbrigen Schlüssel.

«Auf den Fahrersitz damit und dann weg vom Wagen.»

Jetzt, da er dichter bei mir stand, konnte Rainis von meinem Gesicht ablesen, daß ich eine Mordswut im Bauch hatte. Dieses Mal zögerte er nicht, zu gehorchen, und warf den kleinen Schlüssel auf den Sitz. Doch wenn ich ihn für blöde oder für urplötzlich gefügig gehalten hatte, war ich im Irrtum.

Vermutlich lag es an meiner Erschöpfung.

Er deutete auf einen der Reifen. «Wär vielleicht besser, wenn ich platten Reifen in Ordnung bringe», sagte er.

Ich blickte nach unten und dann rasch wieder auf, als der Lette wie ein wilder Tiger auf mich lossprintete und mit seinen großen Händen nach meinem Hals griff. Eine halbe Sekunde später drückte ich ab. Die Walther transportierte und beförderte schneller, als ich blinzeln konnte, eine neue Patrone in die Kammer. Ich drückte noch einmal ab. Die Schüsse hallten durch den Garten und zum Himmel hinauf, als hätte der Doppelknall die Seele des Letten zum letzten Gericht emporgetragen. Ich hatte keinen Zweifel, daß sie ziemlich rasch wieder abwärts und unter die Erde fahren würde. Sein mächtiger Körper krachte mit dem Gesicht zuerst auf den Kies und rührte sich nicht mehr.

Ich rannte zum Wagen, sprang hinters Steuer, ohne auf den Schlüssel für die Handschellen unter meinem Hinterteil zu achten. Ich drehte den Zündschlüssel um, und der große Wagen, der ganz neu roch, sprang dröhnend an. Hinter mir hörte ich Rufe. Ich nahm die Waffe von meinem Schoß, beugte mich hinaus und feuerte zwei Schüsse nach hinten auf das Haus. Dann warf ich sie auf den Beifahrersitz, zog die Tür zu und trat aufs Gaspedal. Die Hinterreifen radierten über die Ausfahrt, als der BMW nach vorn schoß. Im Augenblick behinderte es mich nicht, daß meine Hände noch gefesselt waren: Die Straße verlief gerade und hügelabwärts.

Aber der Wagen schlingerte gefährlich von einer Seite auf die andere, als ich meine Hände für eine Sekunde vom Steuerrad nahm und in den zweiten Gang schaltete. Als ich es wieder gepackt hatte, riß ich es herum, um einem geparkten Wagen auszuweichen, und setzte den BMW um ein Haar in einen Gartenzaun. Ich brauchte bloß bis zur Stiftskaserne und zu Roy Shields zu kommen, dann würde ich ihm alles über Veronikas Ermordung erzählen. Wenn die Amis schnell genug waren, konnten sie sie vielleicht wenigstens wegen Mordes drankriegen. Erklärungen über Müller und die Org konnte ich dann immer noch abgeben. Wenn die MP Müller hinter Gittern hatte, würde ich Belinsky, Crowcass, CIC eine Verlegenheit nach der anderen bereiten – dieser ganzen verdammten Bande.

Ich blickte in den Rückspiegel und sah die Scheinwerfer eines Wagens. Ich war nicht sicher, ob er mich verfolgte oder nicht, aber ich jagte den bereits heulenden Motor noch höher und bremste fast unmittelbar darauf und riß das Steuer hart nach rechts. Der Wagen krachte gegen den Bordstein und schleuderte zurück auf die Straße. Mein Fuß berührte wieder das Bodenblech, und der Motor beklagte sich laut über den niedrigen Gang. Aber ich konnte es nicht riskieren, in den dritten zu schalten, da die Straße jetzt mehr Kurven aufwies, mit denen ich fertig werden mußte.

An der Kreuzung von Billrothstraße und Gürtel mußte ich mich fast aus dem Fenster hängen, um den Wagen scharf nach rechts herumzureißen, vorbei an einem Sprengwagen. Ich sah die Straßensperre erst, als es zu spät war, und wäre nicht der geparkte Lastwagen hinter der provisorischen Barriere gewesen, die man errichtet hatte, hätte ich mich wohl nicht bemüht, auszuweichen oder anzuhalten. So kam es, daß die Hinterräder, als ich scharf nach links auswich, auf der nassen Straße ins Rutschen kamen.

Als der BMW schleudernd außer Kontrolle geriet, lief alles vor meinen Augen ab wie in einer Camera obscura: die Barriere, die Militärpolizisten, die mit den Armen winkten oder mir nachjagten, die Straße, die ich gerade entlanggefahren war, der Wagen, der mich verfolgt hatte, eine Reihe von Läden, eine Spiegelglasscheibe. Der Wagen tanzte seitwärts wie ein mechanischer Charlie Chaplin, und dann ergoß sich ein Sturzregen von Glas über mich, als ich in einen der Läden krachte. Ich rollte hilflos über den Beifahrersitz und schlug gegen die Tür, als etwas Hartes durch die andere Wagenseite drang. Ich spürte etwas Scharfes unter meinem Ellenbogen, dann prallte mein Kopf gegen den Rahmen, und ich muß ohnmächtig geworden sein.

Das Ganze kann nur ein paar Sekunden gedauert haben. Einen Augenblick lang war Lärm, Bewegung, Schmerz und Chaos um mich und im nächsten nur noch Stille, in der sich nur ein Rad langsam drehte, um mir zu sagen, daß ich noch lebte. Zum Glück war der Motor abgestorben, so daß mir die erste Furcht, der Wagen könnte Feuer fangen, genommen war.

Ich hörte Schritte auf Glasscherben, amerikanische Stimmen, die riefen, daß sie mich rausholen würden, und ich wollte eine Erwiderung rufen, aber zu meiner Überraschung kam wenig mehr als ein Flüstern aus meinem Mund. Und als ich versuchte, den Arm zu heben, um nach dem Türgriff zu greifen, verlor ich abermals das Bewußtsein.

37

«Na, wie fühlen wir uns heute?» Roy Shields beugte sich auf dem Stuhl neben meinem Bett vor und tippte auf den Gipsverband an meinem Arm. Ein Seil und eine Rolle hielten ihn hoch in der Luft. «Das muß ziemlich praktisch sein», sagte er. «Ein permanenter Hitlergruß? Scheiße, ihr Deutschen schafft es, daß sogar ein gebrochener Arm noch patriotisch aussieht.»

Ich blickte mich kurz um. Es schien sich um ein ziemlich normales Krankenzimmer zu handeln, nur daß die Fenster Gitter hatten und die Pfleger an den Unterarmen tätowiert waren.

«Was ist das für ein Krankenhaus?»

«Sie sind im Militärhospital in der Stiftskaserne», sagte er. «Zu Ihrem Schutz.»

«Wie lange bin ich schon hier?»

«Fast drei Wochen. Sie hatten bloß eine Beule an Ihrem Quadratschädel. Einen Schädelbruch. Ein geprelltes Schlüsselbein, gebrochene Arme, gebrochene Rippen. Seit Ihrer Einlieferung waren Sie im Delirium.»

«Ja? Na ja, schieben wir's auf den Föhn, würde ich sagen.»

Shields grinste, und dann wurde sein Gesicht ernster. «Es wäre gut, wenn Sie sich Ihren Sinn für Humor bewahren würden», sagte er. «Ich hab ein paar schlechte Nachrichten für Sie.»

Ich blätterte den Karteikasten in meinem Kopf durch. Die meisten Karten waren auf den Boden geworfen worden, doch die, die ich zuerst aufsammelte, schienen irgendwie besonders wichtig. Etwas, woran ich gearbeitet hatte. Ein Name.

«Emil Becker», sagte ich und erinnerte mich an sein deprimiertes Gesicht.

«Er wurde vorgestern gehängt», sagte Shields und zuckte entschuldigend die Achseln. «Tut mir leid. Wirklich.»

«Da habt ihr ja wirklich keine Zeit verschwendet», bemerkte ich. «Ist das gute alte amerikanische Tüchtigkeit? Oder hat einer eurer Leute den Markt an Seilen aufgekauft?»

«Ich würde mir deswegen keine schlaflosen Nächte machen, Gunther. Ob er Linden nun ermordet hat oder nicht, Becker hat den Strick verdient.»

«Nicht gerade eine Reklame für amerikanische Gerechtigkeit.»

«Kommen Sie, Sie wissen, daß es ein österreichisches Gericht war, das ihm die Schlinge um den Hals gelegt hat.»

«Und ihr habt den Strick geliefert, oder?»

Shields sah einen Augenblick zur Seite und rieb sich dann ärgerlich sein Kinn. «Verdammt, was soll's! Sie sind Polizist. Sie wissen, wie das ist. Solche Dinge passieren immer und überall. Bloß weil an Ihren Schuhen ein bißchen Scheiße hängenbleibt, heißt das nicht, daß Sie sich neue kaufen müssen.»

«Sicher, aber man lernt, auf der Straße zu bleiben und keine Abkürzungen über den Acker zu nehmen.»

«Schlaues Kerlchen. Ich weiß noch nicht mal, warum wir uns unterhalten. Sie haben mir noch immer nicht den kleinsten Beweis geliefert, warum ich glauben sollte, daß Becker Linden nicht umgebracht hat.»

«Sie können also anordnen, daß das Verfahren wiederaufgenommen wird?»

«Eine Akte ist nie ganz geschlossen», sagte er mit einem Achselzucken. «Ein Fall ist niemals ganz erledigt, selbst wenn alle Beteiligten tot sind. Es bleiben immer ein paar Fragezeichen.»

«Ich bin tief betrübt über Ihre Fragezeichen, Shields.»

«Vielleicht sollten Sie das, Herr Gunther.» Sein Ton wurde jetzt strenger. «Vielleicht sollte ich Sie daran erinnern, daß dies ein Militärhospital ist, das der amerikanischen Rechtsprechnung unterliegt. Und falls Sie sich erinnern, ich hatte einmal Anlaß, Sie davor zu warnen, sich in diesen Fall einzumischen. Jetzt, wo Sie genau das getan haben, sind Sie uns auch ein paar Erklärungen schuldig, würde ich sagen. Besitz einer Feuerwaffe durch einen Deutschen oder Österreicher. Also, das widerspricht erst einmal den Bestimmungen der Militärregierung in Österreich für die öffentliche Sicherheit. Dafür allein könnten Sie fünf Jahre kriegen. Dann ist da das Auto, das Sie gefahren haben. Ganz abgesehen von der Tatsache, daß Sie Handschellen trugen und nicht im Besitz einer gültigen Fahrerlaubnis zu sein scheinen, ist da noch die Kleinigkeit, daß Sie einen militärischen Kontrollpunkt durchfahren haben.» Er machte eine Pause und zündete sich eine Zigarette an. «Also, wie hätten Sie's gern: Auspacken oder Einbuchten?»

«Geschickt formuliert.»

«Ich bin ein geschickter Bursche. Wie alle Polizisten. Kommen Sie, bringen wir's hinter uns.»

Ich sank resigniert in mein Kissen. «Ich warne Sie, Shields. Wahrscheinlich wird es für Sie mehr Fragezeichen geben, als Sie am Anfang hatten. Ich zweifle, ob ich die Hälfte von dem, was ich Ihnen erzähle, beweisen könnte.»

Der Amerikaner verschränkte seine muskulösen Arme und lehnte sich zurück. «Beweise sind etwas für den Gerichtssaal, mein Freund. Ich bin Detektiv, haben Sie das vergessen? Dies ist für mein ganz privates Notizbuch.»

Ich erzählte ihm beinahe alles. Als ich fertig war, nahm sein Gesicht einen kummervollen Ausdruck an, und er nickte wissend. «Nun, an dem, was ich Ihnen aus der Brust gesaugt habe, könnte was dran sein.»

«Das ist gut», seufzte ich, «meine Brustwarzen fangen gerade an, ein bißchen wund zu werden, Süßer. Ich möchte sie gern bis zum nächstenmal schonen und ein kleines Nickerchen machen.»

Shields stand auf. «Ich komme morgen wieder. Aber eine Frage habe ich noch: Dieser Bursche von Crowcass...»

«Belinsky?»

«Belinsky, ja. Warum hat er vor dem Schlußpfiff mit dem Spiel aufgehört?»

«Da kann ich nur raten.»

«Vielleicht ist es besser.» Er zuckte die Achseln. «Ich werde mich umhören. Unser Verhältnis zum Geheimdienst hat sich gebessert, seit dieser Sache in Berlin. Die amerikanische Militärregierung hat ihnen und uns gesagt, es sei nötig, eine gemeinsame Front zu bilden, falls die Sowjets hier dasselbe probieren.»

«Was für eine Sache in Berlin?» fragte ich. «Für den Fall, daß sie hier *was* versuchen?»

Shields runzelte die Stirn. «Sie wissen nichts davon? Nein, natürlich wissen Sie nichts davon, oder?»

«Hören Sie, meine Frau ist in Berlin. Wär's nicht besser, Sie würden mir erzählen, was passiert ist?»

Er setzte sich wieder, nur auf die Stuhlkante, was sein offensichtliches Unbehagen vergrößerte. «Die Sowjets haben eine vollständige militärische Blockade über Berlin verhängt», sagte er. «Sie lassen nichts mehr in die Zone rein oder raus. Deshalb versorgen wir die Stadt über eine Luftbrücke. Passierte an dem Tag, an dem Ihr Freund gen Himmel fuhr, am 24. Juni.» Er lächelte dünn. «Herrscht ein bißchen Spannung in Berlin, wie ich höre. Ein Haufen Leute glaubt, daß es zu einer riesig großen Kraftprobe zwischen uns und den Russkis kommen wird. Mein Gott, mich würde das gar nicht überraschen. Wir hätten ihnen schon viel früher in den Arsch treten sollen. Aber wir werden Berlin nicht im Stich lassen, darauf können Sie sich verlassen. Vorausgesetzt, jeder behält einen kühlen Kopf, sollten wir damit fertig werden.»

Shields zündete eine Zigarette an und steckte sie mir zwischen die Lippen. «Tut mir leid wegen Ihrer Frau», sagte er. «Sind Sie lange verheiratet?»

«Sieben Jahre», antwortete ich. «Was ist mit Ihnen? Sind Sie verheiratet?»

Er schüttelte den Kopf. «Schätze, ich bin nie dem richtigen Mädchen begegnet. Ich möchte Sie was fragen: Wie seid ihr beide damit fertig geworden? Daß Sie Detektiv waren und so?»

Ich dachte eine Minute nach. «Gut», sagte ich, «wir sind ganz prima damit fertig geworden.»

Mein Bett war das einzige im Krankenzimmer, das belegt war. In der Nacht weckte mich ein Lastkahn, der durch den Kanal fuhr, mit seinem Signalhorn, das wie ein Ochse brüllte, und ließ mich dann schlaflos in die Dunkelheit starrend zurück, während das Echo in die Ewigkeit wehte wie der Schall der letzten Posaune. In den Abgrund der rabenschwarzen Dunkelheit starrend, in der mich mein geflüsterter Atem nur an meine eigene Sterblichkeit zu erinnern schien, war mir so, als könne ich, gerade weil ich nichts sah, das erkennen, was am greifbarsten war: den Tod selbst, eine magere, mottenzerfressene Gestalt, in schweren, schwarzen Samt gehüllt, jederzeit bereit, dem Opfer den chloroformierten Bausch auf Nase und Mund zu drücken, es zu einer wartenden schwarzen Limousine zu schleppen und in eine Zone des Schreckens in irgendein DP-Lager zu schaffen, wo die Dunkelheit nie aufhört und aus dem man nie entkommt. Mit dem Licht, das durch das Fenstergitter fiel, kehrte auch der Mut zurück, obwohl ich wußte, daß die Iwans des Todes keine große Rücksicht auf jene nahmen, die ihnen furchtlos entgegentraten. Ob ein Mensch auf den Tod vorbereitet ist oder nicht, sein Requiem hört sich immer gleich an.

Ein paar Tage später erschien Shields wieder im Krankenhaus. Dieses Mal wurde er von zwei anderen Männern begleitet, ihren Haarschnitten und wohlgenährten Gesichtern nach Amerikaner. Wie Shields trugen sie Anzüge in schreienden Farben. Aber ihre Gesichter waren älter und schlauer. Bing-Crosby-Typen mit Aktentaschen, Pfeifen und Gefühlsäußerungen, die sich auf ihre hochgezogenen Augenbrauen beschränkten. Anwälte oder Untersuchungsbeamte. Oder Unteroffiziere. Shields übernahm die Vorstellung:

«Das ist Major Breen», sagte er, auf den älteren der beiden deutend. «Und das ist Major Medlinskas.»

Also Untersuchungsbeamte. Aber für welchen Verein arbeiteten sie? «Was sind Sie», fragte ich, «die Medizinstudenten?»

Shields lächelte unsicher. «Sie möchten Ihnen ein paar Fragen stellen. Ich werde beim Übersetzen helfen.»

«Sagen Sie ihnen, daß ich mich viel besser fühle und ihnen für die Weintrauben danke. Und vielleicht könnte einer von ihnen mir den Nachttopf holen.»

Shields beachtete mich nicht. Sie zogen sich drei Stühle heran und setzten sich in einem Halbkreis wie die Jury bei einer Hundeausstellung. Shields saß mir am nächsten. Aktentaschen wurden geöffnet, Notizblöcke kamen zum Vorschein.

«Vielleicht sollte mein Rechtsverdreher dabeisein.»

«Ist das wirklich nötig?» fragte Shields.

«Sagen Sie's mir. Ein Blick genügt, und ich weiß, daß diese beiden Figuren keine amerikanischen Touristen sind, die von mir wissen wollen, wo man in Wien am besten ein hübsches Mädchen aufreißen kann.»

Shields informierte die beiden über meine Bedenken, und der ältere der beiden knurrte und sagte etwas über Verbrecher.

«Der Major sagt, daß es hier nicht um Straftaten geht», sagte Shields. «Aber wenn Sie einen Anwalt wünschen, wird man einen holen.»

«Wenn es nicht um Straftaten geht, wie komme ich dann in ein Militärhospital?»

«Sie trugen Handschellen, als wir Sie aus dem Auto zogen», seufzte Shields. «Auf dem Boden lag eine Pistole und im Kofferraum ein Maschinengewehr. Hätte man Sie etwa in eine Entbindungsklinik bringen sollen?»

«Trotzdem, mir gefällt das nicht. Glauben Sie etwa, daß dieser Verband um meinen Kopf Ihnen das Recht gibt, mich wie einen Idioten zu behandeln. Wer sind diese Leute überhaupt? Für mich sehen sie wie Spione aus. Ich kenne diesen Typ. Ich kann die unsichtbare Tinte an ihren Fingern riechen. Sagen Sie ihnen das. Sagen Sie ihnen, daß ich bei Leuten vom CIC und von Crowcass Sodbrennen kriege, aufgrund der Tatsache, daß ich schon einmal einem ihrer Leute vertraut und mir in den Finger geschnitten habe. Sagen Sie ihnen, daß ich jetzt nicht hier liegen würde, gäb's da nicht einen amerikanischen Agenten mit Namen Belinsky.»

«Darüber wollen sie ja mit Ihnen reden.»

«Wirklich? Vielleicht würde ich mich etwas wohler fühlen, wenn sie diese Notizblöcke wegstecken würden.»

Das schienen sie zu verstehen. Sie zuckten gleichzeitig die Achseln und verstauten die Notizblöcke wieder in ihren Aktentaschen.

«Und noch etwas», fuhr ich fort. «Ich bin selber ein erfahrener Vernehmungsbeamter. Sie sollen daran denken. Wenn ich den Eindruck gewinne, daß man mich einseifen und mir Straftaten anhängen will, ist die Unterhaltung beendet.»

Der ältere Mann, Breen, rutschte auf seinem Sitz hin und her und umklammerte mit den Händen sein Knie. Er sah darum nicht hübscher aus. Als er sprach, war sein Deutsch gar nicht so schlecht, wie ich vermutet hatte. «Meiner Meinung nach spricht nichts dagegen», sagte er ruhig.

Und dann fing es an. Der Major stellte die meisten der Fragen, während der jüngere Mann nickte und sich gelegentlich in seinem schlechten Deutsch einmischte und mich aufforderte, eine Antwort näher zu erläutern. Die meiste Zeit der zwei Stunden verbrachte ich damit, zu antworten oder ihre Fragen abzuwehren, und verweigerte nur zweimal eine direkte Antwort, als mir schien, daß sie die Grenze unserer Vereinbarung überschritten. Ich gelangte jedoch allmählich zu der Erkenntnis, daß sie vor allem aufgrund der Tatsache an mir interessiert waren, daß weder das 970. CIC in Deutschland noch das 430. CIC in Österreich etwas von einem John Belinsky wußten. Tatsächlich gab es auch keinen John Belinsky, der auch nur entfernt mit Crowcass zu tun hatte. Bei der Militärpolizei war niemand mit diesem Namen bekannt; ebensowenig bei der Armee. Es gab zwar einen John Belinsky bei der Luftwaffe, aber der war fast fünfzig; und die Marine hatte drei John Belinskys, doch alle waren auf hoher See. So ähnlich fühlte ich mich auch.

Im Laufe des Gesprächs predigten mir die beiden Amerikaner immer wieder, wie wichtig es sei, daß ich über alles den Mund hielt, was ich über die Org und ihre Beziehung zum CIC erfahren hatte. Nichts paßte mir besser in den Kram, und ich betrachtete das als einen deutlichen Hinweis, daß man mir, sobald es mir besserging, erlauben würde zu gehen. Aber meine Erleichterung wurde dadurch abgeschwächt, daß die beiden sich überaus neugierig zeigten, als es darum ging, wer John Belinsky wirklich gewesen sei und was er eigentlich beabsichtigt habe. Keiner meiner Befrager ließ mich in den Genuß seiner Meinung kommen. Aber ich machte mir natürlich meine eigenen Gedanken.

In den folgenden Wochen kamen Shields und die beiden Amerikaner mehrere Male in das Krankenhaus, um mit ihrer Befragung fortzufahren. Sie waren immer von ausgesuchter, fast komisch wirkender Höflichkeit; und die Fragen drehten sich immer um Belinsky. Wie habe er ausgesehen? Aus welchem Teil von New York sei er gekommen? Ob ich mich an seine Autonummer erinnern könne? Ich sagte ihnen alles, was ich über ihn im Gedächtnis hatte. Sie durchsuchten sein Zimmer im *Hotel Sacher* und fanden nichts: Er hatte es exakt an dem Tag geräumt, als ich ihn mit der Kavallerie in Grinzing erwartet hatte. Sie überprüften seine beiden Lieblingsbars. Ich glaube, daß sie sogar die Russen nach ihm fragten. Als sie versuchten, mit dem georgischen Offizier in der IP, Hauptmann Rustaweli, zu sprechen, der auf Belinskys Anweisung Lotte Hartmann und mich verhaftet hatte, hieß es, der Hauptmann sei plötzlich nach Moskau zurückgerufen worden.

Natürlich kam das alles zu spät. Das Kind war bereits in den Brunnen gefallen, und es war inzwischen sonnenklar, daß Belinsky die ganze Zeit für die Russen gearbeitet hatte. Kein Wunder, daß er die Rivalität zwischen CIC und MP ausgenutzt habe, sagte ich meinen neuen amerikanischen Freunden auf den Kopf zu. Ich hielt mich für einen besonderen Schlaukopf, das so rasch herausgefunden zu haben. Inzwischen hatte er vermutlich seinem KGB-Vorgesetzten erzählt, daß die Amerikaner Heinrich Müller und Arthur Nebe verpflichtet hatten.

Doch es gab ein paar Punkte, über die ich Stillschweigen bewahrte.

Erstens gab es da einen Oberst Poroschin. Ich mochte nicht daran denken, was passiert wäre, wenn sie entdeckt hätten, daß ein ranghoher KGB-Offizier mich nach Wien gelotst hatte. Ihre Neugier, was meine Reisedokumente und meine Zigaretten-Konzession anging, war schon unangenehm genug. Ich erzählte ihnen, ich hätte eine große Summe zahlen müssen, um einen russischen Offizier zu schmieren, und diese Erklärung schien ihnen zu genügen.

Insgeheim fragte ich mich, ob mein Zusammentreffen mit Belinsky immer Teil von Poroschins Plan gewesen war. Und dann die Umstände, unter denen wir uns zur Zusammenarbeit entschlossen: War es möglich, daß Belinsky diese beiden russischen Deserteure erschossen hatte, um mir seine Glaubwürdigkeit zu demonstrieren, um mir klarzumachen, wie unerbittlich er alles Russische verabscheute?

Absolutes Schweigen bewahrte ich auch über etwas anderes, und das betraf Arthur Nebes Bericht, wie die Org mit der Hilfe von Captain Linden das US-Document Center in Berlin sabotiert hatte. Das, so beschloß ich, war ihr Problem. Es fiel mir nicht im Traum ein, einer Regierung zu helfen, die bereit war, montags, dienstags und mittwochs Nazis aufzuhängen und sie an Donnerstagen, Freitagen und Samstagen für ihren eigenen Sicherheitsdienst zu verpflichten. Zumindest in diesem Punkt hatte Heinrich Müller recht.

Was Müller selbst anging, waren Major Breen und Major Medlinskas der festen Überzeugung, daß ich mich geirrt haben mußte. Der frühere Gestapo-Chef sei lange tot, versicherten sie mir. Aus Gründen, die sie selber am besten kannten, beharrten sie darauf, daß Belinsky mir das Foto eines anderen Mannes gezeigt habe. Die Militärpolizei hatte Nebes Weingut in Grinzing sehr sorgfältig durchsucht und festgestellt, daß der Eigentümer, ein gewisser Alfred Nolde, sich auf einer Geschäftsreise im Ausland befand. Man hatte weder Leichen noch einen Hinweis gefunden, daß jemand getötet worden war. Es sei zwar zutreffend, daß es eine Organisation ehemaliger deutscher Militärangehöriger gebe, die mit den Vereinigten Staaten zusammenarbeite, um die weitere Ausbreitung des internationalen Kommunismus zu verhindern, doch es sei, so beharrten sie, ganz undenkbar, daß diese Organisation flüchtige Nazi-Kriegsverbrecher in ihren Reihen habe.

Ich hörte mir gleichmütig diesen Unsinn an, durch die ganze Affäre zu ausgelaugt, um mich sonderlich darum zu kümmern, was sie glaubten oder auch mich glauben machen wollten. Meine erste Reaktion auf ihre Gleichgültigkeit gegenüber der Wahrheit, nämlich sie zur Hölle zu wünschen, unterdrückend, nickte ich bloß höflich und kam mir dabei schon fast wie ein echter Wiener vor. Der bestmögliche Weg, meine Freiheit zu erwirken, schien mir, ihnen recht zu geben.

Shields jedoch war weniger entgegenkommend. Je länger er übersetzte, desto verdrießlicher und abweisender wurde er, und es wurde deutlich, daß er mit dem Vorgehen der beiden Offiziere unzufrieden war, die sich mehr darum zu bemühen schienen, die Bedeutung dessen, was ich zuerst ihm erzählt und das er mit Sicherheit geglaubt hatte, herunterzuspielen, als unter die Lupe zu nehmen. Zu Shields' großem Ärger verkündete Breen, er sei zufrieden, daß der Fall Linden zu einem befriedigenden Abschluß gebracht sei. Shields einzige Genugtuung bestand vielleicht in der Erkenntnis, daß die 796. Militärpolizei, die immer noch unter dem Skandal zu leiden hatte, daß Russen sich als amerikanische Militärpolizisten ausgegeben hatten, jetzt über etwas verfügte, was sie der 430. CIC aufs Brot schmieren konnte: einen russischen Spion, der sich als Mitglied des CIC ausgab, die richtigen Ausweispapiere hatte, in einem vom Militär beschlagnahmten Hotel wohnte, ein auf einen amerikanischen Offizier zugelassenes Fahrzeug fuhr und sich nach Belieben in amerikanischen Sicherheitsbereichen bewegte. Ich wußte, für einen Mann wie Roy Shields würde das nur ein schwacher Trost sein: ein Polizist, der die Sauberkeit geradezu zum Fetisch erhoben hatte. Ich konnte mich leicht in ihn hineinversetzen. Dieses Gefühl hatte ich oft genug selber empfunden.

Bei den beiden letzten Befragungen hatte man Shields durch einen anderen Mann ersetzt, einen Österreicher, und ich sah ihn nie wieder.

Weder Breen noch Medlinskas erzählten mir etwas, als sie schließlich ihre Untersuchung abgeschlossen hatten. Sie ließen auch nicht im mindesten erkennen, ob sie mit meinen Antworten zufrieden gewesen waren. Sie ließen die Sache einfach in der Schwebe. Aber so machen das die Geheimdienstler nun mal.

Im Lauf der folgenden zwei oder drei Wochen erholte ich mich vollständig von meinen Verletzungen. Jedoch war ich amüsiert und schockiert, als ich von dem Gefängnisarzt erfuhr, daß ich bei meiner Einlieferung ins Krankenhaus nach meinem Unfall an Tripper gelitten hatte.

«Erstens haben Sie verdammtes Glück gehabt, daß man Sie hierher gebracht hat», sagte er, «denn wir haben hier Penicillin. Hätte man Sie nicht in ein amerikanisches, sondern in irgendein anderes Krankenhaus gebracht, wären Sie mit Salvarsan behandelt worden, und das Zeug brennt wie der Teufel. Und zweitens hatten Sie Glück, daß es bloß ein Tripper war und keine russische Syphilis. Die kann man sich bei fast jeder Wiener Nutte holen. Habt ihr Deutschen denn nie was von Parisern gehört?»

«Natürlich. Aber wir benutzen sie nicht. Wir geben sie der fünften Kolonne der Nazis, und die stechen Löcher rein und verkaufen sie an die GIs, damit sie sich beim Vögeln anstecken.» Der Arzt lachte. Aber ich hätte gewettet, daß er mir irgendwo in seinem Hinterkopf glaubte. Das war nur eines von vielen ähnlichen Erlebnissen, die ich während meiner Rekonvaleszenz hatte, als mein Englisch langsam besser wurde und ich mich mit den beiden amerikanischen Pflegern unterhalten konnte. Doch obwohl wir lachten und Witze machten, kam es mir immer so vor, als sei etwas Abweisendes in ihren Augen, das ich aber nicht benennen konnte.

Und dann, wenige Tage, bevor ich entlassen wurde, wurde es mir auf furchtbare Weise klar: Diese Amerikaner behandelten mich so frostig, weil ich ein Deutscher war. Es war, als liefe, wenn sie mich ansahen, in ihren Köpfen der Wochenschaufilm über Bergen-Belsen und Buchenwald ab. Und der Ausdruck in ihren Augen war eine Frage: Wie konntet ihr so etwas zulassen? Wie konntet ihr zulassen, daß so etwas passiert?

Vielleicht werden noch viele Generationen hindurch andere Nationen, wenn sie uns in die Augen blicken, immer diese unausgesprochene Frage in ihren Herzen haben.

38

Es war ein freundlicher Septembermorgen, als ich in einem schlechtsitzenden Anzug, den mir die Pfleger im Militärhospital geliehen hatten, in meine Pension in der Skodagasse zurückkehrte. Die Besitzerin, Frau Blum-Weiss, begrüßte mich herzlich, teilte mir mit, daß mein Gepäck sicher im Keller untergebracht sei, händigte mir eine Nachricht aus, die erst vor einer halben Stunde eingetroffen war, und fragte mich, ob ich frühstücken wolle. Ich bejahte, und nachdem ich ihr dafür gedankt hatte, daß sie auf meine Sachen aufgepaßt hatte, wollte ich wissen, ob ich ihr etwas schuldig sei.

«Doktor Liebl hat alles geregelt, Herr Gunther», sagte sie. «Aber wenn Sie Ihre alten Räume wiederhaben wollen, ist das kein Problem. Sie sind nicht belegt.»

Da ich keine Ahnung hatte, wann ich nach Berlin würde zurückkehren können, sagte ich ja.

«Hat Doktor Liebl mir eine Nachricht hinterlassen?» fragte ich, obgleich ich die Antworten bereits kannte. Er hatte während meines Aufenthalts im Militärhospital keinen Versuch gemacht, mit mir in Verbindung zu treten.

«Nein», sagte sie, «keine Nachricht.»

Dann führte sie mich in meine alten Räume und ließ ihren Sohn mein Gepäck raufbringen. Ich dankte ihr noch einmal und sagte ihr, daß ich gern frühstücken würde, sobald ich mich umgezogen hätte.

«Alles da», sagte sie, als ihr Sohn meine Reisetaschen auf das Gepäckgestell stellte. «Ich bekam eine Quittung für die paar Sachen, die die Polizei mitnahm: Papiere und dergleichen.» Dann lächelte sie freundlich, wünschte mir einen angenehmen erneuten Aufenthalt und schloß die Tür hinter sich. Als typische Wienerin zeigte sie kein Verlangen zu erfahren, was mir zugestoßen war, seit ich zum letztenmal in ihrem Haus gewesen war.

Sobald sie das Zimmer verlassen hatte, öffnete ich meine Reisetasche und fand, beinahe erstaunt und ungemein erleichtert, daß ich noch immer im Besitz von zweitausend Dollar in bar und einigen Stangen Zigaretten war. Ich legte mich auf das Bett, rauchte eine Memphis und empfand nahezu Vergnügen dabei. Während ich frühstückte, öffnete ich den Umschlag und las die Nachricht. Sie bestand aus einem einzigen kurzen Satz in Kyrillisch: «Treffen Sie mich heute morgen um elf Uhr in der Kaisergruft.» Eine Unterschrift fehlte, doch war sie kaum nötig. Als Frau Blum-Weiss an meinen Tisch zurückkam, um das Geschirr abzuräumen, fragte ich sie, wer die Nachricht gebracht hätte.

«Es war bloß ein Schuljunge, Herr Gunther», sagte sie und stellte das Geschirr auf ein Tablett, «ein gewöhnlicher Schuljunge.»

«Ich muß jemanden treffen», erklärte ich. «In der Kaisergruft. Wo ist das?»

«Die Kapuzinergruft?» Sie wischte ihre Hand an der wohlgestärkten Schürze ab, als sei sie im Begriff, den Kaiser selbst zu begrüßen, und dann bekreuzigte sie sich. Die Erwähnung hoher Herrschaften scheint den Wienern immer doppelten Respekt einzuflößen. «Ja, die ist an der Kapuzinerkirche am Neuen Markt. Aber seien Sie rechtzeitig dort, Herr Gunther. Die Gruft ist morgens nur von zehn bis zwölf Uhr geöffnet. Ich bin sicher, Sie werden es sehr interessant finden.»

Ich lächelte und nickte dankbar. Ich würde es ohne Zweifel ganz bestimmt sehr interessant finden.

Der Neue Markt sah eigentlich kaum wie ein Marktplatz aus. Eine Anzahl von Tischen war dort aufgestellt wie in einem Straßencafé. Es gab dort Gäste, die keinen Kaffee tranken, Kellner, die wenig Neigung zu verspüren schienen, sie zu bedienen, und weit und breit war kein Café zu sehen, das Kaffee hätte liefern können. Alles sah ganz provisorisch aus, selbst wenn man berücksichtigte, daß Wien im Wiederaufbau war. Es gab auch einige Leute, die bloß guckten, fast so, als sei ein Verbrechen geschehen und jeder warte auf die Polizei. Aber ich achtete kaum darauf, und als es vom nahen Glockenturm elf läutete, eilte ich zur Kirche.

Für jenen Zoologen, der dem berühmten Äffchen seinen Namen gegeben hatte, war es von Vorteil, daß die Lebensweise der Kapuzinermönche um einiges bemerkenswerter war als ihre unscheinbare Kirche in Wien. Verglichen mit den meisten anderen Gotteshäusern in dieser Stadt, sah die Kapuzinerkirche so aus, als hätten die Mönche zur Zeit des Baus mit dem Calvinismus geliebäugelt. Entweder das oder dem Schatzmeister des Ordens hatte das Geld für die Bildhauer gefehlt; sie wies nicht eine einzige Skulptur auf. Für mich war die Kirche so unauffällig, daß ich daran vorbeigegangen war, ohne sie auch nur zu beachten. Ich hätte das vielleicht wieder getan, hätte ich nicht mit angehört, wie eine Gruppe amerikanischer Soldaten, die in einem Torweg herumlungerten, von den ‹Steifen› sprachen. Meine neue Vertrautheit mit dem Englischen, wie es die Pfleger im Militärhospital gesprochen hatten, verriet mir, daß die Gruppe die Absicht hatte, ebenfalls die Gruft zu besichtigen. Bei einem alten, mürrischen Mönch zahlte ich einen Schilling Eintritt und betrat einen langen, zugigen Gang, den ich für einen Teil des alten Klosters hielt. Eine enge Treppe führte hinunter in die Gruft.

Genaugenommen war es nicht eine Gruft, sondern es handelte sich um acht miteinander verbundene Grüfte, in denen es weniger düster war, als ich erwartet hatte. Das Innere, war schlicht, die Wände einfach weiß getüncht, zum Teil marmorverkleidet und stand in deutlichem Gegensatz zur Pracht der Sarkophage.

Hier ruhten die sterblichen Überreste von mehr als hundert Habsburgern, wenngleich der Reiseführer, den ich vorsorglich mitgenommen hatte, mich darüber aufklärte, daß ihre Herzen, einbalsamiert in Urnen, sich unter dem Stephansdom befanden. Mehr Beweise für kaiserliche Sterblichkeit konnte man nördlich von Kairo an keinem anderen Ort finden. Wie mir schien, fehlte niemand, ausgenommen der Erzherzog Ferdinand, der in Graz beerdigt war, ohne Zweifel darüber pikiert, daß die anderen auf seinem Besuch in Sarajevo bestanden hatten.

Der weniger bedeutende Zweig der Familie, die Mitglieder der toskanischen Linie, waren in einfachen Bleisärgen am entfernten Ende der längsten Gruft wie Flaschen in einem Weinregal übereinandergestapelt. Ich erwartete fast, daß ein alter Mann zwei davon öffnete, um einen neuen Holzkammer und ein paar Pflöcke auszuprobieren. Die Habsburger mit dem ausgeprägtesten Selbstgefühl beanspruchten natürlich die prächtigsten Sarkophage für sich. Diesen riesigen, schauerlich verzierten Särgen schien nichts zu fehlen, außer Raupenketten und Geschütztürmen, um mit ihnen Stalingrad einzunehmen. Lediglich Kaiser Franz Joseph II. hatte sich bei der Wahl seines Behälters ein wenig Zurückhaltung auferlegt; und nur ein Wiener Reiseführer konnte den Sarkophag als «übertrieben schlicht» bezeichnen. Ich fand Oberst Poroschin in der Franz-Joseph-Gruft. Er lächelte herzlich, als er mich erblickte, und klopfte mir auf die Schulter: «Sehen Sie, ich hatte recht. Sie können doch Kyrillisch lesen.»

«Vielleicht können Sie auch meine Gedanken lesen.»

«Gewiß», sagte er. «Sie fragen sich, was wir einander wohl noch zu sagen haben, angesichts all dessen, was geschehen ist. Und vor allem an diesem Ort. Sie denken, daß Sie an einem anderen Ort vielleicht versuchen würden, mich zu töten.»

«Sie sollten öffentlich auftreten, Palkovnik. Sie könnten ein zweiter Professor Schaffer sein.»

«Ich glaube, Sie irren sich. Professor Schaffer ist ein Hypnotiseur, kein Gedankenleser.» Er schlug mit seinen Handschuhen auf seine

Handfläche, wie jemand, der gerade einen Treffer gelandet hat. «Ich bin kein Hypnotiseur, Herr Gunther.»

«Unterschätzen Sie sich nicht. Sie haben es fertiggebracht, mich glauben zu lassen, ich sei ein Privatdetektiv und müsse nach Wien kommen, um zu versuchen, Emil Becker vom Verdacht des Mordes zu befreien. Anders als durch Hypnose kann diese Einbildung kaum zustande gekommen sein.»

«Eine wirkungsvolle Suggestion, vielleicht», sagte Poroschin, «aber Sie handelten aus eigenem freiem Willen.» Er seufzte. «Schade um den armen Emil. Sie irren sich, wenn Sie glauben, ich hätte nicht gehofft, daß Sie seine Unschuld beweisen könnten. Aber, um einen Sachausdruck zu benutzen, es war mein Wiener Gambit: Auf den ersten Blick erscheint es harmlos, aber die folgenden Züge stecken voller Feinheiten und aggressiver Möglichkeiten. Alles was man braucht, ist ein starker und tapferer Springer.»

«Der war ich, schätze ich.»

«Sie sagen es. Und jetzt ist das Spiel gewonnen.»

«Würden Sie mir das näher erklären?»

Poroschin deutete auf den Sarkophag rechts neben dem ein wenig erhöht stehenden von Kaiser Franz Joseph.

«Der Kronprinz Rudolf», sagte er. «Er beging in dem berühmten Jagdhaus in Mayerling Selbstmord. Die Geschichte darüber ist wohlbekannt, aber die Einzelheiten und Motive sind noch immer unklar. Nur in einem Punkt können wir ganz sicher sein: Er liegt in diesem Sarg. Das mit Sicherheit zu wissen ist für mich ausreichend. Aber nicht jeder, von dem wir glauben, er habe Selbstmord begangen, ist wirklich genauso tot wie der arme Rudolf. Nehmen Sie Heinrich Müller. Nachzuweisen, daß er noch immer lebt, das war schon einige Mühe wert. Das Spiel war gewonnen, als wir das mit Sicherheit wußten.»

«Aber ich habe gelogen», sagte ich unbekümmert. «Ich gab Belinsky das Zeichen nur aus einem einzigen Grund: Ich wollte, daß er und seine Männer kamen, um mir zu helfen, Veronika Zartl zu retten, die Nutte aus dem *Oriental.*»

«Ja, ich gebe zu, daß Belinskys Abmachungen mit Ihnen im Kern alles andere als perfekt waren. Aber ich weiß zufälligerweise, daß Sie jetzt lügen. Sehen Sie, Belinsky war mit einer Gruppe von Agenten tatsächlich in Grinzing. Sie waren natürlich keine Amerikaner, sondern meine eigenen Männer. Jedes Fahrzeug, das das gelbe Haus in Grinzing verließ, wurde verfolgt, das Ihre, wie ich sagen darf, eingeschlossen. Als Müller und seine Freunde Ihre Flucht entdeckten, gerieten sie in eine solche Panik, daß sie fast auf der Stelle flohen. Wir folgten ihnen einfach in sicherer Entfernung, bis sie dachten, sie seien wieder sicher. Seitdem ist es uns gelungen, Herrn Müller zweifelsfrei zu identifizieren. Begreifen Sie? Sie haben nicht gelogen.»

«Aber warum haben Sie ihn nicht einfach festgenommen? Was hat er für Sie für einen Nutzen, wenn er frei herumlaufen kann?»

Poroschins Gesicht wurde verschlagen.

«In meinem Geschäft ist es nicht unbedingt immer klug, jemanden zu verhaften, der mein Feind ist. Manchmal kann er um vieles nützlicher sein, wenn ich ihn auf freiem Fuß lasse. Müller war seit Beginn des Krieges ein Doppelagent. Gegen Ende des Jahres 1944 war er natürlich mehr als scharf darauf, ganz aus Berlin zu verschwinden und nach Moskau zu kommen. Nun, können Sie sich das vorstellen, Herr Gunther? Daß der Chef der faschistischen Gestapo in der Hauptstadt des demokratischen Sozialismus lebt und arbeitet? Hätten die britischen oder amerikanischen Geheimdienste von einem solchen Knüller Wind bekommen, unzweifelhaft hätten sie diese Information in einem politisch günstigen Augenblick der Weltpresse zugespielt. Dann hätten sie sich genüßlich zurückgelehnt und zugesehen, wie wir uns vor Verlegenheit wanden. Also wurde beschlossen, Müller nicht kommen zu lassen.

Das einzige Problem war, daß er zuviel über uns wußte. Darüber hinaus kannte er den Aufenthaltsort Dutzender von Gestapo- und Abwehrspionen in der ganzen Sowjetunion und in Osteuropa. Er mußte zuerst neutralisiert werden, bevor wir ihm die Tür vor der Nase zuschlagen konnten. Also überredeten wir ihn mit einem Trick, uns die Namen aller dieser Agenten zu geben, und begannen zugleich, ihn mit neuen Informationen zu füttern, die, da sie für die deutsche Kriegführung nicht mehr hilfreich waren, vielleicht für die Amerikaner von beträchtlichem Interesse sein konnten. Es versteht sich von selbst, daß auch diese Informationen falsch waren.

Jedenfalls hielten wir Müller, der überlaufen wollte, lange Zeit hin, sagten ihm, er solle noch ein bißchen warten, und versicherten ihm, er brauche sich keine Sorgen zu machen. Als wir jedoch mit ihm fertig waren, ließen wir ihn entdecken, daß aus diversen politischen Gründen sein Überlaufen nicht gebilligt werden würde. Wir hofften, das würde ihn dazu bringen, seine Dienste den Amerikanern anzubieten, wie es bereits andere getan hatten. General Gehlen, zum Beispiel. Baron von Bolschwing. Sogar Himmler – obgleich die Briten ihn zu gut kannten, um sein Angebot anzunehmen. Vielleicht auch, weil er zu verrückt war, oder?

Vielleicht verkalkulierten wir uns. Vielleicht wartete Müller zu lange und war nicht in der Lage, den Augen Bormanns und der SS, die den Führerbunker bewachte, zu entkommen. Wer weiß? Jedenfalls beging Müller offenbar Selbstmord. Diesen Selbstmord täuschte er vor, aber es dauerte eine ganze Weile, bis wir das zweifelsfrei beweisen konnten. Müller ist ein sehr gerissener Mann.

Als wir von der Existenz der Org erfuhren, dachten wir, daß es nicht sehr lange dauern würde, bis Müller wieder auftauchte. Aber er hielt sich eisern im Hintergrund. Bei einer Gelegenheit soll er gesehen worden sein, aber alles war unsicher und ließ sich nicht erhärten. Und als dann Captain Linden erschossen wurde, entnahmen wir den Berichten, daß die Mordwaffe diejenige war, die ursprünglich an Müller ausgegeben worden war. Aber diesen Teil kennen Sie bereits, denke ich.»

Ich nickte. «Belinsky hat's mir erzählt.»

«Ein höchst einfallsreicher Mann. Die Familie stammt aus Sibirien, wissen Sie. Sie kehrte nach der Revolution nach Rußland zurück, als Belinsky noch ein kleiner Junge war. Aber inzwischen war er ganz amerikanisiert, wie man sagt. Die ganze Familie arbeitete bald für den KGB. Es war Belinskys Idee, sich als Crowcass-Agent auszugeben. Nicht nur, daß Crowcass und CIC oft gegeneinander arbeiten, sondern Crowcass ist oft mit CIC-Leuten besetzt. Und es ist an der Tagesordnung, daß die amerikanische Militärpolizei von Crowcass-Operationen keine Kenntnis erhält. In ihren Organisationsstrukturen sind die Amerikaner noch byzantinischer als wir. Für Sie war Belinsky glaubwürdig; aber er wirkte auch auf Müller glaubwürdig, denn als sie ihm erzählten, ein Crowcass-Agent sei ihm auf der Spur, genügte ihm das, sich aus dem Versteck zu wagen; aber das reichte nicht, um ihn nach Südamerika zu treiben, wo er für uns nutzlos gewesen wäre. Schließlich gibt es andere Leute im CIC, die weniger Skrupel haben, Kriegsverbrecher zu beschäftigen, als die Leute von Crowcass, und von denen Müller Schutz erbitten konnte. Und so ist es gekommen.

Während wir uns hier unterhalten, ist Müller genau dort, wo wir ihn haben wollen: bei seinen amerikanischen Freunden in Pullach. Macht sich ihnen nützlich. Läßt sie teilhaben an seinen profunden Kenntnissen über den Aufbau des sowjetischen Geheimdienstes und die Methoden der Geheimpolizei. Brüstet sich mit dem Netz verläßlicher Agenten, von denen er glaubt, daß sie noch immer da sind. Dies war die erste Stufe unseres Plans – die Amerikaner mit falschen Informationen zu füttern.»

«Sehr schlau», sagte ich mit echter Bewunderung, «und die zweite?»

Poroschins Gesicht wurde ein wenig nachdenklicher. «Wenn die rechte Zeit gekommen ist, werden wir es sein, die an die Weltpresse eine Information durchsickern lassen: daß Gestapo-Müller ein Werkzeug des amerikanischen Geheimdienstes ist. Wir werden es sein, die sich zurücklehnen und zuschauen werden, wenn die Amerikaner sich vor Verlegenheit winden. Das kann in zehn Jahren sein oder sogar in zwanzig. Aber, vorausgesetzt, Müller bleibt am Leben, es wird passieren.»

«Angenommen, die Weltpresse glaubt Ihnen nicht?»

«Der Beweis dürfte nicht so schwer zu erbringen sein. Die Amerikaner sind groß darin, Akten und Unterlagen aufzubewahren. Denken Sie an ihr Document Center. Und wir haben andere Agenten. Angenommen, sie wissen, wo und wonach sie zu suchen haben, wird es nicht allzu schwierig sein, den Beweis zu finden.»

«Sie scheinen an alles gedacht zu haben.»

«An mehr, als Sie je erfahren werden. Und jetzt, da ich Ihre Fragen beantwortet habe, möchte ich Ihnen eine stellen, Herr Gunther. Wollen Sie sie beantworten, bitte?»

«Ich kann mir nicht vorstellen, was ich Ihnen sagen könnte, Palkovnik. Sie sind der Spieler, nicht ich. Ich bin bloß ein Springer in Ihrem Wiener Gambit, haben Sie das vergessen?»

«Trotzdem habe ich eine Frage.»

Ich zuckte die Achseln. «Schießen Sie los.»

«Ja», sagte er, «um für einen Augenblick zum Schachspiel zurückzukehren. Man rechnet damit, daß man Figuren opfern muß. Becker, zum Beispiel. Und natürlich Sie. Aber manchmal muß man unerwartete Verluste hinnehmen.»

«Ihre Königin?»

Er runzelte kurz die Stirn. «Wenn Sie so wollen. Belinsky erzählte mir, Sie hätten Traudl Braunsteiner umgebracht. Aber er war bei dieser ganzen Affäre zu allem entschlossen. Die Tatsache, daß ich an Traudl ein besonderes Interesse hatte, war für ihn nicht von besonderer Bedeutung. Er hätte sie ohne nachzudenken getötet. Aber Sie...

Ich habe Sie durch einen meiner Leute in Berlin im Document Center überprüfen lassen. Sie sagten die Wahrheit. Sie waren nie Parteimitglied. Und das übrige stimmte ebenfalls. Daß Sie um Versetzung aus der SS baten. Daß man Sie hätte erschießen können. Also vielleicht ein sentimentaler Narr. Aber ein Mörder? Ich sage Ihnen ohne Umschweife, Herr Gunther: Mein Verstand sagt mir, daß Sie sie nicht getötet haben. Aber ich muß es auch hier wissen.» Er schlug sich auf den Bauch. «Vielleicht hier am meisten.»

Er fixierte mich mit seinen mattblauen Augen, aber ich zuckte nicht mit der Wimper und wich seinem Blick nicht aus.

«Haben Sie sie getötet?»

«Nein.»

«Haben Sie sie überfahren?»

«Belinsky hatte einen Wagen, nicht ich.»

«Sagen Sie, daß Sie an ihrer Ermordung nicht beteiligt waren.»

«Ich wollte sie warnen.»

Poroschin nickte. «*Da*», sagte er, «damit bin ich zufrieden. Sie sagen die Wahrheit.»

«*Slava bogu* (Gott sei Dank).»

«Sie tun gut daran, ihm zu danken.» Er schlug sich noch einmal auf den Magen. «Hätte ich's hier nicht gespürt, hätte ich Sie ebenfalls töten müssen.»

«Ebenfalls?» Ich runzelte die Stirn. Wer war sonst noch tot?

«Belinsky?»

«Ja, auf eine höchst unglückliche Art. Es war dieses höllische Pfeiferauchen, das er an sich hatte. Solch eine gefährliche Angewohnheit. Sie sollten sie aufgeben.»

«Wie?»

«Es ist eine alte Tscheka-Methode. Eine kleine Menge von Tetryl ins Mundstück, verbunden mit einer Zündschnur, die zu einem Punkt unterhalb des Pfeifenkopfes führt. Steckt man die Pfeife an, dann auch die Zündschnur. Ganz simpel, aber auch tödlich. Ihm wurde der Kopf weggerissen.» Poroschins Ton war beinahe gelangweilt. «Sie verstehen? Mein Verstand sagte mir, daß Sie es nicht waren, der Traudl tötete. Ich wollte bloß sicher sein, daß ich Sie nicht ebenfalls töten mußte.»

«Und jetzt sind Sie sicher?»

«Ganz sicher», erwiderte er. «Sie werden nicht nur lebend hier rausgehen ...»

«Sie hätten mich hier unten getötet?»

«Ist das nicht ein sehr passender Ort?»

«O ja, sehr romantisch. Was hätten Sie gemacht? Mir den Hals durchgebissen? Oder haben Sie einen der Särge verdrahten lassen?»

«Es gibt viele Gifte, Herr Gunther.» Er zeigte mir ein kleines Klappmesser auf seiner Handfläche. «Tetrodotoxin an der Klinge. Nur der winzigste Kratzer – und auf Nimmerwiedersehen.» Er steckte das Messer in seine Uniformjacke und zog fast ein wenig verlegen die Schultern hoch. «Ich wollte sagen, daß Sie nicht nur lebend hier rausgehen dürfen, sondern daß Sie, wenn Sie jetzt ins *Café Mozart* gehen, dort jemanden finden werden, der auf Sie wartet.»

Mein verblüffter Gesichtsausdruck schien ihn zu amüsieren.

«Können Sie's nicht erraten?» fragte er entzückt.

«Meine Frau? Sie haben sie aus Berlin rausgeschafft?»

«*Kanjeschna* (natürlich). Ich wüßte nicht, wie sie sonst aus Berlin hätte rauskommen sollen. Berlin ist von unseren Panzern eingeschlossen.»

«Kirsten wartet jetzt im *Café Mozart*?»

Er blickte auf seine Uhr und nickte. «Bereits seit einer Viertelstunde», sagte er. «Sie lassen sie besser nicht länger warten. Eine so attraktive Frau, ganz allein in einer Stadt wie Wien? Man muß heutzutage so vorsichtig sein. Es sind schwierige Zeiten.»

«Sie sind voller Überraschungen, Oberst», sagte ich. «Vor fünf Minuten hing mein Leben noch von einer unwägbaren Laune Ihres Verdauungsapparates ab. Und jetzt erzählen Sie mir, daß Sie meine Frau aus Berlin hergebracht haben. Warum helfen Sie mir? Das verstehe ich nicht.»

«Sagen wir doch einfach, es ist ein Teil der ganzen unbedeutenden Liebesgeschichte des Kommunismus, das ist alles.»

Er schlug die Hacken zusammen wie ein echter Preuße. «Auf Wiedersehen, Herr Gunther. Wer weiß? Nach dieser Sache mit Berlin sehen wir uns vielleicht wieder.»

«Ich hoffe, nicht.»

«Das ist sehr schade. Ein Mann von Ihren Fähigkeiten...» Damit drehte er sich um und schritt davon.

Ich verließ die Kapuzinergruft, und meine Schritte waren beflügelter als die von Lazarus. Draußen, auf dem Neuen Markt, hatten sich noch mehr Zuschauer vor dem sonderbaren kleinen Straßencafé, das kein Café war, versammelt. Dann erblickte ich die Kamera und die Scheinwerfer, und zugleich erspähte ich Willy Reichmann, den kleinen rothaarigen Produktionsleiter aus den Sieveringer Filmstudios. Er sagte etwas auf englisch zu einem anderen Mann, der ein Megaphon hielt. Das war bestimmt der englische Film, von dem Willy mir erzählt hatte: der, für den Wiens immer seltener werdende Ruinen Voraussetzung gewesen waren. Der Film, in dem Lotte Hartmann eine Rolle bekommen hatte, das Mädchen, das mir einen Tripper angehängt hatte, den ich verdiente.

Ich blieb stehen, um ein paar Minuten zuzuschauen, und fragte mich, ob ich Königs Freundin zu Gesicht bekommen würde, aber von ihr war nichts zu sehen. Ich hielt es für unwahrscheinlich, daß sie Wien zusammen mit ihm verlassen und ihre erste Filmrolle hatte sausenlassen.

Einer der Zuschauer sagte: «Was in aller Welt treiben die da?», und ein anderer antwortete: «Das soll ein Café sein – das *Café Mozart*.» Ein Gelächter lief durch die Menge. «Was, hier?» sagte eine andere Stimme. «Offensichtlich gefällt ihnen die Aussicht hier besser», erwiderte ein vierter. «So was nennen sie poetische Freiheit.»

Der Mann mit dem Megaphon bat um Ruhe, ließ die Kameras laulen, und dann rief er «Äktschen». Zwei Männer, von denen einer ein Buch trug, als wäre es eine Art Ikone, schüttelten sich die Hände und nahmen an einem der Tische Platz.

Ich überließ es der Menge, den weiteren Ablauf zu verfolgen, und eilte mit raschen Schritten dem wirklichen *Café Mozart* und der Frau entgegen, die dort auf mich wartete.

Anmerkung des Verfassers

Im Jahr 1988 wurden Ian Sayer und Douglas Botting, die an einer Geschichte des amerikanischen Corps für Gegenspionage unter dem Titel *America's Secret Army: The Untold Story of the Counter-Intelligence Corps* arbeiteten, von einer Untersuchungsbehörde der US-Regierung gebeten, eine Akte zu überprüfen, die Dokumente enthielt, die CIC-Agenten in Berlin gegen Ende 1948 in Verbindung mit der Beschäftigung von Heinrich Müller als CIC-Berater erstellt hatten. Die Akte wies darauf hin, sowjetische Agenten seien zu dem Schluß gekommen, daß Müller 1945 nicht getötet, sondern möglicherweise von westlichen Geheimdiensten verwendet worden sei. Sayer und Botting wiesen das Material als Fälschung zurück, die «von einer geschickten, jedoch ziemlich verwirrten Person angefertigt» worden sei. Diese Meinung wurde von Oberst E. Browning bestätigt, der zur Zeit der mutmaßlichen Anfertigung der Dokumente CIC-Einsatzleiter in Frankfurt gewesen war. Browning wies darauf hin, etwas so Heikles wie eine Beschäftigung Müllers als CIC-Berater sei eine groteske Idee. «Zu unserem Bedauern», schrieben die beiden Autoren, «müssen wir feststellen, daß das Schicksal des Chefs der Gestapo im Dritten Reich in Geheimnis und Spekulation gehüllt bleiben wird, wie es immer der Fall gewesen ist und vermutlich immer sein wird.» Versuche einer führenden britischen Zeitung und eines amerikanischen Nachrichtenmagazins, die Geschichte exakt nachzuprüfen, haben bis jetzt zu keinem Ergebnis geführt.

Jerry Oster

Jerry Oster arbeitete viele Jahre als Journalist und Filmkritiker in New York, bevor er begann, Bücher zu schreiben. Die *New York Times* bezeichnet ihn als den besten Krimiautor der letzten Jahre.

Saint Mike
(thriller 2924)
Susan Van Meter ist ein Undercover-Narco. Deckname: Saint Mike. Ihr Mann hat an einem brisanten Fall gearbeitet, bis er von einer unbekannten Schönen eiskalt hingerichtet wurde. Saint Mike muß diesen Fall aufklären.

Death Story
(thriller 3011)
Herzschuß. Der Mittelfinger ist abgetrennt und steckt im Mund der Leiche. An der Wand prangt kryptisch das Graffiti: Raleigh... Kein leichter Job für Joe Cullen, denn er muß gegen Kollegen ermitteln.

Violent Love
(thriller 3037)
Die New Yorker Intellektuellen–Schickeria trägt eine der Ihren zu Grabe, es ist die brutal ermordete Maklerin Karin Justice... Ein neuer Fall für Detective Joe Cullen.

Nowhere Man
(thriller 2925)
Der dritte Gedanke des Joggers war sein letzter, denn das, was die Gestalt ihm entgegenhielt, war kein wertloses Schmuckstück, auch keine Hand, die ihn stoppen wollte, sondern eine Pistole. Die Kugel schlug ein Loch in seine Stirn und beendete das Denken...

3026/2

rororo thriller

Dschungelkampf
(thriller 2773)
In der U–Bahn stirbt Carlos Pabon mit einem Loch in der Stirn. Die Zeitungen reden vom «Samariter-Killer», denn Pabon war ein mieser und kaputter streetboy. Weitere Morde passieren . Detective Jake Neumann und sein Partner setzen sich auf die Spur...

rororo thriller wird herausgegen von Bernd Jost. Ein Gesamtverzeichnis der Reihe finden Sie in der *Rowohlt Revue.* Jedes Vierteljahr neu. Kostenlos in Ihrer Buchhandlung.

Serientäter

Robert Brack
Die siebte Hölle
(thriller 2941)
Oldtimer bringen's besser als Bücher, meint der bankrotte Buchhändler Jercy Pacula, und überführt zwei Limousinen nach Lissabon...
Schwere Kaliber
(thriller 2967)
Psychofieber
(thriller 3058)

Frank Göhre
Schnelles Geld
(thriller 3048)
Der erste, seit Jahren vergriffene Kriminalroman von Frank Göhre, der mit mehreren Literaturpreisen ausgezeichnet wurde und als Kinofilm Beachtung fand. Neu bearbeitet und wesentlich erweitert.
Der Tod des Samurai
(thriller 2832)
Ein Thriller über organisiertes Verbrechen in Hamburg.
Der Tanz des Skorpions
(thriller 3025)
Letzte Station vor Einbruch der Dunkelheit
(thriller 2795)
Der Schrei des Schmetterlings
(thriller 2759)

Daniel Pennac
Wenn nette alte Damen schießen...
In Belleville, dem Kreuzberg von Paris, schneidet ein erbarmungsloser Killer armseligen Rentnern die Kehlen durch. Angst macht sich breit, gefolgt von einer kräftigen Paranoia. Ausgezeichnet mit dem «Prix Mystère de la critique».
(thriller 2921)
Königin Zabos Sündenbock
(thriller 3003)

rororo thriller

30 Jahre thriller Jubiläums-Lesebuch
(thriller 3030)
Dieser Jubiläumsband präsentiert einen opulenten Querschnitt durch die Geschichte der rororo thriller- Reihe und bietet literarischen Nervenkitzel pur. Die Palette internationaler Autoren gleicht einem Who is Who der Kriminalliteratur.

Pacio Ignacio Taibo II
Der melancholische Detektiv *Drei Fälle für Héctor Belascoarán Shayne*
(thriller 3039)
Der Boxer Angel, Freund von Detektiv Héctor Belascoarán, wird beim Training im Ring von einem Unbekannten erschossen. Mögliches Motiv: eine alte Rivalität um eine Frau... Taibo liefert nicht nur ungewöhnliche Stories, sondern ein dichtes Bild von Mexiko, seiner Atmosphäre, seinen Problemen und seiner Faszination.
Das bizarre Leben
(thriller 2940)
Comeback für einen Toten
(thriller 3019)

Serientäter

Larry Beinhart
Priester waschen weißer
(thriller 3043)
Tony Cassella schlüpft in die Rolle eines irischen Priesters um den Tod von Wendy Tavetian und einem Japaner aufzuklären.
Zahltag für Cassella
(thriller 2932)
Bei Privat Eye Tony Cassella steht eine Steuerprüfung an. Genau in dem Augenblick, als er genügend Beweismaterial gegen den Justizminister persönlich zusammen hat...

K. C. Constantine
Ein unbeschriebenes Blatt
Ein Fall für Mario Balzic
(thriller 2776)
«Constantine ist ein wunderbarer Autor. Lang lebe Polizeichef Balzic!»
New York Times
Blues für Mario Balzic
(thriller 3002)
Schwere Zeiten für Mario Balzic: ein Mord geschieht, seine Mutter wurde mit einem Schlaganfall ins Krankenhaus eingeliefert und seine Frau hat wenig Verständnis für sein Pflichtbewußtsein.

William Krasner
Opfer einer Razzia
(thriller 3001)
Organisiertes Verbrechen + illegales Glücksspiel = Unmoral & Prostitution - Charley Hagen, Partner von Detective Captain Sam Brige, zieht wieder einmal voreilige Schlüsse.
Die letzte Tat des Mr. Goodman
(thriller 2937)

Jean-Bernard Pouy
Sprengsatz aus der Vergangenheit
(thriller 3021)
Der Schlüssel zur Affäre
(thriller 2977)

3024/4b

rororo thriller

Schwarze Beute
Stories von berühmten Autoren und neuen Talenten finden sich in den thriller-Magazinen und immer wieder – Shock, Thrill and Fun.
thriller–Magazin 5
Herausgegeben von Norbert Klugmann und Peter Mathews
(thriller 2969)
thriller–Magazin 6
Herausgegeben von Janwillem van de Wetering
(thriller 3000)
thriller-Magazin 8
Herausgegeben von Maj Sjöwall
(thriller 3093)

Die Reihe *rororo thriller* wird herausgegeben von Bernd Jost. Ein Gesamtverzeichnis aller lieferbaren Titel finden Sie in der *Rowohlt Revue*. Jedes Vierteljahr neu. Kostenlos in Ihrer Buchhandlung.

Crime Ladies

«Es liegt in der Tradition des Kriminalromans, daß Frauen bessere Morde erfinden. Aber warum? Diese Frage kann einen wirklich um den Schlaf bringen!»
Milena Moser in «Annabelle»

Patricia Highsmith
Venedig kann sehr kalt sein
(thriller 2202)
Peggy liegt eines Morgens tot in der Badewanne. Niemand zweifelt, daß sie sich selbst die Schlagader aufgeschnitten hat. Nur für den Vater ist klar: der Ehemann muß schuldig sein...
«Unter den Großen der Kriminalliteratur ist Patricia Highsmith die edelste.»
Die Zeit

Nancy Livingston
Ihr Auftritt, Mr. Pringle!
(thriller 2904)
Pringle vermißt eine Leiche
(thriller 3035)
«Wer treffenden, sarkastischen, teils tief eingeschwärzten Humor und exzentrische Milieus schätzt, komm mit Privatdetektiv G.D.H. Pringle, einem pensionierten Steuerbeamten, der die Kunst liebt, ganz auf seine Kosten.»
Westdeutscher Rundfunk

Anne D. LeClaire
Die Ehre der Väter
(thriller 2902)
Herr, leite mich in Deiner Gerechtigkeit
(thriller 2783)
Peter Thorpe zieht an die Küste von Maine und hat zum erstenmal in seinem Leben den Eindruck ehrlichen, rechtschaffenden Menschen zu begegnen. Hier gibt es keine Lügner, Diebe, Mörder. Oder doch?

3022/3

Jen Green (Hg.)
Morgen bring ich ihn um! *Ladies in Crime I - Stories*
(thriller 2962)
Diese Anthologie von sechzehn Kriminalgeschichten von Amanda Cross über Sarah Paretsky bis Barbara Wilson zeigt in Stil und Humor die breite schriftstellerische Palette der Autorinnen.

Jutta Schwarz (Hg.)
Je eher, desto Tot *Ladies in Crime II - Stories*
(thriller 3027)

Irene Rodrian
Strandgrab
(thriller 3014)
Eine Anzeige verführt so manches Rentnerpaar, die Ersparnisse in ein traumhaftes Wohnprojekt im sonnigen Süden zu investieren. Sie können ja nicht ahnen, daß sie nicht nur ihr Geld verlieren, sondern auch ihr Leben aufs Spiel setzen...
Tod in St. Pauli *Kriminalroman*
(thriller 3052)
Schlaf, Bübchen, schlaf
(thriller 2935)

rororo thriller